RAVIKS MERCY

Braxianer - Buch 2

REGINE ABEL

Umschlag Design von
Regine Abel

Herausgeber
Die Autorenflüsterin

Dieses Buch verwendet nicht jugendfreie Sprache und sexuell expliziten Inhalt. Es ist nicht für Personen unter 18 Jahren geeignet.

INHALT

INHALT

LESEREIHENFOLGE

Das Veredianische-Chroniken-Universum umfasst die Braxianers-Reihe. Jedes Buch kann als eigenständiges Buch mit einer eigenen Liebesgeschichte und ohne Cliffhanger gelesen werden. Um die übergreifende Geschichte in vollen Zügen genießen zu können, empfehlee ich, beide Serien in der folgenden Reihenfolge zu lesen:

1. Dem Schicksal Entkommen
2. Blindes Schicksal
3. Amalias Erwachen
4. Antons Grace
5. Schicksalswende
6. Raviks Mercy
7. Schicksalsweber
8. Krygors Hope

RAVIKS MERCY

Für Braxia. Für die Zukunft. Für die Rache.

Als der seltenste Hybrid in der Galaxie ist Mercy gezwungen, sich vor aller Augen zu verstecken, aus Angst von Sklavenhändlern und Sammlern gejagt zu werden. Eine ziemliche Ironie, wenn man bedenkt, dass ihr verstorbener Vater der größte Sklavenhändler des guldanischen Reiches war. Entschlossen, einige seiner Missetaten wiedergutzumachen, begibt sie sich auf eine Mission nach Braxia. Doch diese Pläne werden schnell zunichte gemacht, als sie auf Ravik trifft; einen Berg von einem Mann mit einem furchterregenden Gesicht und einem Planeten in Aufruhr.

Als neuer Herrscher von Braxia ist Ravik von Feinden umgeben. Sein Planet taumelt am Rande des Bankrotts und steckt in alten, fanatischen Bahnen fest. Als eine exotische, freche und starke Frau während ihres Aufenthalts auf Braxia widerwillig seinen Schutz akzeptiert, wird sie sowohl zu seiner Stärke als auch zu seiner größten Schwäche. Ravik befürchtet, dass die Schrecken seiner Vergangenheit das zerbrechliche Glück und den Hoffnungsschimmer, den diese Frau ihm und seinem Volk gebracht hat, zerstören werden, während seine Widersacher gegen ihn intrigieren und Pläne schmieden.

In dieser brutalen, unversöhnlichen Welt prallen Gier, Hass und verdrehte Obsessionen in einem Kampf um Macht, Zukunft und Rache aufeinander.

WIDMUNG

Für Nero. Ohne dich hätte dieses Buch das Licht der Welt nicht erblickt. Danke, dass du immer für mich da warst, als meine Muse mir immer wieder den Vogel zeigte und eine ihrer unzähligen Reisen antrat. Du bist nicht nur ein großartiger Freund und die beste Inspirationsquelle, du besitzt auch die breiteste Schulter zum Ausweinen und weißt genau, wie du mich aus meinem Selbstmitleid herauskatapultieren kannst.

Für alle Fans, die nach der Geschichte von Ravik und Mercy geschrien haben. Ihr habt mir Feuer unterm Hintern gemacht und mich am Leben gehalten. Ich hoffe, dieser Roman wird euren Erwartungen gerecht.

Alles Liebe.

PROLOG

RAVIK

Mir juckte es in den Fingern, Hagan Soluks Schädel zu ergreifen und zu zerquetschen. Wenn er wüsste, wie tief der Hass saß, den ich ihm und den sieben Überlebenden von den ursprünglich Fünfzehn noch immer entgegenbrachte, würde er meinen Zorn mit seinem endlosen Gejammer nicht weiter schüren.

„Genug!“ rief ich und schlug mit der Faust auf die Armlehne meines Thrones, während ich vor Wut schäumte. Das klatschende Geräusch des weißen Steins und den polierten Knochen meines Sitzes hallte durch den großen Saal. „Dies steht nicht zur Debatte. Ich habe keine Geduld für euer Wimmern und Klagen.“

Mein Blick schweifte über den Rat; zwölf Männer, von denen ich vier bei der ersten Gelegenheit auf die grausamste Art und Weise töten würde. Jeder von ihnen, Führer ihrer jeweiligen Clans, würde einem Nicht-Braxianer als einschüchternd mächtig erscheinen. Für mich waren die meisten von ihnen nicht mehr als Würmer, die ich gerne unter meinen Füßen zerquetschen würde. Sie bewegten sich auf ihren weißen Steinsitzen, die in einem Halbkreis vor mir angeordnet waren. Hinter ihnen saßen ihre erstgeborenen Söhne und die jeweiligen Clan-Ältesten. Meine eigenen beiden Söhne, Keran und Ganek, saßen auf beiden Seiten meines Thrones.

„Sie hatten drei Jahre Zeit für den Übergang. Warum, zum Teufel, seit ihr nicht bereit?“ forderte ich zu erfahren.

„Die Nachfrage ist bei den meisten unserer Exporte stetig zurückgegangen“, argumentierte Hagan, „und die Importpreise sind in die Höhe geschnellt. Mit Sklavenarbeit könnten wir es immer noch schaffen. Aber seit der Abschaffung der Sklaverei sind wir am Ertrinken“, argumentierte Hagan.

Vier der zwölf Ratsmitglieder nickten mit murmelnden Worten der Zustimmung.

„Ihr ertrinkt, weil ihr euch nicht angepasst habt“, sagte Krygor Aldriss abweisend. „Mein Sohn hat euch und den anderen viele Ratschläge gegeben, wie ihr euer Geschäft diversifizieren können, und Ihnen potenzielle Wachstumsfelder aufgezeigt. Ihr habt euch *entschieden*, seine Empfehlungen zu ignorieren. Jetzt zahlt ihr den Preis dafür.“

Hagans dunkelbraune Augen brannten vor Wut und Ressentiments, als sie sich Krygor zuwandten. „Ich will nicht, dass mein Clan deinem Halbblut verpflichtet ist!“ erwiderte Hagan gehässig. „Alle seine sogenannten *Vorschläge* würden uns und unser Schicksal unter seine Fuchtel bringen. Ich würde meinen Clan eher verhungern sehen, als mich vor einem wie ihm zu verbeugen.“

Krygor lehnte sich zurück an seinen Stuhl, eine Locke seines langen, salz- und pfefferfarbenden Haares fiel vor seinem pechschwarzen Auge herunter. „Nun denn, es sieht so aus, als ob dein Wunsch gerade in Erfüllung gehen würde.“

Selbstgefälliger Bastard ...

Ich kämpfte, um ein Grinsen zu unterdrücken. Krygor, der Anführer des Clans Aldriss, war einer von nur drei Männern, denen ich in meinem Rat voll und ganz vertraute – mit meinem Leben.

„Halbblut oder nicht, Anton Aldriss hat uns allen, die seinem Rat folgten oder Geschäftsvereinbarungen mit ihm eingingen, großen Wohlstand gebracht“, intervenierte Elder Pattel Veelan, ein weiterer vertrauter Freund. „Die Zeiten ändern sich nicht, Hagan. Sie haben sich *bereits* verändert, und Braxia ist dabei auf der Strecke geblieben.“

„Dann muss Braxia seine Führungsrolle zurückerobern, anstatt sich nicht mehr zeitgemäßen Regeln zu beugen", blaffte Hagan und verdiente sich weiteres Nicken und Flüstern der Zustimmung.

„Und wie sollen wir das machen, du Narr?" fragte ich und hatte es satt, monatelang die gleichen, sinnlosen Argumente zu hören. „Jeder zivilisierte Planet im östlichen Quadranten ist dem Galaktischen Rat beigetreten. Ihre Regeln für die Mitgliedschaft sind klar. Warum reden wir immer noch darüber? Die Großen Kriege sind beendet. Die nicht-vertragliche Sklaverei ist vorbei. Wissenschaft und Handel sind die Zukunft. Ich lasse nicht zu, dass du meine Zeit weiter damit verschwendest, diese müden, alten Klagen wieder aufzuwärmen. Braxia *wird* sich Richtung Neuzeit entwickeln, auch wenn ich es in unser Volk einprügeln muss."

„Nicht alle Planeten haben sich dem Galaktischen Rat angeschlossen", entgegnete Clan-Führer Raylor Caldes in gemäßigtem Ton. „Die Sarenier haben sich geweigert."

„Pariahs", konterte ich und winkte abweisend mit der Hand. „Ihre räuberische Natur verstößt gegen unzählige Erlasse des Galaktischen Rates."

„Vielleicht, aber sie würden mächtige Verbündete abgeben. Zwischen ihnen und den wenigen Schurkenplaneten in unserem Quadranten hätten wir ein furchtbares Bündnis", fuhr Caldes fort. „Auch im westlichen Quadranten gibt es eine Reihe von Planeten, die dem Rat noch nicht beigetreten sind. Unter ihnen ist einer, der sehr daran interessiert ist, ein Bündnis mit uns einzugehen."

„Oh?", fragte Hagan, seine Augen funkelten vor Interesse.

Raylor Caldes nickte. „Ja, die Guldaner suchen auch Verbündete, um sich der Tyrannei des Galaktischen Rates entgegenzustellen. Sie sind extrem wohlhabend, technologisch weit entwickelt und verfügen über ein beeindruckendes Netzwerk von Söldnern."

„Und haben sich die Tuureaner zu Feinden gemacht", stellte Elder Fenton fest, mein bester Freund. „Die Guldaner sind im westlichen Quadranten fast vollständig isoliert. Sie sind mehr Embargos und Vergeltungsmaßnahmen ausgesetzt, als du Haare auf dem Kopf hast. Welchen Nutzen wir auch immer aus einem solchen Bündnis ziehen könnten, er würde erblassen im Vergleich zu den massiven

Verlusten, die wir in einem Krieg gegen den Galaktischen Rat erleiden würden.“

„Wenn wir Allianzen eingehen wollen“, meinte Krygor, „dann sollten wir uns um die Tuureaner bemühen. Tatsächlich ist mein Sohn Anton zufällig mit ihrem Führer, Admiral Lee, befreundet.“

„Schon wieder dieses verdammte Halbblut“, murmelte Hagan so leise, dass ich ihn kaum hörte.

„Gibt es etwas, das du uns anderen mitteilen möchtest, Clan-Führer Soluk?“, fragte Krygor Hagan. „Wenn du eine Herausforderung aussprechen möchtest, nehme ich sie gerne an.“

Krygor deutete auf den leeren, kreisförmigen Raum zwischen ihren Sitzen und meinem Thron, in dem unzählige Duelle stattgefunden hatten. Die Steinfliesen, die den Boden meiner Halle bedeckten, hatten im Laufe der Jahre einen noch dunkleren Ton angenommen, weil unzählige Male Blut über sie vergossen worden war.

Hagan bewegte sich unruhig in seinem Stuhl und rollte die breiten Schultern. Seine flache Nase zuckte, als er den Kopf schüttelte. Wie alle Braxianer war er massiv und muskulös, ein Riese für galaktische Verhältnisse. Dennoch sah er im Vergleich zu Krygor, der nur geringfügig kleiner war als ich, regelrecht dürr aus. Im Gegensatz zu Krygor, Pattel und mir stammte Hagan nicht aus einem Kriegerclan. Alle Angehörigen seiner Blutlinie waren kleiner als unsere. Wenn er keinen Champion ernannte, der an seiner Stelle kämpfte, würde Hagan von jemandem wie Krygor augenblicklich vernichtet werden. So sehr ich es auch genießen würde, wenn mein Freund einige seiner Gliedmaßen brechen würde, würde Hagan durch meine Hand sterben.

Raylor räusperte sich und lenkte die Aufmerksamkeit von Hagan ab, der seine Erleichterung kaum verbergen konnte.

„Die Tuureaner teilen keine unserer Interessen“, stellte Raylor verächtlich fest. „Ganz im Gegenteil“, meinte er. „Sie haben eines der größten Sklavenzuchtreiche der Guldaner zerstört, und sie machen es fast unmöglich für irgendjemanden, irgendeine Art von Fleischhandel im westlichen Quadranten zu betreiben. Die Guldaner wollen hier, im östlichen Quadranten, ein neues Netzwerk aufbauen, um sowohl mit Sklaven als auch mit Technologie zu handeln. Magnar Ravik, sie könnten die perfekten Partner sein, um uns in diese neue Ära, von der du sprichst, zu führen und uns gleichzeitig helfen, unsere übliche Lebensweise zu erhalten."

„Das Thema Sklaverei ist abgeschlossen und wird nicht wieder aufgegriffen", teilte ich in einem Ton mit, der keinen Widerspruch duldete. „Verschuldete Bedienstete stellen die einzige Art von Sklaven dar, die auf Braxia erlaubt sein werden, und ihre Knechtschaftsverträge werden in unseren Archiven mit einem Anfangs- und einem Enddatum und detaillierten Bedingungen registriert. Denk daran, dass diese Regel nächste Woche in Kraft tritt. Ihr alle seid dafür verantwortlich, dass sie innerhalb eurer eigenen Clans durchgesetzt wird, sonst werdet ihr zusammen mit den Tätern zu einer Geldstrafe verurteilt."

Dank den bitteren und nachtragenden Blicken, die auf mich gerichtet waren, wusste ich bereits, welche Clans hohe Geldstrafen zahlen würden.

„Willst du nicht wenigstens mit den Guldanern sprechen?", Raylor bestand auf seinen Standpunkt.

Ich seufzte irritiert. „Ich werde mit ihnen über potenzielle Technologiehandelsabkommen sprechen, aber das ist alles."

Raylor verzog unzufrieden seine Lippen, nickte mir aber scharf zu.

„Der Wandel ist hart, aber je früher ihr aufhört, das Unvermeidliche zu bekämpfen, desto besser wird es uns allen ergehen", sagte ich in versöhnlichem Ton. „Ihr seid die Führer der ältesten Clans und diejenigen, die mit gutem Beispiel vorangehen müssen. Wie schmerzhaft dieser Prozess für euch alle, persönlich und anderweitig, auch sein mag, denkt daran, aus welch dunklen Zeiten wir hervorgegangen sind. Braxia stand am Rande des Bankrotts. Ohne diese Veränderungen, und ja, Hagan", sprach ich ihn direkt an und beobachtete seine Reaktion, „ohne die Hilfe eines Halbblutes würden wir weit mehr als unsere Sklaven verlieren. Ich will jetzt nichts mehr davon hören. Ihr habt euree Anweisungen."

Ich erhob mich von meinem Platz und zeigte deutlich, dass die Sitzung beendet war. Die Clanführer und ihre Clanmitglieder erhoben sich ebenfalls. Nachdem sie sich mit der Faust auf die Brust geschlagen und den Kopf gebeugt hatten und einige von ihnen widerwillig ihren Respekt bekundeten, verließen sie meinen Saal. Krygor, Pattel und Fenton verweilten noch. Meine Söhne, Keran und Ganek, beäugten mich fragend. Ich deutete an, dass es ihnen frei stand, sich ebenfalls zu entfernen.

„Wenn dieser Sohn eines Krilliks mich nicht offiziell herausfordern will, werde ich es tun", murmelte Krygor, während er Hagan beäugte, als dieser meine Halle verließ.

„Du wirst nichts dergleichen tun, Krygor Aldriss. Das Blut dieses Wurms wird von mir vergossen werden", betonte ich.

„Vorsicht, Ravik, mein Freund. Die Wände haben Ohren", tadelte mich Fenton mit einem entsprechenden Gesichtsausdruck.

Trotz seiner markanten braxianischen Stirn, der buschigen Brauen, der breiten, flachen Nase und des quadratischen, vorspringenden Kiefers hatte Fentons Gesicht eine seltsame Weichheit, die von seiner sanften Natur zeugte. Obwohl man töricht wäre, seine freundliche Art als ein Zeichen von Schwäche zu interpretieren.

„Lauschangriffe sind die geringste Sorge des Magnar", stellte Krygor mit einem grimmigen Blick fest. „Ich fürchte, es braut sich eine Rebellion zusammen."

Pattel schreckte zurück. „Hagan würde es nicht wagen!"

„Er würde sie nicht leiten oder organisieren, wenn er sich nicht sicher wäre, dass er damit durchkommen könnte", meinte ich und fuhr mir mit den Fingern durch mein langes, schwarzes Haar. „Er ist ein Feigling, aber er ist überaus stolz und gierig. Er würde sich einer Rebellion anschließen, aber ich würde erwarten, dass Clan Caldes oder Clan Zotan sie anführen würden."

„Glaubst du wirklich, dass wir am Rande eines Bürgerkriegs stehen?", fragte Pattel die Stirn runzelnd.

Ich schüttelte den Kopf. „Nein. Keines Krieges, aber auf jeden Fall eines Staatsstreichs oder eines Attentatsversuches."

Mein Blick schweifte über die hellbeigen Wände meines Thronsaals, der mit den Bannern der verschiedenen Clans bedeckt war. Die Banner der ältesten Clans von Braxia zierten die Spitze, dicht gefolgt von denen der Vasallen Clans. Einige von ihnen fielen bereits, während man noch über Probleme diskutierte. Die Frage war, wessen Banner diesmal fallen würde, die meiner Feinde oder meins?

„Mein Clan regiert Braxia seit sieben Generationen", erinnerte ich und bohrte meine Augen in die von Pattel. „Mein Vater und sein Vater hatten diesen Planeten fast dem Erdboden gleichgemacht, aber ich werde ihn reparieren. Braxia *wird* sich verändern. Die Clanführer können so viel planen, wie sie wollen. Ich habe nicht die Absicht, zu fallen. Aber sollte das geschehen, werden sich meine Söhne erheben und mich rächen."

„Und das werden wir auch", entgegnete Krygor.

„Und das werden wir auch", bestätigten Pattel und Fenton.

KAPITEL 1
MERCY

Die erdrückenden Blicke der Guldaner lasteten auf mir. Sie ignorierend, zwang ich mich, in einem beiläufigen Tempo durch die belebten Straßen des Finanzdistrikts von Kenzenia, der Hauptstadt von Guldar, zu schlendern. Hightech-Prothetik tarnten die gepardenähnlichen Flecke, die meinen Hals, Arme und Beine in einer eleganten Linie zierten. Und doch hatte ich das Gefühl, als könnten die Passanten durch sie hindurchsehen. Wenn diese Markierungen – mein veredianisches Erbe – sichtbar würden, würden sie wie Geier über mich herfallen. Diejenigen, die nicht versuchten, mich für wahnsinnige Profite zu verkaufen, würden versuchen, mich zu züchten, um mehr wie mich zu produzieren.

Meines Wissens nach gab es im gesamten bekannten Universum nur zwei veredianisch-guldanische Hybriden: die Adoptivtochter meiner jüngsten Schwester Lenora und mich. Sammler würden obszöne Summen an Credits für ein seltenes Wesen wie mich bezahlen. Sollten sie auch noch entdecken, dass ich, wie alle Veredianer, eine einzigartige Psi-Fähigkeit besaß, würden sie in ihrer Gier, mich zu besitzen, noch unzurechnungsfähiger werden.

Aber sie konnten nicht durch meine Prothetik hindurchsehen. Es war das Fehlen eines Mannes an meiner Seite, der Besitzansprüche auf mich erhob, das ihre Aufmerksamkeit weckte. Mein kragenloser Hals zeigte an, dass ich keine Haussklavin war. Als freie Frau hätte ich von meinem Vater, einem Bruder oder einem männlichen Verwandten begleitet werden müssen, wenn ich einen Spaziergang machen wollte, oder von einer Sklavin, die mir die Waren, die ich kaufen wollte, gewöhnlich Lebensmittel, trug.

Obwohl die Guldaner noch sehr rückständig waren, hatten sie begonnen, einige leichte Annäherungsversuche Richtung Frauenemanzipation zu machen. Freie Frauen konnten nun legal ohne Anstandsdame durch die Straßen gehen, aber sie zogen immer noch die ungewollte Aufmerksamkeit auf sich. Ich hatte törichterweise geglaubt, dass die Mentalitäten, da Kenzenia der internationalste Sektor des Planeten war, vorausschauender wären.

Falsch.

Ich hätte ein Hoverfahrzeug nehmen sollen, anstatt dem sentimentalen Drang nachzugeben, durch die Straßen meiner zweiten Heimatwelt zu schreiten: dem Geburtsplaneten meines Vaters. Er hatte mich nur dreimal nach Guldar mitgenommen und war gezwungen, mich wegen meines Mischblutes zu verstecken. Dieser Planet war so schön, wie seine sozialen Werte hässlich waren. Trotz der vielen feindseligen männlichen Blicke, die auf mich gerichtet waren, schwelgte ich in der Wärme der Sonne auf meinem Gesicht. Der goldene Himmel über mir schimmerte einzigartig, während einzelne Wolken fast still um die prachtvolle, geisterhafte Gestalt unseres Riesenmondes Khora hingen.

Hohe, zigarrenähnliche Gebäude säumten die unheimlich makellosen Straßen Kenzenias. Ihre beigefarbenen, schwarzen und goldfarbenen Metall- und Glasflächen reflektierten die tanzenden Lichter des Himmels und verliehen der ganzen Stadt den Eindruck, sich unter flachen Atemzügen zu erheben.

Ein wohlhabend aussehender Mann, vielleicht Ende dreißig, stellte sich mir direkt in den Weg und versuchte, Augenkontakt herzustellen. Unter anderen Umständen würde ich seinem Blick standhalten und ihm eine ordentliche Kopfnuss verpassen. Es kostete mich all meine Willenskraft, meine Augen demütig nach unten zu richten und ihn zu umkreisen. Ihn niederzuschlagen wäre als Herausforderung betrachtet worden und hätte ihm die Tür geöffnet, Nachforschungen über meine Identität und meinen Verbleib anzustellen oder sogar Wiedergutmachung für diese *Respektlosigkeit* zu verlangen. Aber da ich eine freie Frau war, konnte er mich nicht grundlos angreifen und riskieren, beschuldigt zu werden, das Eigentum eines anderen Mannes zu schikanieren.

Eigentum ... Scheiß auf den Mist. Kein Mann würde mich je besitzen.

Die Silhouette des Bürogebäudes von Meister Belduk zeichnete sich vor mir ab. Als ich merkte, wie sich meine Schritte beschleunigt hatten, da ich mich nun meinem Ziel näherte, zwang ich mich, langsamer zu gehen. Der Notar war mit der Regelung der Nachfolge meines Vaters beauftragt worden. Nach seinem Tod und nach dem kürzlich stattgefundenen Ableben meines Halbbruders Varrek war ich sein einziges verbliebenes Kind und damit zu Alleinerbin geworden.

Die hohen Glastüren des fünfzigstöckigen Gebäudes öffneten sich bei meiner Ankunft. Geradeaus, genau in der Mitte, bemannte ein imposanter Wachmann den Empfangstresen. Das tröpfelnde Geräusch des Wassers aus dem kunstvollen Wasserbrunnen hinter ihm erfüllte die Halle. Sein langes Becken lief von der linken Seite der Wand fast bis zur Mitte des Raumes. Ein paar Frauen saßen auf langen, gepolsterten Bänken vor dem Becken. Ihre Partner – oder Wächter – standen in der Nähe und führten gedämpfte Gespräche mit anderen Männern.

Auf der rechten Seite des Empfangs wachte eine riesige Statue des Gottes Menuk, der Hand der Gerechtigkeit, über den Weg zu den Aufzügen. Sobald ich auf sie zuging, begrüßte mich der Wächter. Ich unterdrückte einen Seufzer der Verärgerung und ließ meine Gesichtszüge mit dem erforderlichen Maß an Zurückhaltung erstrahlen.

„Sie haben mich gerufen, Sen?“, fragte ich, faltete meine Hände vor mir zusammen und schaute auf seine Nase.

Als er den Kopf zur Seite neigte, zogen mich seine grünen Augen förmlich aus.

Ich hatte vorgesorgt und trug das traditionelle Outfit freier Frauen. Das fließende, weiße Kleid, das an der Taille durch eine goldene Kordel zusammengehalten wurde, hatte einen tiefen Ausschnitt, der die

Wölbung meiner Brüste andeutete. Es war ärmellos, ließ den Rücken frei und war auf beiden Seiten bis zu meinen Oberschenkeln geschlitzt und dazu gedacht, die Vorzüge einer Frau bei jedem Schritt zur Schau zu stellen und nur die intimen Teile zu verdecken. Ich hatte mein knielanges, schwarzes Haar zu einem schweren Dutt zusammengebunden. Normalerweise hätte es meinen Rücken bedeckt, aber seine ungewöhnliche Länge – obwohl traditionell für eine veredianischen Kriegerin – hätte zu viel Aufmerksamkeit erregt. Guldanische Frauen ließen ihr Haar gewöhnlich bis zur Mitte ihres Rückens wachsen.

„Haben Sie sich verlaufen, Sana?", fragte er.

Mein Herz klopfte in meiner Brust und mir wurde klar, wie viel er mit meinem verstorbenen Bruder Varrek gemeinsam hatte. Das gleiche silberweiße Haar, gescheitelt von schwarzen Hörnern, die sich über seinem Kopf nach oben wölbten und deren Spitzen wieder nach oben zeigten. Die Hauptunterschiede lagen in der Farbe seiner Haut. Seine strahlte in einem cremigen Braun, das einige Schattierungen dunkler als meine war, während die meines Bruders silbriggrau glänzte – ein Geschenk seiner xelixianischen Mutter. Wie bei den meisten Guldanern schmückten Stammestätowierungen die rechte Hälfte seines glatt rasierten Gesichts. Ihre brünierte Goldfarbe ergänzte seinen Teint.

„Nein, Sen, ich habe mich nicht verirrt", entgegnete ich betont leise. „Ich bin hier, um Meister Belduk zu sehen."

„Den Notar? Ganz allein?", fragte er mit zusammengekniffenen Augen.

„Ich werde erwartet", antwortete ich unverbindlich. „Mit Ihrer Erlaubnis sollte ich mich beeilen, nicht zu spät zu kommen. Es wäre unangemessen, die Männer warten zu lassen."

Ich hatte gehofft, meine Formulierung würde ihn in die Irre führen, dass ich Männer im Plural meinte, wie Meister Belduk und meinen „männlicher Vormund."

„In der Tat", bestätigte er, seine Lippen spitzend, sein Blick verweilte auf meinen Brüsten. „Sie können sich in den 27. Stock begeben."

„Danke, Sen", entgegnete ich und neigte leicht meinen Kopf.

Das Gewicht seines Blicks brannte mir Löcher in den Rücken, als ich mich auf den Weg zum Aufzug machte. Einmal mehr musste ich die paranoide Angst zum Schweigen bringen, dass die Prothetik zwischen meinen Schulterblättern, die meine veredianischen Markierungen an dieser Stelle verdeckte, beschädigt worden sein könnte.

Als der Aufzug nach oben flog, warf ich einen kurzen Blick auf mich selbst in der Spiegelwand auf der linken Seite der Kabine. Beruhigt, dass die Zeichnungen an meinen entblößten Armen und den Seiten meiner Beine nicht zu sehen waren, brachte ich die Haarlocke, die sich in meinem linken Horn verfangen hatte in Ordnung.

Der Aufzug öffnete sich zum Empfangsbereich der Anwaltskanzlei, die auch die Kanzlei von Meister Belduk beherbergte. Eine hübsche hybride Sklavin begrüßte mich, als ich eintrat. Ihre staubblaue Haut ließ mich vermuten, dass sie halb Aveanerin war, aber ich war mir nicht sicher, mit welcher anderen Spezies sie vermischt war. Sie begleitete mich zu Meister Belduks Büro, klopfte an und öffnete dann, als er uns hineinbat. Sie hielt mir die Tür auf, deutete mit einer Geste an, ich solle weitergehen, und verschwand dann diskret, als ich den Raum betrat.

Meister Belduks beste Jahre waren schon lang vergangen. Obwohl ich wusste, dass er Anfang achtzig war, kam er seinem Aussehen nach ziemlich nah an die Hundert heran. Mit einer durchschnittlichen Lebenserwartung von 140 Jahren sahen Guldaner in diesem Alter gewöhnlich fitter aus. Er erhob sich, um mich zu begrüßen, aber er bewegte sich nicht von seinem Schreibtisch weg.

„Willkommen, Sana Vrok“, begrüßte mich Belduk und zeigte auf den Stuhl vor seinem Schreibtisch.

„Meister Belduk“, erwiderte ich zur Begrüßung, während ich mich auf dem Stuhl niederließ.

Es passte sich sofort an meine Größe und Höhe an, wobei sich die Naniten in dem lederartigen Material leicht unter mir verschoben. Das schicke und schlanke Notariat bot nichts als Schattierungen von Schwarz, Grau, Chrom und Weiß. Die Guldaner waren sehr stolz auf ihre technologischen und wissenschaftlichen Fortschritte. Sie ließen keine Gelegenheit aus, beides als Zeichen von Reichtum und Status zur Schau zu stellen.

„Es ist bedauerlich, dass wir uns unter solchen Umständen treffen", stellte Belduk fest. Die Intensität seiner hellgrauen Augen machte mich umso nervöser, da sie mit seiner für einen Guldaner ungewöhnlich blassen Haut beinahe verschmolzen.

„In der Tat. Aber so ist das Leben", entgegnete ich mit dem entsprechenden Maß an ruhiger Akzeptanz.

Nach den Maßstäben der meisten Kulturen waren weder mein Vater noch mein Bruder gute Männer gewesen. Aber ich hatte meinen Vater geliebt. Selbst sechs Jahre später brach mir sein Tod noch immer das Herz. Mein Halbbruder jedoch ... Das war viel komplizierter. Dennoch verfolgte mich sein kürzlicher Tod. Mein Herz wusste, dass ich das Richtige getan hatte, indem ich ihn für die unzähligen Verbrechen, die er an den Veredianerinnen begangen hatte und die schließlich zu seinem Untergang führten, gefangen nahm.

Belduk bekundete seine Zustimmung und beförderte dann einen holographischen Bildschirm herbei. Beide Seiten zeigten den Text in der richtigen Richtung, damit wir ihn gleichzeitig lesen konnten. Ich dankte meinem Vater im Stillen dafür, dass er mir das guldanesische Alphabet und die guldanesische Sprache beigebracht hatte, obwohl ich nach veredianischem Glauben erzogen worden war.

Der Notar begann mit einer endlosen Aufzählung aller Vermögenswerte, die mein Vater meinem Bruder vermacht hatte, sowie der Vermögenswerte, die Varrek persönlich besaß und die nun mir gehörten. Trotz seiner eintönigen Stimme gelang es Belduk nicht, mich einschlafen zu lassen. Mein Verstand taumelte von der schieren Größe des Reichtums, den ich nun mein Eigen nennen konnte. Aber mein Selbsterhaltungstrieb schrie auch warnend auf. Das Schimmern in den Augen des alten Mannes, die Art und Weise, wie er sich die Lippen leckte, als er die verwirrenden Summen aufzählte, die auf verschiedenen Konten warteten, ganze Flotten erstklassiger Raumschiffe, technische und medizinische Patente – um nur einige zu nennen , deutete deutlich darauf hin, dass er ein Stück davon, wenn nicht sogar alles davon haben wollte.

Als er sich dem Ende der Liste näherte, warf er mehrmals einen Blick auf meinen Hals und mein linkes Handgelenk, als wolle er etwas bestätigen, was er schon viele Male überprüft hatte. Nach dem Gesetz mussten unverheiratete freie Frauen sich weiß kleiden, um ihren Single-Status zu verdeutlichen. Ein Halsband hingegen bewies, dass sie ihrem zukünftigen Gefährten bereits versprochen waren, während ein Armband die Brautwerbung mit dem Segen des Vaters anzeigte.

Nach einem Augenblick, der sich wie eine Stunde anfühlte, erklärte Belduk schließlich den letzten Punkt. Er schaltete den holographischen Monitor aus, lehnte sich nach vorne und faltete seine Hände auf dem Schreibtisch vor sich zusammen.

„Ein beeindruckendes Erbe, Sana Vrok", stellte er fest.

„In der Tat", bekräftigte ich. „Mein Vater und mein Bruder waren weise Geschäftsleute."

Er nickte langsam. „Ich nehme an, Sie haben Pläne für all diesen Reichtum?"

„Natürlich", bestätigte ich.

Ich hielt seinen Blick einige Sekunden lang stand, um ihm klarzumachen, dass ich nicht die Absicht hatte, es weiter auszuführen, und senkte dann meine Augen, um der Herausforderung auszuweichen. Er würde die Gelegenheit nur allzu gerne ergreifen.

Belduk spitzte die Lippen, eine schwere Stille hing zwischen uns.

„Also, wo muss ich unterschreiben?", fragte ich, als mir das Schweigen zu lange dauerte.

„Nun, so einfach ist das nicht, Sana Vrok", entgegnete Belduk mit falscher Sympathie. „Als freie Frau können Sie ohne Aufsicht eines Vormunds nur Beträge unter hunderttausend Credits erhalten, abheben oder erben. Ihrer rangiert in die Milliarden."

Wollten Sie mich verdammt noch mal verarschen?

Meine Nägel gruben sich in meine Handflächen, während ich darum kämpfte, ein neutrales Gesicht zu wahren.

„Ich wünschte, Sie hätten mich vorher auf diese Tatsache aufmerksam gemacht, sodass ich vorbereitet gewesen wäre, wodurch wir nicht beide unsere Zeit verschwendet hätten", warf ich ein.

Die leichte Verengung seiner Augen bestätigte, dass es meiner Stimme nicht ganz gelungen war, meine brodelnde Wut zu verbergen.

„Oh, wir verschwenden hier keine Zeit, Sana Vrok", erwiderte

Belduk mit einem etwas bösartigen Lächeln. „Ich habe mir erlaubt, Ihren Vormund anzurufen, der von Ihrem Vater vor seinem Tod ernannt wurde."

Mein Blut gefror in meinen Adern. Belduks dünne Lippen verzogen sich zu einem breiten Lächeln. Er wusste, dass dies keine gute Nachricht für mich war.

„Wie aufmerksam von Ihnen", meinte ich mit dünner Stimme.

Meine Gedanken kreisten wild in meinem Kopf, als ich herauszufinden versuchte, wem mein Vater mich hätte geben können und was seine Absichten sein könnten. Zum ersten Mal bedauerte ich aufrichtig, das Angebot meiner Schwester nicht angenommen zu haben, eine kleine tuureanische Flotte mit mir nach Guldar zu schicken, um mein Erbe einzusammeln. Aber das hätte eine ganze Reihe anderer Probleme mit sich gebracht.

Belduk griff nach seinem Com und informierte seine Assistentin, den Gast hereinzubringen. Ich brachte mich unter Kontrolle und setzte einen neutralen Gesichtszug auf. Wer auch immer dieser Mann war, mein Vater hätte ihn nicht ernannt, wenn er nicht ernsthaft glaubte, dass er mir gegenüber richtig gehandelt hätte. Ich hasste es dennoch, mich blind einer Situation stellen zu müssen.

Die Tür öffnete sich, dieselbe Sklavin kam herein, gefolgt von einem auffälligen Guldaner. Er war breit und muskulös, sein lockiges, schulterlanges, braunes Haar umrahmte das hübsche Gesicht mit vollen Lippen, tiefen, grünen Augen und dicken, dunkelbraunen Hörnern. Unsere Augen trafen sich. Den Ausdruck des Schocks auf seinem Gesicht, den mein Anblick ausgelöst hatte, verbarg er schnell. Er erholte sich rasch, schloss die Augen, und seine sinnlichen Lippen verzogen sich zu einem Lächeln voller Bosheit.

Oh Göttin! Doruk!

Als die Assistentin den Raum verließ, runzelte Doruk leicht die Stirn, wodurch mir bewusst wurde, dass ich bei seinem Eintreten nicht aufgestanden war, wie es von Frauen als Zeichen des Respekts erwartet wurde.

„Doruk", grüßte ich ihn und stand mit gesenktem Kopf auf.

„Ravena Vrok“, antwortete er, seine tiefe Stimme ließ mir Schauer über den Rücken laufen.

Eine Million Fragen gingen mir durch den Kopf. Warum im Namen der Göttin würde mein Vater seine abgedrehte, ehemalige rechte Hand zu meinem Vormund ernennen? Mein Vater hatte das größte Sklavenimperium im westlichen Quadranten betrieben. Meine Mutter war sein Eigentum gewesen. Trotzdem war zwischen ihnen eine unwahrscheinliche Liebe aufgeblüht. Doruk, einer seiner Mannschaftskameraden, hatte die privilegierte Behandlung, die meine Mutter und meine Schwestern erfahren hatten, immer gehasst. Obwohl wir uns nie persönlich kennen gelernt hatten, hatte Vater mir viele Bilder von ihm gezeigt. Hatte er im Gegenzug Doruk Bilder von mir gezeigt? Wie viel von meiner Existenz wusste er?

„Meister Belduk“, teilte Doruk dem Notar mit und blieb ein paar Schritte vor mir stehen, „ich hätte gerne einen privaten Moment mit meiner Schutzbefohlenen, bevor wir unsere Angelegenheiten abschließen.“

„Natürlich“, entgegnete Belduk prompt. Er zeigte auf einen Bewegungssensor, der auf seinem Schreibtisch eingebettet war. „Schwenken Sie einfach Ihre Hand darüber, wenn Sie bereit sind, dass ich zurückkomme.“

Ohne ein weiteres Wort zu sagen, verließ er sein Büro und schloss die Tür hinter sich. Doruks Augen wichen nicht von mir ab, während er ein kleines Gerät aus der Tasche seiner schwarzen Anzughose holte. Ich erkannte das Hightech-Verschlüsslungsgerät in Militärqualität. Er legte es auf den Schreibtisch des Notars und aktivierte das Gerät. Dass er jedes Mikrofon oder jede Kamera deaktivieren wollte, die unser Gespräch belauschen könnten, gab mir ein wenig Hoffnung. Aber das Wissen um die Tiefe seines Hasses gegen meine Mutter und meine Schwestern und die Verderbtheit, mit der er die Sklaven an Bord des Schiffes meines Vaters missbraucht hatte, dämpfte sie.

Wieder einmal zog mich Doruk mit seinen Augen aus, diesmal brennend vor Lust. Langsam leckte er sich die Lippen.

„Ich muss deiner Mutter Respekt zollen. Sie hat ein meisterhaftes Spiel gespielt.“

„Meine Mutter hat kein Spiel gespielt", entgegnete ich und hob trotzig mein Kinn an.

„Oh, und ob sie es getan hat", sagte Doruk, rückte näher und kam meinem Körper viel zu nahe. „Sie hat mit deinem Vater bis zu seinem Tot gespielt."

Ich trat einen Schritt zurück, aber er setzte seinen Vormarsch fort. Die Kante des Pultes, die gegen die Rückseite meiner Oberschenkel drückte, hinderte mich daran, mich weiter zurückzuziehen. Er blieb vor mir stehen, sein Becken drückte gegen meinen Bauch. Ich lehnte mich nach hinten und drehte mein Gesicht von seinem weg.

„Sie liebte ihn", widersprach ich und schaute auf die rechte Wand, die mit abstrakter, monochromatischer Kunst bedeckt war.

„Sie hat ihn *schwach* gemacht", zischte Doruk in einem Anfall von Wut.

Die Guldaner respektierten Stärke und Erfolg. Unter den vielen Dingen, die als Schwäche angesehen wurden, rangierte die Liebe an erster Stelle. Emotionen ließen Leute irrational handeln. Ein Guldaner würde, ohne zu zögern, sein eigenes Kind oder seine Mutter verkaufen, wenn es finanziell sinnvoll wäre.

Doruk stützte sich mit einer Hand auf dem Schreibtisch ab, lehnte sich weiter in meine Richtung, seine muskulöse Brust quetschte meine Brüste regelrecht. Ich wollte mich weiter zurücklehnen, aber das würde meine untere Region noch mehr gegen seine drücken.

„Die Gene von Maheva waren immer stark", stellte er fest. Er beugte den Kopf und atmete meinen Duft ein. Seine Lippen streiften fast die Seite meines Nackens. „Sie hat jedem ihrer Mädchen ihre Züge aufgedrückt, außer dieser herrlich unterwürfigen Sevina. Zu schade, dass sie sterben musste."

Mein Gesicht blickte zu seinem, und ich starrte ihn an. Meine Hände ergriffen die Tischkante, damit ich ihm sein Gesicht nicht zerkratzte. Das bösartige Schimmern in seinen Augen bestätigte, dass er mich verspottete und mich herausforderte. Ich habe meine jüngere Schwester Sevina nie kennen gelernt. Als veredianisch-guldanische Hybridin hatte mich mein Vater direkt nach meiner Geburt versteckt, sogar vor meiner eigenen Mutter. Er hatte sie glauben lassen, ich sei eine Totgeburt gewesen, damit er nicht gezwungen war, mich an einen Sammler zu verkaufen. Neunundvierzig Jahre waren vergangen, bis ich meine Mutter endlich zum ersten Mal kennen lernte, und das war erst vor wenigen Wochen gewesen. Wegen ihrer starken kinetischen Fähigkeiten hatte mein Vater Sevina auf eine Mission geschickt, um etwas zu holen, das er für eine große Lieferung Celesium hielt, ein seltenes Metall, das ein Vermögen wert war. Stattdessen hatte sie Kaledium gefunden, ein hoch radioaktives Metall. Sevina war bald darauf an einer Strahlenvergiftung gestorben.

Ich hielt Doruks Blick fest, diesmal weigerte ich mich, mich einschüchtern zu lassen oder mich den zurückgebliebenen guldanischen Regeln zu beugen.

Sein Lächeln wurde breiter. „Du hast dasselbe Feuer wie deine Mutter und Sevinas Tochter. Diese arroganten kleinen Schlampen. So sehr ich sie auch hasste, ich hätte alles für eine Chance gegeben, sie bis zur Besinnungslosigkeit zu ficken. Besonders die enge Fotze deiner Nichte Amalia."

Ich starrte ihn schweigend an und weigerte mich, mich von ihm provozieren zu lassen.

„Vielleicht werde ich dich einfach nur ficken", teilte mir Doruk mit.

Seine Hand rutschte unter mein tiefes Dekolleté, um eine meiner Brüste zu umschließen. Ich kniff die Lippen zusammen, starrte ihn aber weiterhin schweigend an. Doruk schnippte mit dem Daumen über meine Brustwarze hin und her und zwickte sie dann brutal, sodass ich zischte, bevor er sie losließ. Sein Blick folgte der Bewegung seiner Fingerspitzen, während er eine Linie von meinem Nacken über die Kurve meiner Schulter bis hinunter zu meinem Arm zog.

„Ich wette, dass deine weiche Haut ein Transplantat ist, hinter dem sich einige schöne veredianische Markierungen verbergen", mutmaßte Doruk, bevor er mir wieder in die Augen blickte.

Ich hatte genug.

„Was willst du, Doruk?", fragte ich. „Willst du ficken? Ist das alles? Ist das dein Preis, um das Schauspiel zu beenden, damit wir das

Geschäft abschließen können und ich meinen Arsch von diesem Planeten kriege?“

Seine Augen weiteten sich bei meinem unerwarteten Ausbruch und meiner groben Sprache. Als mein Vormund konnte er mich nach den guldanischen Gesetzen für ein Verhalten disziplinieren, das zweifellos als respektlos angesehen werden würde. Aber ich war fertig damit, sein Spiel zu spielen. Wenn er mich bloßstellen wollte, würde nichts, was ich tat oder sagte, etwas daran ändern. Mein Vater hätte mich jedoch nicht in diese Situation gebracht, wenn er nicht glauben würde, dass Doruk das Richtige tun würde. Und mein Vater hat nicht gespielt, vor allem nicht, wenn es um seine einzige Tochter ging.

„Willst du wissen, wie sich eine hybride Muschi anfühlt?“, fragte ich, legte meine beiden Hände auf seinen Arsch und stieß nach vorne gegen ihn. „Ich glaube nicht, dass Belduk das Gutheißen würde, aber ich bin sicher, dass es hier einen geeigneten Platz gibt, den wir nutzen können.“

Doruk packte schmerzhaft eine Handvoll meiner Haare an meinem Hinterkopf und zog mein Gesicht zentimeterweise von seinem ab.

„Du glaubst, ich würde deinen Bluff nicht durchschauen, kleines Mädchen“, fragte er, seinen Atem gegen meine Lippen fächelnd. „Glaubst du, ich hätte Skrupel, deine enge Fotze auf den schicken Möbeln des alten Bastards zu ficken?“

Er zerquetschte meine Lippen in einem brutalen Kuss, seine Hand ließ mein Haar los und schloss sich um eines meiner Hörner in einer Geste der Kontrolle, der Dominanz. Seine Zunge drang in meinen Mund ein. Ich wehrte mich nicht, aber ich reagierte nicht auf sein Handeln. Obwohl Doruks Schwanz sich gegen meinen Unterleib presste, ließ meine anfängliche Angst, als ich ihn den Raum betreten sah, immer weiter nach.

Er unterbrach den Kuss und blickte mir tief in die Augen. Seine glühten. Unter anderen Umständen hätte ich vielleicht einem Stelldichein mit ihm zugestimmt. Ich machte mir zwar nicht viel aus hübschen Männern, da ich große und stämmige vorzog. Nach dem Kuss zu urteilen, so unwillkommen er auch war, hatte Doruk eindeutig ein gewisses Geschick. Aber er war ein Monster, das unzählige Sklavinnen vergewaltigt und misshandelt und jede Frau in meiner Familie bedroht hatte.

„Um deine Frage zu beantworten, *Beschützer*, ich glaube, du bist hierhergekommen, um die Wünsche meines Vaters zu ehren."

Obwohl er versuchte, es zu verbergen, habe ich sein leichtes Zwinkern nicht übersehen. Wie erwartet, hatte ich einen Nerv getroffen. Doruk war ein Tyrann. Er genoss es, seine Dominanz über andere auszuüben und nur zum Vergnügen, sich an ihrer Not zu weiden. Aber trotz all seiner Fehler war Doruk das treueste Besatzungsmitglied meines Vaters gewesen.

„Dein Vater war ein Narr", schimpfte Doruk. „Ihm lag die Welt zu Füßen und er warf für eine Frau alles weg. Jeder Guldaner würde dich nach Hause schleifen, dich brutal ficken, bis die Schuld getilgt ist, und dich dann für das Vermögen verkaufen, von dem wir beide wissen, dass du es wert bist. Sein Blick schweifte über mich hinweg. „Wie alle Veredianerinnen bist du verdammt heiß."

„Aber das wirst du nicht", sagte ich ganz sachlich.

Er schob mein Horn weg, das er gehalten hatte, warf meinen Kopf zurück und entfernte sich schließlich von mir.

„Werde nicht übermütig bei mir, kleines Mädchen. Dein Vater hat mir zweimal das Leben gerettet und mir eine weitaus bessere Zukunft geschenkt, als ich mir je hätte erhoffen können. Ich würde dich im Handumdrehen verkaufen, aber ich habe immer gewusst, dass der Tag kommen würde, an dem er den Gefallen zurückfordern würde. Und so werde ich mich fügen. Aber täusche dich nicht, diese Ehrenschuld ist nun vollständig zurückgezahlt. Wenn das alles unterschrieben ist, verlässt du Guldar vor Sonnenaufgang. Gharah ist mein Zeuge, wenn wir uns wieder über den Weg laufen, werde ich dich zu meiner Hure machen."

Er beugte sich nach vorne, nahm sein Verschlüsselungsgerät, deaktivierte es und steckte es dann in seine Taschen. Er vergewisserte sich, dass seine Kleidung nicht durcheinander war und winkte dann mit der Hand über den Bewegungsmelder. Ich strich mit den Fingern über mein Haar, um es zu fixieren, nachdem Doruk mich grob behandelt hatte, und blickte auf mein Dekolleté, um sicherzugehen, dass meine Brust nicht heraushing.

Belduks neugierige Augen blickten zwischen Doruk und mir hin und her, als er eintrat. Ich wartete, bis beide Männer Platz genommen hatten, bevor ich mich wieder auf meinen Stuhl neben meinem Vormund setzte.

„Es ist gut, Sie hier zu haben, um dieses beträchtliche Erbe zu ordnen, Sen Sidik", sagte Belkduk.

Ich bäumte mich auf, aber ich zügelte mein aufbrausendes Temperament.

„Es gibt nichts zu klären", unterbrach ihn Doruk abgeschnitten. „Gruuk Vrok hat sein gesamtes Vermögen seiner Tochter Ravena Vrok, meiner Schutzbefohlenen, vermacht, die ich in der neben mir sitzenden Frau gebührend wiedererkenne."

„Aber ... aber ..." stotterte Belduk, seine grauen Augen verdrehten sich in seinem langen Gesicht. „Sie ist unverheiratet! Das ist viel zu viel Reichtum, um ihn in den Händen einer Frau zu lassen. Den Aufzeichnungen zufolge ist Sana Vrok nur noch wenige Tage von ihrem fünfzigsten Geburtstag entfernt. Ihre Geburtsjahre sind vergänglich. Sie muss in aller Eile verheiratet und befruchtet werden, um einen Erben dieses beträchtlichen Vermögens zu sichern. Bis dahin sollte dieser Nachlass unter der Gerichtsbarkeit eines fähigen Mannes sicher verwahrt werden."

„Und welcher Mann wäre das?", fragte Doruk. „Sie etwa?"

Belduk leckte sich die dünnen Lippen und die Gier blitzte unverkennbar in seinen Augen. „Nun, ich bitte nicht um die Ehre, aber ich bin ganz sicher hoch qualifiziert für diese Rolle."

„Und als Nächstes werden Sie darum bitten, auch sie zu umwerben, damit ihre Geburtsjahre nicht vergeudet werden?„

Doruks Stimme triefte vor Sarkasmus. In einer anderen Umgebung wäre das genau meine Art von Antwort gewesen.

Das Gesicht des Notars erhitzte sich, als er so brutal mit seinen offensichtlichen Plänen konfrontiert wurde.

Belduk stotterte. „Ich ... Ich habe nicht ..."

„Dafür habe ich keine Zeit", unterbrach Doruk. „Geben Sie Sana

Vrok das Annahmeformular zur Unterschrift. Überweisen Sie dann alle Vermögenswerte auf ihren Namen und die Gelder auf ihre Konten. Ich möchte eine Bestätigung, bevor wir dieses Büro verlassen."

Mein Herz hüpfte vor Freude in meiner Brust. Ich hatte einen schweren Kampf befürchtet, und dass Belduk zahllose administrative Schlupflöcher erfinden würde, die speziell dazu gedacht waren, meine Fähigkeit, mein Erbe in Besitz zu nehmen, zu verzögern oder zu vereiteln. Mit Doruks Forderung wäre ich frei, zu gehen, vor allem in Anbetracht seines 24-Stunden-Ultimatums.

„Bevor Sie gehen?", rief Belduk aus, dann schüttelte er den Kopf. „Das ist nicht möglich, Sen Sidik. Transaktionen dieser Größenordnung brauchen Tage, um sicherzustellen, dass sie auf die richtigen Konten verteilt werden. Es gibt steuerliche Überlegungen und ..."

„Halten Sie mich für einen Schwachkopf, Meister Belduk", spuckte Doruk in einem bedrohlichen Tonfall. „Ich war die rechte Hand von Gruuk Vrok, der das größte Sklavenimperium in diesem Quadranten, wenn nicht sogar im gesamten bekannten Universum, führte. Ich weiß, wie schnell große Transaktionen abgeschlossen werden, wenn sie über legale Kanäle abgewickelt werden. Wir haben ganze Festungen und Flotten interstellarer Schiffe gekauft und das volle Eigentum innerhalb von Minuten übertragen. Also verarschen Sie mich nicht. Zahlen Sie jetzt dieses verfluchte Erbe aus."

Obwohl ich mir auf die Zunge gebissen habe, ist es mir kläglich misslungen, mein Grinsen zu verbergen. Belduk blickte uns beide nacheinander an und murmelte etwas vor sich hin. Er tippte ein paar Anweisungen auf seinem Datenpad ab, bevor er es vor mir auf den Schreibtisch legte. Doruk griff zur gleichen Zeit wie ich nach dem Tablett und schnappte es sich, während er mir den „Hände weg"-Blick zuwarf. Ich bettete meine Hände auf meinem Schoß und erinnerte mich daran, mich zu beruhigen. Bald würde dies alles vorbei sein.

Doruk las die Seiten des Annahmeformulars durch und verlangte dann, die Anhänge, auf die es sich bezog, auch für seine Überprüfung zur Verfügung zu stellen. Ein kluger Antrag, wenn man bedachte, dass die Anhänge die erschöpfende Liste der Vermögenswerte enthielten. Belduk hätte einige Punkte aus der Liste heraushalten können. Es stellte sich jedoch heraus, dass alles in Ordnung war. Trotz seiner Gier hatte der Notar eine erfolgreiche Kanzlei, die er wegen eines versuchten Betrugsversuchs nicht aufs Spiel setzen würde.

Doruk streckte mir das Datenpad entgegen, und ich drückte meinen Daumen auf das Unterschriftenfeld. Trotz seines offensichtlichen Missfallens nahm Belduk es mir ab und fuhr fort, die Übertragung auszuführen. Es stellte sich als die längste Stunde meines Lebens heraus, in der ich einfach schweigend dasaß, völlig ignoriert von den beiden Männern. Wie krank Doruk auch immer sein mochte, mein Vater hatte eine gute Wahl getroffen, als er ihn zu meinem Vormund ernannte. Er überprüfte jede einzelne abgeschlossene Transaktion dreifach und stellte sicher, dass ich das volle Eigentum besaß, frei von jeder Art von Hypotheken oder Ansprüchen. Für den Zugriff auf die Vermögenswerte waren meinerseits keine weiteren Maßnahmen erforderlich. Dank der Weitsicht meines Vaters war, abgesehen vom Familienbesitz auf Guldar, sein gesamter Besitz in intergalaktischen Banken und damit außerhalb der Gerichtsbarkeit von Guldar untergebracht worden. Einmal unter meinem Namen, konnte Belduk nichts rückgängig machen, ohne eine Klage beim Finanzgericht des Galaktischen Rates einzureichen.

Als es endlich vorbei war, bemühte sich Belduk nicht mehr, seinen Unmut zu verbergen. Er war genauso glücklich, uns von hinten zu sehen, wie wir sein Büro verlassen mussten. Auf dem Weg zum Aufzug befahl Doruk dem Diener, seinen Schwebewagen nach vorne bringen zu lassen. Er fuhr zur selben Zeit vor, als wir den Eingang erreichten. Der feste Griff meines Wächters auf meinem Oberarm machte deutlich, dass er noch nicht bereit war, sich von mir zu trennen.

Die Beifahrertür des kugelförmigen, silberfarbenen Fahrzeugs glitt auf. Doruk hielt immer noch meinen Arm fest und führte mich zu ihm, und für eine Sekunde ergriff das Gefühl der Angst meine Sinne. Hatte er so gründlich darauf geachtet, dass ich den Nachlass vollständig besaß, damit er mich zwingen konnte, alles ihm zu übergeben? Als mein Vormund fiel er unter die ungeschriebene Regel und durfte mich nicht als seine Gefährtin nehmen, um eine missbräuchliche Aneignung des Vermögens zu verhindern. Aber diese Regel war schon einige Male zuvor gebrochen worden. Da er kaum etwas mehr als fünfzehn Jahre älter als ich war und ein beträchtliches eigenes Vermögen besaß, würde er als ein geeigneter Ehemann angesehen werden.

Ich stieg in das Fahrzeug ein, die Tür schloss sich fast augenblicklich hinter mir und wartete, bis Doruk hinter dem Fahrersitz einstieg.

„Reiseziel Vrok Anwesen", sagte Doruk zur künstlichen Intelligenz des Fahrzeugs, sobald sich seine Tür schloss.

Ich atmete erleichtert auf; er entführte mich nicht an einen verlassenen Ort.

„Bestätigt", sagte die künstliche Intelligenz.

Unsere Sicherheitsgurte legten sich automatisch um uns, und das Fahrzeug hob ab, stieg etwa fünfzig Meter in die Höhe und flog mit Autopilot auf das Haus meines Vaters zu.

Das Schweigen hing schwer zwischen uns. Es machte mir nichts aus, dass ich mit diesem Mann keinerlei Bindung eingehen wollte. Er starrte vor sich hin und grübelte. Mein eigener Verstand sortierte alles, mit dem ich vor meiner Abreise fertig werden musste.

Das Schwebefahrzeug verlangsamte sich, als es auf den Landeplatz des Anwesens fuhr, und zog mich aus meinen Träumereien heraus. Ich drehte mich zu Doruk um, der weiter nach vorne starrte. Was gäbe ich nicht dafür zu wissen, welche Gedanken ihn gerade beschäftigten.

„Danke für alles", sagte ich, wobei mir die Worte etwas schwer auf der Zunge lagen.

„Ich habe es nicht für dich getan", knurrte er mit einem Seitenblick.

Na ja, ich habe es versucht.

Ich zuckte die Achseln. „Trotzdem danke."

Das Schwebeauto hielt an, und diesmal drehte sich Doruk in meine Richtung, seine grünen Augen bohrten sich mit einem kalten, harten Schimmer in mich hinein.

„Bei Sonnenaufgang bist du von meinem Planeten verschwunden. Und höre gut auf meine Warnung, Ravena Vrok. Sieh zu, dass sich unsere Wege nie wieder kreuzen, denn es wird nicht der Freund deines Vaters sein, den du treffen wirst."

Er winkte mit der Hand vor dem Bedienfeld des Fahrzeugs, und meine Tür glitt auf.

„Zur Kenntnis genommen, Sen Sidik“, bestätigte ich. „Nur damit das klar ist, das Gleiche gilt auch für dich.“

Sein Lachen hallte hinter mir wider, als ich aus dem Fahrzeug ausstieg.

„Ich hoffe, wir sehen uns wieder, kleine Veredianerin“, sagte Doruk. „Ich werde dich genießen.“

Ich schaute über meine Schulter und lächelte ihn an. „Nein, Sen Sidik. *Ich* werde *dich* auf den Knien wie einen braven Jungen genießen und dir die Strafe zukommen lassen, die du mehr als verdient hast.“

Doruk brach in Lachen aus, ein undefinierbarer Glanz erstahlte seine Augen.

„Arrogant, genau wie deine Mutter“, sagte er und schüttelte den Kopf. Die Beifahrertür schloss sich, und ohne mich eines weiteren Blickes zu würdigen, drehte er das Fahrzeug um und fuhr weg.

Ein schweres Gewicht fiel von meinen Schultern, als er aus dem Blickfeld verschwand. Ich ging die Treppe zu dem zweistöckigen Herrenhaus hinauf, das von einem Landschaftsgarten umgeben war. Ich hatte nie ganz verstanden, warum mein Vater dieses spezielle Haus erworben hatte. Isoliert auf einem großen Grundstück, ganz aus Metall und Glas gebaut, sah es mit seinen geschwungenen Winkeln und den von der Wand bis zur Decke reichenden Fenstern ebenso kalt wie glatt aus. Das Innere fühlte sich ebenso klinisch an mit einem Überfluss an Weiß und Hellgrau. Zumindest wirkten die Räume dadurch noch heller und geräumiger, als sie ohnehin schon waren. Ich hatte dieses Haus als Kind einmal besucht. Mein Vater hatte erklärt, dass sich ein Innenarchitekt um die Einrichtung gekümmert hatte. Mir war damals klar geworden, dass er es nur besaß, um während seiner seltenen Besuche in Guldar eine Bleibe zu haben, aber er betrachtete diesen Ort nicht als sein Zuhause. Der Göttin sei Dank, denn ich würde keine Träne vergießen, wenn es nach meiner Abreise beschlagnahmt würde.

Während die Uhr tickte, stieg ich aus meinem lächerlichen, traditionellen guldanischen -Kleid aus. Ich liebte es, mich sexy anzuziehen und ein bisschen Haut zu zeigen, aber nicht, wenn mein Körper aufgrund der Gesetze der Männer entblößt sein sollte.

Der Arbeitsaufwand, der mich erwartete, war gewaltig. Aber zum

Glück war ich vor einigen Tagen angekommen und hatte im ehemaligen Büro meines Vaters damit begonnen, die Akten meines Bruders zu sortieren. Varrek hatte es sich seit dem Tod unseres Vaters zu eigen gemacht.

Nachdem ich alle Gegenstände und Erinnerungsstücke, die ich mitnehmen wollte, eingepackt hatte, setzte ich mich an Varreks Schreibtisch und begann, jede einzelne Datei herunterzuladen und zu übertragen.

KAPITEL 2
MERCY

Der Glockenschlag des Außenalarms, der an meiner Armbinde ertönte, erschreckte mich. Ich murmelte ein Schimpfwort über das ungebetene Eindringen und sicherte die Kiste, die ich in den Laderaum meines persönlichen Shuttles gestellt hatte. Als ich die Überwachungsmonitore in der Shuttlerampe einschaltete, scannte ich schnell die verschiedenen Kameraaufnahmen. Zu meiner Erleichterung schienen nur zwei Männer auf einen der Seiteneingänge des Hauses zuzulaufen. Das Flackern der Bilder bedeutete, dass sie einen Scrambler aktiviert hatten, dem es noch nicht gelungen war, die rotierenden Frequenzen Varreks zu durchbrechen. Trotz der Abgeschiedenheit des Hauses und des zusätzlichen Vorteils des nächtlichen Schutzes war es für die Eindringlinge sinnvoll, den unauffälligsten Ort zu suchen, um die Schlösser zu knacken und in das Haus einzubrechen.

Hätten sie weitere zehn Minuten Verspätung gehabt, würden sie auf die verblassenden Lichter meines startenden Shuttles starren. Ich überlegte eine Minute lang, ob ich sie zur Rede stellen sollte oder nicht. Sie trugen Zivilkleidung und wirkten nicht bewaffnet, obwohl sie wahrscheinlich eine Art versteckte Waffe hatten. Wenn Doruk sie geschickt hätte, wüsste er zweifelsfrei, dass ich allein im Haus war. Da er nicht das Ausmaß meiner Kampffähigkeiten kannte, würde er mich wahrscheinlich für eine leichte Beute halten. Dennoch bezweifelte ich, dass er dahinter steckte. Er hatte mir bis zum Morgen Zeit gegeben, und ich vertraute darauf, dass er sein Wort halten würde.

Das deutet auf Belduk.

Als er mich heute Morgen allein in sein Büro kommen sah, hat er wahrscheinlich gemerkt, dass ich keinen Beschützer vor Ort hatte. Ich hielt ihn für gierig genug, um mich entführen zu lassen. Er hatte die Mittel, meinen Reichtum spurlos in seinen eigenen Schatullen verschwinden zu lassen, und mich mit ihnen zusammen. Ich vertraute zwar auf meine Fähigkeit, diese beiden Männer zur Strecke zu bringen, doch der Kampf gegen sie erschien mir als unnötiges Risiko. Sie könnten Verstärkung außerhalb der Reichweite meiner Detektoren haben. Schlimmer noch, sie könnten irgendeine verrückte neue guldanische Technologie haben, die ich nicht abwehren konnte, selbst mit all den tuureanischen Verbesserungen, mit denen mein Schiff dank meiner kleinen Schwester aufwarten konnte.

Zwischen der Belästigung von Doruk und der Falschheit von Belduk hätte ich es begrüßt, wenn ich die Gelegenheit gehabt hätte, der heutigen Frustration Luft zu machen. Aber es hätte noch einen weiteren Tag warten müssen. Ich fluchte wieder und erinnerte mich an die Tasche, die ich noch nicht aus meinem Schlafzimmer heruntergebracht hatte. Ein kurzer Blick auf den Monitor zeigte an, dass sich die Männer einer der Seitentüren näherten. In der Zeit, die sie brauchen würden, um das Schloss zu durchbrechen, konnte ich hinauflaufen, um die Tasche zu holen, wieder hinuntergehen und abheben. Aber auch das fühlte sich als zu großes Risiko an. Die Tasche enthielt nichts von sentimentalem Wert; nur einige Kleidungsstücke, Toilettenartikel und ein paar weibliche Annehmlichkeiten.

Ich sprang ins Innere des Shuttles, zündete das Triebwerk und öffnete die Tür der Shuttlerampe. Die kurze Startbahn außen und die Flutlichter daneben leuchteten auf. Obwohl die Eindringlinge das Öffnen der Tür nicht gehört hätten, wären die Lichter ein eindeutiges Zeichen dafür gewesen. Inzwischen rannten sie wahrscheinlich schon zum Eingang, um zu sehen, was vor sich ging.

Ich schoss aus der Shuttlerampe und startete einen Weitstreckenscan. Durch das Fenster beobachtete ich die beiden Männer, die zum Eingang des Hauses rannten und mich ansahen. Obwohl sie mich nicht sehen konnten, winkte ich ihnen spöttisch zu. Sie rannten auf ihr persönliches Shuttle zu, das hinter den hohen Büschen in geringer Entfernung vom Anwesen versteckt war. Zu meiner Erleichterung erfasste der Scanner keine anderen Schiffe in der Nähe. Das bedeutete aber nicht, dass sie nicht kommen würden.

Als ich nach oben raste, um die Atmosphäre von Guldar zu verlassen, zeigte mein Radar das Shuttle der beiden Männer an, die die Verfolgung aufnahmen. Wie ich flogen sie direkt unter der Geschwindigkeitsbegrenzung, die eine Anfrage der Bodenkontrolle auslösen würde. Ich konnte es mir nicht leisten, ihre Aufmerksamkeit zu erregen. Eine alleinstehende Frau, freie Frau hin oder her, hatte kein Recht, den Planeten ohne Aufsicht zu verlassen. Sobald ich die Atmosphäre von Guldar verlassen hatte, konnte ich mein Shuttle auf die höchste Geschwindigkeit bringen. Mit meinem derzeitigen Vorsprung würden mich diese Bastarde niemals einholen.

Und dann tauchte ein zweites Schiff auf meinem Radar auf, das sich auf Abfangkurs bewegte. Wenn ich unsere Flugbahnen berechnete, wären sie direkt über mir, wenn ich Guldars Geschwindigkeitsbegrenzungszone verließ. Wahrscheinlich würden sie mich mit einem Traktorstrahl außer Gefecht setzen, was meine Aufgabe, sie abzufertigen, erleichtern würde. Aber ich musste mich auf den Fall vorbereiten, falls sie versuchen würden, mich mit einem EMP-Schlag zu treffen, um die Systeme meines Schiffes zu zerstören und mich blind fliegen zu lassen.

Ich leitete alle nicht lebensnotwendige Energie auf meine Schilde um und hielt einen stetigen Kurs. Die Schiffskommunikation piepte mit einem ankommenden Hagel aus dem Shuttle der Eindringlinge. Ich ignorierte ihn. Minuten später wich Guldars schimmernder Nachthimmel der unendlichen, sternenklaren Dunkelheit des Weltraums. Kaum hatten wir die Sperrzone verlassen, feuerte das zweite Schiff seinen Traktorstrahl auf mich ab. Mein Shuttle zuckte unter dem Zug, der es zu einem Schnellstopp zwang.

Ich lächelte.

„Zeit für euch Bastarde zu erfahren, warum man sich nicht mit einer Veredianerin anlegen sollte."

So sehr ich auch mit diesen Söhnen eines Krillik spielen wollte, musste ich dieses zweite Schiff loswerden, bevor das Shuttle der Möchtegern-Eindringlinge mich einholte. Ich feuerte meinen eigenen Traktorstrahl auf sie ab, nicht um ihr Schiff zu zerstören, sondern weil meiner eine Reihe von Nanobots freisetzen würde, die speziell mit einem einzigen Befehl kodiert sind: jedes nicht lebenswichtige System abzuschalten. Wie erwartet, begannen innerhalb von Sekunden, nachdem ihr Schiff von meinem Traktorstrahl getroffen wurde, seine Lichter zu flackern, als alle Systeme deaktiviert wurden.

So hatte ich das Schiff meines Bruders kampfunfähig gemacht, als ich es vor einigen Wochen gekapert hatte.

Das Schiff der Eindringlinge hat mich schließlich eingeholt. Sie haben ihren Strahl nicht auf mich gerichtet. Als ich versuchte, meinen Strahl auf sie zu richten, hinderte ihr Schild meine Nanobots daran, ihre Systeme zu erreichen. Statt der EMP-Explosion, die ich erwartet hatte, feuerten sie Photonentorpedos auf mich ab.

Was sollte der Scheiß?

Versuchten sie tatsächlich, mich umzubringen? Obwohl ich durch den Aufprall brutal durchgeschüttet wurde, absorbierten meine Schilde den Schaden. Aber ich wollte nicht warten, um zu sehen, zu was sie bereit waren. Während ich meinen EMP auflud, führte ich einige Ausweichmanöver aus, um ihren anderen Schüssen auszuweichen. Ich hatte kein Problem damit, zu töten. Unter anderen Umständen hätte ich ihre Ärsche nach dem ersten Schuss in die Luft gejagt. Ein guldanisches Leben im guldanischen Raum zu nehmen, würde jedoch eine Untersuchung auslösen, die ich nicht brauchte. Je weniger sie über mich wussten, desto besser.

Mein EMP ertönte und zeigte eine volle Ladung an. Ich zielte und gab einen ersten Schuss ab, um ihren Schild zu zerstören, und feuerte dann sofort einen zweiten Schuss ab, um ihre Systeme außer Gefecht zu setzen. Der Start ihres Notsignals war die einzige Bestätigung, die ich brauchte und die sie nicht verfolgen konnten. Ich wählte den voreingestellten Kurs zur Raumstation Belevar und leitete den Warpsprung ein, um von hier zu verschwinden.

Ich musste mein Schlachtschiff, den Falken, zurückfordern, den ich dort zurückgelassen hatte. Obwohl es ein guldanisches Schiff war, hätte ich aufgrund seiner Größe an einem der Raumhäfen von Guldar andocken müssen. Das wiederum hätte bedeutet, dass ich durch Zoll und Grenzpatrouille hätte gehen müssen. Ich schickte meiner kleinen Besatzung eine Nachricht, sich auf die bevorstehende Abreise vorzubereiten; ich wollte, dass das Schiff bei meiner Ankunft wieder aufgefüllt und aufgetankt haben.

Nach dem Sprung und einem halbstündigen Flug erschien die massive Silhouette der Raumstation Belevar auf dem Bildschirm. Meinem Vater gehörte diese Station fast vollständig, er hatte viele Hände geschmiert und mehrere Unternehmen finanziert, die dort tätig waren. Sogar deren Strafverfolgungsbehörden standen auf seiner Gehaltsliste.

Nach dem Tod unseres Vaters hatte Varrek dafür gesorgt, diese Beziehungen aufrechtzuerhalten. Und das tat ich jetzt auch. Zum Glück war Belevar eine intergalaktische Raumstation. Die Einheimischen scherten sich einen Dreck um Geschlecht, Rasse oder kulturelle Überzeugungen. Solange man hier Credits hatte, arbeiteten sie gerne mit einem zusammen. Obwohl ich die relative Sicherheit, die ich auf dem Belevar genoss, zu schätzen wusste, erwartete mich am anderen Ende der Galaxie im östlichen Quadranten eine dringende Angelegenheit.

Ich landete in der Shuttle-Bay meines Schlachtschiffes, das immer noch an der Station Belevar angedockt war. Mein Erster Offizier, Sarah, begrüßte mich bei meiner Ankunft. Sie hatte nichts Wichtiges zu berichten, außer mich vor der ungewöhnlich starken guldanischen Präsenz auf der Station zu warnen. Meine Anwesenheit zog auf dem Belevar nicht länger die Aufmerksamkeit auf sich. Die meisten Leute hier wussten, dass ich Gruuks Tochter war. Sie wussten auch, dass sie sich nicht mit mir anlegen durften. Sie hatten nur keine Ahnung, dass ich halb Veredianerin war. Selbst hier trug ich meine Prothetik.

Sobald Sarah ihren Bericht fertiggestellt hatte, befahl ich ihr, Kurs auf die Venus Hive-Vergnügungsschiffe im östlichen Quadranten zu nehmen. Sie erhob neugierig ihre Augenbraue, aber ich lächelte nur, sodass ihrer Wissensdurst nicht gestillt wurde. Sarah gehörte nicht zu meinem sehr begrenzten inneren Kreis. Da meine gegenwärtige Mission mich an viele gefährliche Orte führen würde, wollte ich nicht riskieren, meine übliche Besatzung mitzunehmen, die hauptsächlich aus weiblichen Veredianerinnen bestand. Sie und der Rest meiner derzeitigen Crew gehörten zu einem vertrauenswürdigen Kreis terranischer und dantorianischer Söldner, mit denen ich oft Geschäfte machte. Obwohl der Galaktische Rat die Veredianerinnen zu einer vom Aussterben bedrohten Spezies erklärt hatte und sie daher unter seinem Schutz standen, mussten wir dennoch vorsichtig sein; das bedeutete, an sicheren Orten eingesperrt zu bleiben.

Und ich hatte es satt.

Ich hatte es satt, mich zu verstecken und versteckt zu werden. In ein paar Wochen würde ich meinen fünfzigsten Geburtstag feiern. Ein Drittel meiner Lebensspanne war im Verborgenen verschwendet worden, aus Angst, an Sammler verkauft zu werden. Aber schlimmer noch, um zu verhindern, dass die Guldaner meine Mutter zwingen, sich von möglichst vielen Guldanern schwängern zu lassen, in der Hoffnung, dass sie eine andere wie mich gebären würde.

Guldanische Hybriden waren extrem selten, da sich die Guldanerinnen außerhalb unserer Rasse normalerweise nicht paaren durften und Frauen anderer Arten die Schwangerschaft nicht überleben konnten. Guldanische Babys kamen voll gehörnt auf die Welt. Die bösartig scharfen Spitzen zerfetzten die fremden Mütter von innen heraus. Aber die Guldanerinnen hatten eine innere Schale entwickelt, die uns schützte. Meine Mutter hatte die Geburt nur wegen ihrer veredianischen Psi-Fähigkeit überlebt. Sie war eine mächtige Heilerin. Mit einer Berührung konnte sie alle Schnitte, Wunden, Knochenbrüche und sogar alte Narben flicken.

Vor einigen Wochen hatte ich sie schließlich zum ersten Mal getroffen. Ich vermisste sie schrecklich. Ein Teil von mir wollte nach Xelix Prime zurückkehren, wo sie jetzt mit meiner Schwester, meiner Nichte und deren Partnern lebte, bevor sie sich auf den Weg in den östlichen Quadranten machte. Mutter hatte nichts von meiner Existenz gewusst. Während sie sich über meine Rückkehr gefreut hatte, reagierte der Rest unserer Familie mit gemischten Gefühlen, als sie entdeckte, dass sie meinen Vater tatsächlich geliebt hatte. Schließlich hatte er seinen Reichtum aufgebaut, indem er Veredianerinnen versklavte und zwangszüchtete. Meine jüngste Schwester, Aleina, hatte es am schwersten getroffen. Sie hatte schließlich ihren Frieden damit gemacht, aber ihre Beziehung zu Mutter war dadurch auf immer gezeichnet.

Obwohl es nicht meine Last war, die ich zu tragen hatte, fühlte ich mich wegen der Handlungen meines Vaters sehr schuldig. Und doch liebte ich ihn. Er war gut zu mir gewesen und hatte so viele Opfer gebracht, um meine Mutter und ihre anderen Kinder zu schützen. Doch trotz seiner Bemühungen, seine Sklavinnen freundlich zu behandeln, konnte der Schmerz und das Leid, das seine *Geschäfte* verursachten, nie geleugnet oder übersehen werden.

Meine Familie hatte mich mit offenen Armen aufgenommen, aber ich wusste, dass sie jedes Mal, wenn sie auf mein Gesicht blickten, das auf unheimliche Weise dem meiner Mutter ähnelte, auch die schwarzen Haare, die schwarzen Augen und die schwarzen Hörner sahen, die ich von meinem Vater geerbt hatte. Mein Erbe zurückzubekommen war nur eines meiner Ziele gewesen, als ich mich auf diese Mission begab. Obwohl ich mich finanziell auf mich allein gestellt fühlte, würde der enorme Reichtum, den ich von meinem Vater geerbt hatte, wesentlich dazu beitragen, den Bau der neuen Heimatwelt für die befreiten Veredianerinnen zu finanzieren. Aber noch wichtiger war, dass ich hoffte, die Kundenliste meines Bruders wiederzuerlangen. Damit konnte ich alle veredianischen Sklavinnen ausfindig machen, die im Laufe der Jahre verkauft worden waren; unter ihnen Galicia und Gerana, die Zwillingstöchter, die meine Mutter nach ihrer dritten Schwangerschaft zur Welt gebracht hatte.

Ich konnte den Schaden, den mein Vater angerichtet hatte, nicht ungeschehen machen, aber meiner Mutter ihre Kinder zurückgeben und zur Befreiung all der anderen Veredianerinnen beizutragen, war das Mindeste, was ich tun konnte. Nach dem, was ich bisher in Varreks Akten gefunden hatte, war er dabei, eine neue Basis auf Braxia zu errichten. Da der Galaktische Rat gegen die Sklaverei im westlichen Quadranten vorgegangen war, hatte es Sinn gemacht, seine Geschäfte nach Osten zu verlegen. Ich wusste nicht viel über Braxia, außer dass die Männer fabelhaft massiv und brutal aussahen. Leider behandelten sie Frauen nach allem, was man hörte, noch schlechter als Guldaner es taten.

Zum Glück arbeitete mein alter terranischer Freund William als rechte Hand von Anton Aldriss, dem mächtigen braxianischen Hybriden, dem das Hive-Netzwerk gehörte: die größte und luxuriöseste Kette von Vergnügungsschiffen im östlichen Quadranten. Er hatte uns zuvor seine Ressourcen zur Verfügung gestellt, um meinen Bruder ausfindig zu machen. Ich hoffte, er würde mir wieder helfen, da er starke Verbindungen zu Braxia hatte.

Ich freue mich darauf, den Venus Hive wieder zu besuchen. Abgesehen von Tuur – der neuen Heimatwelt der Veredianerinnen – und Xelix Prime, wo unsere stärksten Verbündeten lebten, war dieses Vergnügungsschiff einer der wenigen Orte, an denen ich ganz ich selbst sein konnte; keine Maske, keine Verkleidung. Nur ich selbst. Ravena Mercy Vrok.

Ich ließ mich an meinem Schreibtisch in meinem persönlichen Quartier nieder und schickte William eine Videobotschaft, um ihn von meiner bevorstehenden Ankunft zu warnen und um eine Audienz bei Anton zu bitten. Die Reise zum Venus-Hive würde drei Wochen dauern. Bei einer so großen Entfernung würde er die Nachricht erst in ein paar Stunden erhalten. Nachdem diese Aufgabe erledigt war, sandte ich eine kurze Nachricht an meine Mutter und meine Schwester, um sie über meine erfolgreiche Reise nach Guldar zu informieren und ihnen mein aktuelles Reiseziel mitzuteilen. Ich fühlte mich schuldig, so kryptisch zu sein. Ich hatte mein ganzes Leben darauf gewartet, wieder mit ihnen vereint zu sein, und jetzt wusste ich nicht, wie ich damit umgehen sollte. Ich wusste nicht, wie ich dazugehören sollte.

Als ich meinen Computer einschaltete, lud ich alle Dateien meines Bruders hoch, die auf Guldar abgerufen wurden. Ich hatte drei Wochen Zeit, sie auseinander zu nehmen. Bis ich den Venus-Hive erreichte, würde er keine Geheimnisse mehr vor mir haben.

Der Venus-Hive hat nie aufgehört, mich zu erstaunen. Die Raumstation war wieder gewachsen, seit ich sie das letzte Mal besucht hatte. Auf der Straße hieß es, sie könne nun fast acht Millionen Menschen aufnehmen. Aufgeteilt in zwei Bereiche – den öffentlichen und den VIP-Bereich – bot die Venus jede Form der Unterhaltung, von Musikkonzerten über Tanzshows, Kasinos bis zu Gladiatorenarenen, Mode und Gastronomie und natürlich jede erdenkliche Form der Erwachsenenunterhaltung.

William begrüßte mich an der Anlegestelle. Wir waren im gleichen Alter, doch wo mein Haar seine glänzende rabenschwarze Farbe behielt, hatten silberne Strähnen bereits begonnen, seine hellbraunen Locken zu streifen. Groß und muskulös, hatte der ehemalige Söldner seine formidable Gestalt bewahrt. Obwohl die durchschnittliche Lebenserwartung des Menschen nun 120 Jahre betrug, ergraute er im Vergleich zu anderen Spezies immer noch früh. Lachfalten sammelten um Williams tiefblaue Augen, als ich mich ihm näherte. Er streckte zur Begrüßung eine Hand aus, ein terranisches Begrüßungsprotokoll, das ich normalerweise nicht mochte, außer bei ihm; er litt nicht unter verschwitzten, klammen Handflächen. Er nahm meine Hand in seinen festen Griff, dann beugte er sich vor, um mir einen freundlichen Kuss auf die Wange zu geben. Sein Fünf-Tage-Bart kratze an meiner Haut, aber es war nicht unangenehm.

„Hallo, Mercy“, sagte William und deutete in Richtung des auf uns wartenden Hoverfahrzeugs.

Ich lächelte. „Hallo, Will. Nochmals vielen Dank, dass du meinen Anruf beantwortet hast. Ich lasse gerne bei dir anschreiben, wie ihr Terraner immer sagt.“

William grinste. „Das tust du tatsächlich. Vielleicht sollte ich jetzt abkassieren“, neckte er, als ich in das Fahrzeug einstieg.

Die Tür schloss sich, und ich wartete darauf, dass er auf der anderen Seite herumging, um einzusteigen.

„Oh, und welche Art von Bezahlung schwebt dir vor?“, fragte ich, nachdem er einstieg und seine Tür geschlossen hatte.

„Hauptquartier“, sagte William der KI des Autos, bevor er sich zu mir drehte, als sich das Fahrzeug in Bewegung setzte. „Ich habe mich noch nicht entschieden, aber ich hätte nichts dagegen, einer deiner veredianischen Schwestern vorgestellt zu werden. Sie sind alle umwerfend. Eine Heilerin oder eine Gedankenleserin wäre ein sehr netter zusätzlicher Bonus.“

Ich schnaubte. „Viel Glück dabei. Der Admiral ist sehr beschützend gegenüber den Veredianerinnen. Er wird wahrscheinlich verlangen, dass du nach Tuur umziehst, wenn du dich mit einer der Schwestern verbinden willst.“

„Igitt“, sagte William und runzelte die Nase. „So hübsch wie sie alle sind, werde ich mich nicht mit dem tuureanischen Führer anlegen.“

„Weiser Mann“, entgegnete ich neckisch. „Also dann, was wird es sein?“

„Weißt du, ich tue dies nicht für irgendeine Art von Rückzahlung. Wir sind Freunde. Und zufällig unterstütze ich deine Aktionen. Dieses Sklavengeschäft muss aufhören. Du wirst dabei immer meine Hilfe haben.“

„Danke“, meinte ich mit aufrichtiger Dankbarkeit. „Das bedeutet mir sehr viel.“

Seine Antwort hatte mich nicht überrascht. Dennoch wärmte es mein Herz, zu wissen, dass es da draußen noch Anstand gab. Besonders von jemandem, den ich als Freund betrachtete.

„Anton wird dir helfen, aber Braxia ist ein Krilliknest. Ich fürchte um eure Sicherheit.“

„Du weißt, dass ich auf mich selbst aufpassen kann“, erwiderte ich, sowohl gerührt durch seine Sorge als auch verärgert wegen der Überfürsorge.

„Ja, Mercy, ich weiß, dass du kämpfen kannst“, stellte er in versöhnlichem Ton fest, „aber selbst Anton würde nicht gegen einen Reinblüter freiwillig antreten.“

„Er ist ein Hybrid, ich bin eine veredianische Kriegerin“, konterte ich. „Ich bin schneller.“

„Das mag sein, aber ein braxianischer Krieger kann dich auch mit einem Schlag töten. Ein Fehler würde genügen.“

Ich schürzte die Lippen. „Schon gut. Ich gehe sowieso nicht dorthin, um zu kämpfen. Ich will nur die Geschäfte beenden, die mein Bruder vielleicht dort laufen hatte, und die Kundenliste finden. So Gott will, werde ich mich nur ein paar Tage dort aufhalten."

„Gut", willigte William ein, als das Fahrzeug neben den belebten Fußwegen vor dem Venus-Hive-Hauptquartier vorfuhr.

William stieg aus und kreiste um das Auto, um mir zu helfen, aber ich war bereits ausgestiegen. Er warf mir einen verärgerten Blick zu, der mich zum Kichern brachte. Männliche Menschen hatten diese liebenswerte Eigenschaft, *ritterlich* zu sein, eine archaische Reihe von Verhaltensregeln gegenüber Frauen, die Respekt und Höflichkeit ausdrücken sollten. Es kam mir persönlich oft unangenehm für die Männer vor, aber dennoch süß.

Ein hübscher, junger Sicherheitsmann kam auf uns zu, nickte uns zu und stieg dann in den Wagen ein, zweifellos um ihn irgendwo zu parken. Wir gingen in das strahlend weiße Gebäude hinein.

„Ich kann mir im Moment nicht frei nehmen, um dich nach Braxia zu begleiten", offenbarte William, „aber ich möchte, dass du mir erlaubst, einen meiner Wächter zu deiner Sicherheitseinheit zu schicken, damit ..."

„Scheiße, nein!" rief ich aus, als wir das dünne Gebäude betraten, das sowohl das Hauptquartier der Venus Station als auch Antons privates Penthouse beherbergte. „Ich habe genug von der ganzen Anstandsdamen-Nummer auf Guldar."

„Ich wusste, dass du das sagen würdest", entgegnete William und rollte mit den Augen.

„Warum hast du es dann vorgeschlagen?", wollte ich wissen.

„Damit ich, wenn dir der Hintern versohlt wird und du endlich deinen lächerlichen Stolz ablegen und um Hilfe bitten wirst, sagen kann, dass ich es dir gleich gesagt habe."

Ich ertappte mich dabei, wie ein Kleinkind eine Grimasse schneiden zu wollen. In den wenigen Wochen, die ich mit meiner Nichte und ihren Kindern auf Xelix Prime verbrachte, hatte ihr schelmisches Verhalten bereits auf mich abgefärbt.

Als wir zu den Aufzügen gingen, verweilte mein Blick auf den erotischen, aber geschmackvollen Gemälden, die die weißen Wände des Hauptquartiers schmückten. Sie unterschieden sich von denen, die ich das letzte Mal gesehen hatte, als ich hierher kam, aber sie blieben im gleichen Stil; sexy Paare in allen möglichen Stellungen, die in innigen Umarmungen eingeschlossen waren, und verschiedene BDSM-Szenen, die kunstvoll posiert waren, ohne intime Details, aber doch stark angedeutet.

Die Empfangsdame, eine hübsche Rothaarige namens Dana, nickte uns zu, bevor sie ihr Com öffnete, wahrscheinlich, um Anton über unsere Ankunft zu informieren. Wir begaben uns zum Aufzug im hinteren Teil des strahlend weißen und verchromten Flurs neben dem Empfangstresen. Fünf nummerierte Aufzüge standen auf jeder Seite des Korridors. Die Tür von Aufzug Eins, der sich am Ende des Korridors befand, öffnete sich bei unserer Ankunft. Sie wurde von den leuchtenden Stammesmustern eingerahmt.

„Abgesehen von allem anderen könnte dein Timing nicht besser sein“, informierte mich William, als der Aufzug nach oben zum Penthouse fuhr. „Der Magnar wird in Kürze eintreffen. Normalerweise hätte er Anton nicht vor nächster Woche besucht, aber die Gladiator-Jahresmeisterschaft endet morgen Abend, und natürlich dominieren die Braxianer.“

Ich schnaubte. Mit einer Durchschnittsgröße von über zwei Meter dreißig und einem Durchschnittsgewicht von 150 Kilo reiner Muskelmasse reichte der bloße Anblick dieser Giganten aus, um die meisten Gegner vor Angst erstarren zu lassen. Trotz meiner zu Schau gestellten Tapferkeit hatte William durchaus recht, mich davor zu warnen, gegen sie in den Kampf zu ziehen.

„Nun, ich kann es kaum erwarten, zu sehen, wie die reinste Blutlinie von ganz Braxia aussieht“, erwiderte ich in einem neckischen Ton.

William grinste und schüttelte den Kopf. Die Fahrstuhltür öffnete sich in der großen Eingangshalle des Penthouses und gab uns einen Blick auf einen luxuriösen Wohnbereich. Wir gingen nicht die drei Stufen hinunter, sondern folgten demselben Flur links vom Aufzug, durch den William mich bei meinem letzten Besuch geführt hatte.

„Ich werde dich nie verstehen“, neckte mich diesmal William. „Schöne Frauen wie du stehen in der Regel auf die attraktivsten Männer.“

Ich zuckte die Achseln. „Ich mag es nun mal, wenn meine Haustiere hübsch sind. Und ich mag es, wenn meine Männer tierisch und wild sind.“

„Das habe ich bereits mitbekommen“, sinnierte er mit einem Augenzwinkern.

Ich lehnte mich liebevoll an ihn, als er an die Tür zu Antons Büro klopfte.

Wir hatten uns vor ein paar Jahrzehnten bei einem Geschäftsabschluss kennen gelernt. Er war an mir interessiert, aber obwohl ich seine Persönlichkeit sehr genoss, hatte er mich nicht auf diese Weise angezogen. Da er ein guter Verlierer war, hatte er sich nicht in einen Idioten verwandelt, wie es Männer oft taten, nachdem sie abgelehnt worden waren, und er hatte nicht versucht, das Geschäft zu vermasseln, um mir aus Trotz zu schaden. Von da an war zwischen uns langsam eine tiefe Freundschaft aufgeblüht. Es konnten Monate, sogar Jahre vergehen, ohne dass wir miteinander sprachen. Doch in dem Moment, in dem wir uns trafen, hatte ich immer das Gefühl, wir hätten am Tag zuvor das letzte Mal miteinander kommuniziert.

William öffnete die Tür, als Antons gedämpfte Stimme uns hineinbat.

„Dein Gast ist eingetroffen“, informierte William Anton, als mich dieser hereinwinkte.

„Frau Vrok“, grüßte mich Anton und erhob sich vom Stuhl hinter seinem massiven, dunklen Holzschreibtisch.

„Herr Aldriss“, antwortete ich nach einem Dankesnicken an William.

Mein alter Freund zog sich diskret zurück, als Anton um seinen Tisch herumging und auf mich zukam. Er deutete auf den bequemen Ledersessel in der Sitzecke gegenüber. Meine Augen zuckten zu dem roten Empire-Stuhl vor seinem Schreibtisch. Ich hatte mich tatsächlich darauf gefreut, darin zu sitzen, bei der Erinnerung daran, dass meine

Schwester bei meinem ersten Besuch in diesem Büro diese terranische Antiquität besetzt hatte.

Ich fühlte mich fast schuldig, mit meinen kniehohen, schwarzen Lederstiefeln auf dem zottigen beigen Teppich zu laufen. Ich setzte mich auf die braune Ledercouch und schlug die Beine übereinander. Antons dunkle Augen zuckten zu der Seite meiner entblößten Oberschenkel, nahmen meine veredianischen Markierungen dort auf, sein Blick bewegte sich zu denen entlang meiner entblößten Arme und meines Halses, bevor er mir in die Augen schaute. Ein amüsiertes Lächeln verzog seine sinnlichen Lippen.

Meine Wangen erröteten leicht. Ich habe schon immer gerne ein bisschen geflirtet, vor allem, wenn ich mit einem für meine Verhältnisse attraktiven Mann konfrontiert wurde. Diesmal hatte ich jedoch nicht die Absicht, mich in diese Richtung zu bewegen oder meine Vorzüge zur Schau zu stellen. Anton war glücklich verheiratet, und ich respektierte solche Gelübde. Das Fehlen von Lust in seinen Blick hätte meinen Stolz verletzt. Stattdessen steigerte es meinen Respekt vor ihm weiter. Nach allem, was man so hörte, hatten er und seine Frau einen stürmischen und schwierigen Anfang erlebt, der die meisten Paare unwiderruflich zerbrochen hätte. Doch nach fünf Jahren Ehe war ihre Hingabe füreinander beinahe legendär.

„Darf ich Ihnen etwas zu trinken anbieten?“, fragte Anton.

Ich schüttelte den Kopf. „Nein, ich danke Ihnen. Ich möchte lieber einen klaren Kopf behalten und mich bemühen, einen guten Eindruck zu hinterlassen.“

Anton grinste und nahm auf dem Stuhl gegenüber von mir Platz, sein massiver Körper füllte ihn komplett aus. Obwohl er ein Mischling war, hatte er die markante Stirn, die starke Brauenlinie und die breite, flache Nase seines braxianischen Vaters geerbt. Seine menschliche Mutter hatte ihm weichere, weniger brutale Gesichtszüge und eine kleinere Größe als ein Reinblut vermacht, obwohl er nach nicht-braxianischen Maßstäben durchaus auffällig wirkte.

Irgendetwas an animalischen Zügen solcher Männer hat mich schon immer angemacht. Zu schade, dass die meisten Braxianer sich innerhalb der Partnerschaften in totale Bastarde verwandelten.

„Danke, dass Sie sich bei Ihrem vollen Terminkalender Zeit für mich genommen haben, Herr Aldriss“, entgegnete ich lächelnd.

„Anton“, bot er mit seiner polternden Stimme an.

„Nur wenn Sie mich Ravena nennen“, entgegnete ich.

„Sicherlich, Ravena“, antwortete er.

Ich habe die leichte Verengung seiner Augen nicht übersehen. William hatte mich wahrscheinlich als Mercy vorgestellt. Es war mein zweiter Vorname, weder guldanisch noch veredianisch, aber einer, den ich nur meinem inneren Kreis zu benutzen gestattete.

„Ich habe gehört, du hast etwas mit Braxia zu tun?“, fragte er, obwohl er es nicht als Frage formulierte.

„In der Tat“, bestätigte ich. „Es ist mir peinlich, dich so schnell noch einmal um Hilfe zu bitten, aber du bist nun mal der einzige Braxianer, den ich kenne.“

Anton lächelte. Es milderte sein sonst so furchterregendes Gesicht.

„Denk dir nichts dabei“, entgegnete er und winkte abweisend mit der Hand. „Laut der Tochter deiner Nichte, Zharina, werden du und ich der gleichen Familie angehören, wenn sie meinen Sohn in wer weiß wie vielen Jahren heiratet.“

Ich schnaubte und schüttelte den Kopf. Zusätzlich zu ihren beeindruckenden Heilkräften schien die junge dreijährige Tochter meiner Nichte eine Form der Voraussicht geerbt zu haben. Zu unserem kollektiven Schock hatte sie den Sohn von Anton als ihren zukünftigen Ehemann beansprucht, obwohl sie sich nie körperlich begegnet waren.

„Dieser kleine Satansbraten macht nur Ärger“, erwiderte ich liebevoll. „Trotzdem, ich weiß das zu schätzen.“

„Abgesehen davon, gibt es eine Möglichkeit, dich von deinem Vorhaben abzuhalten?“, fragte Anton.

Ich runzelte die Stirn. „Warum?“

Anton stieß einen Seufzer aus. „Braxia ist kein sehr schöner Ort. Hybriden geht es dort nicht gut. Ich sollte es wissen“, warf er in einem härteren Ton ein. „Und die Frauen haben es dort genauso schwer. Du bist beides. Schlimmer noch, du bist einzigartig.“ Er warf einen bedeutungsvollen Blick auf meine Hörner und dann auf meine veredianischen Markierungen. „Viele Clans haben seit dem Ende der Großen

Kriege finanzielle Schwierigkeiten. Dich zu verkaufen, würde ihr Schicksal völlig verändern."

Ich kniff die Lippen zu einer dünnen Linie zusammen bei demselben Argument, das schon immer der Fluch meiner Existenz gewesen war.

„Ich dachte, der Magnar hätte die Jagd auf Hybriden verboten?", fragte ich.

„Das hat er, aber männliche Mischlinge tauchen weiterhin tot in Gräben und dunklen Gassen auf. Es braucht mehr als ein Gesetz, um Jahrhunderte des Fanatismus auszulöschen. Braxianer lieben die Reinheit ihrer Blutlinien."

Die kaum verhüllte Bitterkeit in seinem Tonfall sprach Bände über die Misshandlungen, die er als Jugendlicher ertragen musste. Ich konnte mir nicht ansatzweise vorstellen, wie es sich angefühlt haben muss, sich jeden Tag seines Lebens zu fragen, ob es der letzte sein würde, nur weil sich sein Blut zufällig mit einem nicht braxianischen vermischt hatte.

„Weibliche Hybriden sind immer willkommen, um als Clan-Huren benutzt zu werden und sowohl die Clanmitglieder als auch ihre Gäste zu unterhalten."

„Sicherlich greifen sie nicht grundlos eine Frau an, die deine Heimatwelt besucht?", fragte ich und schaukelte langsam mein gekreuztes Bein hin und her.

„Frauen besuchen Braxia nicht", erwiderte er mit einem ernsten Ausdruck in seinen Augen. „Und diejenigen, die dorthin gehen, werden von ihrem Partner oder einer Art männlichem Beschützer begleitet, falls jemand auf komische Ideen kommen sollte."

Ich seufzte schwer und verbarg nichts von meiner Wut.

„Ich weiß, dass es für unabhängige Frauen schwierig ist, mit einer so zurückgebliebenen Kultur umzugehen, aber um deinetwillen möchte ich dich bitten, sich unter den Schutz des Clans meines Vaters zu stellen."

Ich strich nicht vorhandene Fusseln von dem kurzen Rock meines hautengen Lederkleides. Lustigerweise hätte man meinen können, Anton und ich hätten uns wegen unserer Outfits abgesprochen; er trug eine schwarze Lederhose und ein körperbetontes dunkelgraues T-Shirt.

„Was hätte das zur Folge?", fragte ich.

„Du würdest Deine Markierungen verdecken, auf dem Clangelände bleiben und überall dorthin eskortiert werden, wohin du gehen musst."

„Das. Ist. Alles. Scheiße."

„Welcher Teil davon? Deine Markierungen, die Eskorte oder das Gelände?", fragte Anton.

„All das oben Genannte?"

„Ravena ...", entgegnete Anton mit einem strengen Blick und einem „sei vernünftig" Tonfall.

In diesem Augenblick konnte ich fast sehen, wie mein Vater mich in ähnlicher Weise ansprach. Meine Brust zog sich zusammen bei dem vertrauten Schmerz des Verlustes. Selbst nach knapp sechs Jahren trauerte ich immer noch um meinen Vater.

„Ich weigere mich, mein Wesen weiter zu verbergen. Ich habe mein ganzes Leben lang im Verborgenen verbracht. Jetzt reicht es mir. Genug ist genug. Was das Gelände betrifft, so muss ich auf dem Anwesen von meinem Bruder auf Braxia bleiben. Es wird schneller gehen, wenn ich rund um die Uhr arbeiten kann. Was eine Eskorte betrifft, so bin ich nicht an einer Stadtrundfahrt interessiert." Ich umklammerte meine Hände vor mir und hob mein Kinn etwas trotzig an." Wenn ich mich bewegen muss, steige ich mit meinem Hintern auf ein Hoverbike. Viel Glück für alle, die versuchen, mit mir Schritt zu halten."

Ich liebte die Geschwindigkeit und hatte zum großen Missfallen meines Vaters sogar ein paar Rennen gefahren. Vor allem aber hatte ich genug davon, gefesselt und vor allem und jedem „geschützt" zu werden.

Anton schürzte nachdenklich die Lippen.

„Hör zu, ich will dich wirklich nicht nerven oder schwierig erscheinen. Ich weiß, du versuchst bloß zu helfen, aber gibt es keine Möglichkeit, mir etwas Spielraum zu verschaffen?", fragte ich fast flehentlich. Er tat mir einen riesigen Gefallen, indem er mir einfach zuhörte. Ich wollte nicht als undankbar oder verwöhnt erscheinen. „Würde es helfen, wenn wir öffentlich bekannt machen würden, dass ich unter dem Schutz der Tuureaner stehe?“

„Jeder ist sich bewusst, dass Tuureaner jeden jagen werden, der eine Veredianerin bedroht, aber diese Drohung hätte mehr Gewicht, wenn man einen Tuureaner offiziell an seiner Seite hätte. Es ist eine lange Reise vom westlichen Quadranten aus, bis sie hierherkommen könnten, um dich zu retten. Wenn sie ankommen, wird dein Käufer längst weg sein.“

Jetzt war ich an der Reihe, meine Lippen zu spitzen. Ich hatte eine tuureanische Rüstung, die mir meine Schwester geschenkt hatte, aber das löste nicht mein „Du brauchst einen Anstandswauwau“-Problem.

„Mit anderen Worten, ich bin am Arsch.“

Anton schenkte mir ein mitleidiges Lächeln. „Wenn du meinem Vater gestattest, dich in der Großen Halle des Magnars als seinen Gast vorzustellen, und wenn du zustimmst, dass einer der Clanmitglieder dich begleitet, wenn du dich in der Stadt bewegst, glaube ich, dass das ausreichen sollte.“

„Aber ich darf in der Wohnung meines Bruders wohnen?“

Obwohl zögerlich, aber endlich nickte Anton.

„Solange du den Clanmitgliedern erlaubst, die Sicherheit seines Hauses zu überprüfen.“

„Gut“, stimmte ich zu und verzog mein Gesicht.

Anton grinste. „Gut. Dann ist es entschieden.“ Er stand auf, und ich folgte ihm. „Du musst bei uns bleiben. Wir haben bereits eines der Gästezimmer für dich vorbereitet. Meine Grace hat sich sehr auf deine Ankunft gefreut. Etwas Gesellschaft und Neuigkeiten aus dem westlichen Quadranten sind immer eine willkommene Abwechslung.“

„Das ehrt mich“, antwortete ich, überrascht von der unerwarteten Einladung.

„Der Magnar soll in wenigen Stunden eintreffen. Wenn du dazu bereit bist, werden Grace und ich euch beide mitnehmen, um euch einige der Wunder des Venus-Hive zu zeigen.“

Nun, *das* klang nach einem guten Plan.

„Du bist dran“, bestätigte ich mit einem Grinsen.

KAPITEL 3

RAVIK

„Deine Erwartungen sind unrealistisch", erwiderte Anton mit einem Stirnrunzeln.

„Und doch erwartest du von mir, dass ich Antworten für dich habe", bestätigte ich mit einem entmutigten Seufzer.

Ich trat an das hohe Fenster von Antons Wohnbereich. Von dort aus überblickte ich den Hauptgang des VIP-Bereichs der Venus Station. Die geschickte Anordnung der Gebäude und die Dekoration erweckten den Eindruck, einen landschaftlich gestalteten Platz mit gedämpften Farben und unaufdringlichen Geschäftsschildern zu betrachten, der von diesem Standpunkt aus kaum sichtbar war.

„Die kleineren Clans haben nicht die Mittel, um in neue Geschäftsideen zu investieren. Selbst wenn sie es täten, haben sie keine entsprechenden Pläne", teilte ich ihm mit und fuhr mir mit den Fingern durchs Haar. „Wir haben nichts zu exportieren, was andere Planeten wollen. Ohne Kriege braucht niemand unsere Clanmitglieder als Krieger anzuheuern. Hagan ruft auf, zu den alten Wegen zurückzukehren, die uns in diese Situation erst gebracht haben, und jetzt will sich der verdammte Caldes mit den Guldanern verbünden."

Antons scharfer Atemzug ließ mich einen Blick zu ihm über die Schulter werfen. Er hatte keinerlei Mitleid mit dem Clan Caldes, nachdem Raylors Sohn Antons Frau und ihr ungeborenes Kind beinahe ermordet hatte.

„Du solltest dich von den Guldanern fernhalten. Sie bedeuten nur Ärger“, warf Anton ein.

„Ich bin mir dessen wohl bewusst. Aber Hagan und Raylor haben recht, dass Braxia neue Verbündete braucht, und der Westliche Quadrant könnte eine Lösung sein. Wenn ich keinen Weg finde, unsere versagende Wirtschaft umzukehren, *werde* ich einen Bürgerkrieg nicht verhindern können.“

„Hmmm“, sinnierte Anton und rieb sich nachdenklich sein quadratisches Kinn. „Hast du bedacht ...“

Das Glockenspiel des Aufzugs unterbrach ihn. Seine Tür öffnete sich mit einem Zischen, schnell begraben unter Grace' Gelächter und dem kehligeren der sie begleitenden Frau. Ihre Hände waren mit Taschen beladen von dem Einkaufsbummel, den sie gerade hinter sich gebracht hatten.

„Ihr seid wieder da“, begrüßte Anton die Neuankömmlinge.

Mein stockte der Atem, und meine Gedanken lösten sich auf, als der Kopf von Graces Begleiterin plötzlich zu mir zuckte. Die fein geschnitzten Motive auf ihren schwarzen Hörnern leuchteten unter den Oberlichtern. Mein Magen zog sich zusammen, die Haut erhitzte sich, während ich auf die Verkörperung reiner Perfektion starrte. Groß und statuenhaft in ihrem hautengen Lederkleid und mit ihrem knielangen, dunklen Haar über ihrem Körper drapiert, sah sie aus wie eine Rachegöttin, die über die Sterblichen urteilen sollte. Ihre umwerfenden, mandelförmigen Augen, schwarz wie die Sünde, weiteten sich, als sie direkt in die Tiefen meiner Seele blickten. Hohe Wangenknochen umrahmten eine zierliche, leicht nach oben gebogene Nase in einem zart geformten, herzförmigen Gesicht. Ihre prallen, sinnlichen, rosa Lippen teilten sich schockiert. Die Tasche in ihrer rechten Hand rutschte ihr aus dem Griff und fiel mit einem sanften Donnerschlag zu Boden. Sie ignorierte sie und rieb sich am Nacken, als ob sie etwas gestochen hätte.

„Auf keinen verdammten Fall ...“, flüsterte sie verwirrt.

Ihr Fluch riss mich aus meiner Benommenheit.

„Ravena?“, fragte Grace verwirrt. „Ist alles in Ordnung?“

Ravena. Schöner Name für eine Göttin.

Sie sah Grace ungläubig an, bevor sie sich wieder zu mir umdrehte. Sie schüttelte den Kopf, als wollte sie die Benommenheit abschütteln, die sie überkommen hatte.

Nachdem ich mich etwas von dem Schock ihrer Schönheit erholt hatte – war mir klar, dass meine brutale Erscheinung sie erschreckt haben musste. Dass die Frauen vor mir zurückschreckten, kam nicht mehr überraschend, aber es schmerzte dennoch.

„Haben Sie keine Angst, Madam“, entgegnete ich und versuchte, meine Stimme und mein Auftreten nicht bedrohlich klingen zu lassen. „Ich bin nicht so brutal, wie es mein Aussehen vermuten lässt.“

Sie zitterte, und ihre Haut überzog sich mit Gänsehaut. Ich konnte nicht sagen, ob meine Worte oder der Klang meiner rumpelnden Stimme die Ursache dafür waren. Aber die Art und Weise, wie ihr Blick anerkennend über meinen massiven Körper glitt, ließ mich unwillkürlich meine Brust anschwellen und meine prallen Muskeln spielen lassen.

„Das bin ich nicht“, flüsterte sie mit kehliger, sinnlicher Stimme.

Ihre rosa Zunge glitt über ihre üppigen Lippen, um sie zu befeuchten. Daraufhin schoss das Blut in meinen Unterleib. Ich hatte in meinem Leben viele schöne Frauen gesehen und hätte nie gedacht, dass man es mit der Schönheit von Grace tatsächlich aufnehmen könnte. Aber diese Ravena beraubte meinem Gehirn seine Funktionsfähigkeit.

„Ravena“, stellte uns Anton vor, „das hier ist unser Gast, der Herrscher von Braxia, Magnar Ravik Xeldar. Magnar, das ist unsere Freundin Ravena.“

Ich senkte den Kopf und schlug mir im traditionellen braxianischen Gruß die Faust auf die Brust. Ein seltsames Lächeln umspielte ihre Lippen, als sie ihre Handfläche zart über ihr Herz presste und dann mit ihrer Hand zu mir deutete. Ich hatte diese Form der Begrüßung noch nie zuvor gesehen und wusste nicht, zu welcher Spezies sie gehörte. Die Markierungen an ihrem Hals, an den Seiten ihrer Arme und Beine erschienen deutlich veredianisch. Ihre hellbraune Haut passte ebenfalls zu dieser Spezies. Aber die Hörner verwarfen diese Vermutung. Könnte sie eine Hybride sein?

Ravena hob die Tasche auf, die sie fallen gelassen hatte, und ging die drei Stufen hinunter in den Wohnbereich. Trotz Graces Größe von 1,78 m“ und ihren lächerlich hohen Absätzen erschien sie neben ihrem Gast, der flache, kniehohe Stiefel trug, wie ein Zwerg. Auf einen Blick schätzte ich Ravena auf etwa 1,95 m. Immer noch klein im Vergleich mit meinen 2.30 m, aber dennoch sehr ansprechend.

Anton trat an Ravena heran und befreite sie von ihren Taschen. Sie wandte ihm einen dankbaren Blick zu, ein wunderschönes Lächeln zierte ihre Lippen. Es gelang mir kaum, das Knurren in meiner Kehle zum Schweigen zu bringen. Obwohl ihr Blick keinen begehrlichen Schimmer enthielt, als sie ihn betrachtete, war *ich* der Alpha – die Spitze aller Alphas im Raum. In meiner Gegenwart sollte sich die Aufmerksamkeit einer Frau ausschließlich auf mich konzentrieren. Ich blinzelte wegen der Gewalt dieser ursprünglichen Reaktion, die sie in mir auslöste.

„Es ist mir ein Vergnügen, Sie kennenzulernen, Magnar“, entgegnete sie schließlich und ging noch ein paar Schritte auf mich zu.

„Bitte nennen Sie mich Ravik“, bat ich, hungrig darauf, den Klang meines Namens von ihren Lippen zu hören.

„Ravik“, wiederholte sie mit einem Lächeln. „Das klingt fast wie mein eigener Name, Ravena.“

„In der Tat“, bestätigte ich und trat vom Fenster weg, um auf sie zuzugehen. „Seltsam, nicht wahr?“

Sie zuckte die Achseln. „Eher wie vom Schicksal bestimmt. Die Göttin hat einen seltsamen Sinn für Humor.“

Die Art und Weise, wie sie es sagte, implizierte eine unterschwellige Bedeutung, die ich nicht verstanden habe. Hinter ihr beugte sich Anton vor, um seine Gefährtin zu küssen und Grace von ihren eigenen Taschen zu befreien.

„Ich bin gleich wieder da“, informierte Anton und hinderte mich daran, Ravena zu fragen, was sie mit „Schicksal“ meinte.

„Komm, setzt euch hin“, sagte Grace und deutete in Richtung des Wohnbereichs.

Sie fegte ihr taillenlanges, rotbraunes Haar über die Schulter, ein Schimmern erhellte ihre bernsteinfarbenen Augen, als Ravena und ich ihr nachkamen. Genau wie in Antons Büro besetzten dunkelbraune Ledersofas die große Sitzecke um einen Couchtisch aus dunklem Holz in der Mitte. Ein großes Familienporträt von Anton, Grace und ihren drei Kindern befand sich in der Mitte der uns gegenüberliegenden cremefarbenen Wand. Auf jeder Seite des Porträts hingen Bilder der Kinder in verschiedenen Einstellungen. Obwohl herzerwärmend, war es ein seltsamer Anblick. Laut Anton war es bei den Terranern und vielen anderen Spezies im westlichen Quadranten eine weit verbreitete Tradition, Familienbilder aufzuhängen. Da Grace ein Mensch war, kannte sie diese Kultur natürlich.

Ravena nahm leicht versetzt in der Mitte der Dreierkissenliege Platz und richtete dann ihre Obsidianaugen auf mich. Ihre Position ließ mir keine andere Wahl, als direkt neben ihr zu sitzen. Gewöhnlich versuchten Männer und Frauen gleichermaßen, so viel Abstand wie möglich zwischen sich und die Braxianer zu bringen. Ihre Kühnheit schürte die brennende Anziehungskraft, die sie auf mich ausübte, noch weiter.

Ich ließ mich an ihrer Seite nieder, als sie ihre Beine kreuzte, wobei die Spitze ihres Fußes an meiner Wade streifte. Grace setzte sich auf die Lehne des Stuhls gegenüber von uns, wo ihr Mann gewöhnlich saß, wenn er mich hier unterhielt. Auch sie schlug ihre langen, wohlgeformten Beine übereinander, die durch die kurze Länge ihres roten Sarongs, der im Stil eines Neckholderkleides drapiert war, unendlich lang wurden. Wo Grace eine blasse, cremige Haut wie frisch gefallener Schnee hatte, wirkte die von Ravena sonnengeküsst, wie goldener Honig.

„Ich hoffe, ihr seid beide hungrig", eröffnete Grace, und ihre bernsteinfarbenen Augen fuhren zwischen Ravena und mir hin und her. „Wir nehmen euch mit ins Risqué, das schickste Restaurant im Venus Hive. Ich hätte euch stattdessen zu Sade mitgenommen, aber ich möchte die Sensibilität des Magnar nicht schockieren. Er ist ein bisschen prüde", fügte Grace neckisch hinzu.

Ich runzelte die Stirn, und sie grinste mich mit zwei Reihen perfekter, weißer Zähne an. Die Intensität von Ravenas Blick zog mich an. Ich saß ihr gegenüber, und sie hielt meinen Blick unbeirrbar stand.

„Bist du es?", fragte sie wagemutig.

„Das bin ich nicht", antwortete ich mit einem winzigen Knurren.

Sie runzelte ihre perfekt gezeichnete Stirn mit einem Ausdruck zwischen Spott und Zweifeln. „Bist du ganz sicher? Es ist keine Schande, prüde und anständig zu sein."

Ich lehnte mich nach vorne. „Sehe ich für dich prüde aus?"

Sie biss sich auf die Unterlippe und spielte mir die Unschuldige vor. Mein Schaft zuckte daraufhin, und der berauschende Duft ihrer aufblühenden Erregung trug nicht gerade zur Ablenkung bei. Trotz ihrer zarten Knochenstruktur besaß diese Frau eine unbestreitbare innere Stärke, die ich seltsamerweise anziehend fand. Braxianische Frauen wurden von Geburt an zu unterwürfiger Haltung, gerade zu Unterwürfigkeit *erzogen.* Letzteres gefiel mir nicht, aber es hatte etwas unbestreitbar Erotisches, wenn eine Frau, insbesondere eine willensstarke, freiwillig Kontrolle und Macht an ihren Mann abgab.

Ravena öffnete den Mund, um zu antworten, aber ihr Blick zuckte in Antons Richtung, der soeben den Raum betrat. Ich stöhnte innerlich und richtete mich unter Antons übermäßig scharfem Blick auf.

„Was habe ich verpasst?", fragte er auf seinem üblichen Stuhl sitzend.

Er schlang seinen muskulösen Arm um Grace Taille, die immer noch auf der Armlehne saß. Sie lehnte sich an ihn und küsste seine Stirn. Die Liebe zwischen ihnen fühlte sich für mich immer bittersüß an. Grace erinnerte mich an meine Lissy, deren Blut noch immer meine Hände befleckte und mein Gewissen zerfraß. Wäre ich ein stärkerer Mann gewesen, hätte ich einen Hybridsohn im gleichen Alter wie Anton gehabt. In vielerlei Hinsicht füllte Anton nun diese Leere in meinem Herzen.

„Ravik versuchte uns zu überzeugen, dass er nicht zu prüde sei, das Sade statt das Risqué aufzusuchen", antwortete Ravena gespielt unschuldig.

Antons Lippen teilten sich schockiert, als ich bei Ravenas Bemerkung die Stirn runzelte. Sie klimperte mit den Wimpern. Ich konnte mich nicht entscheiden, ob ich sie auf meinen Schoß legen und ihr den köstlichen Hintern versohlen oder sie sinnlos küssen wollte. Wir kannten uns erst ein paar Minuten, und doch schien sie sich in meiner Gegenwart vollkommen wohl zu fühlen, und ich in ihrer. Abgesehen von Grace und ihrer kleinen Tochter konnte ich mich nicht an die letzte Frau erinnern, die mit einer derartigen Leichtigkeit mit mir umging. Abgesehen von Lissy ...

Ich unterdrückte den schmerzhaften Gedanken.

„Wir bringen *weder* dich noch den Magnar ins Sade", stellte Anton richtig, bevor er seine Frau aufmerksam musterte.

Grace errötete zaghaft und fummelte am Saum ihres Kleides herum.

„Warum?", fragte Ravena. „Ist dieser Ort so schrecklich?"

Anton schüttelte den Kopf. „Überhaupt nicht schrecklich, ganz im Gegenteil. Aber wie der Name schon andeutet, ist es ein Fetischclub. Der luxuriöseste, in den man je einen Fuß setzen kann, und garantiert die Befriedigung jeder Neigung oder Fantasie, die man ausleben möchte. Aber es ist nicht gerade die Art von Ort, an den man vornehme Gäste wie dich mitnimmt. Es würde ... unangenehm für euch werden, vor allem, da meine Partnerin eine Exhibitionistin ist."

„Ich verstehe", entgegnete Ravena, ihre Augen weiteten sich und der Funke in ihnen schien zu sagen, dass sie noch mehr ‚erfahren' wollte.

„*Anton*", maßregelte Grace ihren Mann. Ihre Wangen nahmen einen scharlachroten Schimmer an.

Er starrte sie reuelos an. „Du hättest Sade nicht erwähnen sollen, wenn du nicht geoutet werden wolltest."

„Ich glaube, ich mag dich im Moment nicht besonders", erwiderte Grace und runzelte bei Antons Anblick die Stirn.

Anton grinste. „Du magst mich nicht. Klar magst du mich nicht. Du *liebst* mich."

Sie starrten sich gegenseitig an, und Grace' Gesichtszüge wurden weicher. Sie beugte sich vor und küsste ihn. Meine Brust zog sich wieder zusammen, und ich wandte meine Augen ab. Glücklicherweise machten sie es kurz. Grace hüpfte von der Armlehne des Stuhls und zerzauste liebevoll Antons langes, schwarzes Haar.

„Komm, Ravena“, forderte Grace sie auf, „gehen wir uns schick machen. Ich werde langsam hungrig!“

Ravena erhob sich anmutig und bot mir einen herrlichen Blick auf ihren perfekten Hintern, fest umschlossen von ihrem schwarzen Lederkleid. Das leichte Lächeln auf ihren Lippen, als ich aufblickte, deutete darauf hin, dass sie genau wusste, dass ich ihren Hintern bewundert hatte. Meine Augen blieben an ihr kleben, als sie wegstolzierte, während ihre Hüften verführerisch schaukelten. So wunderschön sie auch war, wünschte ich mir, ihr langes Haar wäre zusammengebunden worden, um mir einen ungehinderten Blick auf ihre herrlichen Kurven zu ermöglichen.

In der Sekunde, als sie um die Ecke bog, schossen meine Augen zu Anton, der mich intensiv anstarrte.

„Wer zum Teufel ist sie?“, forderte ich zu erfahren.

„Familie“, entgegnete Anton mit einem todernsten Ausdruck in seinen Augen.

„Was?“

„Sie ist die Tante dieses Kindes, Zharina, die telepathisch mit meinem Sohn Gavin kommuniziert und behauptet, dass sie heiraten werden, wenn sie volljährig sind.“

„Sie *ist* also eine Veredianerin? Aber diese Hörner ...“

„Sie ist eine guldanisch-veredianische Hybride.“

Mein Herz setzte einen Schlag aus. „Wie ist das überhaupt möglich?“

„Das ist eine Geschichte, die sie erzählen muss“, wich Anton aus. „Ich schicke sie zu meinem Vater auf Braxia.“

Mein Blut gefror, und eine irrationale Wut, die ich kaum unterdrücken konnte, ließ meine Körper fast bis zum Zerreißen erstarren.

„Was meinst du mit 'sie zu deinem Vater schicken'?“, fragte ich, meine Stimme war gefährlich tief.

Anton blickte mich aus verengten Augen an. „Sie hat Geschäfte auf Braxia zu erledigen. Er wird ihr während ihres Aufenthalts seinen Schutz anbieten.“

„*Ich* werde sie beschützen“, entgegnete ich in einem Ton, der keinen Widerspruch zuließ.

Ich hatte den größten Respekt vor seinem Vater, Krygor Aldriss, aber ich wollte ihn nicht in der Nähe meiner Frau haben. Sie wurde in dem Moment, als sie den Raum betrat, zu meiner Frau, und ihre Augen zogen mich mit einem Schimmer der Akzeptanz aus. Wenn sich ein Mann als Rivale erweisen konnte, dann war es Antons Vater.

„Ravik, sie ist eine atemberaubende Frau und eine, die seltsamerweise brutal aussehende Männer wie dich und mich mag – sogar noch eher solche wie dich. Aber Braxia steht am Rande eines Bürgerkriegs. Wenn du dich mit einem weiblichen Mischling einlassen wirst, dazu noch nicht einmal mit einer Halb-Braxianerin, wirst du die Flammen weiter anfachen.“ Anton lehnte sich nach vorne, seine Haltung hatte etwas Flehentliches an sich, als er zu argumentieren versuchte. „Die Guldaner klopfen an deine Tür. Sobald sie erkennen, was sie ist, werden sie sie mit aller Macht unter ihre Gewalt bringen wollen. Sie ist ein Vermögen wert.“

„Wenn der Krieg kommt, wird er mit oder ohne sie kommen. Was die Guldaner betrifft, so werde ich mich persönlich um sie kümmern. Sie werden nicht entscheiden, was in meiner Heimatwelt geschieht.“

„Ravik ...“

„Hättest du Grace wegen möglicher Bedrohungen durch deinen Clan aufgegeben?“, unterbrach ich ihn fragend.

Antons Augen weiteten sich. „Grace ist meine Seelenverwandte. Willst du damit sagen ...?“

„Ich will damit sagen, dass das letzte Mal, als mich eine Frau so stark berührt hat, es vor achtunddreißig Jahren bei meiner Lissy passiert war. Wie schlecht das Timing auch sein mag, das Schicksal wird über seinen Ausgang entscheiden, nicht irgendein Druck, den Braxia auf mich ausüben will. Ich habe dir nicht geholfen, Braxias Fesseln loszuwerden, nur um sie selbst anzulegen.“

Anton zuckte zusammen und nickte dann einwilligend.

„Wenn ihr etwas zustößt, wird Braxia ein noch größeres Problem haben.“

„Die Tuureaner“, entgegnete ich auf eine Ahnung hin.

„Ja, aber nicht nur, weil sie die Veredianerinnen beschützen. Der tuureanische Anführer sorgt sich sehr um Ravena. Wenn sie zu Schaden kommt, können nur noch die Vorfahren Braxia helfen."

Mein Temperament ging mit mir durch. „Admiral Lee?", fragte ich, wobei meine Stimme einen aggressiven Ton bekam. „Was will er von ihr?", fragte ich herausfordernd.

Anton lächelte, und ich biss den Kiefer zusammen, verlegen durch meine primitive Zurschaustellung der Eifersucht.

„Der Admiral ist bereits verbunden und hegt kein romantisches Interesse an Ravena. Aber er liebt sie und wird die gesamte tuureanische Flotte nach Braxia aussenden, wenn sie nicht sicher zurückkehren sollte."

Ich schloss meine Augen und las zwischen den Zeilen. „Du glaubst, die Guldaner könnten eine Konfrontation inszenieren, um uns zu einem Bündnis mit ihnen zu zwingen."

Anton nickte. „Braxia kann die Tuuraner nicht allein besiegen, vor allem nicht, wenn ihre engsten Verbündeten, die Xelixianer, sich dem Kampf anschließen. Du bräuchtest die Guldaner, und wahrscheinlich auch die Sarenier, um eine Chance zum Überleben zu haben."

„Das ist genau das, was die Guldaner von uns wollen", bestätigte ich und nickte langsam.

„Ja."

Ich blickte ihn liebevoll an. „Für einen Geschäftsmann gibst du einen hervorragenden Militärstrategen ab."

Anton grinste und wandte seine Augen ab und sah etwas verlegen aus. „Um im Geschäftsleben erfolgreich zu sein, muss man erkennen, was die Menschen wirklich wollen und was sie motiviert. Und dann muss man entweder darauf eingehen oder es vereiteln." Er hielt inne, seine Lippen teilten sich und seine Augen weiteten sich, als ob er plötzlich auf eine Idee gestoßen wäre. „Weißt du, die Tuureaner könnten deine größten Verbündeten werden. Sie besiedeln einen ganz neuen Planeten für die Veredianerinnen, seit ihre Heimatwelt durch einen Sonnensturm zerstört wurde. Dies könnte Braxia die Tür zu vielen Handelsmöglichkeiten öffnen. Du solltest den Aufenthalt von Ravena nutzen, um das Thema mit ihr zu besprechen."

Ich habe mich auf meinem Sitz verlagert, um über diese Möglichkeit nachzudenken. Obwohl ich es nie zugeben würde, breitete sich in mir langsam die Verzweiflung, eine passende Lösung für Braxia zu finden. Ein Bürgerkrieg würde unser Ende bedeuten. Wenn ich auch nur eine Minute lang glauben würde, dass einer meiner Rivalen das Blatt zu unserem Gunsten wenden und meine Heimatwelt wieder zu ihrer früheren Pracht zurückführen könnte, würde ich sofort abdanken. Trotz all ihrer Fehler und Rückschritte liebte ich Braxia und würde sie wieder auferstehen sehen wollen.

„Würde sie solche Gespräche begrüßen? Du, der die Leute so gut einschätzen kann, erkennst du ihre Beweggründe? Was will sie?", fragte ich.

Anton starrte mir direkt in die Augen. „Ihre Motivation ist die Erlösung und die Wiedergutmachung für das Unrecht, das ihr Vater und ihr Bruder den Veredianerinnen angetan haben. Aber was sie wirklich will ... bist du."

KAPITEL 4

MERCY

Die Göttin hatte einen verkorksten Sinn für Humor. Nach neunundvierzig Jahren Existenz warf sie mir endlich meinen Seelenverwandten vor die Füße, und er entpuppte sich als der verdammte Magnar von Braxia. Was hat sie sich dabei bloß gedacht? Von allen Spezies, mit denen man sich verbinden konnte, war seine schlimmer noch als die Guldaner. Aber das Kribbeln der Einstimmung war nicht zu leugnen. In dem Moment, als ich den Raum betrat, hatten gefühlt Nadeln auf meinen Nacken eingestochen, das Kribbeln wurde noch stärker, als ich mich Ravik näherte. Zu viele meiner veredianischen Schwestern hatten das Phänomen beschrieben, als dass ich es nicht als das erkennen konnte, was es war. Dieser psychische Zug manifestierte sich immer dann, wenn man in der Gegenwart des einen anderen Wesens im ganzen Universum war, das für einen geschaffen worden war.

Und der Magnar war die prächtigste Bestie, die ich je gesehen hatte.

Meine Bestie.

Allein der Gedanke an diesen Berg von einem Mann und sein furchterregendes Gesicht ließen meine Knie weich werden und meine Mitte vor Verlangen pochen. Trotz meiner Größe reichte mein Scheitel kaum bis zu seinen Schultern. Sein Bizeps war größer als mein Kopf, und seine großen, schwieligen Hände konnten meine Wirbelsäule ohne Anstrengung zerquetschen. Und doch hatte es meinen ganzen Willen gekostet, mich nicht auf ihn zu stürzen und jede einzelne ausgebeulte Vene, die seine muskulösen Arme kreuzten, Stück für Stück abzulecken.

Warum zum Teufel musste er der Magnar sein? Mit meiner respektlosen Art hatte ich beinahe, eine Art diplomatischen Zwischenfall verursacht. Zum Glück fand er meine anfängliche Neckerei nicht beleidigend. Ich konnte nichts für meine flirtende und spöttische Art. Sicherlich könnte ich versuchen, diese Eigenschaften ein wenig einzudämmen, aber wenn es zwischen uns klappen sollte, musste er mein wahres Ich kennenlernen: unverschämt, sarkastisch, reuelos und eingebildet.

Die Frage war, ob ich wirklich wollte, dass das funktioniert. Ich war nicht und würde nie der unterwürfige Typ sein. Kein Mann würde mich jemals kontrollieren können. Keine Gesellschaft würde mich je in Ketten legen. Mit neunundvierzig war ich zu alt, um mich zu ändern; nicht, dass ich das wollen würde. Nach meiner Lektüre über Braxia war der Magnar ein Jahr älter als ich, aufgezogen vom intolerantesten, rückwärtsdenkenden Mann im östlichen Quadranten. Wie könnten wir jemals eine harmonische Beziehung haben? Und Braxia? Ich hatte gerade meine Familie gefunden, die auf der anderen Seite der Galaxie lebte. Ich wollte mich nicht wieder von ihnen trennen.

Warum konnte er nicht ein Hybrid sein? Seit ich Anton zum ersten Mal gesehen hatte, wusste ich, dass mein Gefährte wahrscheinlich braxianisches Blut haben würde. Nachdem ich die Dinge mit dem Erbe meines Vaters und der Kundenliste von Varrek geklärt und meine jüngeren Schwestern befreit hatte, plante ich eine Reise in den Hafen dieses Quadranten. Der Zufluchtsplanet beherbergte verschiedene Spezies, darunter viele Mischlings-Braxianer, die vor der Verfolgung durch ihre Heimatwelt geflohen waren. Ich hatte gehofft, einen netten Mann zu finden, der die menschlichen Werte der lokalen Bevölkerung teilte, die die Akzeptanz und die Gleichstellung der Geschlechter förderten.

Das Klacken von Graces wahnsinnig hohen Absätzen riss mich aus meinen Grübeleien heraus. Nach einer schnellen Dusche im Gästezimmer, das mir zugewiesen worden war, zog ich eines der Kleider an, die ich während unseres kleinen Einkaufsbummels gekauft hatte. Wie ich hatte auch Ravik schwarzes Haar, Obsidianaugen und schien dunkle Kleider zu mögen. Ich hatte ursprünglich geplant, wieder ein schwarzes Kleid zu tragen, aber Grace hatte darauf bestanden, dass ich ein kurzes, rückenfreies, weißes Kleid trage, das meinem kupferfarbenen Teint schmeichelte. Obwohl ich mich mit Absätzen wohlfühlte, hatte ich mich geweigert, die himmelhohen Stilettos zu tragen, die sie vorgeschlagen hatte. Dennoch hatten die silbernen Sandalen, für die ich mich entschied, respektabel hohe Absätze.

Auf Graces Bitte hin ging ich, nachdem ich angezogen war, in ihr Zimmer, damit sie mir die Haare richten konnte. Sie zauberte daraus einen kunstvollen Dutt, der meinen entblößten Rücken nicht verdecken sollte. Als nächstes wollte sie, dass ich ein Paar ihrer Ohrringe trug.

Ich saß an dem eleganten Waschtisch in der linken Ecke des Raumes und beobachtete ihr Gesicht durch den Spiegel, während sie sich zu einer imposanten Kommode aus dunklem Holz begab. Sie nahm einen großen Teil der Wand rechts neben dem massiven Bett ein, das ebenfalls aus dunklem Holz gebaut war. Grace wühlte in der obersten Schublade, die eine große Schmuckkollektion enthielt. Ich rutschte auf einem gepolsterten Hocker hin und her, während ich durch den Raum blickte. Elegant und sparsam dekoriert, wirkte es durch die hellgrauen Wände noch geräumiger. Aber die Wände, die auch als riesige Leinwände dienten, zogen meine Aufmerksamkeit auf sich. Derzeit waren sie so eingestellt, dass sie Fenstern ähneln, die vom exotischen Planeten Kigamot Sek aus in üppige Gärten blicken.

„Die sind einfach perfekt!“ meinte Grace und kehrte zu mir zurück mit den kostbaren Kugeln, die sie in ihrer Handfläche trug.

Jeder Ohrring bestand aus einer großen, tränenförmigen Pleusianperle, die kunstvoll mit einer Silberspirale umwickelt war. Sie hakte sie in meine durchbohrten Ohrläppchen ein und trat dann einen Schritt zurück, um ihre Arbeit zu bewundern.

„Auf, auf“, sagte sie und wedelte mit den Händen in der Luft, damit ich mich von meinem Sitz erhob.

Ich fügte mich, und meine Absätze ließen mich sie noch mehr überragen. Sie biss auf ihre pralle Unterlippe, die mit dem gleichen Blutrot wie ihre Nägel geschminkt war, und äußerte wiederholt ihre Bewunderung.

„Ravik wird sprachlos sein, wenn er dich sieht“, stellte sie mit einem schelmischen Schimmer in den Augen fest. „Du bist auch ohne Make-up rattenscharf!“

Mein Gesicht errötete. Ich war mir meiner eigenen Schönheit bewusst und kümmerte mich nie viel um Make-up, abgesehen von gelegentlichem Lippenstift oder Lipgloss. Und heute Abend wollte ich, dass Ravik mich sah und nicht irgendwelche Kunsteffekte, die mich verschönerten.

Das Kompliment von jemanden, der so atemberaubend war wie sie, fühlte sich noch schmeichelhafter an. Sie war ganz und gar nicht das gewesen, was ich erwartet hatte. Schöne Frauen, die wohlhabende, unattraktive Männer heirateten waren – für „normale“ Verhältnisse –oft soziale Aufsteigerinnen oder kaltherzige Schlampen. Grace war süß, immer hilfsbereit – und gefällig – und schätzte jeden Akt der Freundlichkeit und Freundschaft. Man musste sie einfach lieben.

Sie lockte mich vor den Spiegel, um ihre Arbeit zu bewundern. Das weiße Kleid war trügerisch nüchtern und wurde hinten wie ein Neckholderkleid um den Hals gebunden. Der nackte Rückenschnitt war so tief, dass er direkt dem traditionellen Kleid der freien Frau aus Guldan entsprungen sein könnte. Obwohl die Länge des Rocks in der Mitte der Oberschenkel endete, hatte er noch seitliche Schlitze, die beinahe erst an den Hüften aufhörten. Meine entblößten Arme und Beine zeigten meine veredianischen Markierungen. Grace hatte einige meiner Haarsträhnen gedreht, und sie wie eine Krone um meinen Kopf gewickelt und den Rest zu einem Dutt verknotet.

„Wie um alles in der Welt hast du es geschafft, mein Haar mit nur zwei langen Nadeln so zu befestigen?“, fragte ich, erstaunt über ihre meisterhafte Arbeit.

„Wenn man mit einem Mann verheiratet ist, der schnellen und

einfachen Zugang zu allem haben will, lernt man einige Tricks. Anton liebt es, wenn ich mein Haar offen trage“, erwiderte sie und wirbelte eine rotbraune Locke herum. „Er ist nur damit einverstanden, dass ich sie zu einem Dutt binde, weil er sie durch Herausziehen einer einzigen Nadel lösen kann. Aber deins ist viel zu lang, um von nur einer gehalten zu werden.“

Grace drehte sich um, der fließende Rock ihres roten griechischen Kleides wirbelte um sie herum. Der lange Schlitz auf ihrer rechten Seite gab bei jedem Schritt einen Blick auf ihr wohlgeformtes Bein frei. An der Taille eingeklemmt, bestand das Oberteil lediglich aus zwei Trägern eines luxuriösen Stoffs, die jede Brust in einem tiefen Ausschnitt bedeckten.

„Lass uns den Männern die Gehirne vernebeln“, meinte Grace kichernd und wies mir den Weg ins Wohnzimmer.

Ich folgte ihr auf den Fersen, mein Herz flatterte bereits in Erwartung auf Raviks Reaktion. Die Männer standen bei unserem Eintreffen auf. Anton schnurrte, ein glühender Blick senkte sich auf seine Züge, als er seine Gefährtin betrachtete. Grace erblühte unter seinem zustimmenden Blick und ging auf ihn zu, die Hüften wiegend. Anton schlang einen Arm um sie, seine Hand ruhte auf ihrem Hintern, als er sie an sich drückte und ihre Lippen in einem sengenden Kuss einfing.

Raviks Onyxaugen brannten durch mich hindurch, seine vollen Lippen verzogen sich bei seinem knurrenden Geräusch. Der nackte Hunger in seinem Gesicht ließ meine Innenwände sich zusammenziehen und meine Haut sich erhitzen. Er schlich auf mich zu, sein enges Hemd umspielte seine prallen Brustmuskeln, die sich bei jeder Bewegung dehnten.

Mein Mund wurde trocken, als er ein paar Schritte vor mir stehen blieb. Selbst mit den Absätzen auf den Füßen überragte er mich immer noch um einiges.

„Du siehst umwerfend aus, Ravena“, begrüßte er mich, und seine rauchige Stimme ließ mich erschaudern.

Ich liebte die Art und Weise, wie er meinen Namen aussprach, als ob er jede Silbe schmeckte und genoss, während er sich vorstellte, ich würde mich über seine Zunge rollen. Obwohl ich nicht in der Gegend herumhurte, war ich weder zu prüde, noch hatte Skrupel, mir meine Freude zu nehmen, wann und mit wem ich es für richtig hielt, wenn mir der Sinn danach stand. Aber bis heute hatte ich noch nie so heftig für einen Mann gebrannt. Wären Anton und Grace nicht da gewesen, hätte ich Ravik schon die Kleider vom Leib gerissen.

„Danke", antwortete ich mit einem neckenden Lächeln. „Ich bin froh, dass du es auch so siehst."

Er schnaubte. „Das tue ich ganz sicher."

„Machen wir uns auf den Weg", sagte Anton und führte seine Frau zum Aufzug, wobei seine Hand auf ihrer Hüfte ruhte.

Ravik deutete mir an, voranzugehen, bevor er mir folgte. Der Aufzug läutete Sekunden bevor sich die Tür öffnete. Wir traten ein, Ravik füllte den Raum aus, wobei er mit dem Scheitel seines Kopfes fast die Decke des Aufzugs berührte. Er stand nahe genug, damit ich die Wärme seines Körpers spüren konnte. Ich wollte mich an ihn lehnen und seine Hände auf meiner nackten Haut spüren. Der Aufzug kam zum Stillstand, die Tür öffnete sich. Als hätte er meinen unausgesprochenen Wunsch gehört, legte Ravik seine schwielige Handfläche auf meinen nackten Rücken, um mir einen sanften Schubs zu geben, damit ich die Kabine verließ. Ein Blitz der Lust explodierte in meiner Magengegend, und meine Brustwarzen stellten sich auf.

Sein Daumen streichelte sanft meine Haut, bevor er seine Hand entfernte, sodass ich mich tatsächlich beraubt und bedürftig fühlte. Anton und Grace kamen nach uns heraus und übernahmen schnell die Führung. Zwei riesige Braxianer erwarteten uns am Eingang; Raviks Sicherheitskommando. Ich konnte mir nicht vorstellen, warum um alles in der Welt jemand, der so furchterregend und mächtig wie er war, sie brauchen sollte, aber andererseits war er der Herrscher seines Planeten.

Für den Fußweg vom Penthouse zum Risqué benötigten wir zehn Minuten. Auf den Gängen herrschte reges Treiben; viele der Gäste machten sich auf den Weg zu einem Ort ihrer Wahl, um dort ihr Essen einzunehmen – einige schlenderten beiläufig, während andere durch die Menge eilten. Trotz einer dominierenden Menschenmenge, zweifellos aufgrund der großen Zahl terranischer Kolonien in der Nähe, vermischte sich eine Vielzahl von fremden Arten. Während die Kleiderordnung in öffentlichen Bereichen streng war, durften die Herren ihre *Haustiere* an der Leine führen. Bislang waren alle, denen wir begegnet waren – bis auf eines – rein menschliche Haustiere.

Wo die Gäste respektvoll grüßend nickten, als sie Anton sahen, verzogen sich die meisten von ihnen und machten Platz für Ravik. Mein Mann war ein Ungetüm. Als ein Gast mich fast anrempelte, legte Ravik seine Hand auf meine Hüfte, um mich zu sich zu ziehen.

Zu meiner Freude hat er sie nicht entfernt, selbst nachdem die „Gefahr" vorüber war.

Als wir Risqué erreichten, ruhte seine Hand nicht mehr auf meiner Hüfte, sondern auf der nackten Haut meines Rückens. Der Geräuschpegel des überfüllten Platzes sank bei unserem Eintreffen. Viele Augen weiteten sich und Münder teilten sich leicht schockiert, als die Gäste den Riesen an meiner Seite wahrnahmen. Im Gegensatz zu Grace war ich keine Exhibitionistin. Doch die verwirrten Blicke der Menge, die auf Raviks besitzergreifender Hand auf meinem Rücken verweilten, stellten mit mir köstliche Dinge an. Ich liebte es zu wissen, dass der bloße Anblick meines Mannes eine solche Furcht auslöste. Dass *ich* diejenige sein würde, die diese furchterregende Bestie zähmen würde.

Wir erreichten Antons private Kabine, die sich auf einem erhöhten Podest an der Rückwand in der Mitte des Speisesaals befand. Sie war kreisförmig und bot einen perfekten Blick auf die Bühne und die davor liegende Tanzfläche. Dort tanzten eine Handvoll Paare zu den sanften Balladen, die von einem kleinen Orchester gespielt wurden. Grace und ich schlüpften auf den mit dunkelrotem Leder bezogenen Sitz, sie von links und ich von rechts, bevor unsere Männer ihre Plätze an unseren Seiten einnahmen. Ich ließ meinen Blick über den Raum schweifen. Die beigefarbenen Wände ließen ihn gewaltig erscheinen, die Farbe stand in scharfem Kontrast zu dem glänzenden, dunkelbraunen Holzboden. Wandlampen, die an der Spitze von Pfeilern angebracht waren, die strategisch so platziert waren, dass sie die Sicht auf die Bühne nicht behinderten, sorgten für ein weiches Umgebungslicht.

In Anbetracht des schicken Dekors und der erlesenen Kundschaft überraschte mich die Anwesenheit von mehreren Haustieren, die zu

Füßen ihrer Herren knieten. Derjenige, der sich unserem Tisch am nächsten befand, schien ein menschlicher Mann zu sein. Eine Reihe gerader Linien auf seiner Haut, über seinem Halsband, erinnerte mich jedoch an Kiemen. Aus der Entfernung konnte ich nicht sagen, ob er Schwimmhäute besaß, aber ich vermutete, dass er ein menschlich-jalunischer Mischling war.

Eine hübsche, blonde Kellnerin, deren weißes Lederkleid wie eine zweite Haut an ihr klebte, mit passendem blutroten Lippenstift und hohen Absätzen kam auf uns zu, um unsere Getränkebestellung entgegen zu nehmen. Ihre grünen Augen zuckten ein paar Mal in Raviks Richtung. Ich musste mir in die Wangen beißen, als ihr Gesichtsausdruck zwischen Angst und Ehrfurcht bei seinem brutalen Gesicht und seinen massiven, muskulösen Armen wechselte. Da wurde mir klar, dass Raviks Wachen sich rar gemacht hatten, obwohl ich nicht eine Minute lang daran zweifelte, dass sie in Interventionsreichweite lauerten.

Nachdem die Kellnerin gegangen war, um unsere Getränke zu holen, studierten wir die Speisekarte und entschieden uns schließlich für ‚Der Zug', eine Verkostungsoption mit Weinspezialitäten, bei der wir von jedem einzelnen Gericht der Spezialkarte kosten konnten, bis wir nichts mehr runterbekämen. ‚Der Zug' bot weit über hundert Spezialitäten von dreiundzwanzig verschiedenen Planeten und zusätzlich vierzig Desserts zur Auswahl.

Der Abend erwies sich als recht genussvoll, wobei das Essen ebenso exquisit war wie die Gesellschaft. Es hat mich fasziniert, von Graces Gesangskarriere zu erfahren und von all der Arbeit, die hinter den Kulissen geleistet wurde. Als ich mehr über Antons unermessliches Vergnügungs-Imperium erfuhr, drehte sich mir beinahe der Kopf. Allein den Venus-Hive zu betreiben, schien ein unmögliches Unterfangen zu sein. Und doch hatte er sechs weitere Stationen, die über den östlichen Quadranten verstreut waren.

Ravik erwies sich jedoch als die angenehmste Überraschung. Nachdem ich Zeuge der wunderbaren Beziehungen vieler Paare geworden war, hatte ich nicht in Frage gestellt, dass Ravik perfekt zu mir passen würde, da er mein Seelenverwandter war. Aber hinter seinem rauen, barbarischen Äußeren verbarg der Magnar eine scharfe Intelligenz, eine beeindruckende Bandbreite an Wissen in Kunst, Kultur und natürlich Politik, aber vor allem einen respektlosen Sinn für Humor wie ich. Außer, dass er es in seinem Fall mochte, einem den Verstand zu verwirren und einen sich fragen zu lassen, ob er es ernst meinte oder nicht.

Grace war nach Kostprobe Nummer einundzwanzig pappsatt, Ich schaffte noch sieben weitere Gänge, bevor ich ebenfalls aufgab. Die Männer haben mindestens doppelt so viele verzehrt. Anton kapitulierte als Erster. Obwohl Ravik zur gleichen Zeit aufhörte wie er, vermutete ich, dass er noch viel länger hätte durchhalten können.

Trotzdem lehnte er sich satt an den Ledersitz und breitete seinen rechten Arm auf der Rückenlehne hinter mir aus. Er berührte mich zwar nicht, aber die Hitze seiner Haut ließ mich kribbeln und verlangte nach mehr Kontakt.

Anton strich Graces Haare sanft aus dem Gesicht, bevor er sie mit seinen Fingern streichelte. Sie wandte ihm ihre leuchtenden, bernsteinfarbenen Augen zu und lächelte. Er beugte sich vor und küsste sie sanft.

„Lass uns tanzen", flüsterte er seiner Partnerin zu.

Sie nickte. Sie entschuldigten sich und rutschten von der Couch, Anton führte Grace an der Hand. Ich beneidete sie um die einfache Liebe und die offensichtliche Hingabe zwischen ihnen. Ohne auf Einzelheiten einzugehen, während sie mir vorhin die Haare gemacht hatte, hatte Grace mir einen Einblick in einige der Schwierigkeiten gegeben, denen sie und Anton begegnet waren, bevor sie endlich ihr gemeinsames Glück gefunden hatten. Der gespenstische Ausdruck auf ihrem Gesicht, den ich in ihrem Spiegelbild eingefangen hatte, deutete auf weit schrecklichere Zeiten hin, als sie es sich hatte anmerken lassen. Obwohl sie offensichtlich wollte, dass Ravik die gleiche Art von Glück findet, und sie schien auch die Vorstellung zu mögen, dass es mit mir sein könnte, hatte Grace mir eine klare Warnung ausgesprochen, dass uns ebenfalls ein schwieriger Weg bevorstehen würde.

Anton zog seine Frau in eine Umarmung. Sie vergrub ihr Gesicht in seiner Halsbeuge, als sie begannen, sich zur Musik zu bewegen.

Seine Bewegungen, unglaublich flüssig für jemanden, der so groß und muskulös ist, beeindruckten mich. Ich drehte mich zu Ravik um und erhob neugierig eine Augenbraue.

„Willst du mich nicht auch zum Tanz auffordern?", fragte ich.

„Nein", entgegnete Ravik völlig emotionsfrei.

Meine Brauen schossen in die Höhe. „Ernsthaft?"

Er nickte.

„Warum? Hast du Angst, mir auf die Füße zu treten?", fragte ich erstaunt.

Als ich sah, wie er mich anscheinend zum Nachtisch verschlingen wollte, hatte ich erwartet, dass er die Gelegenheit ergreifen würde, mich ungehindert zu berühren.

„In der Tat, die habe ich", erwiderte er, seine tiefe Stimme fegte wie ein tiefes Vibrieren über mich hinweg.

Meine Lippen teilten sich schockiert. Ich wollte ihn necken und verspotten, doch diese brutale Ehrlichkeit machte mich sprachlos.

Sein Lächeln wurde breiter beim Anblick meines verblüfften Gesichtsausdrucks. „Braxianer tanzen nicht zu zweit. Die Frauen führen erotische Tänze auf, um die Männer zu unterhalten. Und die Männer führen Stammestänze auf, gewöhnlich als Teil zeremonieller Rituale oder als Herausforderung vor einer Schlacht. Letzteres hat es seit Jahrzehnten nicht mehr gegeben."

Meine Augen schossen Richtung Anton und Grace, die eng miteinander verschlungen waren, als sie inmitten eines halben Dutzend anderer Paare tanzten.

Ich deutete mit meinem Kinn auf sie. „Wie du sehen kannst, ist es nicht so kompliziert, auch wenn du kein Gefühl für Rhythmus haben solltest."

Ravik neigte seinen Kopf zur Seite, eine Locke seines schwarzen Haares fiel über sein linke Gesichtshälfte. „Ich habe nie gesagt, dass ich keinen Rhythmus habe."

„Dann hast du keine Ausrede", antwortete ich. „Da du mich nicht einlädst, fordere ich dich zum Tanz auf und werde jede Ablehnung als persönliche Zurückweisung auffassen."

Ravik schnaubte, und seine Lippen verzogen sich zu einem

Lächeln. Im Gegensatz zu Anton erweichte dieses jedoch seine Züge nicht, sondern ließ ihn noch wilder aussehen, wie ein hungriges Tier, das seine Beute fest im Visier hat.

„Bist du so begierig drauf, dich in meinen Armen wieder zu finden, kleiner Rabe?", fragte er mit glühenden Augen.

„Und wenn ich ja sagen würde?", wollte ich nun wissen.

Sein Blick scannte mich mit einem eindeutigen Zeichen solcher Besessenheit, dass mir flau im Magen wurde.

„Dann wäre es sehr unhöflich von mir, deine Wünsche zu ignorieren. Komm schon, kleiner Vogel."

Seine massive Hand verschluckte meine, als er mich auf die Tanzfläche führte. Sein Griff, sanft und doch fest, erinnerte mich daran, wie leicht er meine Knochen zerquetschen konnte, indem er nur ein bisschen drückte. Mein Magen flatterte, und mein Atem wurde vor Erwartung schneller. Ich kannte ihn nicht gut genug, um tatsächlich eine emotionale Bindung zu ihm zu haben, aber die rein animalische Anziehung zwischen uns überwältigte mich. Ich hatte noch nie so stark auf einen Mann reagiert.

Er blieb in der Nähe des linken Randes der Tanzfläche stehen und zog mich zu sich. Sein rechter Arm schlang sich um meinen nackten Rücken, seine Hand glitt unter den Stoff an der Seite meines Kleides, seine Finger ruhten auf dem nackten Fleisch über meiner Taille. Seine andere Hand ruhte in meinem Kreuz und hielt mich fest an seinem Körper. Beide waren rau und schwielig und fühlten sich wie brennende Eisen auf meiner Haut an. Ich stöhnte fast, als meine Brüste und dann mein Becken gegen seinen harten Körper gepresst wurden. Meine Handflächen fanden ihren Weg zu seinen Schultern und zogen über die sich dehnende Stränge seiner Muskeln, um auf beiden Seiten seines massiven Nackens zu ruhen. Die Spitze meiner Stirn stieß gegen die Seite seines Kinns, als ich mich vorbeugte, um seinen erdigen, männlichen Duft einzuatmen.

Ravik begann zur Musik zu schaukeln, und ich folgte seinem Beispiel. Seinen Bewegungen fehlte die Leichtigkeit, die Anton zeigte, aber er hatte eindeutig Rhythmus. Ich erzitterte, als seine Daumen anfingen, langsame Kreise auf meiner Haut zu ziehen. Seine Brust vibrierte gegen meine mit einem leisen Schnurren. Er wusste sehr gut, welche Macht er über mich hatte. Das hätte mich irritieren müssen, aber das tat es nicht.

Ich erhob den Kopf, und unsere Blicke verschmolzen miteinander. Göttin, er war so groß und breit. Wenn er sich nicht nach vorne beugte oder ich mich nicht auf meine Zehenspitzen stellte, reichten meine Arme nicht weit genug, um sie hinter seinem Nacken zu verbinden.

Ravik senkte den Kopf zu mir. „Du spielst ein gefährliches Spiel, kleiner Vogel“, flüsterte er.

„Ich kann rücksichtslos und mutig sein, aber mit manchen Dingen spielt man nicht.“

Er hielt meinen Blick fest, als ob er versuchte, meine Gedanken zu lesen, dann wanderten seine Augen zu meinen Lippen. Diese teilten sich daraufhin einladend für ihn. Ein Muskel zuckte an der Seite seines quadratischen, vorstehenden Kiefers, und er biss die Zähne zusammen. Ich konnte mich nicht entscheiden, ob ich mich durch seine Zurückhaltung frustrierter oder durch seinen offensichtlichen Kampf, seiner Anziehung zu mir zu widerstehen, beschwingter fühlte.

„Ich hörte, dass du meine Heimatwelt besuchen willst“, sagte Ravik. „Warum?“

Der plötzliche Themenwechsel ließ mich erstarren. Seine Hand auf meiner Seite bewegte sich nach oben. Wenn er seine Finger etwas ausstrecken würde, würden sie an der Seite meiner rechten Brust ankommen.

„Persönliche Angelegenheit“, entgegnete ich unverbindlich.

Er blickte mich aus verengten Augen an, und ich konnte dem Drang, mich zu winden, kaum widerstehen. Diese Reaktion schockierte mich. Abgesehen von dem strengen Blick meines Vaters hatte mir noch nie jemand so ein Gefühl vermittelt.

„Ich habe Grund zu der Annahme, dass mein Bruder versucht hat, einen Sklavenring auf Braxia zu errichten“, fuhr ich fort. „Ich fahre dorthin, um das, was er begonnen hat, zu beenden und hoffentlich etwas zu entdecken, das mir hilft, meine jüngeren Zwillingsschwestern zu finden, die vor über dreißig Jahren an einen Kopfgeldjäger verkauft wurden.“

Ravik runzelte die Stirn und nickte dann langsam. „Welchen Beweis hast du für diesen Sklavenring?“

„In unserem Familienhaus auf Guldar fand ich Unterlagen über die von ihm bestellte Ausrüstung und die Bauarbeiten, die er auf Braxia in Auftrag gegeben hatte“, erklärte ich, während ich mit meinen Daumen die steinharte Wölbung seiner beachtlichen Trapezmuskeln auf jeder Seite seines Halses nachzeichnete. „Ich glaube, er hatte auch vor, ein Labor einzurichten, um *Bliss* zu verfeinern und zu verteilen.“

Ravik fletschte vor plötzlicher Wut die Zähne. „Er steckte hinter dieser elenden Droge?“, zischte er.

Ich hob mein Kinn an und versuchte, das Gefühl der unvermeidlichen Scham zum Schweigen zu bringen. Ich kämpfte immer damit, sobald ich an die schrecklichen Dinge erinnert wurde, die meine Familie getan hatte. Die hochgradig süchtig machende Droge hatte in der kurzen Zeit, in der es Varrek vor seinem Tod gelungen war, sie zu verteilen, einen erheblichen Schaden angerichtet. Es gab kein Heilmittel für diese Sucht, und der Entzug führte immer zum Tod.

„Ja“, bestätigte ich in einem leicht abgeschnittenen Ton. „Nun verstehst du, warum ich nach Braxia gehen muss.“

Er nickte erneut. „Braxia stehen unruhige Zeiten bevor. Es ist kein sicherer Ort für eine Frau, vor allem nicht für eine so exotische wie dich.“

Ich zuckte die Achseln. „Anton hat mich bereits davor gewarnt. Sein Vater wird für meine Sicherheit sorgen.“

„Das wird er nicht tun“, knurrte Ravik, sein Griff um mich herum wurde enger.

Meine Augen weiteten sich, und mein Herz sank.

„Du würdest mir den Zutritt zu deiner Welt verweigern?“, fragte ich, mein Blick fest auf ihn gerichtet.

„Die Vernunft gebietet zwar, dass ich dir zu deiner eigenen Sicherheit den Zugang verbieten sollte, aber das werde ich nicht tun. Doch kein anderer Mann außer mir wird dir seinen Schutz gewähren. Mein Schutzschild soll über dich wachen und nicht der von jemand anderen.“

Bei seinem gebieterischen Ton – und dem fast bösartigen Blick in seinen Augen – schlug mir der Magen um, und ich wagte es nicht, seine Aussage infrage zu stellen.

„Da ist jemand besitzergreifend", flüsterte ich.

Raviks Hand unter dem Stoff meines Kleides streichelte mich von der Seite meiner Brust bis zur Wölbung meines Hinterns, diesmal ohne jedes Anzeichen von Subtilität.

„Ich spiele auch nicht", entgegnete er, seine Stimme war eine Mischung aus einem Versprechen und einer Drohung.

Die Musik endete, und ich wimmerte fast, als er mich freiließ, weil ich noch eine Weile in seiner Umarmung bleiben wollte. Ich hasste es, mich so bedürftig zu fühlen, und beschloss, mich ihm nicht noch weiter an den Hals zu werfen, indem ich um einen zweiten Tanz bat. Ich zitterte bereits. Meine Haut fühlte sich an den Stellen, an denen seine brennenden Hände mich gehalten hatten, plötzlich kalt an. Raviks Handfläche fand den Weg zu meiner Hüfte, als er mich zurück zu Antons Privatkabine führte. Obwohl ich das Gefühl seiner Hand auf mir wieder zu schätzen wusste, wollte ich sie viel lieber auf meiner nackten Haut haben.

Wir nahmen erneut unsere Plätze ein und kurz darauf kamen Anton und Grace hinzu. Sobald er sich neben mir niedergelassen hatte, legte Ravik seine besitzergreifende Hand auf meinen Oberschenkel, der auf der linken Seite von meinem kurzen Rock entblößt war. Obwohl er gebräunt war, sah seine Haut im Vergleich zu meiner, die um einige Schattierungen dunkler war, fast weiß aus. Ich starrte sie an, bevor ich zu ihm aufblickte. Er hielt meinen Blick stand und forderte mich auf, seinen Anspruch infrage zu stellen. Ohne zu zögern, antwortete ich, indem ich meine eigene auf seinen Oberschenkel legte. Er schnaubte und neigte dann seinen Kopf im Zeichen des Einverständnisses.

Als ich spürte, dass unsere Gastgeber uns anstarrten, erhob ich meinen Blick. Grace entgegnete ihm mit unverhohlener Neugier und Aufregung. Anton beobachtete uns hingegen mit einem etwas besorgten Gesichtsausdruck. Man musste kein Genie sein, um zu erraten, dass er sich Sorgen machte, was die Zukunft zwischen dem Magnar und mir anging. Ich teilte diese Bedenken. Und doch ...

„Ich wusste nicht, dass du so ein guter Tänzer bist, Ravik", unterbrach Grace die Stille zwischen uns und lehnte sich dabei an ihren Mann. „Das muss ich Naya erzählen. Sie wird einen Tanz mit ihrem 'Maga Ravi' verlangen, bevor du abreist."

„Du wirst nichts dergleichen tun", sagte Ravik mit einem gespielt bedrohlichen Ausdruck.

Anton grinste, seine Finger beschäftigten sich mit den Haaren seiner Frau. „Unsere Tochter freut sich schon darauf, dich morgen früh zu sehen. Sie behauptet, du und mein Vater seid die besten Ponys auf der Welt."

Als ich mir vorstellte, wie Grace und Antons dreijährige Tochter auf Raviks Rücken sitzt, während er unter ihrem Gelächter im Wohnzimmer herumtollt, musste auch ich sofort kichern. Er starrte erst Anton und dann mich an. Das brachte mich noch mehr zum Lachen. Ich konnte es beinahe hören, wie Naya mit ihrer Babystimme ihn Maga Ravi nannte. Die drei Kinder verbrachten die Nacht bei ihrem Onkel Marcus, um ihren Eltern die Freiheit zu geben, uns zu unterhalten, und würden morgen früh zurückkehren.

Ravik öffnete den Mund, um zu antworten, hielt aber abrupt an, als einer seiner Leibwächter aus dem Nichts auftauchte. Ich war zu sehr auf den Magnar fixiert, um seine Annäherung zu bemerken.

„Auf ein Wort, wenn ich bitten dürfte", sagte der Leibwächter.

Ravik entschuldigte sich und folgte seiner Wache in einen Raum im hinteren Teil des Restaurants. Mein Blick begleitete sie, bis sie außer Sichtweite waren. Als ich mich wieder meinen Gastgebern zuwandte, bedachte ich sie mit einem neugierigen Blick. Grace' Schultern hingen herab, und ihre Lippen spitzten sich zu dem schönsten Schmollmund.

„Ich wette, er wird uns verlassen", stellte sie fest.

„Verlassen?", fragte ich.

„Bis Tagar Raviks wenige Freizeit unterbricht, muss auf Braxia etwas wirklich Ernstes passieren."

Ich runzelte die Stirn und warf einen besorgten Blick auf die noch verschlossene Tür.

„Ravena", informierte mich Anton und zwang mich, mich ihm zuzuwenden. „Du solltest wissen, dass Ravik das Privileg eingefordert hat, deinen Schutz zu übernehmen."

Ich nickte. „Ja, das hat er mir ohne Umschweife gesagt“, entgegnete ich in einem neckenden Ton.

Der ernste Gesichtsausdruck von Anton ernüchterte mich jedoch sofort.

„Dann würde ich dich bitten, dasselbe für ihn zu tun“, forderte er und ließ mich überrascht zurückschrecken. „Die Anziehungskraft zwischen euch beiden ist deutlich zu erkennen. Sie werden versuchen, dich zu benutzen, um ihn zu verletzen. Ich respektiere deinen Wunsch nach Unabhängigkeit, aber mache dich bitte nicht zur Zielscheibe.“

Ich wollte mich über sein Kommentar hinwegsetzen, aber etwas in seinem Verhalten ließ mich erkennen, dass er wirklich Angst um Ravik hatte ... und um mich.

„Stehen die Dinge wirklich so schlecht?“, fragte ich.

„Ja, sogar schlimmer als alles, was ich beschreiben könnte“, teilte Anton bedrückt mit und fuhr sich mit der Hand durchs Haar. „Ein Drittel der Bevölkerung ist arbeitslos und hungert. Die Braxianer sind stolz. Die meisten lehnen die Hilfsmaßnahmen ab, die Ravik zu ihrer Unterstützung eingerichtet hat, bis ihre Clans wieder auf die Beine kommen. Abgesehen von der Kampfkunst besitzt ein zu großer Anteil der Braxianer keinerlei handwerklichen oder technischen Fähigkeiten. Sie verfügen über wenig bis gar keine Ressourcen, die einen Handel ermöglichen würden, und von den wenigen, die dies tun, haben viele alles wegen dummer Rachefeldzüge um verletzte Ehre verloren.“

Er warf seiner Frau einen Seitenblick zu. Die Reue, die in seinen Augen brannte, verwirrte mich. Grace lächelte liebevoll und streichelte seine Wange. Er schloss die Augen und lehnte sich in die Berührung, bevor er sein Gesicht drehte und ihre Handfläche küsste.

Was könnten sie ihm wohl angetan haben, um seine Rache zu verdienen, eine Rache, die ihn bis heute verfolgte?

„Braxia hat vielen ehemals verbündeten Planeten, wegen übermäßiger Rache, durch dumme Vorfälle, zu Feinden erklärt. Sie sind nicht mit Embargos konfrontiert, aber sie könnten es genauso gut sein. Die Braxianer haben jahrelang Scheiße gebaut, und doch erwarten sie, dass Ravik jetzt ihren Misthaufen aufräumt. Diejenigen, die den alten

Gewohnheiten nachtrauern, schüren die sich steigende Unzufriedenheit mit dem Ziel, ihn zu stürzen."

Anton zuckte mit den Augen nach rechts. Ich folgte seinem Blick und sah, wie Ravik mit seiner Wache den Raum verließ.

„Also beschwöre ich dich. Tritt während deines Aufenthalts auf Braxia mit größter Vorsicht auf."

„Deine Worte sind nicht auf taube Ohren gestoßen", versicherte ich ihm in einem pflichtbewussten Ton.

Wir beendeten unsere Ausführungen, als Ravik sich uns mit einem grimmigen Gesichtsausdruck näherte. Seine Wache blieb in respektvollem Abstand stehen, um uns Privatsphäre zu gewähren.

„Ich muss sofort nach Braxia zurückkehren." Das Zucken eines Nervs an seiner Schläfe und die angespannte Haltung drückten das Ausmaß seiner Verärgerung aus. „Es scheint, dass alles, was schief gehen könnte, sich dazu entschlossen hat, dies während meiner Abwesenheit zu tun."

„Was geht da vor sich?", fragte Grace mit einer durch Sorge durchtränkten Stimme.

„Die Rudel von Joarkals haben die Umgebung verwüstet, und jetzt scheint sich ein großes Rudel auf die Hauptstadt zuzubewegen."

„Das ist zu früh", argumentierte Anton und runzelte verständnislos seine Stirn.

„Genau", zischte Ravik. „Etwas oder *jemand* hat sie einen Monat zu früh auf die Jagd geschickt. Und Caldes' guldanische Gäste sind praktischerweise erst Stunden nach meiner Abreise eingetroffen. Pattel teilte mir gerade mit, dass sie bereits ihre Runden drehen und versuchen, die Unterstützung der Clans für ein mögliches Bündnis zwischen unseren Völkern zu gewinnen."

„Dieser Sohn eines Krillik", pfiff Anton zwischen den Zähnen.

„Sie versuchen, dich in eine bestimmte Ecke zu drängen", flüsterte Grace.

„Ja. Aber ich werde es nicht erlauben. Komm", sagte Ravik und streckte mir die Hand entgegen. „Wir müssen fortgehen."

Ich nahm instinktiv seine Hand. Anton gab der Kellnerin ein Zeichen und sagte ihr, sie solle alles auf seine Rechnung setzen, bevor er uns mit Grace folgte. Die Wachen erwarteten uns draußen neben einem Schwebewagen, der groß genug für sechs Passagiere war. Dass wir mitfahren würden, anstatt den zehnminütigen Fußweg zurück zum Penthouse auf uns zu nehmen, zeigte, wie schnell er nach Braxia zurückzukehren wollte.

Einer der Wächter blieb im Fahrzeug, während Tagar uns zum Aufzug eskortierte, aber er folgte uns nicht nach drinnen. Als sich die Tür des Aufzugs zum Penthouse öffnete, versuchte ich den Schmerz des Verlustes, der sich bereits in meinem Inneren ausbreitete, zu unterdrücken. So hatte ich mir nicht den Ausklang des heutigen Abends nicht vorgestellt. Ich wollte ihn noch nicht gehen lassen.

Aber er sagte, du stehst unter seinem Schutz ...

Ravik hielt immer noch meine Hand und zog mich hinter sich her, als er sich auf den Weg zu den Schlafräumen machte. Er blieb vor meinem Schlafzimmer stehen.

„Pack deine Sachen. Mach schnell“, befahl er.

„Meine Sachen? Aber ... ich habe ein Schiff und eine Crew ...“

Seine gewaltige Hand legte sich um meinen Nacken. Ein fester, aber sanfter Griff. Er lehnte sich nach vorne, seine Lippen waren nur Zentimeter von meinen entfernt. „Sie können nachfolgen. Du reist mit mir und betrittst Braxia an meiner Seite.“

Mein Bauch verkrampfte sich unter der Hitze seines Körpers, der mir so nahe war, und der dominierenden Intensität in seinen Augen. Ich merkte, dass er den Abstand zwischen unseren Gesichtern verringert hatte, als die feste Textur seiner Lippen gegen meine presste. Ich lehnte mich an ihn, meine Handflächen lagen auf seiner Brust. Seine Zunge drang wie ein Eroberer in meinen Mund ein und ließ keinen Zweifel daran, wer hier das Kommando hatte. Der Geschmack des dantorianischen Weins, den wir zu unserer Mahlzeit getrunken hatten, blieb in seinem Atem hängen. Zu früh hob er seinen Kopf, seine Obsidianaugen bohrten sich in meine.

„Beeile dich“, flüsterte er.

Sein Daumen streichelte meine Unterlippe, bevor er seine Hand sinken ließ. Er drehte sich um und marschierte entschlossen in sein eigenes Zimmer ein paar Meter den Flur hinunter, auf der gegenüberliegenden Seite von meinem. Ich betrat mein Zimmer mit weichen Knien und kontaktierte meine Erste Offizierin Sarah über Funk.

„Sarah“, antwortete sie.

„Ich reise sofort nach Braxia an Bord des Schiffes des Magnar. Bitte halte meinen Falken in Bereitschaft“, sagte ich, während ich im Badezimmer meine wenigen Toilettenartikel einpackte. „Ich hoffe, dass in seiner Shuttle-Bay Platz für ihn ist. Andernfalls brauche ich Tommen, um ihn mir auf Braxia zu bringen. Ich werde dir in Kürze eine Bestätigung senden.“

„Verstanden“, bestätigte Sarah.

„Ravena raus“, erwiderte ich, bevor ich die Verbindung beendete.

Ich zog schnell eine schwarze Leggings und einen langärmeligen, dunkelgrauen Pullover an. Es ärgerte mich zwar, meine Genetik weiterhin verbergen zu müssen, aber Antons Warnungen klangen immer noch laut und deutlich in meinen Ohren. Bis ich die Situation mit Raviks Crew und auf Braxia selbst besser verstanden hatte, klang Diskretion nach einem weisen Ansatz.

Ich brauchte nur wenige Minuten, um meine Sachen einzusammeln. Ich hatte noch nicht wirklich etwas ausgepackt, da ich nur eine einzige Nacht auf der Venus Station verbringen wollte. Ein leises Klopfen an meiner Tür erschreckte mich.

„Komm rein“, entgegnete ich und schloss meine Tasche.

Die Tür öffnete sich halb, und Grace' herzförmiges Gesicht blickte herein. Sie sah sich vorsichtig im Raum um, als wolle sie sich versichern, dass ich allein war. Ich lachte und winkte sie herein.

„Du unterbrichst nichts Unanständiges.“

Ihr wunderschönes Gesicht erhitzte sich, und sie trat ein, eine kleine Tasche in der Hand haltend. Die Tür schloss sich hinter ihr mit einem leisen Klicken. Die Art und Weise, wie sie an ihrer Unterlippe kaute und sich mit zögerlichen Schritten näherte, ließ mich über den Inhalt der Tüte nachdenken.

Sie räusperte sich. „Ich ... Hör zu, ich hoffe, du findest das nicht unpassend. Also ... ich entschuldige mich im Voraus, falls du etwas davon beleidigend finden solltest.“

Jetzt hat sie mich wirklich neugierig gemacht.

Ich zuckte die Achseln. „Es braucht schon viel, um mich zu beleidigen, aber deine Bedenken werden gebührend zur Kenntnis genommen."

Sie leckte sich nervös die Lippen und streckte mir die Tasche entgegen. Nachdem ich sie geöffnet hatte, blieb mein Mund offen. Ich starrte sie sprachlos an. Grace schien kurz davor zu sein, den Raum ängstlich zu verlassen, während sie auf meine Reaktion wartete.

Ich brach in Gelächter aus. Die Anspannung verließ ihren Körper, Erleichterung setzte sich auf ihren schönen Zügen ab.

„Denax?", fragte ich skeptisch und schwenkte die Flasche mit einer klaren Flüssigkeit. Sie diente als Gleitmittel und starker Dilatator.

Graces Gesicht erhitzte sich erneut. Sie tat mir fast leid. Ihr milchig-weißer Teint verbarg nichts von ihrem offensichtlichen Schamgefühl.

„Vertraue mir. Braxianer können sich ohne Denax nicht mit Menschen verbinden, oder sie werden sie töten. Sie sind zu groß."

Ich lächelte, unfähig, meine Belustigung zu verbergen. „Ich bin kein Mensch, Grace. Trotz unserer Ähnlichkeiten sind wir anatomisch verschieden."

Ihre Brauen schossen vor Überraschung und Neugierde in die Höhe.

„Guldanische Frauen reißen nie." Ich klopfte auf die Seite eines meiner Hörner, wobei ich darauf achtete, mich nicht an seiner scharfen Spitze zu verletzen. „Unsere Nachkommen werden voll gehörnt geboren. Sie würden uns in Stücke reißen, wenn unsere Innenwände nicht verstärkt und flexibel genug wären, um sich bei Bedarf anzupassen."

Graces Lippen öffneten sich schockiert. Sie starrte meine Leistengegend an, als könne sie durch Kleidung und Haut hindurchsehen, um bestätigt zu bekommen, was ich gerade beschrieben hatte.

Sie schüttelte den Kopf und sah mich ehrfürchtig an. „Du bist wirklich für ihn gemacht."

„Mehr als du ahnst, Grace."

Ein besorgter Blick senkte sich auf ihr Gesicht.

„Was ist los?", fragte ich.

Sie zögerte, dann deutete sie zum Bett und lud mich ein, Platz zu nehmen, während sie sich selbst auf der Kante niederließ.

„Ich kenne Ravik jetzt seit fast sechs Jahren. Er hat noch nie auf eine Frau so reagiert, wie er auf dich reagiert hat. Ich kenne dich kaum, aber ich weiß, dass du für ihn sehr wichtig werden könntest. Er ist wie ein Vater für Anton und mich. In vielerlei Hinsicht hat er es uns und unseren Kindern ermöglicht, eine sichere gemeinsame Zukunft zu haben. Ihre Augen zuckten zwischen meinen hin und her, flehend. „Bitte, tu ihm nicht weh."

„Ich versichere dir, Grace, das ist nicht meine Absicht."

„Ich glaube dir, aber ..." Sie zögerte und schien nach der richtigen Art und Weise zu suchen, ihre Gedanken zu formulieren. „Braxia ist ein schrecklicher Ort mit einer widerlichen Kultur. Leute tun manchmal unverzeihliche Dinge, die sie für immer verfolgen. Aber kein Maß an Reue kann jemals den Schaden und die Schuld, die sie tragen, auslöschen."

Durch den gespenstischen Blick in ihren Augen wurde mir klar, dass sie nicht mehr nur von Ravik, sondern auch von Anton sprach.

„Lass dich nicht von seiner äußeren Erscheinung täuschen. Ravik ist ein guter Mann, der viel Schmerz in sich trägt. Er verdient es, glücklich zu sein. Ich hoffe, dass er es mit dir sein kann."

Meine Kehle zog sich zusammen. Ich wusste nicht, was Ravik für sie getan hatte, damit sie mich nur so kryptisch warnte, aber mit Schuldgefühlen kannte ich mich nur allzu gut aus.

„Wir alle haben in der Vergangenheit Dinge getan, die wir bedauern. Es kommt nicht darauf an, was wir in der Vergangenheit getan haben, sondern darauf, was wir jetzt tun, um besser zu sein", verdeutlichte ich meine Ansichten.

„Ich bin froh, dass er dich getroffen hat. Bitte pass auf dich auf", entgegnete Grace, bevor sie mich umarmte.

Ich erwiderte ihre Umarmung. In diesem Moment wurde mir klar, dass meine augenblickliche Zuneigung Grace gegenüber zum Teil darin begründet lag, wie ähnlich ihre Persönlichkeit der meiner verstorbenen Schwester Sevina war. Wie sie war sie eine unterwürfige, sanfte

Seele, die ihr Herz auf der Zunge trug. Sie wollte immer nur in Frieden mit anderen leben und dafür geliebt werden, wie sie war.

Ein kräftiges Klopfen an der Tür schreckte uns auf. Ich brauchte nicht zu fragen, um zu wissen, wer es war. Grace ließ mich aus ihrer Umarmung, und wir standen beide auf.

„Oh!", warf Grace rasch ein. „Fast hätte ich es vergessen. Nur damit du es weißt, falls du verhütest, wird es bei einem Braxianer wahrscheinlich nicht funktionieren."

Ein zweites, heftigeres Klopfen hielt mich davon ab, zu antworten.

„Herein!", forderte ich auf, schob die Gleitmittelflasche zurück in die Tasche und brachte sie in mein Gepäck unter.

Die Tür öffnete sich und offenbarte Ravik, der noch imposanter aussah, als ich es in Erinnerung hatte. Seine Augen verengten sich argwöhnisch, als er Grace anstarrte, die ihn mit einem schuldvollen Gesichtsausdruck anlächelte. Ich schnappte mir meine Taschen und trat vor sie, wobei ich seine Blickrichtung unterbrach.

Er konzentrierte sich wieder auf mich, als ich auf ihn zumarschierte. „Bereit, wenn du es bist, großer Junge."

Er schnaubte. „Ich versichere dir, kleiner Vogel, ich bin kein Junge."

Graces Glucksen gesellte sich zu meinem, als Ravik mir meine Taschen abnahm, und wir zu den Aufzügen gingen. Meine Abschiedsworte an Anton und Grace waren bittersüß. So merkwürdig dieses Paar auf den ersten Blick auch zu sein schien, sie wuchsen mir ernsthaft ans Herz. Ich bedauerte, dass ich keine Gelegenheit hatte, ihre Kinder zu sehen, und dass ich das Gladiatorenfinale verpasste, das am nächsten Tag stattfinden sollte. Aber das Schicksal wartete auf mich.

KAPITEL 5

RAVIK

Abgelenkt durch meine Frau, die den Transfer ihres Schiffes in meine Shuttle-Bay beaufsichtigte, hörte ich Baldur, meinem Schiffskapitän, halb zu, als er mir seinen Bericht gab. Ich wollte, dass er sich verzog. Seine Stimme belästigte meine Ohren, wie das Summen von vielen Mücken. Ravena faszinierte mich und weckte Emotionen in mir, die ich nie wieder zu erleben geglaubt hätte.

Es hat mich erschreckt.

Schon vor dieser viel zu kurzen Kostprobe von ihr wusste ich, dass sie zu einer Besessenheit und Schwäche werden würde. Ich konnte diese offensichtliche Anziehungskraft nicht verstehen. Nach intergalaktischen Maßstäben würde man mich niemals als einen attraktiven Mann bezeichnen. Auf Braxia war Schönheit bei Männern nicht üblich und auch nicht erwünscht. Je wilder und bestialischer die Gesichtszüge, desto reiner die Blutlinie und desto furchterregender der Krieger. Schönheit war nur bei den Frauen gefragt. Atemberaubend, intelligent und mit einer unwiderstehlichen Coolness, die an Frechheit grenzte, konnte Ravena jeden Mann haben, den sie wollte. Doch der Duft der Erregung meiner Frau hing immer noch in meiner Nase, und ihre erhitzte Reaktion auf meine Berührung ließ mein Blut fortwährend kochen, in dem Bedürfnis sie zu erobern.

Aber was wollte sie?

In dieser liberalen Ära setzten die meisten wohlhabenden und technologisch fortgeschrittenen Planeten strenge Regeln der Gleichberechtigung beider Geschlechter in allen Aspekten des Lebens durch. Eine große Anzahl alleinstehender Frauen landete auf Vergnügungsstationen wie denen von Antons Netzwerk auf der Suche nach exotischer Unterhaltung. Die vielen Dominas und Gebieterinnen, die ihre Haustiere an der Leine herumführten, waren ein weiteres Zeugnis dafür, wie sich die Welt mittlerweile verändert hatte und wie weit wir uns von ihr entfernt hatten.

Nein, wir haben uns einfach geweigert, uns mit ihr zu verändern.

Auf Braxia wurde eine Frau, die man auf der Suche nach sexueller Erfüllung erwischte, als Hure verstoßen und zum Clanspielzeug erklärt, das von jedem Mann benutzt werden durfte, wann immer er es sich wünschte – lediglich zu seinem Vergnügen. Aber hier in der restlichen Welt ermutigte man die Frauen, ihre Sexualität zu erforschen, wie es die Männer seit Jahrtausenden getan hatten. War ich für sie bloß eine Art Unterhaltung? Eine flüchtige, exotische Affäre, während ihres kurzen, geplanten Aufenthalts auf Braxia, dazu auserkoren, ihre Bedürfnisse zu stillen?

Während diese sehr wahrscheinliche Aussicht einen dumpfen Schmerz in meiner Brust auslöste und tief in mir eine irrationale Wut entzündete, diktierte die Vernunft, dass dies das bestmögliche Ergebnis für alle Beteiligten sein würde. Eine so hinreißende Frau wie meine, als Konkubine für eine kurze Zeit zu haben, würde mir Lob und Bewunderung einbringen. Alles ernsthaftere würde einen großen Aufschrei auslösen. Aber selbst, wenn ich diesen Sturm überstehen sollte, was hätte ich ihr zu bieten? Sie war die unverschämt wohlhabende Erbin des einst erfolgreichsten Sklavenhändlers der Galaxie. Ich war der Herrscher eines Provinzplaneten, der am Rande des Bankrotts stand, wenn nicht gar am Anfang eines Bürgerkrieges.

Als ich mich auf der Shuttlerampe mit meinen vier Dutzend Shuttles und Kampfflugzeugen umsah, machte das kleine Schiff von Ravena, das zwischen ihnen stand, die Kluft zwischen uns noch deutlicher. Geschmeidig, elegant und auf dem Höhepunkt der technologischen Exzellenz, stellte es mein eigenes Schlachtschiff in den Schatten. Es war eindeutig von der guldanischen Bauweise mit ihren scharfen, eckigen Kanten geprägt, besaß aber auch einige andere Einflüsse, vor allem tuureanische.

„Sind alle auf das Schiff zurückgekehrt?“, fragte ich.

„Alle außer einige unserer Gäste, Magnar“, antwortete Baldur. „Die Nicht-Krieger wollen hierbleiben und die braxianischen Gladiatoren bei der Meisterschaft zu ehren, da sie uns bei der Jagd nicht behilflich sein können.“

Ravenas sanfte, aber entschlossene Schritte erklangen auf der dunklen Metallplatte, die den Boden bedeckte, als sie sich uns näherte.

„Ist Pattel auch zurückgekehrt?“

„Ja, Magnar.“

So sehr ich ihn auf Braxia bei mir haben wollte, das würde nicht ausreichen. Ich widerstand dem Drang, besitzergreifend die Hand um Ravenas Taille zu legen, als sie an meiner Seite anhielt. Baldurs Augen zuckten zu ihr, bevor er sie schnell abwandte.

„Er soll in mein Quartier kommen und sich auf die sofortige Abreise vorbereiten.“

„Ja, Magnar“, bestätigte Baldur.

Bevor er ging, senkte er den Kopf leicht und schlug sich zum Gruß mit der Faust auf die Brust.

„Komm“, ermutigte ich Ravena. „Ich zeige dir dein Quartier.“

Die dicken, verstärkten Metalltüren teilten sich vor uns, als wir die Shuttlerampe unter den neugierigen Augen der Besatzung verließen. Frauen durften nur sehr selten an Bord eines braxianischen Schiffes reisen, es sei denn, sie waren Sexsklavinen, die sich um die Bedürfnisse der Besatzung kümmern sollten. Und das war nur auf langen Missionen erlaubt, nicht auf kurzen Strecken wie diese. Die anderen seltenen Fälle waren, wenn ein ausländischer Gast in Begleitung einer Ehepartnerin oder einer Tochter mit uns reiste. Aber sie zogen es in der Regel vor, in ihrem eigenen Schiff neben uns zu fliegen. Ich konnte es ihnen nicht verübeln. Ravenas atemberaubende Schönheit zog noch mehr Blicke auf sich. In vielerlei Hinsicht hatte Caldes Recht, als er eine Parallele zwischen den Guldanern und den Braxianern als perfekte

Verbündete zog. Wie wir hielten sie ihre Frauen aus Eifersucht auf ihrem Planeten versteckt. Da unsere beiden Kulturen die Frauen als reine Gebärmaschienen oder als Fickspielzeuge behandelten, hatten sie keinen Grund mit uns zu reisen.

Diese beschämende Erkenntnis verdeutlichte ein mal mehr, wie steil der Berg war, den ich erklimmen musste, um Braxia von ihren antiquierten Abwegen zu bringen.

Ravenas Augen bewegten sich interessiert in diese und jene Richtung, als sie mein Schiff auf dem Weg zu den Schlafräumen begutachtete. Technologisch gesehen, verblasste es im Vergleich mit ihrem Shuttle. Nichtsdestotrotz war es ein wunderschönes Schlachtschiff, ausgestattet mit der modernsten braxianischen Technologie, den modernsten Waffen und den besten Annehmlichkeiten und Bequemlichkeiten.

„Verbrannter roter Bodenbelag“, sinnierte Ravena laut. „Interessante Farbe.“

Ich lächelte. Es hatte in der Tat etwas Unheilvolles an sich und seinen dunkelgrauen Rändern, obwohl die hellgrauen Wände dazu beitrugen, die Gesamtstimmung aufzuhellen.

„Du wirst feststellen, dass die Braxianer vor allem Schwarz, Dunkelgrau und Kastanienbraun mögen.“

Sie nickte. „Mir war in der Tat aufgefallen, dass Anton sehr viel Schwarz trug und du ebenso“, entgegnete sie und scannte mich kurz ab.

Ich mochte die Art, wie sie mich ansah; vor allem die Art, wie ihr Blick auf meinen Muskeln verweilte. Was immer den Braxianern an Gesichtsschönheit fehlte, und trotz unserer massiven Größe wurden unsere Körper doch als Kunstwerke betrachtet. Durch unseren schnellen Stoffwechsel gab es bei uns noch nie einen übergewichtigen Braxianer. Die geringste Anstrengung und reichlich Nahrung reichten aus, um Muskelmasse zu gewinnen.

„Und du auch, kleiner Vogel“, konterte ich, als wir die Schlafräume der Gäste und Offiziere durchquerten.

„Ich mag schwarz oder weiß. Weiß, weil es gut zu meiner Hautfarbe passt“, sagte Ravena mit Blick auf ihr Handgelenk. „Und schwarz, weil ich mich dadurch sexy und unanständig fühle.“

Ich musste grinsen. „Es steht außer Frage, dass du beides bist, mit oder ohne Schwarz.“

Ihre Lippen verzogen sich zu einem Lächeln. Die Erinnerung an ihren Geschmack, die Zartheit ihrer Zunge an meiner, ließ mich für Sekunden echte Schmerzen empfinden.

„Stimmt!“, bestätigte sie mit einem reuelosen Glanz in den Augen.

Ich blieb vor der gesicherten Tür am Ende des Korridors stehen, die zu meiner privaten Suite führte. Im Gegensatz zu den meisten anderen Bereichen, deren Türen Fenster besaßen, durch die man hindurchsehen konnte, waren diese völlig verschlossen und bombensicher. Ich legte meine Hand auf den an der Wand eingelassenen Scanner. Das rote Licht oben wurde weiß, und die Tür öffnete sich automatisch mit einem leisen Zischen. Ich ging nicht hinein.

„Neuer Zugang“, forderte ich.

„Neuer Zugang von Magnar Ravik beantragt“, sagte die synthetische Stimme von Hana, der künstlichen Intelligenz des Schiffes. „Neuer Gast, bitte legen Sie Ihre Hand auf den Scanner.“

Ravena kam dem nach, ohne Fragen zu stellen. Ein weißes Licht scannte sie von Kopf bis Fuß, während ein anderes unter ihrer Handfläche eine Kopie ihres Digitalabdrucks archivierte.

„Neuer Gast, bitte geben Sie Ihren vollen Namen an, laut und deutlich“, sagte Hana, als die Scan-Lichter verblassten.

Ravena schien für den Bruchteil einer Sekunde zu zögern, bevor sie sprach. „Ravena Mercy Vrok.“

Meine Brauen schossen in die Höhe.

Mercy?

„Ravena Mercy Vrok, erfolgreich registriert“, bestätigte Hana. „Magnar Ravik, bitte geben Sie die Sicherheitsfreigabestufe von Ravena Mercy Vrok an,“ forderte Hana.

„Sicherheitsfreigabe Stufe drei“, entgegnete ich.

„Sicherheitsstufe drei jetzt für Ravena Mercy Vrok aktiviert. Registrierung abgeschlossen.“

Unter den gegenwärtigen Umständen war es ein bisschen dumm von mir, ihr Stufe drei zu geben, während ihr normalerweise nur Stufe eins gewährt wurde. Es erlaubte dem Gast lediglich, zu kommen und zu gehen, wie es ihm gefiel, und sein Privatzimmer vor jedem mit Freigabestufe drei oder niedriger zu verschließen. Dass William für sie bürgte, war sicherlich hilfreich. Aber dennoch ... aus irgendeinem irrationalen Grund fühlte es sich respektlos an, ihr weniger als Stufe drei zu geben.

Meine Suite hatte vier weitere individuelle Quartiere, von denen zwei für meine Söhne Keran und Ganek reserviert waren. Das Nebenzimmer an meinem Privatquartier war nie belegt worden, da es für die Frau reserviert war, die ich als Ehefrau, Konkubine oder Sexsklavin beanspruchen würde.

Ich führte sie dorthin.

„Das ist dein Quartier", teilte ich ihr mit und führte sie hinein.

Wie auf dem Flur dominierten dunkle und helle Grau- und hellere Kastanienbrauntöne. Dunklere Rottöne würden in einem Frauenzimmer nicht verwendet werden, da sie von Stärke, Macht und Zorn zeugten. Ein massives Bett stand vor einem großen Fenster, das in die Leere des Raumes blickte. Die Kommode, ein Waschtisch und der Frühstückstisch waren die einzigen anderen Möbelstücke im Raum, die alle mit dem Boden verschraubt waren.

„Das ist deine Garderobe", bekräftigte ich und drückte ein unauffälliges Muster auf einer scheinbar normalen Wandtafel.

Mehrere hellgraue Regale und magnetische Kleiderbügel lagen dort. Eine lange Bank, die mit einem rot-gestreiften, grauen Kissen bedeckt war, nahm die Mitte des kleinen rechteckigen Raumes ein. Die Besatzung hatte Ravenas Tasche daraufgelegt.

Ich schloss die Tür und öffnete die danebenliegende. „Das ist die Waschzelle, obwohl ich glaube, dass ihr sie im westlichen Quadranten als Hygieneraum bezeichnet."

Sie nickte und warf dem Raum einen flüchtigen Blick zu. Ihr leichtes Stirnrunzeln beim Anblick des Teilchenregens blieb nicht unbemerkt.

„Wenn du mit echtem Wasser baden möchtest, kannst du mein

privates Bad benutzen", entgegnete ich schmunzelnd. Sie erhob neugierig eine Augenbraue. „Hier entlang, kleiner Vogel."

Ravenas Augen weiteten sich, als ich gegen eine dritte Wandtafel drückte, auf der das versteckte Symbol nicht zu sehen war. Es öffnete sich zu einem kleinen Korridor, der zu meinem Badebereich führte, obwohl man es fast als ein *kleinen*, zehn Quadratmeter großen Pool bezeichnen könnte. Wie in ihrem Zimmer bildete die Rückwand ein großes Fenster in den Raum. Der Raum war völlig kahl, abgesehen von einigen schummrigen, eingelassenen Lampen an den Seitenwänden und einem Regal mit Handtüchern und Badeartikeln. Ravena pfiff und ihre Augen funkelten.

„Ich bin hier sowas von voll dabei", flüsterte sie und warf einen Blick auf die Stirnwand, wobei sie bereits richtig vermutete, dass die mittlere Tafel eine Tür versteckte. „Und wohin führt das?"

„Natürlich zu meinem Schlafzimmer", entgegnete ich.

„Verbundene Räume? Wie praktisch."

„Ist es das?", fragte ich und trat näher an sie heran.

Ich wusste nicht, was ich erwartet hatte, aber nicht, dass sie mit ihren Brüsten, die gegen meinen Bauch strichen, noch näher kommen würde. Trotz ihrer respektablen Größe musste Ravena ihren Nacken strecken, um zu mir aufzuschauen.

„Sehr", betonte sie.

Ihre Kühnheit stellte mit mir seltsame Dinge an. Ich war noch nie mit einer nicht unterwürfigen Frau zusammen gewesen, geschweige denn mit einer so stürmischen wie ihr. Ich beugte mich runter, legte meine Hände auf ihren Hintern und hob sie hoch. Ein leises Keuchen entging ihren Lippen, aber sie fing sich schnell, schlang ihre Beine um meine Taille und ihre Arme um meinen Hals.

„Das 'Nichts'-Kleid, das du vorhin trugst, war besser", knurrte ich, frustriert durch ihre Leggings und ihren langärmeligen Pullover, der mir das Gefühl ihrer nackten Haut verwehrte.

Die Erinnerung an ihre Weichheit unter meinen Handflächen ließ Blut in meine Leistengegend strömen. Da ich ihr keine Zeit ließ, darauf zu reagieren, zwang ich ihre Lippen in einem Kuss, während ich ihren Körper näher an meinen drückte. Ihre Lippen teilten sich und hießen meine Zunge willkommen. Ich erforschte und plünderte, genoss ihren süßen Geschmack und wollte mehr. Obwohl sie meinem Beispiel folgte, gab sie mir nicht die volle Kontrolle. Ravenas Hände ballten sich in meinem Haar zu Fäusten, und sie neigte ihren Kopf zur Seite, um den Kuss zu vertiefen. Unsere Zungen tanzten zusammen, bevor ich an ihrer saugte. Das sexy Stöhnen, das ihrer Kehle entkam, verschluckte fast den Glockenschlag meiner Tür.

Ich erstarrte für einen Moment und fragte mich, wer zum Teufel es wagen könnte, mich in einem solchen Moment zu stören. Und dann erinnerte ich mich.

Pattel.

Scheiße.

Als ich den Kuss abbrach, blickte ich auf das Gesicht meiner Frau. Der glühende Glanz in ihren Augen brachte mich fast dazu, Pattel zu ignorieren und sie direkt in mein Bett zu tragen.

Bald.

Ich stellte sie wieder auf die Beine und richtete sie auf. Ihr verwirrter Blick brachte mich zum Lächeln. In dem Moment, als sie den Glockenschlag nicht gehört hatte, war sie so verloren gewesen.

„Ich habe einen Gast."

„Was?", fragte sie, weiter verwirrt.

Der Glockenschlag erschreckte sie erneut und beantwortete ihre Frage.

„Ernsthaft?", fragte sie.

Ich musste grinsen. „Halte diesen Gedanken fest. Es wird nicht lange dauern."

Ravenas Blick brannte in meinem Rücken, als ich die versteckte Tür zu meinem Schlafzimmer öffnete und sie hinter mir schloss.

Ich fuhr mir mit den Fingern durchs Haar, um es zu fixieren, und glättete mit der Hand mein Hemd.

„Öffne die Tür", befahl ich und blieb ein paar Meter davor stehen.

Als sie meinem mündlichen Befehl gehorchte, glitt sie auf und enthüllte meinen Ratsherrn. Seine Augen schlenderten durch den Raum, zweifellos auf der Suche nach der Ursache der Verzögerung.

„Komm rein, alter Freund." Ich schmunzelte, als er auf mich

zukam und fühlte mich wie ein ungezogener Teenager. „Baldur sagte mir, dass du mit uns nach Braxia zurückkehrst."

„In der Tat. Es ist eine beunruhigende Nachricht, dass Joarkale zu diesem Zeitpunkt auf der Jagd sein sollten." Seine tiefgrünen Augen füllten sich mit Sorge.

„Das ist es. Aber eine, der wir ohne dich begegnen werden."

Pattel schreckte zurück, seine Augen weiteten sich schockiert. „Wie meinst du das?"

Ich ging ein paar Schritte näher an ihn heran und legte eine Hand auf eine seiner breiten Schultern und drückte sie freundlich zusammen.

„Dein Clan hat sich in der Meisterschaft, in dem Turnier, das er auch ins Leben gerufen hatte, sehr profiliert. Es ärgert mich, dass ich nicht in der Lage sein werde, dir persönlich die gebührende Ehre zu erweisen. Aber du wirst nicht um deinen rechtmäßigen Moment des Ruhmes betrogen werden."

Pattel blinzelte, dann schien er hin- und hergerissen zwischen Stolz und der Notwendigkeit zu streiten.

„Du schmeichelst mir, Magnar. Aber Braxia ..."

„Braxia kann einen zusätzlichen Tag auf deine Ankunft warten", unterbrach ich. „Nach allem, was man hört, wird es Tage dauern, bis wir damit fertig sind, sie zu töten oder sie zu verjagen." Als ich meine zweite Hand an seine andere Schulter hob, bohrten sich meine Augen in seine. „Ich war immer ehrlich zu dir, und das wird sich jetzt nicht ändern. Als Freund möchte ich, dass du diesen Sieg genießt. Aber als der Magnar *brauche ich* dich dabei. Der Sieg deines Clans ist auch der Sieg von Braxia. Unser Volk muss sehen, dass wir siegen und intergalaktische Anerkennung erhalten. Euer Erfolg wird im ganzen Heimatland gefeiert werden; der Erfolg eines Clans, der den Wandel angenommen hat."

Pattels Augen weiteten sich vor Verständnis, und er nickte langsam zustimmend. „Kluge Entscheidung. Ich werde dafür sorgen, dass alle braxianischen Teilnehmer so viel Medienpräsenz wie möglich erhalten."

„Guter Mann", lobte ich und ließ ihn frei.

„Wir sehen uns in zwei Tagen", erwiderte Pattel. Er schlug sich mit der Faust auf die Brust und verließ mein Quartier.

„Com auf die Brücke", sagte ich, als sich die Tür hinter meinem Freund schloss.

„Baldur hört zu", antwortete der Kapitän über die Sprechanlage.

„Sobald Elder Pattel und seine Männer das Schiff verlassen haben, nehmen wir Kurs auf Braxia."

„Bestätigt."

„Sofern kein Notfall eintritt, darf ich nicht gestört werden."

„Ja, Magnar."

„Ravik out", sagte ich und beendete damit die Kommunikation.

Meine Augen zuckten zu dem verborgenen Raum, der zum Bad führte, und das Feuer entflammte in der Magengrube bei dem Gedanken an meine Frau. Ich verfluchte meine Nachlässigkeit, weil ich mir vor dem Betreten des Schiffes nicht etwas Denax beschafft hatte. Andererseits könnte es aber auch eine gute Sache sein. So sehr ich mich danach sehnte, mich in ihr zu vergraben, selbst mit dem Dilatator, bezweifelte ich, dass sie in der Lage sein würde, meinen Schwanz aufzunehmen, ohne zu zerreißen. Ich wollte, dass sie meinen Namen vor Vergnügen schrie und nicht im Todeskampf. Es gab andere Wege, sich gegenseitig zur Vollendung zu bringen.

Als ich mich der Tür näherte, ließ das Geräusch von plätscherndem Wasser mein Herz einen Schlag aussetzen. Ich hatte gehofft, sie würde davon Gebrauch machen, während sie auf mich wartete, und ihre Meinung nicht ändern, indem sie in ihr Zimmer flüchtete. Ich zog meine Stiefel aus und entkleidete mich, und legte die Sachen beiläufig auf dem Stuhl neben der Tür ab.

Nackt wie Gott mich schuf öffnete ich die Tür und trat auf den weichen, beheizten, rutschfesten Boden, der den Pool umgibt. Ravena, ebenfalls völlig nackt, schwebte auf dem Rücken in der Mitte des Pools, ihr langes Obsidianhaar wölbte sich wie ein dunkler Heiligenschein um sie herum. Bei dem Anblick ihrer atemberaubenden Schönheit schoss das Blut in meine Leistengegend. Sie bewegte sich nicht, versuchte nicht, sich zu verstecken, sondern ließ stattdessen ihren Blick über mich schweifen. Mein Schaft verhärtete sich und erhob sich, bis er aufrecht vor meinem Bauch stand. Die Furcht, die ich bei meinem Anblick erwartet hatte, zeigte sich nicht.

„Sag mir, dass ich gehen soll“, forderte ich und gab ihr damit eine letzte Chance zum Rückzug.

Sie richtete sich auf mit einem nicht zu entziffernden Ausdruck auf ihrem ernsten Gesicht, und streckte mir einladend die Hand entgegen. Ich ließ mich in das warme Wasser hinab und schloss die kurze Distanz zwischen uns. Ravenas Hände griffen nach meiner Brust, streichelten sie bis zu meinen Schultern und um meinen Hals, bevor ihre Finger sich in meinem Haar vergruben. Ich zog sie in meine Umarmung, und ihre Beine schlossen sich um mich. Ein wildes Knurren erhob sich aus meiner Kehle bei der sengenden Hitze ihres nackten Fleisches, als es gegen meins traf.

Während ich sie festhielt, nahm ich ihre Lippen ein und verschlang ihren Mund. Meine Hände wanderten frei über ihren Körper. Sie umklammerte mich, ihre Scham drückte gegen die Spitze meines Schwanzes. Daraufhin zuckte er, begierig darauf, sich in ihr zu vergraben. Ich ergriff sanft ihr Haar, neigte ihren Kopf nach hinten, um ihre Kieferpartie mit Küssen zu bedecken, und zeichnete mit meiner Zunge die veredianischen Markierungen, der weichen Kurve ihres Halses entlang, nach. Ravena zitterte in meinen Armen, ein ersticktes Stöhnen entwich ihrer Kehle. Der göttliche Klang sandte einen weiteren Stoß der Begierde direkt in meine Leistengegend. Ich leckte wieder an ihren Markierungen und löste dieselbe starke Reaktion aus. Als ihre hellbraune Farbe mit jeder Liebkosung dunkler bis fast schwarz wurde, schien ihre Empfindlichkeit für meine Berührung zu steigen.

Mit einem sanften Zug an ihren Haaren zwang ich sie, sich weiter zurückzulehnen und ihre Brüste meinem eifrigen Mund auszusetzen. Ich leckte um den Warzenhof herum, der sich in einem dunkleren Braunton von ihrer goldenen Haut abhob. Dann kniff ich die kleine Perle, bevor ich an ihr saugte. Sie verhärtete sich unter meiner Zuwendung, als das Geräusch von Ravenas Atem in kurzen, schnellen Abfolgen kam. Nachdem ich ihrer anderen Brust ein wenig Aufmerksamkeit geschenkt hatte, richtete ich sie sich auf und eroberte ihren

Mund zurück. Ich wurde des seidenen Gefühls ihrer Zunge an meiner nicht müde.

Ravena hielt sich mit einem Arm um meinen Hals oben und schob eine Hand zwischen uns, um meinen Schaft zu umschließen. Meine Hüften schossen in einem unwillkürlichen Reflex nach vorn. Flüssiges Feuer ergoss sich in meine Lenden, und ich knurrte vor ungesättigtem Hunger. Obwohl mein Schwanz zu groß für ihre Finger war, gelang es ihr dennoch, mich zu streicheln, was in mir ein sich langsam aufbauendes Inferno auslöste. Mit meinem Arm um ihre Taille streichelte meine andere Hand die abgerundete Kurve ihres Arsches, tauchte nach unten, bis meine Finger ihren brennenden Kern fanden.

Ravena warf ihren Kopf zurück und stöhnte, als ich begann, ihre kleine Klit zu massieren. Mein Mund klammerte sich an ihren entblößten Hals, leckte und zwickte an ihren Markierungen.

„Ravik", flüsterte sie mit kehliger Stimme, als ich einen Finger in ihr versenkte.

Der Klang meines Namens auf ihren Lippen machte mich vollkommen wahnsinnig. Mit meinem Finger tauchte ich immer noch in sie ein und aus ihr heraus und watete durch das Wasser bis zum Rand des Beckens. Ich setzte sie an den Beckenrand und zwang sie, meinen Schwanz loszulassen. Das Bedürfnis, sie zu kosten, verdrängte das schreckliche Gefühl des Verlusts. Ich hob ihre Beine über meine Schultern, was sie zwang, sich hinzulegen, und vergrub mein Gesicht zwischen ihren Schenkeln. Sie schrie auf, ihr Rücken wölbte sich über den Boden. Der köstlichste Geschmack explodierte in meinem Mund, als ich sie vor Heißhunger beinahe verschlang und meine Zunge in ihre Öffnung tauchte und wieder rauszog.

Ravena krümmte sich unter meiner Berührung, eine Hand fest in meinem Haar vergraben, während die andere ihre eigene Brust knetete. Meine Bauchmuskeln kontrahierten ständig von dem pochenden Schmerzen in meinem Schwanz. Da ich wusste, dass ich sie nicht ficken konnte, wollte ich mit meiner Hand meinen Schaft greifen und mich mit wilder Hingabe streicheln, bis ich endlich die Befreiung fand, nach der er verlangte. Aber das Vergnügen meiner Frau sollte an erster Stelle stehen.

Während meine Lippen an ihrer Klitoris saugten, führte ich zwei Finger in sie ein und penetrierte sie damit mit zunehmender Intensität. Ihre engen Wände umklammerten sie und zogen sich in den vorangehenden Krämpfen ihres bevorstehenden Höhepunktes zusammen. Es war etwas Ungewöhnliches an der Textur ihrer Innenwände, nicht unangenehm, aber nicht so weich wie bei anderen Frauen. Sie schienen auch einige kräuselnde Rillen im Inneren zu haben. Als meine freie Hand gegen die veredianischen Markierungen auf der linken Seite ihres Beins kam, detonierte Ravena mit einem kehligen Schrei, wobei ihr Becken vom Beckenrand abhob.

Ich setzte meine sinnlichen Angriffe auf sie fort, bis sie von ihrem Gipfel runterkam. Als ich mich aus dem Wasser erhob, zog ich sie vom Rand des Beckens weg. Ich legte mich neben sie, die gummiartige Oberfläche des Bodens lag weich unter uns.

Immer noch etwas benommen, drehte sich Ravena dennoch, um mich zu küssen. Diesmal verlangte ihre Zunge nach Kontrolle. Sie schob sich über mich, ungewohnt das Frauen versuchten, das Kommando zu übernehmen. Aber ich ließ es zu, zu sehr abgelenkt durch ihre Hände, die meine Brust streichelten. Sie erhob sich auf die Knie. Wasser tropfte von ihrem langen Haar, das in dunklen Strähnen auf ihrer Haut klebte. Sie glich einer dunklen Wasserfee, die gekommen war, um einen ahnungslosen Sterblichen zu verführen. Sie reizte mich, während sie die Erkundung meines Körpers fortsetzte. Ihre seidenen Handflächen und ihre göttlichen Lippen hinterließen einen lodernden Pfad der Freude auf meiner Haut.

Ein tiefes Stöhnen grollte in meiner Brust, als sich ihre zarten Hände um meinen Schwanz schlangen. Sie rieb ihr Gesicht daran – voller Ehrfurcht – und begann, mich mit beiden Händen zu streicheln. Ich zischte in unvergleichlicher Glückseligkeit, als sich die sengende Hitze ihres Mundes um den Kopf meines Schafts schloss. Ich war zu groß, als dass sie noch viel mehr hätte verkraften können, aber zwischen den eifrigen Bewegungen ihrer Hände entlang meiner Länge, der heißen Nässe ihres Mundes und dem gekonnten Streicheln ihrer Zunge, die Kreise um die Spitze meines Schwanzes zog, brodelte in mir ein wütender Vulkan. Eine Hand ballte ich an meiner Seite zu

Faust, die andere streichelte ihr Horn und ihr Haar, ich übergab mich völlig der Führung meiner Frau.

Die Augen geschlossen, den Kopf nach hinten gewölbt, begann ich zu beben. Als Ravena plötzlich innehielt, öffnete ich enttäuscht meine Augen. Sie kletterte auf mich und rieb ihr Geschlecht an meinem. Als sie nach meinem Schwanz griff, um ihn an ihrer Öffnung aufzurichten, durchströmte mich eine Welle der Panik.

„NEIN!", rief ich aus und versuchte, sie sanft abzuschütteln.

Sie klammerte sich an mich und warf mir einen bedrohlichen Blick zu. „Bleib!", zischte sie.

Ich hielt ihre Hüften fest, um zu verhindern, dass sie sich auf meinen Schaft absenkte.

„Ich bin zu groß, Ravena. Du wirst keine Freude daran finden, nur Schmerzen."

„Ich bin eine Guldanerin. Wir reißen nicht. Wir passen uns an."

„Aber ..."

„Genug!", rastete sie aus. „Du gehörst mir, Ravik. Du wirst mich nicht wegstoßen. Mir wird kein Leid widerfahren. Die Göttin erschuf mich für dich, und dich nur für mich."

Die Gewissheit in ihrer Stimme ließ mich schwanken. Mein Herz klopfte vor Angst und Erwartung und ich hielt meine Hände auf ihrer Taille, während sie sich auf meinen Schwanz senkte, bereit, sie beim ersten Anzeichen von Schmerz hochzuheben. Ihre Handflächen ruhten zur Unterstützung auf meiner Brust, sie wippte mit ihren Hüften über mir auf und ab und nahm mit jeder Abwärtsbewegung mehr und mehr von mir auf.

„Vorfahren", flüsterte ich ungläubig.

Ravena lächelte selbstgefällig, während sich ihre warme Scheide allmählich an meinen Umfang anpasste, bis ich vollständig in ihr begraben war. Sie war extrem eng um mich herum, aber sie schien keine Schmerzen zu haben oder irgendeine Art von Unbehagen zu empfinden. Die kräuselnden Rillen, die ich entlang ihrer Innenwände gespürt hatte, als ich sie vorhin mit den Fingern fickte, bereiteten mir nun die erlesensten Qualen.

„Verleugne mich verdammt noch mal nie wieder, Ravik Xeldar", zischte Ravena in einem bedrohlichen Tonfall, als sie langsam begann, mich zu reiten. „Dein Schwanz, dein Körper und deine Lust gehören mir."

„Ravena", brachte ich erstickt heraus, nachdem sich mein Blut in flüssiges Feuer verwandelt hatte.

Meine Handflächen fanden ihren Weg zu ihren Brüsten, als sie ihre Bewegungen beschleunigte. Der Kopf war in Ekstase zurückgeworfen, Ravenas Hände bedeckten meine, während ich sie streichelte. Aber ich brauchte mehr. Ich begann, in sie von unten zu stoßen. Sie schrie vor Begeisterung.

Aber das war immer noch nicht genug.

Wir drehten uns um, ich hob ihre Beine hoch und rammte mich in sie hinein.

„Ja! Ravik, ja! Fester. Fick mich härter. Hör auf, dich zurückzuhalten. Ich werde nicht zerbrechen."

Als ich weiterhin mein Tempo kontrollierte, krallte sie sich grob an meiner Seite fest und kratze mich blutig. Ich knurrte bedrohlich bei der Herausforderung. Sie griff brutal in mein Haar. Meine Kopfhaut brannte, als sie mein Gesicht näher an das ihre zog.

„Entweder fickst du mich wie ein richtiger Mann oder du lässt mich in Ruhe!", zischte sie.

Wut entbrannte in gleichem Maße wie mein verletzter Stolz. Meine Hand schloss sich um ihren langen, schlanken Hals und hielt ihn fest, während ich sie anknurrte. Die Lippen spreizten sich, die Pupillen erweiterten sich, Ravenas bronzene Haut errötete von dem einsetzenden Luftmangel. Furchtlos lächelte sie, ihre Augen glühten.

„Herausforderung angenommen", zischte ich zurück und ließ meinen Griff an ihrem Hals los. „Erinnere dich, du hast darum gebeten."

Voller Kraft rammte ich mich in sie. Sie keuchte, ihr Rücken wölbte sich über den Boden. Als ich mich bis zur Spitze zurückzog, stieß ich meinen Schwanz wieder hart in sie, wobei der Kopf ihren Gebärmutterhals traf.

„Ja", stöhnte Ravena. „Meine Bestie ..."

Die verzweifelte Not in ihrer Stimme machte jeden Versuch, die Kontrolle zu behalten zunichte.

„Ich werde dich ruinieren", flüsterte ich, bevor ich meiner Leidenschaft freien Lauf ließ.

Voller Hingabe rammte ich in sie hinein, angespornt durch ihr verzücktes Stöhnen, ihre Hände, die mich fieberhaft berührten, und den tollwütigen Hunger, den sie in mir geweckt hatte. Die meisten Frauen wären unter einem solch ungezügelten Angriff zerbrochen. Sie nicht. Nicht meine Ravena. Sie nahm alles, was ich ihr gab, mit einer wilden Gier. Die hallende Natur des Badezimmers verstärkte und vervielfachte den Klang unserer mühsamen Atemzüge, das Schlagen von Fleisch, das auf Fleisch traf, und unsere sinnlichen Seufzer.

Ravenas Körper wurde plötzlich ergriffen, als sie über die Klippe sprang. Ihre Innenwände drückten auf mich, die Wellen ihrer sich wogenden Rillen entrissen mir meinen eigenen Höhepunkt. Ich schlug mit meinem Becken gegen ihres, hielt sie fest, mein Schwanz war tief in ihr vergraben, und ich brüllte meine Befriedigung heraus, als mein Samen in sie floss. Mein ganzer Körper fühlte sich an, als würde er Verbrennen, während flüssiges Ecstasy aus mir herausquoll. Ich pumpte noch ein paar Mal in sie hinein und heraus, bis meine letzte Essenz aufgebraucht war, dann rollte ich uns herum, damit ich sie nicht erdrückte.

Geschwächt von der Gewalt meines Orgasmus blieb ich still, Ravena auf mir liegend, mein Schwanz noch in ihr begraben. Der Raum drehte sich und das Blut rauschte in meinen Ohren. Ravenas mühsamer Atem fächerte auf meiner Brust, ihre Hörner drückten gegen die Seite meines Nackens.

Meine Arme spannten sich um sie, als sich der Raum um uns herum beruhigte und unsere Herzschläge sich auf ein normales Tempo verlangsamten.

„Meine Bestie", flüsterte Ravena, ihre Arme hielten mich besitzergreifend. „Ich lasse dich niemals gehen."

Ich lächelte.

KAPITEL 6
MERCY

Mein Körper klirrte von vorzüglichem Schmerz. Ich rieb mein Gesicht an der weichen Haut von Raviks muskulöser, harter Brust, wobei ich darauf achtete, ihn nicht mit den scharfen Spitzen meiner Hörner zu schneiden. Ein Bein stützte sich auf seins, mein Daumen umkreiste eine seiner Brustwarzen, ich schwelgte in der Hitze seines Körpers und der zarten postkoitalen Intimität. Raviks Hand ruhte besitzergreifend auf meinem Hintern.

Ich hatte schon immer den raueren Sex genossen, aber ich hätte nie erwartet, es so wild zu wollen. Dennoch war es die umwerfendste Erfahrung, die ich je gemacht hatte. Trotz meiner gespielten Tapferkeit war es nicht einfach gewesen, ihn vollständig aufzunehmen. Raviks Schwanz war mehr als massiv. Ich dankte der Göttin für mein guldanisches Erbe. Obwohl wir uns natürlich dehnten, um jeder Größe gerecht zu werden – aus welchem Grund auch immer -, war ich noch nie mit jemandem von dieser Größe zusammen gewesen. In meiner Ungeduld hatte ich meinen Körper dazu gedrängt, sich zu schnell anzupassen. Es hatte ein bisschen wehgetan, aber es war die richtige Art von Schmerz. Selbst jetzt sehnte ich mich nach ihm. Nach der ersten Runde am Pool hatte er mich gegen die Wand und noch einmal in seinem Bett genommen. In Anbetracht der späten Stunde sollten wir beide schlafen, aber die sexuelle Spannung zwischen uns brannte weiterhin heftig.

Als eine entschlosse unabhängige Frau und durchaus ein bisschen ein Kontrollfreak war ich seltsam zwiegespalten, denn trotz all dieser Eigenschaften sehnte sich nach der dominanten Seite meines Mannes und mochte es, wenn er sie ins Spiel brachte. Ich liebte es, wie seine Stärke und Macht mir das Gefühl gaben, zerbrechlich und verletzlich, aber dennoch sicher zu sein. Ich wollte mich keineswegs unterwerfen, sondern lediglich, dass er das Kommando übernahm und seine Bestie freiließ.

Der erstaunliche Sex- und Machtaustausch im Schlafzimmer war jedoch das geringste unserer Probleme. Die Worte von Grace spielten sich immer wieder in meinem Kopf ab. In den letzten gemeinsamen Stunden war sein Blick, wann immer er auf mir ruhte, sobald er nicht vor Lust brannte, entweder beunruhigt oder von einem bestimmten Schmerz erfüllt. Den tief verwurzelten Hintergrund kannte ich nicht, in den kommenden Wochen musste ich ihn auf jeden Fall dazu bringen, sich zu öffnen.

Seine Hand auf meinem Rücken teilte mir mit, dass wir Runde vier beginnen würden. Meine Finger zeichneten die wie in Stein gemeißelten Abgrenzungen seiner Bauchmuskeln nach, während meine Zunge seine Brustwarze neckte. Raviks Oberkörper vibrierte unter seinem tiefen Grollen. Das machte mich sofort nass. Ich liebte es, eine solche Macht über diesen Berg von einem Mann zu haben.

Ein schrilles Geräusch hallte durch den Raum und riss mich aus der lustvollen Stimmung, die sich in mir aufbaute, heraus. Sofort in Alarmbereitschaft setzte ich mich auf und warf Ravik einen neugierigen Blick zu, als er sich aufrichtete und vom Bett rollte.

„Dringende Kommunikation von der Brücke“, sagte Hana, die KI des Schiffes, über die Sprechanlage.

„Offener Kanal“, sagte Ravik und griff nach seiner Kleidung.

Auf die Füße gesprungen, beeilte ich mich, meine eigene zu holen, die ich glücklicherweise zwischen zwei Runden wilden Sex in sein Zimmer gebracht hatte.

„Magnar“, begann Kapitän Baldur über Funk, die Anspannung in seiner Stimme war nicht zu überhören. „Entschuldigen Sie die Unterbrechung, aber wir haben es mit einer ernsten Situation zu tun.“

„Bericht“, forderte Ravik, während er in seine Hose schlüpfte und sich nicht um Unterwäsche kümmerte.

„Das Schiff erlebt eine Flut von Systemfehlern. Wir haben sie erst vor wenigen Minuten bemerkt, aber wir haben Grund zu der Annahme, dass sie kurz nach unserem Abflug begannen. Sie treten mit exponentieller Geschwindigkeit auf und beginnen, kritische Systeme ins Visier zu nehmen. Womöglich werden wir das Schiff verlassen müssen.“

Raviks brutales Gesicht nahm einen wilden Ausdruck an, als Wut seine Züge verzerrte. Er schob seine Füße in die Stiefel, während er sein Hemd anzog.

„Bin auf dem Weg.“

„Ich komme auch mit“, informierte ich ihn, während ich mich fertig anzog. „Gib mir eine Sekunde, um einige Werkzeuge zu holen.“

Ravik blickte mich finster an. „Dafür habe ich keine Zeit. Du wirst hierbleiben und ...“

Mein Temperament ging mit mir durch.

„Fang nicht damit an“, erwiderte ich und erhob drohend meinen Finger. „Ich weiß mehr über Technologie und Hacking als deine gesamte Crew zusammen. Ich werde nicht hier sitzen, nur weil ich keinen Schwanz besitze, während weniger kompetente Leute als ich Entscheidungen treffen, die dazu führen könnten, dass mein Arsch in die Luft gesprengt wird oder in der Gefängniszelle eines Sklavenhändlers landet. Also warte verdammt noch mal, während ich meinen Scheiß hole.“

Ravik marschierte knurrend auf mich zu. Ich merkte, dass er mich auf die Knie zwingen wollte, aber ich wollte nicht nachgeben.

„Achte mal auf dein Benehmen, Frau. Nur weil du mein Bett teilst, hast du keine Kontrolle über mich oder mein Schiff.“

Ich hielt seinen Blick stand und erhob trotzig mein Kinn.

„Lass mich dies nicht bereuen. Beweg deinen Arsch“, ermahnte er mich und deutete mir an, meine Sachen zu holen.

Ich wartete nicht drauf, dass er es zweimal sagt. Das klatschende Geräusch meiner nackten Füße, die auf den Boden stampften, prallte von den Wänden ab, als ich zu meinem Zimmer rannte, durch den Billardsaal und den Geheimgang, der mich mit seinem verband. Ich schnappte mir meinen tragbaren Computer, kaum größer als ein Datenpad, und einen Datenstick mit den meisten meiner Suchlauf-Programme und Hacker-Unterprogramme und zog meine Stiefel an. Meine Schlafzimmertür öffnete sich und ich erschreckte mich. Ravik stand in der Tür und sah düsterer denn je aus.

„Komm schon", knurrte er, seine Stimme war von Ungeduld durchdrungen.

Ohne auf meine Antwort zu warten, drehte er sich um und ging. Ich schloss den Magnetverschluss meiner Stiefel und jagte ihm hinterher. Rote Lichter blinkten in den Gängen, während die Besatzung zu den verschiedenen Abschnitten des Schiffes rannte, um die auftretenden Fehlfunktionen zu beheben. Ich musste laufen, um mit Raviks langen Gang Schritt zu halten.

Er marschierte auf die Brücke, der Kapitän sprang bei unserem Eintreffen auf die Beine.

„Magnar, wir ..."

Baldurs Stimme stoppte, seine Augen weiteten sich, als er meine Anwesenheit an Raviks Seite bemerkte. Er runzelte die Stirn, sein Blick zuckte zu dem Computer in meiner Hand, bevor er sich wieder seinem Herrscher zuwandte.

„Bericht", befahl Ravik beinahe wütend.

Baldur versuchte Herr über die Ablenkung zu werden, obwohl er immer noch deutlich verwirrt war.

„Verzeih mir, Magnar. Wir glauben, dass unsere Systeme von einer Art Virus befallen wurden, aber wir können es nicht genau bestimmen. Es bewegt sich zu schnell."

Er zeigte eine Karte des Schiffes auf dem riesigen Bildschirm über der Navigationstafel an. Mehrere Abschnitte des Schiffes blinkten rot, viele färbten sich gelb oder orange, während der Kapitän sprach. Ich erkannte das Muster sofort.

„Bei diesem Tempo", so Baldur, „werden wir innerhalb einer Stunde völlig bewegungsunfähig im Weltraum liegen. Unsere Antriebssysteme haben bereits begonnen, Energie zu verlieren. Wir müssen das Schiff verlassen, bevor auch die Notstartrampen abgeschaltet werden."

„Das ist genau das, was sie damit bezwecken", konterte ich.

Der Kapitän und die vier anderen Offiziere an Deck runzelten alle die Stirn, schockiert darüber, dass eine Frau sich an etwas beteiligte, was sie eindeutig als unangemessenes Eindringen betrachteten. Einer von ihnen, mit hellbraunem Haar und auffallend hellgrünen Augen, öffnete den Mund, wahrscheinlich, um mich zu maßregeln und mich an meinen Platz erinnern, schien aber seine Meinung zu ändern, nachdem er einen aufmerksamen Blick auf Ravik geworfen hatte.

„Wie kommst du darauf?", fragte Ravik.

„Dieses Virus – und ich glaube, es ist tatsächlich ein Virus – läuft schon seit Stunden", erklärte ich und näherte mich dem Bildschirm. „Wenn sie dich töten wollten, hätten sie bereits das Schiff in die Luft gejagt. Dieser Hackerangriff ist heimtückisch und schreitet berechnend voran." Ich zeigte auf der Karte auf die verschiedenen Systeme, die bereits abgeschaltet worden waren. „Es sind lediglich Nebensysteme betroffen, nichts Lebensnotwendiges, aber dennoch genügend, um eine Panik auszulösen und das Gerücht in die Welt zu setzen, dass das Schiff untergehen wird. Wenn ich dich an Bord eines Schiffes in eine Falle locken wollte, würde ich deinen Fluchtweg deaktivieren. Sie haben die Shuttlerampe ausgeschaltet, damit die Jäger nicht raus können, aber sie haben die Fluchtkapseln nicht angerührt."

Baldur blinzelte, die Furchen auf seiner Stirn vertieften sich. „Aber außer dem Magnar selbst gibt es auf diesem Schiff nichts von Wert. Selbst wenn das ganze Komplott darauf hinausliefe, das Schiff zu übernehmen, wird der Schaden, den dieses Virus verursacht, die Reparaturkosten nicht wert sein. Das ergibt keinen Sinn."

„Das tut es, wenn sie uns kampflos gefangen nehmen wollen", erwiderte Ravik. „Fluchtkapseln sind waffenlos. Wer auch immer das Schiff sabotiert hat, muss die in den Rettungskapseln vorprogrammierten Landekoordinaten kennen. Sie werden uns auflauern, während wir hilflos drinsitzen."

Meine Lippen teilten sich schockiert. An diese Möglichkeit hatte ich nicht gedacht. Ich beäugte Ravik mit noch größerem Respekt.

„Was unternimmst du dagegen?“, fragte er seinen Captain.

Baldur fuhr sich nervös durchs Haar. „Unsere besten Leute versuchen, das Virus aufzuspüren und zu isolieren, aber bisher ohne Erfolg. Wir können uns nicht einmal auf die Selbstdiagnose unseres Schiffes verlassen. Tagar hat ein paar Männer zur Shuttlerampe gebracht, um zu versuchen, die Kontrolle wiederzuerlangen, damit wir unter Umständen mit den Shuttles abheben können.“

„Kapitän, ich muss mich mit dem Hauptrechner des Schiffes verbinden“, teilte ich ihm mit und starrte Ravik an, um seine Erlaubnis einzuholen, bevor sich meine Augen wieder auf Baldur konzentrierten.

Er schreckte zurück, als ob mir ein zweiter Kopf gewachsen wäre. „Was?“

„Mach schon“, sagte Ravik.

Baldur starrte Ravik ungläubig an.

„Zwing mich nicht, mich zu wiederholen“, knurrte Ravik und stand kurz davor, seinem Kapitän das Genick zu brechen.

Baldur versteifte sich und erblich. Als er sich umdrehte, klopfte er auf das Bedienfeld der Navigationstafel. Eine verborgene Tafel fuhr hoch und enthüllte verschiedene Verbindungsschlitze. Da ich mich schlicht weigerte, mein Temperament angesichts dieses unsinnigen Dramas aufflammen zu lassen, schloss ich meinen Computer in aller Ruhe an und aktivierte den holographischen Bildschirm.

„Wirst du deinen nicht auch infizieren?“, fragte Baldur sarkastisch in einem Ton, der seinen Groll und seine Verachtung kaum verbarg.

„Nein“, entgegnete ich geistesabwesend.

Ich konnte spüren, wie sich die Braxianer um mich formierten und mir über die Schulter auf den Bildschirm schauten. Es störte mich nicht, da sie den angezeigten guldanischen Text nicht lesen konnten. Eine schnelle Diagnose bestätigte meinen Verdacht. Ich kannte dieses guldanische Muster gut. Eine Sekunde lang fragte ich mich, ob ihr Angriff mir galt, aber das erschien mir ziemlich übertrieben. Die Aneignung meines geerbten Reichtums und der Verkauf an einen Sammler rechtfertigte es nicht, einen interplanetaren Krieg zu beginnen. Außerdem hatten sie nicht gewusst, dass ich an Bord des Schiffes reisen würde, da es in letzter Minute entschieden wurde.

„Ich kann den Virus stoppen“, informierte ich, indem ich meinen Datenschlüssel an den Mainframe des Schiffes anschloss und einige Anweisungen zur Freigabe des Antivirenprogramms anzapfe. „Und ich kann die meisten der betroffenen Systeme wiederherstellen, aber einige werden manuell repariert werden müssen.“

„Braves Mädchen“, lobte Ravik. Der stolze Blick in seinen Augen erfüllte meine Brust mit einer wohltuenden Wärme. „Kannst du uns kampfbereit machen?“

Ich biss mir auf die Unterlippe, während ich überlegte, wie ich diese Frage am besten beantworten sollte. „Zuerst brauche ich das Antivirus, um die Bereitstellung zu beenden und die Systemwiederherstellung einzuleiten. Und dann können wir sehen, womit wir arbeiten dürfen.“

„Wie hast du die Lösung so schnell gefunden?“, fragte Baldur und bemühte sich nicht, seinen Verdacht zu verbergen.

Ravik blickte seinen Kapitän aus verengten Augen an, griff aber weiter nicht ein, was mich sehr freute. Ich war ein großes Mädchen, fähig, meine eigenen Schlachten zu schlagen.

„Ich weiß es, weil die Technologie mein Job ist und weil es kein einziges Stück guldanischer Hardware oder Software gibt, die ich nicht kenne.“

„Entschuldigung?“, griff ein Braxianer mit hübschen, blassgrünen Augen ein. Trotz seiner rauen Züge und seines strengen Ausdrucks hatte er eine seltsame Weichheit in seinen Zügen, wie man sie normalerweise bei gutmütigen Menschen vorfand.

„Du hast mich richtig verstanden. Dieser Virus hat eine eindeutige guldanische Signatur.“ Meine Hüfte lehnte an der Seite der Konsole und meine Handfläche lag flach neben dem Bedienfeld, ich starrte ihn mit meiner üblichen frechen Haltung an. „Du brauchst deine kräftigen Muskeln nicht mehr spielen zu lassen; ich habe nichts damit zu tun. Dein Kapitän hier“, fügte ich hinzu und deutete mit dem Kopf auf ihn, „sollte in der Lage sein, zu bestätigen, dass der Virus bereits eingepflanzt wurde, bevor der Magnar und ich an Bord dieses Schiffes kamen. Ganz zu schweigen davon, dass ich nicht einmal hier sein sollte. Können wir also den Verdacht fallen lassen und an Lösungen arbeiten?“

Er verzog sein brutales Gesicht, seine dicken Brauen bildeten eine einzige durchgehende Linie. Ich hob fragend eine Augenbraue. Er schürzte seine vollen Lippen und grunzte dann seine Zustimmung.

„Gut“, rief ich, bevor ich mich umdrehte, um auf meinem holographischen Monitor zu blicken. „Wie ich bereits vor dieser Unterbrechung sagte, da das Virus guldanischen Ursprungs ist und der Verdacht des Magnar korrekt ist – jedenfalls halte ich es für sehr wahrscheinlich -, könnte dieses Schiff, selbst wenn es repariert ist, nicht in der Lage sein, gegen die guldanischen Streitkräfte anzutreten. Unsere Technologie ist viel zu fortschrittlich.“

„Wir haben eine ungeheure Feuerkraft“, argumentierte Baldur sichtlich stolz.

Er war so süß, dass ich ihn am liebsten umarmen wollte.

„Das habt ihr“, räumte ich ein. „Aber gegen Schiffe, die man nicht sehen kann, ist diese völlig nutzlos. Nach den Tuuranern besitzen die Guldaner die beste Tarntechnologie. Wenn sie sich gleichzeitig enttarnen, schießen sie euch Löcher in den Bauch. Ihr werdet keine Zeit haben, auszuweichen.“

„Aber du hast Fenton gesagt, dass du die guldanische Technologie gut kennst“, bekräftigte nun Ravik und bezog sich dabei auf den blassgrünäugigen Braxianer. „Wie komme ich an ihrer Tarnung vorbei? Ich will das Gesicht meines Feindes sehen.“

„Das wäre tatsächlich aufschlussreich“, erwiderte ich.

Ravik runzelte die Stirn, sein Gesichtsausdruck verdüsterte sich.

„Entspann dich, großer Junge. Eins nach dem anderen.“

Ravik erstarrte, und seine Offiziere keuchten und warfen mir empörte Blick zu.

Scheiße.

Ich und dieses verdammte respektlose Mundwerk.

„Entschuldigung. Ich meine Magnar“, murmelte ich.

Der Glockenschlag des Antivirenprogramms, das den Einsatz beendete, gab mir einen Vorwand, mich auf meinen Computer zu konzentrieren. Innerhalb von Sekunden bestätigte die Karte der

Schiffssysteme, dass das Fortschreiten des Virus zum Stillstand gekommen war. Ich tippte noch ein paar Befehle auf meinem Computer ein. Er führte eine Reihe von leeren Funktionen aus, die für den Laien, insbesondere für diejenigen, die guldanisch nicht lesen konnten, wie eine komplexe Unterroutine aussehen würden. Ich brauchte diese Ablenkung, um die wirkliche Methode, mit der ich den Schaden rückgängig machen würde, zu verschleiern.

Ich legte meine Handfläche wie zur Unterstützung auf das Navigationsbrett des Schiffes und starrte blind auf den holografischen Bildschirm meines Computers, wobei ich so tat, als würde ich das darauf laufende Programm beobachten. Ich benutze meine durch diese Berührung aktivierte veredianische Kraft, um meine psionischen Sinne zu öffnen. Dabei suchte ich schiffsweit nach Unterprogrammen, in die ich mein Kommando implantieren konnte. Vor meinem geistigen Auge erschien jedes Programm, das auf dem Schiff lief, wie ein geisterhaftes Baumdiagramm, das seine Äste in alle Richtungen ausbreitete, wobei jede Verbindung instinktiv erkannt und katalogisiert wurde.

Ich verstand Virusprogramme gut, weil *ich* das Größte von allen war.

Während Naniten wegen ihrer Vielseitigkeit meine bevorzugte Methode der Ausbreitung blieben, funktionierte Software ebenso gut, besonders in diesem Fall. Ich zielte auf die Lebenserhaltungssysteme ab, die sich in der einen oder anderen Form mit jedem Subsystem des Schiffes verbanden, bevor ich einen Umkehrbefehl implantierte. Im Gegensatz zu meiner Nichte Amalia, die die Kontrolle über ganze Systeme übernehmen und komplexe Neuprogrammierungen durchführen konnte, konnte ich nur einen einfachen Befehl erteilen, der sich verbreiten und replizieren würde, bis er seine Endbedingung erfüllt oder den Wirt gesättigt hat. In diesem Fall würde mein Befehl jedes System auf gestern Morgen zurücksetzen – Stunden, bevor das Virus implodierte – und sich dann selbst zerstören.

Ich habe noch nie Spuren meiner viralen Präsenz hinterlassen.

In meinem Kopf konnte ich sehen, wie es sich über die geisterhaften Äste des Baumes ausbreitete. Ich konzentrierte mich wieder auf den Raum und blickte verstohlen auf die Braxianer um mich herum. Zu meiner Erleichterung hatte niemand bemerkt, dass ich meine Psi-Fähigkeiten einsetzte. Ich blickte nach oben auf den Bildschirm, und ein Lächeln umspielte meine Lippen, als viele der roten Abschnitte auf der Schiffskarte wieder orange, dann gelb, dann weiß wurden.

„Fuck“, murmelte Baldur, seine Augen klebten regelrecht an der Leinwand.

Im Gegensatz zu dem guldanischen Virus, das auf Systeme in einer bestimmten Sequenz abzielte, verbreitete sich mein Virus einfach in alle Richtungen auf einmal.

„Es wird etwa fünfzehn Minuten dauern, bis die Arbeit abgeschlossen ist“, teilte ich Ravik mit. „Hinzu kommt die Zeit, die einige Systeme brauchen, um nach dem Zurücksetzen neu gestartet zu werden, wie lange es auch dauern mag.“

„Gut gemacht, kleiner Vogel“, lobte mich Ravik, während seine Augen vor Stolz glänzten.

„In der Tat“, bestätigte Fenton mit einem unleserlichen Ausdruck in seinen sanften Augen.

Baldur grunzte, was ich einmal mehr liebenswert fand. Beinahe hätte ich ihn als Haustier adoptieren wollen. Ich hatte eine Schwäche für große und mürrische Tiere.

Ich spielte mich unter Raviks Zustimmung und der fassungslosen Bewunderung seiner Offiziere auf und knickste dann als Zeichen des Dankes vor ihm nieder. Augenblicke später gingen die blinkenden roten Lichter an der Decke aus und signalisierten das Ende des Alarms.

„Sobald der Neustart abgeschlossen ist, möchte ich eine schiffsweite Diagnose aller Systeme, insbesondere der Technik,“ sagte Baldur zu einem der Besatzungsmitglieder.

„Ja, Captain.“

Ravik verschränkte die Arme vor seiner Brust, seine Augen bohrten sich in meine. Ich liebte es, wie diese Pose seinen prallen Bizeps noch größer erscheinen ließ. Und diese Adern ... Mir lief das Wasser im Mund zusammen und erinnerte mich daran, wie sie sich unter meiner Zunge angefühlt hatten.

„Und darüber, sich die vorzuknöpfen, die das getan haben?“ fragte

Ravik, wobei sein Ton deutlich machte, dass er eine ablehnende Antwort nicht akzeptieren würde.

Ich bewegte mich etwas unbehaglich und war mir nicht sicher, wie ich dieses heikle Thema angehen sollte.

„Was immer du denkst, du kannst frei sprechen", teilte mir Ravik mit, nachdem er mein Unwohlsein gespürt hatte.

„Bevor ich über Verfolgung sprechen würde", entgegnete ich vorsichtig, „sollten wir vielleicht herausfinden, wer das überhaupt eingepflanzt hat."

„Daran arbeiten wir bereits", erklärte Fenton.

„Bei meiner Ehre, ich bin bereit, für jeden einzelnen Mann in dieser Crew zu bürgen", sagte Baldur mit Nachdruck. „Ich habe sie persönlich ausgewählt oder ausgebildet. Sie sind dem Magnar gegenüber vollkommen loyal."

„Ich stimme dem zu", erwiderte Fenton.

„Und ich ebenso", bestätigte Ravik. „Diese Männer sind schon seit Jahren bei mir. Ich vertraue ihnen mein Leben an. Nicht so sehr wie einigen der Gäste, die mit uns reisten und nach unserer Abreise im Venus Hive blieben."

„Das ist auch meine Annahme", entgegnete Fenton. „Ich habe mich bereits an Pattel gewandt, damit er sie diskret im Auge behält."

„William ist dein Mann, wenn du etwas Zwielichtiges auf der Raumstation herausfinden willst", informierte ich. „Wenn Anton hört, was hier passiert ist, wird er dir all seine Ressourcen zur Verfügung stellen, um den Schuldigen ausfindig zu machen."

„Ich bin sicher, Pattel wird daran denken", entgegnete Ravik. „Aber es kann nicht schaden, dafür zu sorgen, dass er es tut."

Fenton nickte als Reaktion auf Raviks direkten Blick.

„Also gut", begann ich und war immer noch besorgt, dass wir einen Doppelagenten an Bord haben könnten. „Ich werde brutal ehrlich sein. Ich denke, ihnen nachzugehen, könnte selbstmörderisch sein."

Baldur schnaubte, sein herablassender Blick verkündete eindeutig seine Annahme Angst diktierte meine Reaktion. Obwohl es mich etwas irritierte, schluckte ich den Köder nicht.

Ich lehnte mich an den Rand des Navigationspultes und

verschränkte meine Arme über der Brust, wie es Ravik zuvor getan hatte. „Wenn sie tatsächlich getarnt darauf warten, die Kapseln aus dem Hinterhalt anzugreifen, wissen wir nicht, wie viele Schiffe dort sind, welche Typen oder welche Feuerkraft sie haben. Wenn wir nahe genug herankommen, sie zu entdecken, könnten wir vielleicht nicht mehr entkommen, wenn wir in der Unterzahl sind."

Ravik nickte langsam. Er spitzte die Lippen, während er über meine Worte nachdachte. „Wie willst du ihre Tarnung deaktivieren?"

„Mit einem Virus, das in einen Traktorstrahl oder Photonentorpedo eingebettet werden könnte", meinte ich achselzuckend.

„Traktorstrahl?" fragte Ravik. „Muss er austreten oder kann er eintreffen?"

Ich blinzelte, unsicher, was er meinte.

„Deine Bedenken sind berechtigt", stellte Ravik angesichts meiner offensichtlichen Verwirrung fest. „Aber ich denke, wenn sie darauf warten, unsere Rettungskapseln auf dem Weg zu einem sicheren Ziel abzuschleppen, sollten wir ihnen geben, was sie wollen."

Meine Augen weiteten sich verständnisvoll, und ich zeigte offen meine Bewunderung in einem Lächeln. „Du bist ein verdammtes Genie!", rief ich aus. Ich verschränkte meine Arme und legte meine Handflächen auf den Rand der Konsole, meine Augen waren unscharf, als ich eine schnelle mentale Analyse seiner angedeuteten Taktik durchführte. „Ja. Das würde funktionieren."

Fenton, Baldur und die verwirrten Gesichtsausdrücke der beiden anderen Offiziere brachten mich zum Schmunzeln.

„Es wird einige Zeit dauern, mich darauf vorzubereiten, aber ja, es ist machbar", teilte ich ihm mit und tauschte ein konspiratives Grinsen mit Ravik aus. „Dann lasst uns an die Arbeit gehen. „

~

Eine Stunde später schickten wir die manipulierte Rettungskapseln auf dem Weg zur menschlichen Kolonie Gielyn, dem sicheren Planeten, der dem ursprünglichen Standort von Raviks Schlachtschiff Drakkar am nächsten lag. Mit einer etwas aufwendigen Methode gelang es uns, den Tarnschild meines Falken an die Systeme der Drakkar zu koppeln und ihren Antrieb zu nutzen, um seine Stärke zu erhöhen. Mein Schiff verwendete eine tuureanische Tarntechnologie, die bis zum heutigen Tag von keiner anderen Spezies entschlüsselt wurde.

Nach weniger als dreißig Minuten, in denen er still den Kapseln folgte, enttarnte sich ein guldanischer Schlachtkreuzer, wobei vier seiner Traktorstrahlen auf die ersten paar Kapseln in seiner Reichweite zielten. Noch immer getarnt, blieb die Drakkar außerhalb der Waffen- und Erfassungsreichweite. Zu klein, um gesehen zu werden, flogen die an den Kapseln befestigten eiförmigen Behälter, fünf auf jeder, von der Oberfläche des Rettungsschiffes weg, platzten auf und verschütteten ihren Inhalt in den Weltraum. Alle gefüllt mit viralen Naniten, die von meiner Wenigkeit speziell programmiert wurden.

Als sich weitere der Kapseln näherten, enttarnten sich zwei Zerstörer, die jeweils ihre Traktorstrahlen auf die ankommenden Rettungskapseln feuerten. Obwohl die Drakkar ein größeres, leistungsfähigeres Schiff war, waren die guldanischen Schiffe von weitaus fortschrittlicherer Bauart. Ihre kombinierte Feuerkraft konnte die Integrität des braxianischen Schiffes ernsthaft gefährden.

Die Zerstörer hatten nur ein paar der Rettungskapseln eingefangen, der Schlachtkreuzer hatte mindestens ein Dutzend erbeutet, als sich die Magie der Naniten zu manifestieren begann. Vier Fregatten, die die anderen drei Schiffe umgaben, erschienen und verschwanden wieder als sich ihre Tarnschilde auflösten. Die Besatzung des Schlachtkreuzers war die erste, die merkte, dass wir ihre eigene Falle gegen sie angewandt hatten. Sie ließen die neuen Kapseln los, die sie eingeholt hatten, und öffneten ihre Luke, zweifellos mit der Absicht, ihren vorherigen Fang zu entsorgen.

„Jagt sie in die Luft“, befahl Ravik mit einem wilden Gesichtsausdruck.

„Bestätigt“, entgegnete Baldur und zündete die Ladungen, die in die Rettungskapseln geladen worden waren.

Der Schlachtkreuzer erzitterte unter der Gewalt der mehrfachen Detonationen, wobei seine Hülle an verschiedenen Stellen durchbrochen wurde. Die Zerstörer wurden innerhalb von Sekunden ausgelöscht, wobei die erste Explosion sie fast in zwei Hälften riss, bevor Kettenexplosionen ihnen den Rest gaben. Drei der Fregatten schafften es, sich von dort aus zu verziehen, die vierte erlitt schwere Schäden durch herumfliegende Trümmer.

„Lasst sie uns fertig machen", schlug ein blondhaariger Offizier mit hellbraunen Augen vor.

„Nein", erwiderte Ravik. „So sehr ich ihre Knochen mit meinen bloßen Händen zermalmen möchte, die drei, die gesprungen sind, könnten mit Freunden zurückkehren. Baldur, bring uns so weit wie möglich weg von hier. Ich muss zu Hause noch einige Guldaner treffen."

„Ja, Magnar", bestätigte Baldur und schlug sich mit der Faust auf die Brust.

Ravik streckte mir die Hand entgegen. Ohne ein Wort zu sagen, nahm ich sie und ließ mich von ihm von der Brücke führen.

KAPITEL 7

RAVIK

Wir landeten kurz nach Einbruch der Dunkelheit auf Braxia. Trotz ihres Plans, auf das Anwesen ihres Bruders zu gehen, willigte Ravena ein, in meiner Festung zu übernachten. Abgesehen von meinem egoistischen Bedürfnis, sie bei mir – und in meinem Bett – zu haben, wollte ich nicht, dass sie diesen Ort betrat, ohne ihn vorher gesichert zu haben. Sie vor meinen Untertanen an meiner Seite zu präsentieren, meinen Geruch überall auf ihr zu verteilen und so meinen klaren Anspruch zu verdeutlichen, würde jeden Braxianer davon abhalten, sich in irgendeiner Weise mit ihr anzulegen, jedenfalls vorläufig.

Krygor Aldriss und Raylor Caldes begrüßten uns auf dem Landeplatz. Zu meiner Überraschung schien Caldes aufrichtig erfreut über unsere frühere Ankunft. Ich hatte erwartet, dass er sich über den gescheiterten Entführungsversuch aufregen würde. Aber er schien nur ungeduldig darauf zu warten, dass ich seine guldanischen Gäste kennen lerne. Obwohl er Zeit gehabt hätte, seine Gefühle wieder in den Griff zu bekommen, war Raylor nie ein großer Schauspieler gewesen, seine Gefühle waren immer deutlich erkennbar. Ich fragte mich doch tatsächlich, ob er wirklich keine Ahnung hatte, was passiert war. Das wiederum warf die Frage auf, ob die Guldaner ihn lediglich als Marionette in einem gefährlichen Spiel benutzten.

Als wir meinen Saal betraten, gingen die weiblichen Bediensteten auf die Knie, und beugten unterwürfig ihre Köpfe. Ihre männlichen Kollegen standen in einer engen Reihe hinter ihnen, die Häupte ebenfalls gesenkt und die Hände hinter dem Rücken verschränkt. Meine Wachen, Gäste und Clanmitglieder hielten sich eine Faust an die Brust. Ravena regte sich bei diesem Anblick auf. Ihre Missbilligung war nicht zu übersehen. Doch vor sechs Jahren, bevor ich begonnen hatte, unser Verhalten gegenüber Frauen zu verändern, wäre sie weitaus mehr empört und beleidigt gewesen.

Ich forderte sie mit der Hand auf, sich zu erheben, was auch den Männern signalisierte, eine entspannte Haltung einzunehmen. Alle Augen begutachteten meine Frau offen mit einer Mischung aus Neugier, Feindseligkeit und echter Ehrfurcht angesichts ihrer Schönheit. Meine Brust schwoll vor Stolz an, nicht nur, weil ich eine solche Frau am Arm hatte, sondern auch wegen der selbstsicheren, königlichen Art, mit der sie voranschritt, unbeeindruckt von der offenen Untersuchung, der man sie unterzog.

Meine Söhne kamen auf uns zu, ihre Blicke verweilten auf Ravena, bevor sie zu mir zurückkehrten.

„Vater“, grüßten sie und drückten sich die Fäuste an die Brust.

„Meine Söhne“, erwiderte ich und legte jeweils eine Hand auf eine Schulter und drückte sie liebevoll zusammen. Ich drehte mich zu meiner Frau und deutete meine Söhne an. „Ravena, das ist Keran, mein Ältester, und Ganek, mein Jüngster. Söhne, das ist Ravena.“

Ich legte besitzergreifend eine Hand auf ihre Hüfte, damit alle den Charakter unserer Beziehung erkennen konnten. Das Bedürfnis, sie öffentlich meine Konkubine zu nennen, brannte mir auf der Zunge, aber sie hatte weder ihre formelle Zustimmung dafür gegeben ... noch hatte ich sie danach gefragt.

Die Augen meiner Söhne weiteten sich auf fast unmerkliche Weise. Ich kannte sie zu gut, als dass es mir entgangen wäre. Trotzdem grüßten sie sie auf die gleiche Weise, wie sie mich willkommen hießen. Sie antwortete mit der traditionellen veredianischen Begrüßung und legte ihre Handfläche auf ihr Herz, bevor sie sich in ihre Richtung beugte.

„Es ist mir ein Vergnügen, Sie kennenzulernen ...“, Ravena zögerte, unsicher, wie sie sie nennen sollte.

„Jakar wäre der Titel, der für meine Söhne verwendet würde“, entgegnete ich sanft.

Sie schenkte mir ein dankbares Lächeln. „Es war mir ein Vergnügen, Sie kennen zu lernen, Jakar Keran, und Sie, Jakar Ganek.“

„Das Vergnügen ist auf unserer Seite, Madam“, erwiderte Keran mit einem nicht zu entziffernden Gesichtsausdruck. „Ich hoffe, ihr seid beide hungrig, denn wir haben eure Rückkehr zum Abendessen erwartet.“

„Wir sind es in der Tat“, antwortete ich und signalisierte Keran, uns den Weg zu zeigen.

Er nickte und sein volles Haar, das so schwarz war wie meins und das seines jüngsten Bruders, fiel ihm ins Gesicht. Er drehte sich auf den Fersen um und marschierte auf den Speisesaal zu, wo sich die Führer der Ältesten Clans zu uns gesellen würden. Mein Blick schweifte stolz über meine Söhne und die sich bewegenden Muskeln ihres starken Rückens. Sie wurden mir von verschiedenen Konkubinen geboren, mit denen ich seit Langem nichts mehr zu tun hatte – und die zu ihrem jeweiligen Clan zurückgekehrt waren. Ihre Größe und Gestalt entsprach fast der meinen, und ihre Gesichtszüge ließen keinen Zweifel an der Identität ihres Vaters aufkommen. Beide Söhne hatten jedoch die Augen ihrer Mütter geerbt, wobei Kerans grau und Ganeks braun waren.

Die dunkelgrauen Wände und der kastanienbraune Steinboden des Speisesaals hätten düster gewirkt, wenn Braxias Sonne nicht durch die hohen Fenster den Raum in ein sanftes Licht getaucht hätte. Der in der Mitte stehende große Tisch in Form eines U, konnte fünfundzwanzig Personen Platz bieten. Meine Söhne saßen gewöhnlich neben mir am Kopf. Die Ältesten verteilten sich an den Seiten, wobei jeder angesehene Gast willkommen war. Die gepolsterten Hochlehnsessel säumten die Außenseite des Tisches, wobei der Mittelbereich unbenutzt blieb, sodass die Bediensteten leicht servieren und die Darsteller – in der Regel erotische Tänzerinnen – uns ungehindert unterhalten konnten.

Auf der anderen Seite des Raumes, vor dem Haupttisch, befanden sich zwölf Zehner-Tische, für ältere oder geehrte Mitglieder der ältesten Clans reserviert. An der linken und rechten Seite des Haupttisches waren lange, aber schmale Tische für Ehefrauen und Konkubinen gedeckt. Die Frauen traten leise ein. Wie die Männer standen sie vor ihren Stühlen und warteten darauf, dass meine Söhne und ich zuerst Platz nehmen würden.

Ein einziger Blick genügte und Ravena verstand, dass man von ihr erwartete, bei den anderen Frauen Platz zu nehmen. Ihr Gesichtsausdruck verbarg nicht, dass ich mich auf einen Kampf gefasst machen konnte, sollte ich sie dorthin schicken wollen. Wie konnte ich in den 24 Stunden, die wir bis hierher brauchten, vergessen haben, die braxianischen Protokolle mit ihr zu besprechen?

Mein jüngster Sohn, Ganek, deutete einem Bediensteten an, ohne dass ein Wort meine Lippen verließ, einen vierten Stuhl an den Kopf des Tisches zu bringen. Ein Schweigen legte sich über den Raum. Nur die Dagna, die Frau des Magnars, setzte sich an das Kopfende des Tisches. Ein angesehener Gast, wie z.B. eine weibliche Botschafterin, für die Ravena technisch gesehen gehalten werden könnte, hätte die Ehre, am Haupttisch zu sitzen, aber an einer der Seiten, nicht am Kopf.

Dankbar für die Initiative meines Sohnes, die mich für den Moment vor einem Fettnäpfchen rettete, führte ich Ravena an der Hüfte zu dem Stuhl neben meinem. Keran stand zu ihrer Rechten vor dem Stuhl und Ganek zu meiner Linken.

Ich setzte mich, meine Söhne folgten mir, und dann auch Ravena. Ich lächelte und freute mich, dass sie das Protokoll auch ohne Erklärung so gut verstanden hatte. Der Rest der Anwesenden nahm Platz, mit Ausnahme von Caldes, der stehen blieb. Die Bediensteten begannen sofort, um uns herumzuschwirren, brachten uns Speisen und Getränke.

„Magnar“, begann Raylor Caldes, „die Guldaner, von denen ich dir erzählt habe, sind hier. Mit deiner Erlaubnis möchte ich sie an deinen Tisch einladen.“

Ich sah ihn aus verengten Augen an und konnte immer noch keinen Betrug erkennen, sondern nur einen übertriebenen Eifer. Fenton und Krygor starrten ihn abwertend und musternd an. Ich hatte Krygor und meine Söhne kontaktiert, sobald wir den Plan in Gang gesetzt hatten, die Falle der Guldaner gegen sie zu richten. Hätten sie versucht, mich auf dem Heimweg zu entführen, hätten sie wahrscheinlich versucht, auch meine Söhne zu neutralisieren. Ich lehnte mich zurück an meinen Sitz und grübelte.

Ravenas Augen schossen zwischen Raylor und mir hin und her. Trotz ihres neutralen Ausdrucks konnte ich die Anspannung in ihr spüren. Zu meiner großen Erleichterung hatte meine Frau von sich aus wieder einmal ihre Markierungen mit einem langärmeligen, knöchellangen, schwarzen Etuikleid bedeckt. Ich wusste, wie sehr sie dieses Versteckspiel hasste. Bis wir diese Guldaner losgeworden waren, zog ich es vor, ihre Genetik geheim zu halten.

„Du darfst", gestattete ich.

Raylor antwortete mit einem triumphierenden Lächeln und hatte keine Ahnung welche Begrüßung ich für seine Gäste auf Lager hatte. Er nickte Siltar zu, seinem zweitgeborenen Sohn, der los eilte, um die Guldaner zu holen. Minuten später kehrte er mit zwei Männern zurück. Der eine hatte schwarze Hörner und silberweißes Haar, der andere braune Hörner und dunkelbraunes Haar. Ihr höfliches Lächeln verschwand aus ihrem Gesicht, als sie sich dem Tisch näherten und Ravenas Anwesenheit bemerkten. Sie sahen sich im Raum um, als ob sie jemanden oder etwas suchten, bevor ihre Blicke zu meiner Frau zurückkehrten. Beide runzelten stark die Stirn. Der silberhaarige Guldaner wirkte am beunruhigtesten.

„Magnar", eröffnete Raylor, „ich freue mich, dir die ehrenwerten guldanischen Botschafter Hartuk Tellin und Lorik Zorak vorzustellen, die hier hoffentlich eine für beide Seiten vorteilhafte Allianz aushandeln werden."

„Magnar", antworteten beide Männer und neigten leicht den Kopf.

Ich starrte sie an, ohne die Begrüßung zu erwidern. Raylors Lippen spannten sich ganz leicht an. Mit einem steifen Lächeln lud er die Guldaner ein, Platz zu nehmen, während drei Bedienstete Wein für meine Söhne und mich ausschenkten. Als sie sich umdrehten, um sich zu entfernen, stand Ravena auf und erhob ihr Glas.

„Hast du etwas vergessen, Süße?", fragte sie.

Inmitten des Keuchens und der schockierten Gesichter der Männer am Tisch hob Krygor amüsiert eine Augenbraue hoch, während Fenton sich nicht mal bemühte, ein Schnauben zu unterdrücken. Die Dienerin, die Hybridtochter einer ehemaligen Sklavin, warf mir einen nervösen Blick zu. Ich deutete auf Ravenas Glas und wies sie an, fortzufahren. Das Mädchen öffnete schockiert den Mund und riss ihre Augen auf. Die Hände zitterten leicht, als sie meiner Frau Wein servierte. Das Gespräch wurde wieder aufgenommen, als die Bediensteten sich den anderen Gästen zuwandten.

Als alle bedient waren, erhob ich mein Glas, und wieder fiel Schweigen über das Publikum.

„Auf neue Freundschaften", prostete ich und schaute Ravena an, die mir zuzwinkerte. „Auf neue Bündnisse, die Caldes aufblühen lassen, und auf das Vereiteln von Entführungsversuchen", schloss ich, wobei sich meine Blicke in die von Harturk, dem silberhaarigen Guldaner, der das Sagen zu haben schien, bohrten.

Sowohl er als auch sein Begleiter erstarrten, während überall im Raum schockiertes Keuchen und empörte Schreie ausbrachen.

Ich hielt den Blick des Guldaners unerschrocken stand, kippte den Inhalt meines Glases hinunter und hielt es hoch, damit ein Diener es auffüllen konnte.

„Hört!", sagten Fenton, Krygor und meine beiden Söhne, während sie ebenfalls ihr Glas erhoben.

Sie leerten ihre Gläser und Ravena eiferte ihnen nach.

„Was hat das zu bedeuten?", fragte Raylor, hin- und hergerissen zwischen Schock, Empörung und einer Spur von Angst.

Ich erzählte eine kurze Version des Vorfalls und hielt Ravenas Mitwirken geheim, wie sie es zuvor erbeten hatte. Raylor wurde mit jedem Wort blasser, seine ungläubigen Augen schossen zwischen seinen Gästen und mir hin und her.

„Ein höchst unglücklicher Vorfall. Ich bin froh, dass du unverletzt davongekommen sind", entgegnete Hartuk mit gespielter Sympathie. „Bist du dir sicher, dass es guldanische Schiffe waren? Ein solch skandalöser Akt würde die Bündnisbemühungen zwischen unseren Völkern gefährden. Ich kann euch versichern, dass die künftige

Allianz zwischen unseren Nationen für unseren Kaiser eine hohe Priorität hat.“

Mit einer Kopfgeste deutete ich Kapitän Baldur an, die offensichtlichen Beweise vorzutragen. Er erhob sich vom Tisch seines Clans, näherte sich dem zentralen Bereich des Haupttisches und zeigte in einer holographischen Wiedergabe die guldanischen Schiffe, die sich enttarnten, die Rettungskapseln einnahmen und dann explodierten.

Wütende Schreie erfüllten den Raum, als die Clans nach Rache riefen. Ich ließ sie noch einen Moment länger ihre Wut auskosten, bevor ich eine Hand erhob, um Ruhe einzufordern.

„Und dennoch“, bekräftigte ich, „am selben Tag, an dem die guldanischen Botschafter auf Braxia eintreffen und ohne meine Zustimmung mit dem Wahlkampf beginnen, versucht euer Volk, mich zu ermorden.“

„Ein beunruhigender Zufall“, erwiderte Hartuk und winkte abweisend mit der Hand. „Wir wollten sicher nicht respektlos sein, als wir mit deinem Volk Informationen über die technologischen und finanziellen Vorteile im Falle einer Allianz zwischen unseren Völkern austauschten.“ Sein Blick ruhte spekulierend auf Ravena, bevor er zu mir zurückkehrte.

Ich beobachtete ihn intensiv.

„Es hat den Anschein, als hätten wir die braxianische Technologie unterschätzt“, fuhr Hartuk fort und rieb mit der Hand über sein rechtes Horn. „Abgesehen von den Tuuranern ist es keiner anderen Spezies gelungen, unsere Tarnschilde zu durchbrechen. Tauscht ihr bereits Technologie mit den Guldanern aus?“

Hartuk starrte Ravena pointiert an. Ich kochte vor Wut über die Frechheit seiner Musterung meiner Frau.

„Guldanische Frauen dürfen normalerweise unseren Planeten nicht verlassen, geschweige denn ohne einen Wächter. Ich sehe ihn nirgendwo, Sana ...?“, fragte Hartuk Ravena.

In mir entbrannte der Zorn, da er es gewagt hatte, meine Frau anzusprechen, ohne mich vorher um Erlaubnis zu fragen. Das war ein Grund, ihn herauszufordern. Ich hielt mich kaum zurück. Offiziell war Ravena ein angesehener Gast an meinem Tisch, nicht meine Konkubine oder mein Eigentum. Daher konnte er mit ihr sprechen wie mit jedem anderen Gast. Er musste jedoch wissen, dass es sich dabei um eine implizite Regel handelte, ähnlich wie auf Guldar.

Ravena lehnte sich in ihrem Stuhl zurück, schlug die Beine übereinander und faltete die Hände auf dem Schoß. Ein herausfordernder Ausdruck zeigte sich auf ihrem Gesicht. „Ravena Vrok, nicht, dass es dich etwas angehen würde, Sen Tellin."

Noch mehr schockiertes Keuchen erklang im Raum. Niemand hier war es gewohnt, dass eine Frau einen Mann auf diese Weise ansprach. Hartuks blasse Haut errötete sich vor Empörung. Er öffnete seinen Mund, als wolle er sie anschnauzen – was mir erlaubt hätte, ihn an Ort und Stelle zu töten -, hielt aber inne. Seine Augen weiteten sich vor plötzlicher Erkenntnis, als sein Blick über ihre schwarzen Hörner schweifte.

„Vrok?", fragte er. „Wie-"

„Ja. Wie die Tochter von Gruuk Vrok."

„Du bist verwaist und unverheiratet! Wo ist dein Vormund?", knurrte er.

Ich richtete mich auf meinem Stuhl auf, meine Muskeln spannten sich an, als ich mich darauf vorbereitete, ihn herauszufordern. Ravenas sanfte Hand, die meinen Arm streichelte, stoppte mich. Ich drehte mich zu ihr um, aber ihre Augen blieben auf den weißhaarigen Guldaner gerichtet.

„Sein Arsch ist dort, wo er sein muss; zurück auf Guldar, wo er hingehört."

„Du verletzt unsere Gesetze!", rief er und sprang auf. „Diese Frau muss auf unsere Heimatwelt zurückgebracht werden", verlangte Hartuk und sah mich provozierend an.

„*Diese Frau* ist eine freie Frau und steht unter meinem Schutz. Die guldanischen Regeln gelten hier *nicht*. Das ist Braxia", knurrte ich.

Trotz ihres Missfallens über Ravenas mangelnde Unterwerfung setzte sich der Braxia-Patriotismus durch, als die Männer im Raum alle grunzten oder schrien, dass sie mit meiner Erklärung einverstanden seien.

Hartuks Kiefer arbeitete stark, als er über eine angemessene

Antwort nachdachte. Dann verzogen sich seine Lippen zu einem grenzwertig bösartigen Grinsen.

„Ich wollte damit nichts anderes andeuten, Magnar“, entgegnete Hartuk in einem unterwürfigen Tonfall. „Aber diese Frau hat gerade den größten Reichtum auf Guldar geerbt, mit einigen der fortschrittlichsten Technologien und wissenschaftlichen Entdeckungen, die unserem Volk bekannt sind.“

Trotz des Schocks dieser Enthüllung zwang ich meine Gesichtszüge zur Neutralität, während Ravenas sich verhärteten.

„Es kommt mir wie ein merkwürdiger Zufall vor, dass der erste guldanische Angriff gegen dich am selben Tag stattfand, an dem diese Frau auf deinem Schiff reiste“, betonte Hartuk, und sein Ton wurde immer selbstbewusster. „Ihr Vormund ist verpflichtet, sie zur Paarung nach Hause zu bringen, damit sie einen geeigneten Erben für diesen Reichtum gebären kann. Könnte es sein, dass er in seinem Bemühen, sein Wort gegenüber ihrem Vater zu halten, wie es die Ehre verlangt, dein Schiff angegriffen hat, ohne zu wissen, mit wem sie reiste? Immerhin haben sie die Rettungskapseln nicht abgeschossen, sondern sie sorgfältig geborgen.“

Die Stimmung schlug um, als die braxianischen Männer ihre Zustimmung murmelten. Hartuk erwies sich als geschickter Botschafter und spielte mit unserer Besessenheit von Ehre und mit der dominanten und kontrollierenden Natur meines Volkes. Sie konnten sich mit dieser Denkweise identifizieren, in der Frauen nichts anderes als Eigentum und Zuchtstuten waren.

Ravena öffnete ihren Mund, um zu antworten, aber der Kapitän meines Schiffes sprach zuerst.

„Eine faire Annahme“, meinte Baldur in einem versöhnlichen Ton, „abgesehen von der Tatsache, dass das Virus, das uns vom Schiff und in die Rettungskapseln zwingen wollte, gepflanzt worden war, lange bevor sie überhaupt eingeladen wurde, mit uns zu reisen. Also nein, Botschafter, nicht *sie* war das Ziel, sondern der Magnar.“

Hartuk spitze die Lippen und schaute Richtung Raylor, der ihm einen besorgten Blick zuwarf.

„Wie du also siehst, Botschafter Tellin“, erwiderte ich mit einem selbstgefälligen Ausdruck, „wenn du uns nicht die Hintermänner dieses Angriffs bringen kannst, wirst du mich nicht allzu empfänglich für deine Bündnisangebote vorfinden."

„Ihr Volk *braucht* unsere Technologie, um mit der modernen Zeit Schritt zu halten", bekräftigte Hartuk eindringlich.

„Wie du schon sagtest, *Herr Botschafter,* habe ich gerade einige der fortschrittlichsten Technologien und wissenschaftlichen Entdeckungen geerbt, die unserem Volk bekannt sind", warf Ravena mit einem spöttischen Funkeln in ihren Obsidianaugen ein.

Krygors tiefes Grinsen steckte mich ebenfalls an.

„Setz dich", sagte ich zu Hartuk, „meine Gäste sind am Verhungern."

Mit einer Handgeste deutete ich den Dienern an, aufzutischen. Hartuks Gesicht verzog sich, als hätte er in etwas Saures gebissen, aber der Botschafter willigte ein. Es war jedoch sein stiller Begleiter, der mir ein Gefühl des Unbehagens vermittelte. Seine grünen Augen füllten sich mit eiserner Entschlossenheit und Eiseskälte und lasteten schwer auf Ravena.

Nachdem alle mit Essen versorgt worden waren, begaben sich drei weibliche Tänzerinnen in knappen Lederkostümen in den mittleren Bereich des Haupttisches. Die vordere trug ein schwarzes Bustier mit Tanga, kniehohe Stiefel mit endlosen Pfennigabsätzen und einer Peitsche, die an ihrer Hüfte hing. Sie führte die beiden anderen Frauen an einer Leine in jeder Hand. Sie trugen ähnliche Outfits wie ihre Herrin, aber ihre waren blutrot.

Ich warf einen Blick auf Ravena, die die Frauen mit unverhohlener Neugierde beobachtete. Sinnliche Musik begann durch das Tonsystem des Saals zu spielen. Die Unterwürfigen standen still, während ihre Herrin um sie kreiste, ihre Hände ihre üppigen Körper streichelten, auf ihren Brüsten und ihren Ärschen verweilten und unter ihre Strings schlüpften, um ihre Mösen zu befingern.

Ravena schnitt ein Stück von ihrem Rhomak-Steak ab, dem roten Fleisch, das traditionell medium-rosa gebraten wurde, und brachte es an ihre Lippen, wobei ihre Augen nie von den Darstellerinnen abwichen. Die Herrin wies ihre Untergebenen an, sich gegenseitig zu küssen und zu befummeln, während sie einen sexy Tanz um sie herum vorführte. Dabei entledigte sie sich einiger Kleidungsstücke und befreite auch die anderen beiden davon.

Die Herrin zog plötzlich ihre Peitsche heraus und setzte sie gekonnt bei den beiden Unterwürfigen ein, hart genug, um einige schöne rote Streifen auf ihren Rücken und ihren Hintern zu hinterlassen. Obwohl die Frauen unter den Schmerzen zischten, genossen sie offensichtlich den vorsichtigen Missbrauch ihrer Domina. Als sie ihre Show beendeten, waren alle drei bis auf die Stiefel nackt. Der Duft ihrer Erregung rührte mich nicht mehr wie früher. Ein einziger Moschus konnte nun meinen Schwanz steif werden lassen, und er gehörte der Frau, die an meiner Seite saß. Als ich den kleinen Fleck gestutzter, dunkler Haare auf der Muschi der Herrin sah, erinnerte mich das an die sauber rasierte von Ravenna.

Nein, nicht rasiert. Haarlos.

Wie alle Veredianerinnen konnte Ravenas Körperbehaarung nur auf ihrem Kopf, ihren Augenbrauen und Wimpern gefunden werden. Der Gedanke an ihren Geschmack auf meiner Zunge, als ich sie ausleckte, ließ meine Hose enger werden. Das Gefühl, wie sie auf meinem Schwanz ritt, ließ mein Blut vor dem Drang kochen, sie zurück in mein Quartier zu zerren. Aber ich ertrug noch fast ein Dutzend Auftritte, bevor das Essen zu Ende war und ich meine Frau endlich in mein Zimmer zurückbringen konnte.

~

„Interessante Frau“, sagte Krygor, als er in meinem Privatgemach am anderen Ende des Tisches Platz nahm.

Die Sonne würde in einer weiteren Stunde aufgehen, und wir wären dann bereit, auf die Jagd nach den umherstreifenden Joarkalen zu gehen. Nichts war jemals so schwer gewesen wie der Abschied von Ravenas herrlich warmem, nackten Körper, der in meinem Bett schlief.

Fenton saß neben ihm, und meine beiden Söhne rahmten mich ein.

„In der Tat“, entgegnete ich unverbindlich.

„Es scheint, dass ich meinen Sohn öfter besuchen sollte, wenn ich sehe, mit welcher Art von Frauen er Freundschaften schließt", teilte uns Krygor mit.

„Und ich", erwiderten Fenton und meine Söhne der Reihe nach.

Ich musste grinsen. „Am Ende kehrt man nur zu dieser Konkubine zurück, zu der man immer wieder hin geht", sagte ich neckisch zu Fenton.

Er zuckte abweisend mit den Schultern. Ich habe nie ganz verstanden, warum er sie nicht einfach zur Frau genommen hatte. Thala stammte aus einer guten Blutlinie. Graziös, unterwürfig, geschickt darin, einen Haushalt zu führen, empfand sie auch eindeutig Zuneigung für ihn. Dennoch schien er unentschlossen zu sein.

„Ravena ist so schön, wie sie klug ist", stellte ich fest und bemühte mich nicht, meinen Stolz zu verbergen.

„Und großspurig", bekräftigte Krygor. „Ich hätte nie erwartet, dass ich das bei einer Frau anziehend finde."

„Es ist beunruhigend", erwiderte Ganek, mein jüngster Sohn.

„Und doch, seltsam ansprechend", bestätigte Keran.

Ich nickte und war tatsächlich verblüfft, wie sehr ihre Stärke und ihr Selbstvertrauen mich anmachten.

„Wird sie wirklich Technologie mit uns teilen, oder hat sie nur die Guldaner beschwichtigt?", fragte Keran.

Mein ältester Sohn, immer praktisch veranlagt, kam direkt auf den Punkt.

Ich seufzte. „Ehrlich gesagt, ich weiß es nicht. In Wahrheit hatte ich keine Ahnung vom Ausmaß ihres Reichtums, bis dieser Guldaner ihn enthüllte." Meine Augen zuckten zu Krygor. „Dein Sohn hatte ihre enge Freundschaft mit den Tuureanern erwähnt, und dass wir stattdessen ein Bündnis mit ihnen suchen sollten."

„Das wäre phänomenal!" rief Fenton aus. „Die Xelixianer sind die Einzigen, die es geschafft haben, durch das kalte Äußere dieser Cyborgs zu kommen."

„Ja, aber wir haben ihnen nichts zum Tausch anzubieten ... vorerst", erwiderte ich nachdenklich. „Ich muss vorsichtig vorgehen, damit Ravena nicht denkt, ich würde sie wegen ihrer Verbindungen oder ihres Erbes benutzen."

Fenton nickte. „Sie ist im Moment ein unschätzbarer Gewinn. Du kannst es dir nicht leisten, dich von ihr zu entfremden, wenn die Guldaner weitere Angriffe gegen dich starten wollen."

Ich starrte ihn an.

„Erspar mir die wütenden Blicke, alter Freund", sagte Fenton. „Wir sind uns alle bewusst, dass dein Interesse an ihr echt ist, aber du bleibst der Magnar. Die Bedürfnisse deines Volkes stehen an erster Stelle. Und wenn das bedeutet, sie zu benutzen, dann musst du das auch tun. Sie scheint jedoch aufrichtige Zuneigung zu dir zu haben. Wenn die Vorfahren es wollen, wird sie dir freiwillig ihre Hilfe anbieten, damit du sie nicht dazu manipulieren musst."

Ich biss meine Kiefer aufeinander und ballte meine Hände auf dem Schoß zur Faust. Das fühlte sich falsch an, und dennoch blieben seine Argumente gültig. Krygor warf mir einen mitfühlenden Blick zu. Doch auch er teilte Fentons Meinung.

„Sie möchte zum Haus ihres Bruders gehen, wenn sie aufwacht", teilte ich ihnen mit und wechselte damit das unangenehme Thema.

„Meine Clanmitglieder haben die Umgebung bereits gesichert", bestätigte Krygor. „Mein jüngster Sohn, Gorav, hat angeboten, sie ins Innere zu begleiten, um sicherzustellen, dass es auch dort sicher ist, während wir auf die Jagd gehen."

Ich schüttelte den Kopf. „Dieser zweite Guldaner, Botschafter Zorak, führt etwas im Schilde. So wie er sie gestern Abend angesehen hat, möchte ich nicht, dass Ravena isoliert ist, während all unsere Krieger auf der Jagd im Wald sind."

Krygor richtete sich auf.

„Entspann dich, Krygor", beruhigte ich in einem versöhnlichen Ton. „Ich stelle die Kampffähigkeiten deines Sohnes nicht in Frage. Er ist schließlich ein Berserker. Aber keine Kampffähigkeiten werden ihn vor der guldanischen Technologie schützen."

„Was schlägst du also vor?", fragte Keran.

„Sie kommt mit uns."

„Auf die Jagd?", rief Ganek ungläubig aus.

„Sie wird sich weigern, hier zu bleiben, und ich kann sie nicht einsperren", entgegnete ich irritiert. „Unsere besten Krieger werden anwesend sein. Ravena ist nicht unvernünftig. Sie wird hinten bleiben."

„Sehr gut", betonte Krygor. „Nimm dich nur vor Caldes in Acht. Auch wenn sie keine Krieger sind, bestand sein Clan darauf, sich der Jagd anzuschließen."

„Wozu, zum Teufel?", fragte ich.

„Respekt", informierte mich Fenton. „Trotz des älteren Status seines Clans, lassen ihr Mangel an Tapferkeit auf dem Schlachtfeld und ihre systematische Abwesenheit bei den großen Jagden sie als minderwertig erscheinen. Sie haben sich immer noch nicht von der Schande erholt, die Gerwin über sie gebracht hat, während Krygors Clan weiter an Ruhm und Macht gewinnt."

„Und er hasst mich wirklich", bestätigte Krygor mit einem sadistischen Lächeln.

So sehr ich Antons Vater auch bewunderte, manchmal machte er mir Angst. Nachdem der erstgeborene Sohn von Gerwin-Raylor Caldes Grace beinahe ermordet hätte, hatte Krygor die Hinrichtung von Gerwin vollzogen. Es war ihm ein krankes Vergnügen gewesen, ihn bei lebendigem Leib zu häuten, wobei er es so langsam und qualvoll wie möglich machte. Diese Bestrafung hatte als Rache an all jenen gedient, die seinen Sohn jahrelang missbraucht hatten, weil er nur ein Mischling war.

„Sollten wir dann einen Hinterhalt von ihm befürchten?"

„Das bezweifle ich sehr, obwohl wir keine Möglichkeit ausschließen sollten", mutmaßte Fenton kopfschüttelnd. „Trotz all seiner Fehler ist Raylor nicht dumm, und er ist wahnsinnig patriotisch. Nur ein Dummkopf würde die Gefahr nicht sehen, wenn er zuließe, dass eine fremde Macht unseren Herrscher ausschaltet oder kontrolliert. Raylor will zu unseren alten Gewohnheiten zurückkehren und nicht unter der Fuchtel der Guldaner stehen.

„Einverstanden", meinte Keran, „aber ich fordere immer noch mehr Schutz für meinen Vater."

Im Ernst?

Ich drehte mich um und schaute ungläubig in sein Gesicht, das meinem so ähnlich aussah.

Er hielt meinen Blick stand und zuckte die Achseln. „Wer immer dein Schiff angegriffen hat, wird den Job zu Ende bringen wollen. Unabhängig von der Technologie darf der Magnar nicht einer fremden Macht auf seiner Heimatwelt zum Opfer fallen, während er von seinen Männern umgeben ist. Braxia würde sich davon nicht erholen."

Ich fühlte mich bedrängt, nickte aber zustimmend. Obwohl er Recht hatte, hasste ich es, verhätschelt zu werden. In den einundfünfzig Jahren meines Bestehens war ich noch nie im Einzelkampf besiegt worden. Es irritierte mich zutiefst, dass meine Söhne und mein Rat sich verpflichtet fühlten, mich zu beschützen. Dabei war ich der eigentliche Beschützer Braxias.

„Irgendwas Neues von Pattel?"

„Er wird innerhalb der nächsten drei Stunden eintreffen", informierte uns Krygor. „Er hat einige der von Ihnen angeforderten Medientouren durchgeführt, aber er hat alles abgebrochen, um rechtzeitig zurückzukehren. Zu viele unserer stärksten Krieger sind bei ihm. Der alte Mann wird sich Ihrem Zorn für seinen Ungehorsam gerne stellen, aber er wird Sie nicht ohne ihn kämpfen lassen."

Ich schüttelte den Kopf und schnaubte. „Pattel ist nur darauf erpicht, Blut zu vergießen und sich nicht von unseren Jagdtrophäen einholen zu lassen."

„Als ob das überhaupt möglich wäre. Dieser alte Bastard hatte dreißig Jahre Vorsprung vor mir", murmelte Krygor.

„Und dennoch wird er noch mindestens weitere dreißig Jahre an der Spitze bleiben", sagte Fenton.

„Eher fünfzig", warf ich mit einem Lächeln ein. „Erinnert ihr euch, wie sein Vater im Kampf weiterhin Schädel einschlug und weit über seinen 130. Geburtstag hinaus große Raubtiere jagte?"

Meine Begleiter nickten mit respektvollem Lächeln bei dem Gedanken an den verstorbenen Dolgir, den ehemaligen Anführer des Clan Veelan.

„Ihr habt noch ein paar Stunden zum Ausruhen", meinte ich. „Dann versammelt die Männer und trefft euch vor den Ställen. Ich möchte, dass wir bereit sind, loszufahren, sobald Pattel gelandet ist."

Die Männer bestätigten meinen Befehl und nickten vor dem

Abschied. Keran blieb zurück, ein unleserlicher Ausdruck auf seinem Gesicht.

„Hat irgendein Diener Ravena mit Mondsaft versorgt?“, fragte Keran, sobald wir allein waren.

Ich erstarrte und warf meinem Sohn einen ungläubigen Blick zu. Er hielt meinen Blick unbeirrt stand. Ich presste den Kiefer zusammen und kontrollierte mein aufbrausendes Temperament. Obwohl er sich mit seiner Frage weit aus dem Fenster lehnte, war sie durchaus berechtigt.

„Du bist mein Erbe“, entgegnete ich in der Hoffnung, ihn zu besänftigen.

„Darum geht es nicht, und das weißt du, Vater“, erwiderte Keran in einem Ton, der keinen Widerspruch zuließ.

Während mein Ärger wuchs, konnte ich nichts für den Anflug des Stolzes und des Respekts, der mein Herz erfüllte. Mein Sohn würde nach mir einen großen Herrscher abgeben.

„Du hast bereits eine Menge Veränderungen vorgenommen, an die sich die Leute nur schwer anpassen können“, stellte Keran in einem vernünftigen Ton fest. „Niemand kann dir übelnehmen, eine solche Schönheit mit in dein Bett zu nehmen, aber ihre Kühnheit und Unabhängigkeit streuen Salz in die Wunde. Wenn sie dir Hybriden gebärt …“

„Veredianerinnen sind technisch gesehen unfruchtbar“, rastete ich förmlich aus. „Nur die Verbindung mit Xelixianern und Korletheanern ergibt eine winzige Chance auf eine erfolgreiche Schwangerschaft. Es gibt also keinen Grund zur Sorge.“

„Das ist seit einem Monat nicht mehr wahr“, konterte mein Sohn. „Sie haben kürzlich ein Heilmittel für ihre Fortpflanzungsprobleme und ihre Unfähigkeit, Söhne zu gebären, gefunden. Mehrfache veredianische Schwangerschaften sind in den letzten Wochen bestätigt worden.“

Ich wandte mich von ihm ab, mein Blick schweifte blind über die Jagdtrophäen, die an meinen Wänden hingen; Hörner, Knochen und Schädel von Braxias gefährlichsten Raubtieren. Ich kannte Ravena kaum, und doch wusste ich über jeden Zweifel erhaben, dass sie für mich bestimmt war. Allein der Gedanke, sie gehen zu lassen, ließ mein Blut vor Wut kochen. Aber der Gedanke an ein braxianisches Kind mit ihrer goldenen Haut und den schwarzen Hörnern, das an ihrer Brust saugte, ließ mein Herz sich vor Sehnsucht zusammenziehen – ein Gefühl, das bald durch den brennenden Schmerz bei der Erinnerung an Lissy ersetzt wurde.

Kerans Hand ruhte in einer tröstenden Geste auf meiner Schulter. „Ich kann die Chemie zwischen euch sehen, und ich möchte, dass du glücklich bist, Vater. Niemand verdient es mehr als du. Aber jetzt ist nicht die Zeit dafür."

„Ich werde sie *nicht* wegschicken", entgegnete ich und provozierte ihn gerade zu, mich herauszufordern.

„Das hoffe ich jedenfalls nicht", erwiderte Keran, und sein Grinsen wurde zu meiner Überraschung immer breiter. „Sie hat dich einmal gerettet, besitzt die Patente für einige der besten in der Galaxie verfügbaren Technologien und hat mächtige Verbündete. Behalte sie in deiner Nähe, binde sie an dich, aber schwängere sie nicht ... noch nicht."

„Noch nicht?", fragte ich verwirrt.

„Stabilisiere Braxia, werde die Guldaner los, und begleiche deine Rechnung mit den verbleibenden Fünfzehn."

Ich erstarrte, schockiert darüber, dass er dieses Thema in meiner Gegenwart zu Sprache brachte. Natürlich wusste jeder, sogar meine eigenen Söhne, von meiner Scham, von meinem Verbrechen. Dennoch fand ich in den Augen meines Sohnes keine Verurteilung.

„Und dann?"

Keran lächelte. „Und dann tritt in die Fußstapfen von Krygor. Sobald Braxia wieder unter Kontrolle ist, geh mit deinen reformierten Gesetzen über Hybriden mit gutem Beispiel voran."

Ein letztes Mal drückte mein Sohn die Schulter und drehte sich um, um zu gehen.

„Du machst mich stolz, mein Sohn", rief ich, als er die Schwelle der Tür erreichte.

Er blieb stehen und schaute mich über die Schulter. „Genau wie du mich, Vater."

KAPITEL 8
MERCY

Warme, schwielige Hände, die über meine Haut streiften, holten mich aus meinem Schlummer. Meine Augen waren noch geschlossen, ich lächelte und schnurrte, als Raviks Hände meine veredianischen Markierungen an der Seite meiner Waden nachzeichneten. Die Hitze seines Atems fächerte ihnen entlang, bevor seine Lippen sie sanft küssten und an meinem Innenschenkel hinaufzogen. Seine breiten Schultern öffneten meine Beine, als er sich zwischen ihnen niederließ. Mein Innerstes flatterte unruhig, und mein Puls nahm vor Erwartung zu.

Er blies seinen Atem über meine Muschi, was mich schaudern ließ, und bedeckte sie dann auch mit zarten Küssen und sanften Bissen. Ich wand mich und wollte mehr.

„Bleib so", murmelte er in gebieterischem Ton.

Ich ergriff die kastanienbraune Bettdecke, ballte meine Fäuste und knirschte ungeduldig. Seine Zunge neckte mich, indem sie systematisch den Spalt meiner Pussy vermied. Seine Finger streichelten weiterhin meine Markierungen und sandten einen stetigen Strom der Lust direkt in meinen Unterleib. Ravik hatte schnell entdeckt, dass sich meine Abzeichen verdunkelten, wenn sie erregt wurden, was sie auch extrem erogen machte. Er konnte mich buchstäblich zum Höhepunkt bringen, indem er sie einfach nur berührte. Am empfindlichsten waren die an meinem Halsansatz, die sich zwischen meinen Schulterblättern verjüngten.

Sein Finger, lang und dick, neckte meinen Schlitz wie in Zeitlupe, bevor er in mich endlich eintauchte. Zuerst lediglich ein paar Zentimeter, drang er jedoch mit jeder Bewegung weiter vor. Es reichte gerade aus, dass die Nervenenden in meiner Innenwand erwachten und vor Erregung zu pochen anfingen. Die Rillen in meinem Inneren steigerten nicht nur die Lust einer Guldanerin während der Penetration, sie streichelten den Schwanz des Partners und erzeugten einen zusätzlichen Druck, während er in sie stieß. Im Gegensatz zu den meisten anderen weiblichen Spezies hatten wir keinen G-Punkt, sondern mehrere; jede der Rillen entlang unserer Innenwände wirkte als solcher. Somit vermissten wir einen einzelnen G-Punkt keinesfalls.

Ich wimmerte und brauchte mehr. Ravik grinste und führte einen zweiten Finger ein. Endlich umgab auch die brennende Hitze seines Mundes meine Klitoris, während seine Finger mich weiter bearbeiteten. Feurige Ranken drehten und wanden sich in meinem Unterleib, meine Brustwarzen verhärteten sich schmerzhaft, während sich in mir ein Glücksgefühl aufbaute. Ich zwickte meine Brustwarzen fest, und der Schmerz schickte einen weiteren Schub der Ekstase direkt in meine Muschi. Ich war keine Masochistin, aber ein bisschen Schmerz und ein gut dosiertes Spanking erregten mich immer. Die Erinnerung an Raviks massive Hand, die mich würgte, weil ich seine Männlichkeit herausforderte, während er seinen Schwanz in mich rammte, ließ Feuchtigkeit zwischen meinen Beinen auslaufen.

Ravik grunzte zustimmend, die Bewegung seiner Hände in mir und seiner Zunge auf meiner Klitoris beschleunigten sich. Mein Atem wurde mühsam und meine Haut kribbelte, als ich mich dem Abgrund näherte. Als ich eine meiner Brüste losließ, ergriff ich eine Handvoll Haare meines Mannes und hob gleichzeitig mein Becken an. Raviks freie Hand zog mit den Nägeln über meine Markierungen, stark genug, um ein schönes Brennen zu erzeugen.

Ich explodierte mit einem kehligen Schrei, mein Rücken wölbte sich vom Bett. Ein weißer Dunst senkte sich vor meinen Augen, mein

Körper verkrampfte sich in Zuckungen der Ekstase. Bevor ich wieder zu Sinnen kam, drehte Ravik mich auf den Bauch. Seine große Hand klatschte geräuschvoll auf die rechte Pobacke und schickte einen weiteren Lustreiz direkt in meine Muschi. Während seine Hand den Schmerz linderte, sanken seine Zähne in meine linke Pobacke. Meine Beine zuckten als Reaktion darauf, und ein unterdrücktes Stöhnen entwich meiner Kehle. Er küsste das Fleisch, in das er gebissen hatte, und gab meiner rechten Pobacke einen zweiten kräftigen Klaps.

Triefend nass und schmerzend vor Not wehrte ich mich nicht, als Ravik meine Knöchel packte und mich an die Bettkante zerrte.

„Auf die Knie", knurrte Ravik, seine Hände zogen meine Hüften zu ihm hinauf.

Kaum erfüllte ich seine Forderung, spürte ich, wie die Spitze seines Schwanzes gegen meine Öffnung drückte. Obwohl er darauf achtete, mich nicht zu verletzen, war Ravik nicht sanft. Und ich liebte jede verdammte Sekunde davon. Dick und lang dehnte er mein Innerstes, und ich fühlte mich noch nie so vollkommen, so völlig besessen. Eine Hand hielt sich an meiner Hüfte fest, die raue Handfläche der anderen streichelte meinen Rücken, während er sich in mich rammte. Als seine Finger über die Markierungen zwischen meinen Schulterblättern strichen, fühlte es sich an, als hätte ein Blitz in meine Klitoris eingeschlagen und elektrische Funkenan meinen Beinen entlang und meine Wirbelsäule hinauf geschickt. Ich schrie auf und brach fast zusammen.

Ravik hielt mich hoch und schlug mir zu Strafe zweimal auf den Arsch, wobei jeder Schlag in meiner Muschi widerhallte. Er ließ meine Hüfte los, beide Hände umklammerten meine Hörner und zwangen meinen Kopf nach hinten. Als er mich wieder schlug, schrie ich seinen Namen und bettelte um mehr.

Die Guldaner liebten es, wenn unsere Liebhaber uns an die Hörner griffen, während wir fickten. Die Nervenenden an ihrer Basis wurden erogen, sobald sie erregt wurden, genau wie meine veredianischen Markierungen. Wenn wir an unseren Hörnern zogen oder Druck auf sie ausübten, liefen Funken des Glücks über unseren Rücken.

Ich erreichte erneut einen Höhepunkt und rief seinen Namen. Ravik schrie, zweifellos auch gegen den Drang zum Höhepunkt ankämpfend, als sich meine Innenwände krampfhaft um ihn ballten. Völlig schwerelos, von Empfindungen überwältigt, wäre ich mit dem Gesicht voran auf der Matratze zusammengebrochen, wenn er mich nicht an den Hörnern hochgehalten hätte. Zweifellos erkannte er die Gefahr, mich zu verletzen, und ließ meine Hörner los. Ein Arm schlang sich um meine Taille und eine Hand schloss sich um meinen Hals, als er mich zwang, mich ihm wieder entgegen zu strecken.

„Du bist so verdammt eng, kleiner Vogel", knurrte Ravik, sein Gesicht nur Zentimeter von meinem entfernt. „Du fühlst dich so verdammt gut um meinen Schwanz herum an. Meine Frau ..."

Zwischen einer Aneinanderreihung weiterer Worte kam Raviks heißer Atem in kurzen Schüben an mein Ohr, während er mich weiter hart fickte. Seine Bewegungen wurden unregelmäßig, als er sich seinem eigenen Orgasmus näherte. Ohne sein bestrafendes Tempo zu verlangsamen, zog er seinen Griff um meinen Hals und verengte teilweise meine Atemwege, während seine Finger den Weg zu meiner Klitoris fanden und sie fieberhaft rieben.

Ein blendendes weißes Licht explodierte vor meinen Augen, als ich den Höhepunkt wieder erreichte, flüssiges Feuer strömte durch meine Adern und setzte meine Haut in Flammen. Das Dröhnen seiner Erfüllung klang in meinen Ohren. Sein Samen schoss in heißen, kräftigen Schüben in mein Inneres, als sich meine Innenwände zusammenzogen und ihn von allen Seiten umfingen. Ravik hielt mich auf seinem Schwanz aufgespießt und setzte uns auf das Bett und blieb in Löffelchenstellung, während wir beide Luft holten. Ich zitterte, eingehüllt in seine Umarmung, nachdem ich so gründlich wie noch nie, gefickt worden war.

„Meine Göttin. Du bist wie für mich geschaffen", flüsterte Ravik, seine starken Arme hielten mich mit einer Vorsicht, die in scharfem Kontrast zu der zügellosen Leidenschaft stand, der wir uns beide gerade hingegeben hatten.

Ich verschränkte meine Finger mit seinen und drückte meinen Rücken gegen seine harte, erhitze Brust und fühlte mich sicher, behütet und verehrt. Ich fühlte mich zu Hause.

Eine Stunde später badeten Ravik und ich – oder besser gesagt, er wusch mich – in seiner riesigen Badewanne, die ähnlich der an Bord seines Schiffes, aber noch ein paar Quadratmeter größer war. Hier jedoch ließen die weißen Wände den Raum noch geräumiger erscheinen. Vertikale Streifen mit komplizierten Stammessymbolen wurden in gleichmäßigen Abständen in die Wand geschnitzt, wobei in den flachen Abschnitten Wandleuchter angebracht waren. Die kastanienbraunen Ränder des Beckens boten den einzigen Farbtupfer, umgeben von dem dunkelgrauen gummiartigen Boden.

Als eine fast nackte braxianische Dienerin hereinkam und meinen Mann fragte, ob er bei seinen morgendlichen Waschungen Hilfe bräuchte, bin ich fast durchgedreht. Ravik schickte sie sofort weg und erklärte, dass sie in absehbarer Zeit nicht mehr zum Baden benötigt werden würde. Als sich die Tür hinter ihr schloss, blickte ich ihn zornig an. Es juckte mich in den Fingern, sein Gesicht zu zerkratzen, während mein Blut vor irrationaler Eifersucht kochte. Warmes Wasser plätscherte über unsere nackten Körper, als wir am Rand des Pools standen.

„Du hast eine verdammte Sklavin, die dich baden will?“, zischte ich.

Er hielt meinen wütenden Blick stand und zeigte keinerlei Schuldgefühle. „Muna ist keine Sklavin, sondern eine Dienerin“, erklärte mir Ravik teilnahmslos. „Ich habe die Sklaverei auf Braxia vor drei Jahren abgeschafft. Alle meine Diener werden bezahlt und sind aus freiem Willen hier.“

Er machte einen Schritt auf mich zu. Immer noch verärgert, wich ich zurück, bis der Wannenrand einen weiteren Rückzug verhinderte. Ravik legte seine Hände darauf, schloss mich von beiden Seiten ein und drängte mich in die Ecke.

„Auf Braxia ist es Brauch, dass Männer Schlafzimmersklavinnen haben – jetzt Dienerinnen. Das bedeutet nicht notwendigerweise, dass es um Sex geht, obwohl es im Allgemeinen so ist“, klärte er mich weiter auf. Ich sträubte mich gegen diese Bemerkung, aber Ravik ignorierte meinen Widerwillen und fuhr fort. „Ehefrauen und angesehene weibliche Gäste können sich auch von einer weiblichen Bediensteten beim Baden helfen lassen. Vielleicht sollte ich dir eine besorgen und zusehen, wie sie deinen köstlichen Körper mit Seife einreibt."

Als sein Versuch, meine Stimmung aufzulockern, scheiterte, konnte Ravik seine Verärgerung nicht unterdrücken.

„Ich bin einundfünfzig Jahre alt, Ravena. Das ist in etwa ein Drittel meiner üblichen Lebenserwartung. Ich habe zwei erwachsene Söhne. Was glaubst du, wo sie herkommen? Hast du erwartet, dass ich die ganze Zeit im Zölibat gelebt habe, während ich darauf gewartet habe, dass du in mein Leben trittst?"

Die Erklärung verbrannte mich innerlich, umso mehr, weil ich von vornherein gewusst hatte, dass meine Eifersucht irrational war. Ich hatte gestern Abend nichts gegen die Stripperinnen gehabt, weil sie bei ihrem Auftritt keinen Versuch unternahmen, meinen Mann zu berühren. Aber diese Frau – diese Muna – war mit dieser speziellen Absicht gekommen. Der Gedanke, dass sie sich unter seinem Körper wand, ließ mich rot sehen. Er gehörte *mir*! Verärgert und verlegen versuchte ich, ihn wegzustoßen, aber ich hätte genauso gut einen Berg zu Seite schieben wollen.

„Die Vergangenheit ist irrelevant. Nur das Jetzt zählt", bekräftigte Ravik und drückte sich an mich. „Mein Körper gehört dir. Mein Schwanz gehört dir. Solange du ihn willst, darf keine andere Frau Hand an mich legen."

Obwohl ich es nie zugeben würde, wärmten mich seine Worte innerlich und beglückten mich. Doch aus irgendeinem irrationalen Grund wollte ich noch eine Weile mürrisch bleiben.

„Ja gut, ich mache kleine Zugeständnisse", knurrte ich.

„Ich habe weder darum gebeten, noch brauche ich welche", entgegnete Ravik mit einer gewissen Härte in seinem Blick. Als er den Wannenrand freigab, legte er seine Hände unter meinen Hintern und hob mich hoch genug, damit er seinen erigierten Schwanz an meinem Schlitz reiben konnte. „Ich werde jeden Mann langsam und schmerzhaft töten, der das anfasst, was mir gehört. Und wenn du es erlaubst, mögen dir die Vorfahren gegen meinen Zorn helfen."

Ich öffnete meinen Mund, um eine abfällige Bemerkung zu machen, aber stattdessen kam ein erstickter Schrei heraus, als Ravik mich mit seinem Schwanz aufspießte. Das brennende Gefühl ließ schnell nach, als sich mein Körper, nachdem er mit seinem vertraut geworden war, schnell an seinen Umfang anpasste.

„Du gehörst mir, Ravena Mercy Vrok. Alles an dir gehört mir. Und was mir gehört, das teile ich verdammt noch mal nicht“, betonte er, bevor er begann, sich in mich zu rammen, wobei sein Mund mein Stöhnen verschluckte.

Wasser plätscherte um uns herum, als er mich schnell dazu brachte, seinen Namen in Ekstase zu schreien, bevor er seine eigene kräftige Stimme in einer erlösenden Befreiung mit meiner verband. Nachdem wir zu Atem gekommen waren, eilten wir durch unser Bad und dann in sein Schlafzimmer, um uns anzuziehen. Eine herzhafte erste Mahlzeit mit kaltem und warmem Fleisch, Brot und anderen Speisen, die ich nicht wiedererkannte, war auf den Frühstückstisch des Schlafzimmers angerichtet worden. Es befand sich im dritten Stock des Magnars Anwesens und hatte eine große Terrasse, die direkt in die Bergwand geschnitzt war, die sich im hinteren Teil des Gebäudes erhob. Von der rechten Seite der Terrasse aus überblickte man einen der Hauptplätze des Xeldar-Clans und des herrschenden Ravik-Clans.

Dem wenigen nach zu urteilen, was ich sehen konnte, lebte ein braxianischer Clan im Wesentlichen auf einem Gelände, das an alte befestigte Städte erinnerte. Der Clanführer, die Ältesten und die Elite jedes Clans hausten innerhalb der Mauern, während der Rest der Clanmitglieder in kleinen Häusergruppen direkt außerhalb der Mauern lebte; mit Ausnahme der Bauern, die viel weiter verstreut waren.

Als wir unser Essen verspeisten, teilte mir Ravik seinen Wunsch mit, mich der Jagd anzuschließen. Ich hatte gemischte Gefühle, was seine Ehrlichkeit bezüglich des Motivs hinter der Einladung betraf. Ein Teil von mir ärgerte sich darüber, dass ein anderer Mann dachte, ich brauchte Schutz, obwohl seine Bedenken tatsächlich berechtigt waren. Der andere Teil freute sich darauf. Ich hatte von Joarkals gehört und von der Art der Verwüstung, die sie anrichten konnten, wenn man sie unkontrolliert wüten ließ. Der Gedanke daran, einen zu jagen, ließ mein Adrenalinpegel augenblicklich steigen. Obwohl Ravik nicht aus sich herauskam und es offen sagte, zeigte die Aufstellung der Männer, die uns begleiten würden, deutlich, dass die Braxianer ein weiteres Attentat oder einen weiteren Entführungsversuch befürchteten.

Da ich kein Risiko eingehen wollte, falls es wirklich dazu käme, hatte ich meinen tuureanischen Gürtel und meine Armschienen aufgerüstet. Ihr cleveres Design ließ sie wie Modeaccessoires aussehen. Aber einmal aktiviert, würden sich die Naniten auflösen und mich in die widerstandsfähigste Körperpanzerung des bekannten Universums einhüllen. An meinem Gürtel befestigte ich einen Beutel mit meinen kleinen Suchern. Die winzigen Metallkugeln nutzten das Magnetfeld des Planeten, um eine gerade Linie in eine beliebige Richtung zu ziehen und das abzugeben, was in den mitgeführten Naniten kodiert war. Ich flocht mein Haar zu einem langen Zopf und webte ein breites, silbernes Band hindurch. An einem Ende hing ein großes quastenartiges dekoratives Teil; eine meiner neuesten Erfindungen.

Während die frühmorgendliche Luft auf Braxia nur kühle Temperaturen erreichte, erforderten die Erwärmung über Tag leichtere Kleidung. Ich konnte es somit schlecht rechtfertigen, noch einen weiteren langärmeligen Rollkragenpullover zu tragen, um meine veredianischen Markierungen zu verbergen. Jedenfalls hätte dieser meine tuureanische Rüstung beeinträchtigt, wenn ich ihn hätte tragen wollen. Zu meinem größten Missfallen musste ich meine Armprothesen so einsetzen, dass ich ein ärmelloses bauchfreies Oberteil tragen konnte. Da ich ein weiteres Paar Leggings tragen würde, um meine Beine zu verstecken, war dort kein Ersatz erforderlich.

So viel dazu, nicht länger im Verborgenen zu leben.

Ich versuchte, mich von diesem Gedanken nicht deprimieren zu lassen, aber er forderte seinen Tribut. Nach dem Tod meines Vaters hatte ich mir versprochen, endlich offen zu leben, da eine Selbstdarstellung keinen meiner Eltern mehr in Gefahr bringen würde. Und doch war ich hier und wiederholte die gleiche alte Routine. Abgesehen von der Sorge um meine eigene Sicherheit schien mir immer jemand wichtig zu sein, der meine Genetik zu seinem eigenen Wohl geheim halten wollte. Vielleicht hätte ich einfach auf den Planeten Haven im östlichen Quadranten gehen sollen, um mir einen braxianischen Hybriden zu suchen, und seinen Arsch nach Hause in die veredianische Stadt Haven auf dem Planeten Tuur oder nach Xelix Prime schleifen sollen, wo ich mich nicht mehr verstecken und ohne Angst leben konnte.

Als wir uns auf den Weg zu den Ställen machten, wo sich die Männer versammelten, reichte jedoch ein heimlicher Seitenblick auf die Bestie von einem Gefährten aus und alle Gedanken an irgendeine Art von Hybriden wurden aus meinem Kopf gelöscht. Abgesehen von dem Gefährten-Tuning, das mir vorgab, mich von Tag zu Tag mehr in Ravik zu verlieben, als ich es je könnte, wuchs er mir wirklich ans Herz. Während unsere noch recht kurze Beziehung stark sexuell geprägt war, hatten wir während unserer Reise hierher aus dem Venus-Hive und zwischen der wilden Leidenschaft auch viel geredet.

Man würde nie hinter so einem rauen, brutalen Äußeren einen so brillanten Geist wie den von Ravik vermuten. Er war zwar schnell aufbrausend, aber das Temperament meines Mannes beherrschte ihn nicht. Selbst wenn Mordgedanken in seinen Augen leuchteten, blieb er in seinen Entscheidungen und Handlungen sehr rational. Sein Einsatz für das Wohlergehen seines Volkes, selbst bei denjenigen, die offene Feindseligkeiten zeigten, verlangte Respekt. Ravik trug die Last der gesamten braxianischen Welt auf seinen Schultern. Die nahezu unmögliche Leistung, den Niedergang seines Volkes umzukehren, könnte buchstäblich seinen Tod bedeuten. Und doch beklagte er sich nicht, sondern pflügte mit zielstrebiger Entschlossenheit vorwärts.

Ich verstand die emotionale und mentale Belastung, der Ravik ausgesetzt war, gut - als er gegen die Kultur der Gesellschaft ankämpfte, in der er aufgewachsen war, während er mit seinen eigenen internen Konflikten jonglierte. Ich hatte miterlebt, wie mein Vater zwischen seiner Liebe zu meiner Mutter und seinem tief verwurzelten guldanischen Glauben, der von ihm verlangte, sie und den Rest der Veredianerinnen zu versklaven, langsam zerbrach.

Trotzdem hatte sich Ravik die ungeteilte Loyalität erbitterter Krieger erworben. Der Vorfall auf dem Schiff öffnete mir die Augen. Aber selbst jetzt, als wir durch die dunklen steinernen Straßen des

Geländes gingen, strahlten alle Augen – Männer, Frauen und Diener gleichermaßen – Respekt aus, während sie ihn beäugten. Das ließ meine Brust vor Stolz anschwellen.

Meine Bestie von einem Mann.

Obwohl die braxianische Landschaft so hart und unnachgiebig wie ihre Bewohner war, besaß sie eine unbestreitbare Schönheit. Die Gebäude innerhalb des Geländes waren zwar schlicht in ihrem meist von quadratischem und rechteckigem Design, standen aber stolz und elegant unter dem silbern schimmernden Himmel. Wieder einmal sind mir die Ähnlichkeiten zwischen unseren Welten aufgefallen; auch Guldans eigener Himmel schimmerte, aber in Goldtönen. In verschiedenen Schattierungen aus grauen Steinen gebaut, schmückten weiße, kastanienbraune oder silberne Akzente ihre Fassaden. Die meisten von ihnen hatten die gleiche Art von verzierten Schnitzereien in gleichmäßigen vertikalen Streifen, wie ich sie an den Wänden von Raviks Badezimmer gesehen hatte.

Als wir uns den Ställen näherten, fiel mir die Kinnlade herunter. Draußen standen viele Braxianer neben albtraumhaften Kreaturen. Die sechsbeinigen Bestien ähnelten in ihrer Gestalt vage den Pferden. Dicke Schuppen bedeckten ihre Körper, einschließlich ihrer drakonischen Köpfe. Rasiermesserscharfe Dolchzähne füllten ihre massiven Kiefer. Hörner verschiedener Größen ragten von der Mitte der Schnauze bis zur Stirn. Fächerartige Anhängsel befanden sich gefaltet auf jeder Seite ihres Gesichts. Ich vermutete, dass nichts Positives folgte, sollten sie sich jemals öffnen. Ein langer Skorpionschwanz und massive, scharfe Krallen an ihren Hinterbeinen vervollständigten das Tableau. Trotz meiner Größe von 1,95m erreichte mein Kinn kaum den Rücken der Tiere.

Obwohl ich keine Angst hatte, erwies ich den Kreaturen den gebührenden Respekt – und den persönlichen Raum – den sie verdienten.

„Es sind Karvelis“, erklärte mir Ravik, „die entfernten Vettern der xelixianischen Cavas.“

Meine Augen weiteten sich, die Ähnlichkeiten waren nun für mich sichtbar, obwohl die Cavas nur Schuppen um Gesicht, Hals und

Unterbauch hatten. Eine weiche, lederartige Haut bedeckte ihren Rücken.

„Sind sie genauso klug?", fragte ich neugierig.

„So gerne ich sagen würde, klüger als die Cavas, wäre gleich schlau die ehrliche Antwort", sagte Ravik und blickte mit Stolz auf die Kreaturen. „Mein Clan züchtet sie. In früheren Zeiten waren sie die größten Schlachtrösser, die ein Krieger haben konnte. Heute sind sie hervorragende Jäger, um die Raubtierpopulation in der Nähe verwundbarer Städte und Dörfer zu regulieren. Einige unserer Kunden setzen sie für Such- und Rettungseinsätze ein. In jüngster Zeit haben wir eine neue Rasse gezüchtet, die sich bei Tierrennen als ziemlich phänomenal erweist."

Und plötzlich wurde ich munter. „Oh Göttin, ich liebe Rennen! Kann man sie besteigen?"

Ravik runzelte die Stirn. „Nun ... ja. Aber es ist gefährlich."

Mein Rücken wurde steif. Mein Gesichtsausdruck muss meine Stimmung wiedergegeben haben, denn er wurde unruhig.

Ravik seufzte. „Ich stelle nicht in Frage, dass Frauen, wenn sie die Möglichkeit haben, an vielen Fronten so gut abschneiden können wie Männer – an manchen sogar noch besser."

„Aber?", fragte ich und verschränkte meine Arme über der Brust.

„Aber, Karvelis sind auf braxianische Dimensionen skaliert. Sie tolerieren keine Sättel oder Zügel, die dem Reiter etwas zum Festhalten geben würden. Mit ihrer Größe und ihrer phänomenalen Geschwindigkeit können nur wenige Arten sicher auf ihnen reiten", erwiderte Ravik, um Vernunft bemüht." Wenn die Jagd vorbei ist und du die Gelegenheit hattest, dich in das Geschäft deines Bruders zu vertiefen, werde ich dir die neue Rasse zeigen. Ob du ein Tier reiten, geschweige denn mit ihm ein Rennen veranstalten könntest, muss noch entschieden werden."

Obwohl ihm durch die Endgültigkeit seines Tons jegliche Leichtigkeit fehlte, hatte er überzeugend argumentiert. Nach veredianischen Werten erzogen zu sein und gleichzeitig etwas über mein guldanisches Erbe zu lernen, machte mich besonders sensibel gegenüber jeder männlichen Äußerung, die auch nur im Entferntesten auf männliche

Überlegenheit hindeutete. Ich hatte in der Vergangenheit als Reaktion darauf dumme Dinge getan und mich absichtlich in Gefahr gebracht, um zu beweisen, dass Titten und eine Pussy mich nicht minderwertig oder inkompetent machten. Ich kämpfte immer noch mit dieser spontanen Trotzreaktion, aber seitdem hatte ich mich stark verbessert und zwang mich, innezuhalten und Argumente gegen das, was ich wollte, abzuwägen.

Der intensive Blick von Clanführer Caldes erregte meine Aufmerksamkeit. Er wandte seine Augen nicht ab, als sich meine mit seinen verbanden. Sein missbilligender Gesichtsausdruck machte keinen Hehl daraus, wie er zu meiner Teilnahme an der Jagd stand. Aber sein Begleiter, Hagan Lorvis, stank förmlich vor Aggressivität. Er und einige andere hatten von dem Moment an, als ich Braxia betrat, und während des gesamten gestrigen Abendessens offene Feindseligkeit mir gegenüber gezeigt und geäußert. Dass sie dieselbe Feindseligkeit gegenüber Ravik und seinen engen Freunden zeigten, war kaum ein Trost.

Keran ging aus den Ställen, gefolgt von zwei massiven Karvelis – einer etwas dunkler als die Steine, die die Straße pflasterten, und der andere in einem auffälligen Dunkelblauton.

„Lass mich dir Voltar vorstellen", eröffnete Ravik und hob seine Handfläche in Richtung des mitternachtsfarbenen Tieres.

Die Kreatur näherte sich uns, blieb direkt vor ihm stehen und neigte seinen Kopf nach unten, um die flache Vorderseite seiner Schnauze gegen Raviks Hand zu drücken. Er rieb sie mit sanfter Liebkosung und hielt dann seine Hand hoch, während der Karvelis seinen Mund öffnete und seine Dolchzähne um sie schloss. Ich keuchte und legte meine Hand auf Raviks Unterarm, bereit, ihn frei zu ziehen. Er grinste, sein freier Arm legte sich um meine Taille.

„Hab keine Angst, kleiner Vogel", beruhigte mich Ravik. „Das ist der übliche Gruß. Voltar erinnert mich daran, wie tödlich er ist. Und ich erkläre, dass ich seine Stärke anerkenne und darauf vertraue, dass er sie niemals für Böses gegen mich einsetzen wird. Voltar", sagte Ravik, als die Kreatur seinen Arm losließ, „das ist meine Frau, Ravena. Sie gehört mir. Sie ist Teil meines Rudels."

Ich starrte die Bestie ehrfürchtig an. Der vertikale Schlitz seiner Pupille weiterte sich, als sein gelbes, reptilienähnliches Auge mich musterte. Ich bemerkte sofort, dass Voltar mich einzuschätzen versuchte. Die Cavas mussten dich auch in ihr Rudel aufnehmen, damit du sie besteigen konntest. Sobald sie das getan hatten, würden sie alles tun, um dich zu beschützen, selbst auf Kosten ihres eigenen Lebens. Ich nahm an, die Karvelis verhielten sich ähnlich.

Voltar bewegte sein Gesicht von Ravik weg, drückte seine Schnauze gegen meinen Schritt und schnüffelte hörbar.

Ich schreckte zurück und warf einen ungläubigen Blick auf meinen Mann. „Ist sein Verhalten normal?“

Raviks Arm umklammerte mich und hielt mich an Ort und Stelle, während sein „Haustier“ schnüffelte. „Entspanne dich“, entgegnete er, sichtlich amüsiert über mein Unbehagen. „Er prägt sich deinen Duft ein.“

Ich verzog mein Gesicht und ließ die Kreatur unter den spöttischen Blicken der anderen braxianischen Jäger, die sich vor den Ställen versammelt hatten, an mir schnuppern. Nachdem sich das Tier den Geruch meines Gemächts 'eingeprägt' hatte, hob Voltar seinen Kopf und starrte mir in die Augen. Er stieß ein bedrohliches Knurren aus, fletschte die Zähne und jagte mir einen Schauer über den Rücken.

Ravik hielt mich sogar noch fester. „Lauf nicht weg“, flüsterte er. „Es ist alles in Ordnung.“

„Sehe ich so aus, als wollte ich weglaufen?“, fragte ich frech.

Ich wusste instinktiv, dass Voltar mich auf die Probe stellte und meinen Wert als Gefährtin seines Freundes einschätzte. Wenn er so etwas wie die xelixianischen Cavas war – und mein Bauchgefühl sagte mir, dass sie noch weiterentwickelt waren – dann sollte seine Intelligenz nicht unterschätzt werden. Obwohl er selbst nicht sprechen konnte, konnte er die meisten grundlegenden Gespräche verstehen und darauf reagieren, Alltagssituationen analysieren und entsprechend handeln.

Seinen starren Blick unbeirrt haltend, entfernte ich die Armschiene an meinem rechten Arm und hob meine Hand vor Voltars Mund. Aus den Augenwinkeln sah ich, wie sich Raviks Lippen unter Schock öffneten. Ein Schweigen senkte sich über die um uns versammelten Männer. Mein Bauchgefühl sagte mir, ich solle auf Voltars Herausforderung mit einer von meinen eigenen antworten, aber ich fragte mich nun, ob ich zu kühn gewesen war. Die Guldaner schätzten die Stärke und verachteten die Schwäche. Ravik hätte mir nicht sagen müssen, dass ich nicht laufen sollte; ich hätte es nicht getan. Aber mit dieser Geste zwang ich Voltar, mich anzunehmen und zu versprechen, mich nicht zu verletzen. Würde er dies als Vertrauensbeweis ansehen – was es ja auch sein sollte – oder als Arroganz und fehlgeleitete Anspruchshaltung?

Um sicherzugehen, dass er letzteres nicht annahm, während ich den Augenkontakt mit ihm nicht abbrach – was als ein Zeichen der Unterwerfung hätte ausgelegt werden können -, senkte ich meinen Kopf leicht, um seine Überlegenheit zu verdeutlichen. Das drohende Knurren verwandelte sich in ein rumpelndes Schnurren, das seine Zustimmung signalisierte. Sein Mund öffnete und schloss sich über meinem Arm, seine Vorderzähne blieben nur knapp vor meinem Ellbogen stehen. Die spitzen Ränder seiner Zähne stachen in meine Haut wie viele Nadeln, verletzten mich aber nicht bis aufs Blut.

Nach ein paar Sekunden ließ er mich los, seine schlangenartige, gespaltene Zunge schoss heraus, um meinen Handrücken schnell abzulecken. Er richtete sich auf und drehte sich zur Seite, als warte er darauf, dass wir ihn bestiegen.

„Meine Göttin“, flüsterte Ravik mit besitzergreifendem Stolz, „du bist für mich gemacht.“

Überrascht schaute ich zu ihm auf. Ich konnte den Ausdruck auf seinem Gesicht nicht definieren, aber bevor ich eine Frage stellen konnte, zog er an sich und küsste meine Lippen mit einem Hunger, der mich taumeln und in den Knien schwach werden ließ. Als er mich freiließ, sagten seine Augen deutlich, dass er mich ohne die bevorstehende Jagd jetzt in sein Schlafzimmer zurückschleifen und für die absehbare Zukunft dort behalten würde.

Ich hatte meine Armschiene wieder angelegt. Unter den intensiven Blicken seiner Männer half mir Ravik auf den Rücken Voltars und kletterte dann hinter mich. Hier war gerade mehr passiert, als das nur der

Karvelis, mich akzeptierte, aber ich konnte nicht mit Sicherheit sagen, was. Der breite Rücken des Tieres zwang mich, meine Beine weiter zu spreizen als je zuvor. Das Fehlen von Zügeln oder Sattel verunsicherte mich. Der Reiter musste lernen, sich in Harmonie mit der Kreatur zu bewegen, um sein Gleichgewicht zu halten. Das einzige Mittel, sich selbst zu stabilisieren, war, sich nach vorne zu lehnen und sich an einigen Hörnern an der Seite seines Halses festzuhalten. Es bestätigte lediglich, was Ravik über die Gefahren gesagt hatte, die das Reiten der Rennrasse für Nicht-Braxianer mit sich brachte. Meine insgesamt geringere Höhe und Armlänge bedeuteten, dass ich mich weiter strecken musste, um die Hörner in den Griff zu bekommen, was meinen Sitz auf dem Tier aber destabilisieren würde.

Die übrigen Männer bestiegen ihre Karvelis, und wir machten uns auf den Weg. Verwunderung und ein Gefühl von Surrealismus ergriffen mich. Hier war ich, Lichtjahre von meiner Heimatwelt entfernt, umgeben von wild aussehenden Riesen, und auf dem Rücken einer furchterregenden Bestie reitend, während ich mich an den starken Körper des braxianischen Herrschers schmiegte. Die Männer sahen ehrfurchtgebietend aus, gekleidet in ihre schwarzen, formschönen Kampfuniformen. Jeder von ihnen hatte einen Blaster an der Hüfte hängen, aber die Speere, Schwerter, Streitäxte und Bögen, die sie sich auf den Rücken schnallten, ließen mich vor Erwartung ganz kribbelig werden. Der Ruf der Braxianer auf dem Schlachtfeld blieb unübertroffen.

Ein massiver, älterer Braxianer mit graubraunem Haar und grünen Augen ritt auf uns zu, dicht gefolgt von etwa zwanzig Männern. Er nickte Ravik respektvoll zu, bevor er leicht zurückfiel, obwohl er in der Nähe blieb. Ich hielt ihn für Elder Pattel, auf dessen Ankunft wir vor dem Aufbruch gewartet hatten. Dann bemerkte ich, dass alle ihre Uniformen einen farbigen Fleck auf der Schulter trugen, auf dem eine Art Symbol abgebildet war, das zu den Bannern passte, die ich an den Wänden von Raviks Empfangshalle gesehen hatte: die Clan-Siegel.

Aufgrund unserer großen Anzahl und der Größe der Karvelis bewegten wir uns in einem ziemlich langsamen Trab und würden erst dann schneller werden, wenn wir das weitläufige Dorf außerhalb der

Stadtmauern verlassen hatten, damit die Reiter sich ausbreiten und unglückliche Unfälle vermeiden konnten. So hatten wir ein paar Minuten Zeit, um uns zu unterhalten, bevor das donnernde Geräusch der Klauenhufe unserer Reittiere – und die Notwendigkeit, uns festzuhalten, um unser Leben zu schützen – es unmöglich machen würde.

„Also, was war das vorhin mit Voltar?", fragte ich. „Warum haben mich alle komisch angeschaut? Habe ich etwas falsch gemacht?"

Obwohl ich vor meiner Ankunft viel über die braxianische Kultur gelesen hatte, und noch mehr, nachdem ich durch die Einstimmung entdeckt hatte, dass Ravik mein Seelenverwandter war, waren mir viele Feinheiten der unterschwelligen Regeln entgangen.

„Nein, kleiner Vogel", informierte mich Ravik. „Du hast nichts falsch gemacht, ganz im Gegenteil. Es war mutig von dir, Voltar die Hand zu reichen. Im schlimmsten Fall hätte er dich zurückgewiesen, wie er es in der Vergangenheit schon bei vielen anderen getan hat."

Meine dumme Eifersucht hat sofort ihr hässliches Haupt erhoben. Ich wusste nicht, was mit mir los war. Ich war noch nie so lächerlich territorial gewesen. Andererseits hatte ich noch nie zuvor meinen Seelenverwandten getroffen.

„Andere Frauen?", Platze es aus mir heraus, und ich trat mich dafür sofort in den Hintern.

Ravik grinste selbstgefällig. „Nein, dummes Mädchen. Das ist ein weiterer Grund, warum sich das, was du getan hast, als so eine gute Sache herausstellte."

Ich warf ihm einen fragenden Blick über die Schulter.

„Frauen zeigen den Karvelis nicht ihre Hände", erklärte Ravik. „Sie sind zu ängstlich. Die wenigen, die dies im letzten Jahrhundert versucht haben, wurden alle abgelehnt. Und ich meine Frauen, die es mit anderen als meinen Karvelis versucht haben", präzisierte er mit spöttischem Ton.

Das brachte ihm einen spielerischen Ellbogenstoß in die Rippen, der ihn noch weiter grinsen ließ.

„Wie alle seiner Art respektiert Voltar die Stärke. Er würde sein Leben nicht an jemanden verpfänden, von dem er glaubt, er würde nicht dasselbe für ihn tun. Er betrachtete dich als ebenbürtig, als Jäger und als Beschützer." Die Ernsthaftigkeit seines Tons ließ mich erkennen, dass dies für ihn – vielleicht sogar *für* ihn – viel wichtiger war, als ich dachte. „Mein Volk ist besessen von der Reinheit des Blutes. Eine fremdartige Frau an meiner Seite zu haben, selbst eine bedeutende Hybridin, bedeutet, stets auf dem Prüfstein zu stehen."

Ich erstarrte. Es hat mich nicht überrascht, als ich sah, wie sie Mischlinge wie Anton behandelten. Trotzdem schmerzte es mich. Die Hindernisse schienen sich einfach immer wieder gegen uns zu häufen.

„Sag mir, Ravena, was sind deine Absichten?", fragte Ravik, die Anspannung in seiner Stimme blieb subtil und doch unverkennbar.

Mein Herz hatte einen Schlag ausgesetzt. Ich war unsicher, wie ich antworten sollte. Stets blieb ich diejenige, die sich nicht festlegen wollte. Ein Seher hatte mir vorausgesagt, dass ich meinen Seelenverwandten erst nach dem Tod meines Bruders treffen würde, sodass ich keinen Sinn darin sah, mich an jemanden zu binden, den ich schließlich verlassen würde. Die gelegentliche Affäre, ohne Bedingungen, ohne Komplikationen, hatte mir auch hier perfekt gepasst. Angesichts seiner gegenwärtigen Situation, seines starken Pflichtgefühls und der Last der braxianischen Kultur befürchtete ich, dass er ohnehin alles ablehnen könnte, was über eine vorübergehende Affäre hinausging.

Eine Sekunde lang dachte ich daran, mich dumm zu stellen und so zu tun, als ob ich keine Ahnung hätte, worauf er sich bezog. Aber wir waren beide erwachsen, und ich war kein Feigling.

„Ich dachte, du sagtest, dass ich dir gehöre und dass du jeden anderen Mann, der mich berührt, töten würdest?", erwiderte ich, und testete aus, wie weit ich gehen konnte.

„Ich kenne meine eigene Haltung und habe sie deutlich gemacht", bekräftigte Ravik, wobei sich sein Ton verhärtete. „Ich habe nach deiner gefragt."

Seine Haltung bedeutete, dass er mich trotz aller Widrigkeiten, denen er ausgesetzt war – wie ich gehofft hatte – behalten wollte. Ich leckte mir die Lippen, stemmte mich dagegen und wagte den Sprung.

„Wie viel weißt du über die Korletheaner?", fragte ich, in der Hoffnung, er würde mitspielen, bis ich zum Punkt komme.

Er blickte mich aus verengten Augen an. „So viel wie alle anderen auch; vor allem, dass sie starke Hellseher, Seher und Orakel sind."

Ich nickte daraufhin. „Sie besitzen etwas, das sie das Tuning nennen."

Ravik schreckte zurück, seine Augen weiteten sich.

Er weiß, was das ist.

Ich leckte wieder meine Lippen, meine Augen huschten zwischen seinen und versuchten abzuschätzen, wie viel er davon verstand.

„Die Veredianerinnen können es auch spüren ...", sagte er und schaute eine Sekunde nach vorne, um zu sehen, wie weit Voltar uns gebracht hatte.

Als ich in dieselbe Richtung blickte, sah ich, dass wir bald das offene Feld erreichen würden. Ich drehte mich zu ihm um, um seine Frage zu beantworten.

„Die meisten von uns können es, aber nicht alle", teilte ich ihm mit, und mein Puls wurde schneller.

„Du hast es gefühlt?", fragte er, obwohl seine Frage eher wie eine Aussage herauskam.

Meine Kehle war zu verengt, um zu antworten, und ich nickte.

„Als du mich zum ersten Mal getroffen hast?", bestand er darauf.

Ich schluckte hart und nickte dann wieder.

Ein zaghaftes Lächeln zeichnete sich auf Raviks Lippen ab, seine Augen füllten sich mit einem stolzen und besitzergreifenden Glanz. Jegliche Anspannung verließ meinen Körper, und ich lehnte mich entspannt an ihn. Vorsichtig, um sich nicht an meinem linken Horn zu verletzten, gab er mir einen Kuss auf die Schläfe.

Er drückte seine Handfläche auf meinen Bauch, seine Finger waren gespreizt, und sein Daumen bewegte sich in einer langsamen Liebkosung auf und ab.

„Meine engsten und vertrauenswürdigsten Berater empfehlen dir, vorerst Mondsaft zu trinken", entgegnete Ravik vorsichtig.

Mein Bauch verkrampfte sich, und meine Brust zog sich eng zusammen. Nach fast 150 Jahren des Lebens am Rande der Ausrottung hatten die Veredianerinnen endlich ein Heilmittel für unsere Fruchtbarkeitsprobleme gefunden. Für mein Volk war jede Geburt ein Segen, ungeachtet des Vaters oder der Bedingungen, unter denen das Kind gezeugt worden war. Verhütung gehörte nicht in unser Vokabular. In wenigen Wochen würde ich fünfzig Jahre alt werden. Das ließ mir weitere fünfundzwanzig Jahre Fruchtbarkeit.

„Ist es das, was du dir wünschst?", fragte ich und vermochte die Spannung in meiner Stimme nicht zu verbergen.

„Nein, ist es nicht", sagte Ravik ohne zu zögern. Mein Herz erwärmte sich für ihn. „Aber es geht nicht darum, was ich will. Letztendlich ist es dein Körper. Ich kann und will dich nicht zwingen, Mondsaft zu trinken. Es gibt jedoch ... Dinge, die du wissen solltest, bevor du eine Entscheidung triffst."

„Dinge über Braxia?", fragte ich und fühlte mich sowohl verwirrt als auch erleichtert.

„Über Braxia. Über mich." Der Ausdruck des Schmerzes und der Scham, der auf seinem Gesicht erschien, sagte mir, dass dies ein schwieriges Gespräch werden würde. „Aber es wird warten müssen. Denn jetzt, meine *Gefährtin*, gehen wir auf die Jagd."

Mein Innerstes zog sich erfreut zusammen, als ich auf diese Weise beansprucht wurde. Ravik küsste mich auf den Kopf und nickte dann einem der Jäger in unserer Nähe zu. Der Mann hob einen pfeifenähnlichen Gegenstand an seine Lippen. Als er hineinblies, kam statt des schrillen Tons, den ich erwartet hatte, das tiefe Grollen eines Nebelhorns heraus. Ravik beugte sich vor und zwang mich, ihm zu folgen. Seine Hände griffen nach zwei von Voltars Hörnern.

„*Fargleh*", sagte Ravik auf braxiaanisch.

Ich brauchte kein Übersetzungsgerät, um seine Bedeutung zu erraten. Voltar schoss vorwärts. Es war ein holpriger Ritt. Ohne Raviks Gewicht, das mich unten hielt, wäre ich direkt auf den harten Boden geprallt. Und doch war es verdammt aufregend. Der Wind peitschte an uns vorbei, mein langer Zopf wehte wie eine Fahne. Die Szenerie änderte sich schnell mit dem vor uns auftauchenden Wald.

Braxia wurde nicht umsonst der dunkle Planet genannt. Vom Weltraum aus sah er nicht nur schwarz aus, sondern helle Farben kamen in dieser Welt auch nicht natürlich vor, sei es in der Flora, Fauna oder bei den Mineralien. Zwar konnten alle Grundfarben gefunden werden, doch tendierten sie meist zu den dunkleren Tönen. Trotzdem fühlte es sich nicht bedrückend an, sondern vermittelte stattdessen ein Gefühl von Stärke, Macht und Pracht.

Riesige, aschfarbene Bäume mit massiven Stämmen breiten ihre langen Äste zum Himmel aus. Dunkelgrüne, blaue und rote Blätter schmückten ihre Zweige. Der Duft von frischem Leim und nassen Blättern begrüßte uns mit einem süßeren Grundduft, der wahrscheinlich von Wildblumen oder Wildfrüchten stammte, die an den Bäumen oder Beerensträuchern in der Nähe hingen. Kleine Tiere huschten in ihr Versteck, während wir durch ihren Lebensraum stapften.

Nach dreißig Minuten ertönte ein Signal an Raviks Armbinde. Bis der Bildschirm aufleuchtete, hatte ich angenommen, dass es sich lediglich um ein dekoratives Element seiner Rüstung handelte. Aber aufgrund der Punkte, die darauf zu sehen waren, erkannte ich es als ein Abtastgerät, das die Raubtiere, die sie zu ihrer Beute machen wollten, aufspürte. Ein kurzer Blick auf die anderen Reiter deutete darauf hin, dass auch sie die umherstreifenden Joarkale entdeckt hatten. Die Anzahl der Punkte und die Tatsache, dass sich das Rudel so nahe am Gelände des herrschenden Clans befand, beunruhigten mich.

Ravik hob eine Hand, und alle Männer wurden langsamer. Seine vertrauten Freunde schlossen die Reihen um uns. In der Ferne konnten wir das Heulen der Bestien hören. Nachdem Ravik in einen langsamen Trab zurückgekehrt war, ließ er die Hörner los und richtete sich auf, was mir erlaubte, das Gleiche zu tun. Einige der Jäger stiegen ab und nahmen ihre Bögen ab. Die unglaublich dicke Saite erforderte eindeutig eine enorme Kraft zum Ziehen, mehr als ich ohne die Verstärkung meiner tuureanischen Rüstung aufbringen konnte. Sie klopften an ihren Pfeilen und rückten bereitwillig vor.

Laut Ravik sollte die erste Welle von Pfeilen einen Teil der Meute mit einem starken Lähmungsmittel außer Gefecht setzen. Als ich ihn fragte, warum man sie nicht einfach mit Pfeilgewehren, die mit Beruhigungsmitteln geladen sind, abschießen könne, erklärte er, dass die Pfeile im Gegensatz zu den anderen nicht durch den harten Panzer der Kreaturen hindurchschießen könnten. Der Pfeil erschwerte es dem Joarkal auch, in Bewegung zu bleiben, sodass die Droge mehr Zeit hatte, ihre Wirkung zu entfalten, da sie gegen alles ziemlich resistent waren.

Voltar blieb stehen, die gefaltete lederne Haut neben seinem Hals fächerte sich auf. Ich streckte meinen Hals, um darüber zu schauen, in dem Versuch, zu sehen, welche Bedrohung er erkannt hatte. Der Wald stand still, sogar die Vögel waren ruhig geworden. Neben den Bäumen und kleinen Beerensträuchern trennte eine Reihe langer, scharfkantiger, hellgrauer Felsen den Wald. Auf ihnen wuchsen dunkelrote, stachelige Blumen, obwohl es sich wahrscheinlich eher um Pilze handelte. Nichts anderes fiel auf. Sogar das Laub der Bäume schien in der leichten Brise zu zittern.

Ich brauchte einen Moment, um es zu erkennen. Zuerst dachte ich, mein Sehvermögen spielte mir einen Streich. Dann bewegte sich eine Kreatur, die ich anfangs für einen Felsen gehalten hatte, mit katzenhafter Anmut auf uns zu. Das vierbeinige Geschöpf schien mit Stein bedeckt zu sein und einen breiten, flachen Kopf zu haben. Die kastanienbraunen Blüten entpuppten sich als Stacheln, die von der Stirn über die Wirbelsäule und den skorpionartigen Schwanz hinunterliefen. Aus seinen Pfoten ragten gefährliche Krallen hervor.

Kein Wunder, dass Dartpistolen nicht funktionieren würden.

So knallhart die braxianischen Pfeile auch aussahen, selbst diese schienen nicht in der Lage zu sein, die Außenhülle des Joarkals zu durchschlagen. Als sich immer mehr Felsen in Bewegung setzten, bauten die Männer eine Schutzmauer zwischen sich und uns auf.

Das ärgerte mich maßlos.

Ravik sprang von Voltar ab. Seinem Gesichtsausdruck nach hatte er eindeutig die Absicht, mir zu befehlen, auf dem Tier zu bleiben, aber es war offensichtlich, dass ich ohne ihn, der mich stabilisieren sollte, beim ersten Schritt, den Voltar machte, wahrscheinlich abstürzen würde. Fairerweise musste man sagen, dass ich mein Unbehagen absichtlich übertrieben habe, um einen bestimmen Vorteil auszuspielen. Es würde wahrscheinlich auf mich zurückkommen und mir in den Hintern beißen, wenn wir uns die Rasse der neuen Renntiere ansehen würden, aber dann würde ich mich mit dieser Situation befassen. Ravik streckte mir widerwillig die Hand entgegen und half mir nach unten.

Gleichzeitig ertönte das pfeifende Geräusch von losgelassenen Pfeilen vor mir, bald gefolgt von dem schmerzhaften und wütenden Brüllen der Zieltiere. Mit einem Schlachtruf griff eine erste Gruppe von Braxianern die auf uns zurennenden Joarkale an.

Ravik ergriff seine Axt und fuhr in meinen Zopf nahe an meiner Kopfhaut, zog mein Gesicht an seines und gab mir einen harten Kuss. Er befreite mich, seine Augen funkelten vor Erregung und der Vorfreude auf den Kampf. Er wandte sich Voltar zu und drückte seine Handfläche an den flachen Teil der Schnauze des Karveli.

„Ich vertraue dir die Sicherheit meiner Gefährtin an", sagte Ravik.

Voltar schnaubte und zuckte mit dem Kopf in einer Weise, die mich unheimlich an ein Nicken erinnerte. Mit einem letzten Blick auf mich lächelte Ravik und eilte dann zu den anderen, um sich dem Kampf anzuschließen.

Vier Männer blieben zurück, nahe bei mir, alle aus den Clans von Krygor und Pattel. Unter ihnen erkannte ich Gorav, Antons jüngsten, reinblütigen Bruder. Er begleitete mich zum Haus von Varrek, um es zu sichern, bevor ich eintrat. Zuerst ärgerte es mich, dass diese Männer nicht an der Jagd teilnehmen konnten, um auf mich aufzupassen. Aber mir wurde schnell klar, dass ich für sie nur eine zusätzliche Aufgabe war, auf die sie ein Auge haben mussten. Sie verfolgten tatsächlich die Bewegungen der Raubtiere auf dem Gelände und lenkten die Männer zu den versteckten Zielen.

Selbst aus der relativ kurzen Entfernung sah die Schlacht wie ein gut choreographiertes Ballett aus. Trotz ihrer massiven Größe trödelten die Braxianer nicht herum, ihre Geschwindigkeit entsprach der der Xelixianer, war aber dennoch etwas langsamer als die der veredianischen Kriegerinnen. Aber ihre Kraft ließ mich taumeln. Sie schlugen die Kreaturen nicht nur mit ihren Waffen, sondern auch mit ihren Fäusten. Ihre Schläge zwangen die Bestien zurück oder rüttelten sie auf. Jedes Joarkal war mindestens drei Meter lang – ihre ebenfalls sehr langen Schwänze nicht mitgezählt – und etwas weniger als zwei Meter hoch. Bei ihrer beeindruckenden Muskelmasse und ihrem steinernen Panzer musste das Herumschieben der Tiere enorme Kraft erfordern.

Ravik raubte mir förmlich den Atem. Als die Bestie auf ihn

losging, schwang er seine Streitaxt und schlug mit der flachen Rückseite der Waffe das Joarkal seitlich ins Gesicht. Er hatte offensichtlich die Absicht sie zu betäuben, nicht zu töten. Der Kopf der Kreatur zuckte weit nach rechts, und sie stolperte, wobei sie ihren Schwung verlor. Doch auf halbem Weg, als das Tier sein Gleichgewicht wiederfand, schlug es mit einer massiven Pfote nach Ravik, wobei die klingenartigen Krallen auf sein Gesicht zielten. Er blockierte es mit dem Griff seiner Streitaxt, hielt ihn mit beiden Händen fest und parierte dann einen zweiten und einen dritten Hieb. Auf den vierten drückte der Joarkal mit seinem ganzen Gewicht und versuchte wahrscheinlich, den Griff zu zerbrechen. Raviks Muskeln wölbten sich unter der Anstrengung, als er das Raubtier gerade noch rechtzeitig zurückstieß, um dem Weg seines Skorpionschwanzes auszuweichen, der in die Stelle stach, in der Ravik gerade gestanden hatte. Er drehte sich um sich selbst, schwang seine Streitaxt umher, erzeugte mehr Schwung und schlug direkt unter der Grube des Vorderbeins des Joarkals zu, wobei er tief durch die lederne Haut und die Muskeln des Unterbauchs schnitt.

Die Kreatur erhob den Kopf und brüllte vor Schmerz. Ohne einen Schlag zu verpassen, drehte sich Ravik in die andere Richtung und schlug die Klinge seiner Axt in die weichere Unterseite seines Halses. Eine dunkelblaue Flüssigkeit sprudelte aus der kritischen Wunde. Die Bestie versuchte, sich zurückzuziehen, aber mein Partner rammte mit all seiner Kraft und seinem Gewicht in die verwundete Seite. Das Joarkal kippte auf die Seite und versuchte, auf alle Viere zu kommen, um seine verletzliche Unterseite zu schützen, aber Ravik erwischte ihn mit seiner Rückhand und schlug erneut in die blutende Nackenwunde. Die Bestie kippte auf die Seite und krallte sich verzweifelt an der leeren Luft fest, als ihr Lebenselixier aus ihr entwich. Ein weiterer Schwung von Raviks Streitaxt beendete die Qualen der Kreatur.

Meinem Mann beim Kampf zuzusehen, erwies sich als eine ziemlich demütigende Erfahrung. Als Veredianerin der Kriegerrasse besaß ich ausgezeichnete Kampffähigkeiten. Das hatte meine ohnehin schon großspurige und selbstbewusste Persönlichkeit noch erheblich beflügelt. Aber ich konnte klar erkennen, dass ich ohne die Hilfe der fortschrittlichen Technologie, die von meinen veredianischen Schwestern und den Tuureanern entwickelt worden war, diese Kreatur nicht im Einzelkampf hätte besiegen können. Ich wusste nicht einmal, ob ich gegen einen Braxianer gewinnen konnte. Ein einziger Schlag von ihnen hätte mich vernichten können. Ein einziger Fehler würde ausreichen, um meinen Untergang zu sichern.

Es war ein ernüchternder Gedanke.

Als Ravik sich umdrehte, um einem seiner Männer zu helfen, der versuchte, sein Ziel zu erledigen, und ein zweites Joarkal auf ihn losging, wurde meine Rüstung plötzlich aktiv. Die schwarzen Naniten zerrissen die Celesiumoberfläche von meinem Gürtel und meinen Armschienen und bedeckten meinen Körper mit der undurchdringlichsten Panzerung des bekannten Universums. Erschrocken blickte ich mich um und suchte danach, welche Bedrohung ihre Selbstverteidigung hätte auslösen können. Die vier Braxianer an meiner Seite bestaunten alle meine Verwandlung, ihr Gesichtsausdruck wechselte von Schock zur Vorsicht. Abgesehen von meinen Hörnern sah ich, gekleidet in meine Rüstung, genau wie eine Tuureanerin aus. All dies aus guten Gründen, aber solchen, die ich ihnen nicht mitteilen konnte.

Allerdings konnte ich mich im Moment nicht auf ihre Sorgen konzentrieren. Voltar spannte sich neben mir an, der Schlitz seiner Reptilienaugen wurde breiter, als er sich misstrauisch umsah, aber auch er schien nichts erkennen zu können.

Wie bei den Tuureanern bedeckte die Rüstung automatisch mein Gesicht mit einem dunklen Visier und meinen Zopf mit einer intelligenten Rüstung. Die Naniten in der Panzerung des Zopfes synchronisierten sich mit meinen Nervenwellen, sodass sie auf mentale Befehle reagieren konnten. Zusätzlich zu meinen natürlichen Kampffähigkeiten verwandelte mich dieses unschätzbare Geschenk von Admiral Lee, dem militärischen Anführer der tuureanischen Armee, in eine tödliche Kriegsmaschine. Innerhalb von Sekunden bildete sich das Celesiumgewölbe vollständig um mich herum, seine Systeme gingen online.

Das Grafikdisplay in meinem Visier wurde eingeschaltet, und der Scan zeigte die Anwesenheit mehrerer Personen um uns herum an. Als die verbesserte Sicht meines Visiers einsetzte, wurden die verschwommenen Silhouetten von einem Dutzend Guldaner sichtbar. Mit gezogenen Waffen näherten sie sich uns heimlich, kaum wahrnehmbar durch einen Tarnschild.

„EINDRINGLINGE!“, rief ich.

Die Braxianer schlossen sich schützend um mich und suchten in alle Richtungen nach ihren unsichtbaren Feind. Die Narren wussten nicht, dass *sie* jetzt in Gefahr waren, nicht ich. Ich erhob meine Faust vor meine Brust. Die Luft schimmerte um sie herum, dann bildete sich vor mir ein Energieschild.

„Schilde hoch!“, rief ich und quetschte mich an Gorav vorbei, gerade als einige der Guldaner auf uns zielten.

Unfähig, sie zu sehen, und daher ahnungslos, versuchte er, mich aufzuhalten, bis die Funken einiger Blaster-Schüsse von meinem Energieschild abprallten. Einer meiner vier Begleiter brach zusammen und wurde von ein paar Schüssen direkt in die Brust getroffen. Die übrigen drei erhoben ihre eigenen Schilde und bewaffneten ihre Blaster.

„Rückzug“, befahl ich.

Die Braxianer kamen dem nach. Ich bezweifelte, dass es aus Gehorsam, sondern als Reaktion auf die Blaster-Schüsse war, die auf uns herabregneten. Sie schlossen ihre Reihen, ihre Schilde berührten sich gegenseitig und bildeten vor uns einen einzigen Schutzwall. Während wir blindlings auf unsere unsichtbaren Angreifer schossen, wichen wir langsam zurück.

Als ich in meinen Beutel griff, holte ich ein paar Sucher heraus, die ich in meiner Handfläche hielt. Mit meiner veredianischen Kraft drückte ich den Befehl „guldanischen Schild unterbrechen“ auf die darin enthaltenen Naniten. Im Laufe der Jahre lernte ich auf die harte Art und Weise, die einfachen Befehle, die ich geben konnte, präzise zu formulieren, um eine Katastrophe zu vermeiden. Hätte ich die Beschreibung eines guldanischen Schildes nicht spezifiziert, hätten die Naniten sofort damit begonnen, meinen eigenen Schild und den meiner Begleiter anzugreifen. Ich schnipste die Sucher einzeln in Richtung der nächstgelegenen Guldaner. Einmal in Bewegung gesetzt, würden sie die Magnetfelder des Planeten nutzen, um sich bis zu 300 Meter weit zu bewegen – oder vorher, wenn sie ein Ziel trafen – und dann ihre Nutzlast abgeben.

Innerhalb von Sekunden brachen die Tarnschilde der anvisierten Guldaner zusammen, sodass sie endlich sichtbar wurden. Wütendes Gebrüll ertönte von meinen Gefährten, das von Voltar widerhallte, der eine bedrohliche Haltung einnahm und schützend neben mir ausharrte. Die enthüllten Guldaner stürzten sich auf uns. Voltar und die anderen Karvelis, die zu meinen vier Gefährten gehörten, gingen auf unsere Angreifer los. Glücklicherweise sorgten sie für die nötige Ablenkung, sodass ich den Vorgang mit den Suchern wiederholen und die übrigen Guldaner enthüllen konnte.

„Das sind alle", rief ich.

Kaum waren die Worte von meinen Lippen gewichen, sprangen zwei der drei Braxianer, die noch bei mir standen, in das Handgemenge, Gorav blieb an meiner Seite.

Ich klopfte auf meinen Zopf, dessen Panzerung sich an der Basis scheitelte, um das breite, silberne Band, das ich in mein Haar gewoben hatte, auszuwerfen. Als ich meine veredianische Kraft in das Band drückte, versteifte sich die „Quaste" zu einem Knauf, während der Rest des Bandes zu einer Klinge wurde. Es kam nicht annähernd an die Qualität meines echten Celesium-Schwertes heran – ein weiteres Geschenk des Admirals – aber es würde jeden Bastard durchschneiden, der mir in die Quere kam.

Gorav starrte mich mit ungläubigen Augen an.

„Lass uns in ein paar Ärsche treten", sagte ich mit einem breiten Grinsen.

„Ravena, nein!", rief Gorav aus.

Ich ignorierte ihn und raste auf zwei Guldaner an unserer Flanke zu, die sinnlos auf die Karvelis schossen. Ihre dicken Schuppen schienen die Schüsse abzulenken, aber nicht die durch den Aufprall verursachten Schmerzen. Der erste, mit kurzen, braunen Haaren, richtete seinen Blaster auf mich, während sein Begleiter sich mit seinem Schwert bewaffnete. Mein Schild, der die Schüsse absorbierte, überzeugte ihn, ebenfalls zu seinem Schwert zu wechseln. Ich wurde nicht langsamer, als ich auf ihn zugerannt kam. Seine Augen weiteten sich, und er wollte mich abwehren, zweifellos bereit, meinen Schwung zu nutzen, um mich zu Boden zu werfen.

Gerade als er sein Schwert erhob, um auf mich einzuschlagen, rutschte ich zu Boden, meine Geschwindigkeit trug mich vorwärts. Erschrocken hatte er keine Zeit, aus dem Weg zu springen, bevor ich ihn von seinen Füßen stieß, wobei mein erhobenes Schwert einen kräftigen Schnitt in seinem Oberschenkel hinterließ. Er schrie und rollte sich zur Seite und hob gerade noch rechtzeitig seinen Schild, um nicht von Gorav niedergeschlagen zu werden.

Ohne einen Schlag zu bekommen, sprang ich von der rutschenden Position zurück auf meine Beine und verpasste dem zweiten Guldaner, der auf mich zuraste, eine Kopfnuss. Meinem neuralen Befehl gehorchend, streckte sich die Spitze meines Zopfes aus und wickelte sich um seinen Hals. Noch bevor seine Hände nach dem gepanzerten Zopf greifen konnten, sprangen scharfe Klingen aus dem Zopf heraus und trennten seinen Kopf ab. Sein Gesicht nahm einen überraschten Gesichtsausdruck an, bevor der Zopf ihn freigab, und die Spitze schrumpfte wieder auf ihre normale Länge zusammen. Der Kopf des Guldaners fiel ab, sein enthaupteter Körper rückte noch ein paar Schritte vor, bevor er zu Boden fiel.

Ich drehte mich gerade noch rechtzeitig um und sah, wie Gorav dem ersten Guldaner den Schild aus der Hand trat, der immer noch am Boden lag und sich nicht von den Schlägen erholen konnte, die mein Begleiter auf ihn herabregnen ließ. Der Guldaner versuchte, sein Schwert auf Gorav zu schwingen, der ihm gerade noch auswich, bevor er das Handgelenk seines Gegners erwischte. Er drückte es stark genug, um ihm die Hand zu brechen und ihn mit einem Schrei dazu zu bringen, seine Waffe loszulassen. Gorav, der immer noch das Handgelenk des Guldaners hielt, boxte seine Faust in den Oberschenkel seines Opfers. Mit einem knackenden Geräusch zuckte das Bein des Guldaners und faltete sich in die falsche Richtung, während er im Todeskampf brüllte und seine Augen verdrehte. Gorav griff nach dem Horn des Verwundeten, hob ihn mit einer Hand wie eine schwerelose Stoffpuppe hoch und knallte seinen Kopf auf den Boden. Sein Schädelrücken explodierte wie eine überreife Frucht, wobei Blut und Gehirnmasse austraten. Der Körper des Guldaners zuckte heftig, dann blieb er still.

Ich schaute voller verwunderter Ehrfurcht zu Gorav auf. Der Blutrausch in seinem Gesicht hatte etwas ganz und gar Antörnendes.

„Gute Arbeit“, lobte ich, bevor ich einen Blick auf unsere beiden anderen Begleiter warf.

Mit seinen Zähnen riss Voltar einem Guldaner, der bereits tot oder im Sterben lag, das Bein ab. Wenn man bedachte, dass aus seinem Bauch, der viele Klauenwunden aufwies, Eingeweide quollen, war er wohl nicht mehr am Leben. Einer der anderen Karvalis stach zweimal mit seinem Skorpionschwanz auf sein Ziel ein. Innerhalb von Sekunden färbte sich das Gesicht des Guldaners rot, Schaum strömte aus seinem Mund. Er fiel, mit dem Gesicht voran, zu Boden und begann zu krampfen. Der Karveli trat ihm auf den Rücken, brach ihm die Wirbelsäule und machte sich auf den Weg zu einer anderen Beute. Die beiden anderen Braxianer waren damit beschäftigt, Gliedmaßen zu brechen und Schädel zu zertrümmern.

„Sie haben das hier im Griff. Lasst uns zu Ravik gehen“, rief ich und lief in Richtung Wald.

„Dort ist es zu gefährlich für dich!“, widersprach Gorav.

„Ja, aber vielleicht gibt es dort noch mehr getarnte Guldaner“, konterte ich, ohne zu verlangsamen. „Die Braxianer werden schutzlos sein.“

Das überzeugte ihn trotz seiner offensichtlichen Abneigung. „Sie wissen Bescheid“, entgegnete Gorav und folgte mir. „Wir haben sie gewarnt.“

Natürlich hätten sie das getan. Sie standen von Anfang an mit ihnen in Verbindung, um den Angriff zu koordinieren. Warum sie sich nicht zu uns gesellt hatten, wurde mir schnell klar, als ich das Chaos, das im Wald herrschte, aufnahm. Ein wütendes Gebrüll hinter uns ließ mich über die Schulter schauen. Voltar jagte uns hinterher. Seine Anwesenheit beruhigte mich. Als wir vorwärts liefen, informierte Gorav Ravik über sein Funkgerät über unser Kommen.

Dies war keine Schlacht, es war ein Gemetzel. Eine neue Welle von Joarkals war über die Braxianer hereingebrochen, die noch mit dem ersten Rudel zu tun hatten. Um sie herum schossen weitere zwei Dutzend getarnte Guldaner fröhlich auf die Braxianer. Zu meinem

Entsetzen wurde mir schnell klar, dass sie sich ihre Opfer gezielt aussuchten. Nicht so sehr ausweichend, sondern vielmehr einige der Braxianer meidend, ihnen sogar helfend, indem sie auf die Joarkale schossen, die sie bedrohten. In der Verwirrung konnte ich die Gesichter der Braxianer nicht erkennen, versuchte es aber mit ihren Siegeln auf den Schultern.

Ich fand Ravik umgeben von seinen engsten Verbündeten, die gegen die Gruppe der Joarkals kämpften. Als wir uns näherten, fegte eine unerklärliche Welle von Energie durch mich hindurch, mit einem unbändigen Drang zu töten. Ich blinzelte und schüttelte den Kopf und versuchte, den wilden Zwang zu bekämpfen, der mich übernehmen wollte. Gorav schien es auch zu spüren, aber es machte ihm keine Angst.

Einige von Raviks Männern hatten einen Schutzschild um sich errichtet und schossen blind, meist in die völlig falsche Richtung. Sie standen unter schwerem Beschuss. Bei diesem Tempo würden ihre Schilde bald erschöpft sein, sodass sie wehrlos wären. Es gab zu viele Guldaner, als dass ich sie so offenbaren könnte, wie ich es bei meinen Suchern getan hatte. Selbst wenn ich es versuchte, bei der Anzahl der Menschen und Geschöpfe, die umherliefen, würden sie wahrscheinlich den Weg der Sucher abändern, sodass sie schließlich ausgingen, bevor sie ihr Ziel erreicht hätten.

Voltar, der mich zweifellos für sicher hielt, sprang an der Seite seines Meisters in den Kampf. Gorav blieb jedoch an meiner Seite und schoss in Richtung des Waldes. Ausnahmsweise begrüßte ich diesen Schutz, der es mir erlaubte, die Situation zu analysieren und nach einer Lösung zu suchen. Die Blaster der Guldaner blitzten beim Schuss nicht auf, was es unmöglich machte, ihren Standort rechtzeitig zu erkennen. Selbst der Aufprall auf die Schilde gab keinen Hinweis auf die Richtung, aus der sie gekommen waren.

Und dann traf mich ein Geistesblitz. Die Braxianer brauchten die Guldaner eigentlich gar nicht zu sehen, um genau zu wissen, wo sie sich befanden.

„Gorav, was ist die Frequenz deines Kommunikationskanals?“, fragte ich.

Er runzelte die Stirn und war erstaunt über die Frage. Nach einem kurzen Zögern teilte er sie mir mit. Ich schloss sie an die Schnittstelle meines Armcomputers an und fragte die Subroutine ab, die es meinem Anzug ermöglichte, die Guldaner zu erkennen, bevor ich die Daten über den Kommunikationskanal an alle Braxianer schickte. Es ärgerte mich, dass die vermeintlichen Verräter sie auch erhalten würden, aber die Sicherheit der vielen übrigen überwog diese Bedenken. Normalerweise würde ich diese Art von Technologie nicht teilen, aber die Tarnschilde der Tuureaner blieben mit dieser Subroutine fortschrittlicher und nicht auffindbar.

„Du bist ein verdammtes Genie, Frau", grunzte Gorav.

Ich grinste lediglich.

Mit diesem Software-Upgrade zeigte der braxianische Bandscanner die genaue Position jedes Guldaners in einem Radius von dreihundert Metern. Während sie ihre Ziele noch immer nicht vor sich sehen konnten, feuerten die Braxianer die Bögen und Blaster mit tödlicher Präzision ab, wobei die meisten von ihnen ihr Ziel sicher trafen. Das Blatt wendete sich, als einige der Guldaner versuchten, einen übereilten Rückzug zu verhindern. Nicht mehr unter schwerem Beschuss, wandten sich die Männer, die die Schilde hielten, den Bestien zu.

„Pattel, dein Kommando", sagte Ravik zu dem älteren Krieger in einem kaum verständlichen Knurren. „Krygor, Keran, kommt mit mir."

Ich erwartete, dass Ravik von mir verlangte, ich solle zurückbleiben, aber zu meiner Überraschung warf er mir einen Blick zu, und ich erkannte einen wilden ursprünglichen Ausdruck auf seinem Gesicht. Seine Brust vibrierte von seinem Knurren. Ich senkte mein Visier und erkannte, dass er mein Gesicht durch das dunkle Material nicht sehen konnte. Ein Schimmer des Erkennens erhellte dennoch seine Augen.

Da verstand ich erst, dass Ravik in Kampfeswut verfallen war; ein seltenes genetisches Merkmal, das innerhalb der Kriegerclans weitervererbt wurde. Diejenigen, die es erreichten, wurden Berserker genannt und von ihren Clans verehrt. Auf dem Schlachtfeld konnte ein Berserker, sobald er in Kampfeswut geriet, die Stärke, Schnelligkeit und Ausdauer seiner Clanmitglieder verbessern und sie in Furien verwandeln. Der Blutrausch und die zusätzliche Stärke, die ich anfangs vernahm, stammten von ihm.

Er grunzte erneut, drehte sich dann um und begann, den Guldanern hinterherzulaufen. Ich folgte ihm und fühlte mich stärker und schneller als je zuvor.

KAPITEL 9
RAVIK

Mein Blut kochte vor Wut über, ein roter Dunst begleitete meine Sicht bei diesem feigen Angriff. Sie hatten meine Gefährtin ins Visier genommen, sie in die Schlacht getrieben und mich mit Schwärmen von Joarkalen davon abgehalten, zu ihr zu gelangen. Sie stanken nach Forxis, einem Halluzinogen, das dafür bekannt war, extreme Aggressionsschübe auszulösen. Dies war ein gut koordiniertes Unterfangen mit der eindeutigen Unterstützung von Braxianern gewesen.

Ich raste durch den Wald, wohl wissend, dass die vor mir fliehenden Guldaner entkommen würden. Sobald Ravena ihre Position auf unserem Radar sichtbar machte, brachen Clan Lorvis, Clan Sedrak und Clan Arthol aus der Reihe und verfolgten die Guldaner. Alle drei wurden praktischerweise von einem der Verbliebenen der Fünfzehn angeführt. Sie hatten am Rande der Schlacht in der Nähe der Guldaner gekämpft und blieben dennoch unversehrt, während Mitglieder anderer Clans durch Blasterbeschuss zu Boden gingen.

Als wir uns einer vor uns liegenden Lichtung näherten, verschwanden die Punkte der Guldaner vom Radar. Das wütende Gebrüll, das sich hinter mir erhob, hallte meins wider. Da wurde mir klar, dass uns ein paar weitere Männer – meine und einige aus anderen Clans – gefolgt waren.

Gut. Weitere Zeugen für die Hinrichtung der Verräter.

Die Bäume teilten sich und enthüllten Clanführer Torvin Sedrak, der von vier seiner Männer umgeben war. Er begann, sich mit einem falsch enttäuschten Gesichtsausdruck auf mich zuzubewegen. Aber meiner muss verraten haben, dass ich mich keineswegs täuschen ließ. Das Kinn hob sich aus Trotz, seine Augen wurden schmal und sein Gesicht verhärtet.

Ich erhob eine Hand und befahl damit, meinen Männern nicht weiter vorzurücken, während ich näher an Torvin heranmarschierte. Der Atem fiel mir vom Laufen noch etwas schwer. Die Männer, die mich begleitet hatten, fächerten um uns herum. Glücklicherweise stand Ravena mit Krygor und seinem jüngsten Sohn Gorav etwas weiter zurück.

„Die Guldaner sind Ihnen entkommen", sagte ich, und der Dunst der Schlachtenwut ließ meine Worte undeutlich und knurrend hervortreten. „Wie praktisch, wenn man so nahe bei ihnen war und sich schneller bewegen kann als sie."

Torvins Augen zuckten hin und her, um zu erfassen, welche Clanmitglieder anwesend waren und wie viel Unterstützung er erhalten würde. Als sie auf Ravena trafen, entbrannte der Hass, und seine Maske fiel.

„Das hat doch nichts mit den Guldanern zu tun, oder, *Magnar*?", fragte Torvin und brachte so viel Verachtung wie möglich in meinen Titel ein. „Es geht um diese menschliche Fotze von damals und die Abscheulichkeit, die sie dir gegeben hatte. Du sehnst dich nach dieser dreckigen Sklavin, und anstatt eine richtige braxianische Partnerin zu nehmen, jagst du immer noch außerirdischen Muschis hinterher", spuckte er und warf mir einen bedeutungsvollen – und einen verächtlichen – Blick auf Ravena über die Schulter. „Du hast nichts dazu gelernt. Kein Wunder, dass Braxia am Rande des Bankrotts steht. Ihr macht uns zu armseligen Bauern, die Befehle von Krygors Halbblut entgegennehmen."

Er schaute auf die Männer um uns herum und auf die anderen, die aus den Wäldern hereinströmten, zeigte auf mich und machte sie zu Zeugen.

„Das ist euer Herrscher", rief Torvin, damit alle ihn hören konnten. „Ein Liebhaber eines Aliens, der sich vor einem Halbblut verbeugt. Wahrscheinlich lutscht er seinen Schwanz, wenn er gerade dabei ist. Er hat jedes Bündnis abgelehnt, das uns zu unserer glorreichen Kriegervergangenheit zurückbringen könnte; er lässt unsere Clans verhungern, indem er unsere Sklaven mitnimmt; er droht halsabschneiderische Strafen denen an, die sich nicht an seine Regeln halten; er spuckt auf unsere Bräuche; er verbietet Vergeltung gegen die mit Füßen getretene Ehre; und jetzt bringt er eine verdammte Frau auf das Schlachtfeld. Er ist des Titels Magnar unwürdig."

Ein seltsames Gefühl des Friedens erfasste mich, als sich das Gemurmel der Männer um mich herum erhob. In wenigen Minuten würde ich diesen Mann unter großen Schmerzen töten. Für Lissy, für meinen Sohn, für seine Respektlosigkeit gegenüber meiner Ravena und mir, und vor allem für den Verrat an Braxia.

„Was auch immer deine Klagen über die Art und Weise, wie ich Braxia regiere, sein mögen, du hast dein Leben an dem Tag verwirkt, an dem du Ausländer dazu gebracht hast, Braxianer in ihrer Heimatwelt anzugreifen und zu töten, um deine eigene Agenda voranzubringen", entgegnete ich mit einer emotionslosen Stimme.

Torvin zuckte zusammen, ein Schimmer von Panik setzte sich in seinen Augen fest. „Du willst die Fünfzehn abschlachten. Darum geht es hier."

Ich ignorierte seinen verzweifelten Versuch der Ablenkung.

„Der Gestank der Forxis, der die Joarkale in den Wahnsinn trieb, geht auf dein Konto. Hunderte von unschuldigen Braxianern sind in ihrem von deinen guldanischen Freunden angezettelten Amoklauf gestorben", fuhr ich unerbittlich fort. Zorniges Kopfnicken und das Murmeln von Vereinbarungen begrüßten meine Worte. „Die jähzornige Bevölkerung wird Jahre brauchen, um sich von dem Massaker zu erholen, zu dem wir gezwungen wurden. Unzählige unserer Brüder liegen tot oder verletzt in diesem Wald, weil diese Feiglinge, mit denen du dich verbündet hattest, sie im Verborgenen erschossen hatten. Ja, *meine*

Frau, eine Fremde, ist zum zweiten Mal der Grund dafür, dass wir siegreich waren. Also nein, Torvin Sedrak, hier geht es nicht um eines der Dinge, wie du behauptet hattest, sondern um deinen Verrat an Braxia. Lissy ist nur noch ein zusätzlicher Treibstoff für meine Wut."

„Ich habe keinen Verrat begangen! Du bist der Verräter!", schrie Torvin und machte einen Schritt zurück.

„Für dein Verbrechen, Torvin Sedrak, wirst du von meiner Hand im Einzelkampf hingerichtet werden. Dafür, dass sie dir bei diesem Verbrechen beigestanden haben, werden deine vier Gefährten vor deinem Gelände gehäutet und mit Stacheln gespickt, um alle daran zu erinnern, was Verräter erwartet. Was von deinem Clan übrig bleibt, wird vor Gericht gestellt oder verbannt."

„Urteil gehört und unterstützt", bestätigte Krygors Stimme hinter mir.

„Urteil gehört und unterstützt", bekräftigte Keran.

Ich steckte meine Streitaxt wie eine Fahne in den Boden, da sie meinen Gegner zu schnell töten würde, und streckte eine Hand nach Krygor aus. Er kam auf mich zu und reichte mir sein Schwert.

„Nein! Das ist eine Farce!", rief Torvin, auf der Suche nach Unterstützung, die nicht kam, als sich immer mehr Stimmen zur Unterstützung meiner Entscheidung erhoben.

„Du kannst kämpfend sterben, mit dem bisschen Ehre, das dir noch bleibt, oder du kannst versuchen, wie die Feiglinge zu fliehen, mit denen du dich verbündet hast."

Endlich erkannte Torvin, dass es für ihn kein Entrinnen geben würde, hob sein Schwert und klagte mich mit einem Kriegsschrei an. Die absterbende Glut meiner Kampfwut entflammte wieder, und ich hieß sie willkommen und ließ den Blutrausch über mich ergehen. Mit dem Schwert in der Hand traf ich frontal auf seinen Angriff und konnte den Schlag leicht parieren. Adrenalin strömte durch mich hindurch und versetzte mich in einen seltsamen Zustand wilder Euphorie. Ich lachte, als Torvin seine Klinge mit aller Kraft, die er aufbringen konnte, nach mir schwang. Jedes Aufeinandertreffen unserer Klingen ließ meine Arme zittern, aber ich begrüßte das leichte Unbehagen.

Trotz seiner Kampffähigkeiten tendierte mein Gegner im Kampf immer dazu, ein Narr zu sein und sich von seinen Emotionen überwältigen zu lassen. Er verausgabte sich, ohne Schaden anzurichten oder sich einen Vorteil zu verschaffen.

In der Absicht, mit ihm zu spielen, blockte ich noch ein paar Hiebe ab und wartete, bis er erneut die Waffe hob. Zum Zeitpunkt meines Konterangriffs traf ich ihn mit einer kräftigen Rückhand. Blut explodierte aus seinem Mund, als er rückwärts stolperte, unter dem zustimmenden Jubel der versammelten Menge. Torvin erholte sich schnell und griff mich erneut mit seinem Schwert an. Ich lenkte den Schlag ab und schlug ihn erneut mit der Rückhand, wobei ich die gleiche Seite seines Mundes traf. Dieses Mal spuckte er ein paar Zähne aus. Mein Handrücken schmerzte angenehm von der Kraft, mit der ich ihn geschlagen hatte.

Wütend schlug Torvin in einem Anfall auf mich ein. Ich demütigte ihn, indem ich ihn wie eine kleine Schlampe ins Gesicht schlug, anstatt ihn wie einen würdigen Gegner zu schlagen. Ich parierte und lenkte seine Angriffe ab, fügte flache bis tiefe Schnitte zwischen jedem seiner Schläge zu und kreiste wie ein Raubtier um ihn herum. Doch so sehr es mir auch Spaß machte, seinen Körper mit blutenden Wunden zu durchforsten, so schnell wurde ich des Spiels überdrüssig.

Hungrig nach dem Geräusch seiner brechenden Knochen, drehte ich den Spieß um, und diesmal war ich derjenige, der auf den Angriff drängte. Er wich vor der Wut meines Angriffs zurück, parierte schwach, was er konnte, und ertrug den Schmerz dessen, was er einstecken musste. Als ich ihn hetzte, ergriff ich seine Waffenhand, legte sie lahm und schlug mit dem Knauf meines Schwertes auf die gleiche Seite seines Kiefers, die ich mit der Rückhand bearbeitet hatte. Ein Teil der Knochen brach mit einem befriedigenden Knirschen ein.

Torvins Schmerzensschrei verstummte, als Blut seinen Mund überflutete. Seine linke Faust traf eine Seite meines Gesichts. Obwohl sie mich hätte erschüttern sollen, betäubte die Kampfwut das Gefühl des Schmerzes. Ich hielt immer noch sein Handgelenk fest und ließ den Knauf meines Schwertes auf der Rückseite seines Ellbogens herunter, wodurch sein Arm brach. Er brüllte in Todesangst, als sein Schwert nun aus seiner jetzt schlaffen Hand fiel. Trotz seiner Schmerzen zog

Torvin sein Knie hoch und zielte auf meine Leiste oder meinen Bauch. Ich schaffte es kaum, mich leicht umzudrehen, und sein Knie knallte mit voller Wucht in meine Seite. Trotz all der Verachtung, die er in mir weckte, zollte ich ihm als Krieger meinen Respekt, weil er sich durch den Schmerz hindurchkämpfte und nicht um Gnade bettelte.

Ich habe seinen gebrochenen Kiefer wieder mit der Rückhand behandelt und gespürt, wie mehr Knochen unter dem Aufprall nachgaben. Torvin schwankte auf den Beinen. Ich ließ das Handgelenk seines gebrochenen Arms los, schlang meine Hand um seinen Hals und schlug unter den ermutigenden Rufen der Menge mit einer Reihe harter Hiebe auf die andere Seite seines Gesichts. Obwohl er noch bei Bewusstsein war, wurde Torvin schlaff. Mit einem wilden Schrei und in einer animalischen Demonstration von Stärke hob ich meinen Gegner mit einer Hand am Hals an, bevor ich ihn zu Boden schlug. Die Menge brüllte ihre Zustimmung, während die Luft aus Torvin Lungen entwich.

Ich blickte auf das blutverschmierte, gebrochene Gesicht meines Rivalen, seinen von Schnitten zerfetzten Körper, seinen in einem seltsamen Winkel liegenden Arm, mein Blutrausch war noch lange nicht gestillt. Er zuckte und kämpfte darum, bei Bewusstsein zu bleiben. Ich hoffte, dass er noch eine Weile Erfolg haben würde. Seine Bestrafung würde nicht nur dazu dienen, einen Teil meines Bedürfnisses nach Rache für Lissy, meinen Sohn, die unschuldigen Braxianer, die von den Joarkals getötet wurden, und für seinen Verrat an Braxia zu stillen, sondern sie würde auch als Beispiel für jeden anderen dienen, der auch nur in Erwägung ziehen würde, eine solch törichte Vorgehensweise zu verfolgen.

Als ich zu meiner noch im Boden steckenden Streitaxt marschierte, hob ich sie auf und streckte das blutbefleckte Schwert zurück Richtung Krygor. Er näherte sich rasch, um mich davon zu befreien. Meine Augen verbanden sich mit denen von Ravena. Sie stand königlich in ihrer Celesium-Rüstung, das Visier heruntergeklappt, ihr schönes Gesicht wild und ohne jegliche Verurteilung. Meine Frau hielt meinen Blick unerschrocken stand. Das kaum wahrnehmbare Nicken ihres Kopfes bestätigte ihre Unterstützung.

Meine Göttin.

Ein Schweigen legte sich über die Männer, als ich auf Torvin zustampfte, der Mühe hatte, wieder auf die Beine zu kommen. Ich trat ihm mit der Fußsohle gegen die Schulter und beförderte ihm erneut auf den Rücken.

„Das ist dafür, dass du den Clan deines Vorfahren entehrt hast", teilte ich ihm mit, als ich den flachen Rücken meiner Streitaxt auf seiner linken Wade zu Boden donnerte. Er schrie, als die Knochen zerbrachen, sein Körper zitterte vor Krämpfen. „Das ist für den Verrat an Braxia", machte ich weiter und zermalmte den Knochen seiner anderen Wade. „Und das ist für die Unschuldigen, die wegen deines Verrats gefallen sind."

Seine Augen rollten zum Hinterkopf, als ich ihm den Ellenbogen seines verbliebenen gesunden Arms zertrümmerte. Das hatte mir nicht gereicht. Ich wollte, dass er für den letzten Schlag bei Bewusstsein blieb. Ich schlich um seinen gebrochenen Körper herum und beäugte ihn mit Verachtung. Als ich den Kopf hob, blickte ich auf die Leute um mich herum. Sie sahen mich argwöhnisch an.

„Ich bin euer Magnar", rief ich ihnen zu, meine Stimme trotzte. „Viele von euch schrecken vor Veränderungen zurück, und doch sind wir zweimal in weniger als drei Tagen fast besiegt worden, weil wir ohne die richtige Technologie in der Vergangenheit leben. Die Welt lässt uns zurück, und diejenigen, die sich mit Braxia verbünden würden, versuchen, uns zu kontrollieren."

Die Männer nickten, mit ernstem Gesichtsausdruck. Sogar Raylor nickte, ein besorgter Blick strapazierte seine Züge. Mein Blick wandte sich meiner Frau zu, und ich richtete eine Hand auf sie.

„Ihr verlangt, dass die Frauen als Sklavinnen eurer Vergnügungen gehalten werden, als Zuchtstuten, weil ihr sie für minderwertige Geschöpfe haltet. Und doch stehen wir alle hier, weil meine Frau uns erlaubte, unseren Feind zu sehen, als wir blind standen und das Feuer von Feiglingen auf uns kam. Ihre Klinge trieft immer noch vom Blut desjenigen, den sie getötet hat. Seht ihr Schwäche in dieser Frau?"

Die Männer beäugten sie mit einer verwirrten Bewunderung und einer verwunderten Form von Respekt. Sie stellte alles in Frage, was wir von den Frauen erwartet hatten. Aber wie sollte es anders sein, wenn wir unseren eigenen Frauen von Geburt an beibrachten, dass sie minderwertige Wesen sind, die nur leben, um den Bedürfnissen der Männer zu dienen? Wie konnten sie ihren wahren Wert zeigen, wenn jedes unabhängige Denken ihrerseits oder die Zurschaustellung von Autonomie streng bestraft wurden?

„Braxia wird sich verändern“, fuhr ich fort und drehte mich um mich selbst, um jeden einzelnen meiner Männer zu betrachten. „Ich werde *nicht* zulassen, dass wir in die Dunkelheit fallen und anfällig für äußere Bedrohungen werden. Und ja, große Veränderungen kommen mit Schmerz. Und die Vorfahren sind meine Zeugen, wenn ich den Wandel in euch hineinprügeln muss, werde ich es tun. Und diejenigen unter euch, die sich meiner Herrschaft widersetzen, ich bin hier“, sagte ich und breitete meine Arme weit aus. „Jede einzelne Herausforderung wird angenommen.“

„Für Braxia“, rief Krygor. „Lang möge eure Herrschaft sein!“

„Für Braxia“, riefen die Stimmen der Männer zurück.

Ich ging zurück zu Torvin, der das Bewusstsein wiedererlangt hatte. Mit flachem Atem und schmerzerfüllten Augen beobachtete er mich mit einem Schimmer von Resignation.

„Für deine Verbrechen wirst du nicht das Begräbnis eines Kriegers erhalten, sondern hier verrotten und Aasfresser füttern. Möge dein Schicksal als Beispiel dienen. Jeder, der mich und Braxia verraten wird, wird der Gnade des Magnar ausgeliefert sein ... und keine finden.“ Als ich meine Streitaxt wieder hob, bohrte sich mein Blick in Torvin. „Deine Strafe war für deine Verbrechen. Aber das ist für meine Lissy.“

Der Rücken meiner Streitaxt zerschmetterte seine Leiste. Torvins erwürgter Schrei erstarb, sowie er begann. Sein Körper zitterte, und seine Augen wurden glasig. In der tödlichen Stille um uns herum erhob ich den Kopf und nahm Augenkontakt mit drei der verbliebenen Fünfzehn auf der Lichtung auf. Zwei wendeten ihre Augen ab, Angst und Groll brannten in ihnen. Der dritte hielt meinen Blick mit einem seltsamen Hauch von Akzeptanz fest.

Ich drehte mich wieder zu Ravena um und nahm ihre Hand. „Kümmern wir uns um unsere Gefallenen“, sagte ich zu meinen Männern und führte meine Frau zurück in den Wald.

~

Die Heimreise war ruhig und feierlich gewesen, die erfolgreiche Jagd bittersüß. Zu meiner Erleichterung hatten wir weit weniger Opfer erlitten, als wir zunächst geglaubt hatten. Die Guldaner hatten nicht geschossen, um zu töten, sondern um zu betäuben. Ich konnte über eine Reihe von Gründen spekulieren, warum sie das getan hatten. Ohne Ravenas Eingreifen wären wir gefallen, betäubt von unsichtbaren Feinden, hilflos liegen geblieben, während wir von den Joarkals zertrampelt und verschlungen worden wären, und hätten keine Beweise für den Verrat der Guldaner hinterlassen. Mit einem Schlag hätten sie die Oberhäupter aller Clans, die sich einem Bündnis widersetzten, eliminiert und Platz für einen Marionetten-Magnar gelassen, den sie nach Belieben manipulieren konnten.

Ich hielt mir immer noch vor die Augen, dass es uns nicht gelungen war, einen einzigen Guldaner lebend zu fangen. Dennoch stellten ihre Leichen einen unwiderlegbaren Beweis für ihre Einmischung und für ihren Angriff auf Braxia dar. Angesichts des Ausmaßes der Beweise hatten die beiden guldanischen Botschafter keinerlei Gegenargumente, als ich sie von Braxia vertrieb. Wo Botschafter Tellin einen letzten Versuch unternahm und mich bat, nicht ganz Guldar für die Versäumnisse einiger weniger zu verurteilen, argumentierte Botschafter Zorak nicht und akzeptierte gnädiger Weise ihre Entlassung.

Zu gnädig.

Sogar Raylor Caldes zeigte Eifer, die Guldaner zurück zu ihrem Schiff zu eskortieren. Dieser Vorfall war ein weiterer schwerer Schlag für den Clan Caldes. Nach der Schande, die sein erstgeborener Sohn Gerwin über sie gebracht hatte, war es das Letzte, was er gebraucht oder gewollt hatte, indirekt für den Tod vieler Braxianer verantwortlich zu sein.

Aber die Sorgen der Guldaner und der von Caldes rangieren in meiner aktuellen Sorgenliste ziemlich weit unten. Obwohl sie sie nicht laut ausgesprochen hatte, versank Ravenas Geist von der Flut unbeantworteter Fragen. Es waren heikle Themen, und ich hatte nicht geplant, sie mit ihr zu besprechen, bevor wir nicht die Gelegenheit hatten, zu sehen, wohin diese Beziehung führen würde. Ich wollte nicht über Lissy sprechen, wollte ihr nicht von den schändlichen Dingen erzählen, die ich zugelassen hatte, und von dem schrecklichen Verbrechen, das ich begangen hatte. Aber Ravena war meine Seelenverwandte.

Abgesehen von der Kriegswut besaßen die Braxianer keine Psi-Fähigkeiten. Doch obwohl ich die Seelenverwandtschaft nicht wie sie fühlen konnte, schrie mir jede Faser meines Wesens zu, dass sie die Richtige war. Wir waren -noch- nicht ineinander verliebt, was diese Unterhaltung jetzt umso beängstigender machte. Mit den Augen der Liebe könnte sie eher zu Vergebung und Akzeptanz neigen. Ungeachtet meines Widerstrebens – und ja, meiner Ängste – musste ich derjenige sein, der es ihr sagte. Je länger ich es hinauszögerte, desto wahrscheinlicher war es, dass sie es von sich aus entdecken würde und es vielleicht in einem noch dunkleren Licht sehen würde.

Ravena folgte mir leise, während ich sie an der Hand zu meinem Privatquartier führte. Mein Puls wurde schneller, als wir zum Patio im hinteren Teil des Schlafzimmers gingen. Ich saß oft an dem kleineren, dunklen Steintisch am Geländer mit Blick auf den Platz. Diesmal jedoch hatte Muna, wahrscheinlich aus dem Bedürfnis nach Privatsphäre heraus, einen Imbiss für uns an dem größeren Tisch in der Nähe des Wasserbrunnens gedeckt, der direkt in die Bergwand gemeißelt war, die die Vorderseite und die rechte Seite des Innenhofs absperrte. An jeder Seite des Tisches lief eine lange dunkelgraue Steinbank entlang, die mit einem bequemen dunkelroten, wasserabweisenden Kissen bedeckt war.

Ich lud Ravena ein, Platz zu nehmen. Einen Moment lang überlegte ich, mich neben sie zu setzen, entschied mich dann aber, ihr gegenüber zu sitzen. Da ich nicht wusste, wie sie auf meine Beichte reagieren würde, wollte ich ihr etwas Raum geben.

Sie zog ihren langen Zopf vor sich her, streichelte ihn langsam, während sie mich mit einem ernsten, erwartungsvollen Blick anstarrte. Ich räusperte mich, mein Magen drehte sich vor aufsteigender Angst.

„Es scheint, als seist du dazu bestimmt, für immer meine Retterin zu sein“, begann ich in einem erbärmlichen Versuch, die Stimmung aufzulockern.

Ravena lächelte und nickte dann anerkennend.

„Du hast nicht nur viele Leben gerettet, sondern du hilfst meinem Volk, die Augen für den Wert von Frauen zu öffnen, genau wie Anton es für die Hybriden macht. Dafür kann ich dir nie genug danken“, formulierte ich mit aufrichtiger Dankbarkeit.

„Es wird ein langsamer Prozess sein“, betonte sie. „Ich wünschte, Guldars Kaiser wäre so aufgeschlossen wie du. Ich weiß, vor welch großen Herausforderungen du mit diesen Veränderungen stehst, und ich respektiere dich dafür umso mehr. Du bist ein guter Mann.“

Ich schnaubte und fragte mich, wie viel von diesem Respekt in wenigen Minuten noch übrigbleiben würde.

„Nein, Ravena. Ich bin viele Dinge, aber kein guter Mann. Ich habe schreckliche Dinge zugelassen und getan. Die Art von Dingen, die einen ewig verfolgen und die niemals ungeschehen gemacht werden können.“ Ich rieb mein Gesicht mit beiden Händen und wünschte, ich könnte Ravena in meine Arme nehmen und stattdessen mein Gesicht in ihrem Haar vergraben, auf der Suche nach Trost. „Ja, ich nehme dringend notwendige Änderungen vor. Leider kommen sie für viel zu viele Unschuldige viel zu spät“, entgegnete ich, wobei mir der vertraute Schmerz von Lissys Tod das Herz zerdrückte.

„Unschuldige wie Lissy?“, fragte Ravena mit leiser Stimme.

Mein Herz hat einen Schlag ausgesetzt, und mein Magen rebellierte. Wusste sie es schon? Meine Augen zuckten zwischen ihren und versuchten einzuschätzen, was sie wusste.

„Du hast ihr den letzten Schlag gewidmet“, erklärte Ravena. „Wer war sie? Und wer sind die Fünfzehn?“

Trauer, Scham und Furcht vor der Verachtung, die ich zweifellos in ihren Augen lesen würde, wenn ich einmal gestanden hätte, verbrannten mich innerlich. Mit einem tiefen Atemzug wagte ich den Sprung ins kalte Wasser.

„Vor achtunddreißig Jahren, zu meinem zwölften Geburtstag, schenkte mir mein Vater eine menschliche Sklavin. Sie war ein wunderschönes Irrlicht von einem Mädchen, eine Vierzehnjährige namens Lissy." Sogar nach all diesen Jahren erschien ihr zartes Gesicht mit ihrem spitzen Kinn, den hohen Wangenknochen, den herzförmigen Lippen und den großen, blauen Puppenaugen immer noch deutlich vor meinen geistigen Augen. „Ich war einige Monate zuvor sexuell aktiv geworden, und Vater betrachtete es als einen Übergangsritus, eine menschliche Frau zu entjungfern."

Es war mehr als ein Initiationsritus. Jungfrauen waren schwer zu bekommen. Schöne menschliche Jungfrauen waren noch schwerer zu bekommen. Wohlhabende Clans zahlten hohe Preise, um willige junge Frauen für ihre Söhne ins Bett zu bekommen. Es wurde zu einem Zeichen von Status. Im Alter zwischen elf und vierzehn Jahren war der Umfang eines braxianischen Mannes immer noch klein genug, um von einer menschlichen Frau mit angemessener Leichtigkeit bewältigt werden zu können. Mit fünfzehn Jahren führte die Paarung mit einem Menschen in der Regel ohne Denax zu ernsthaften Rissen. Der häufige und übermäßige Gebrauch des Dilatators gefährdete jedoch die Gesundheit der Frau.

„Innerhalb eines Jahres habe ich das Unverzeihliche begangen. Ich gab mich nicht damit zufrieden, mich in eine Sklavin zu verlieben, sondern schwängerte sie auch mit einem Jungen." Meine Brust schmerzte und erinnerte mich daran, wie sie mir ängstlich ihre Schwangerschaft offenbart hatte. Ich war sowohl aufgeregt als auch entsetzt darüber, was das für uns bedeuten würde. „Wie du vielleicht von Anton erfahren hast, verfügte das braxianische Gesetz unter der Herrschaft meines Vaters, dass Mischlinge Abscheulichkeiten waren, die ausgerottet werden müssten, damit sie nicht die braxianischen Blutlinien befleckten. Eine Ausnahme wurde für weibliche Nachkommen gemacht, die dann als Clan-Huren benutzt werden sollten. Aber in Missachtung dieses Gesetzes ließ ich meinen Sohn am Leben und hielt ihn fünfzehn Monate lang geheim."

Ravenas Hände spannten sich um ihren Zopf, ihr Blick war durchdringend und ihre Schultern verspannt.

„Dein Vater entdeckte seine Existenz", schlussfolgerte sie, als sich die Stille ausdehnte.

„Ja“, bestätigte ich und schluckte den Kloß in meinem Hals runter. „Während er lebte, war mein Vater, Magnar Sigmer, ein Eiferer und Fanatiker gewesen. Für seinen eigenen Sohn, den zukünftigen Herrscher von Braxia, der es wagte, unsere Blutlinie zu beflecken, die reinste in unserer Heimatwelt, und das mit einer Sklavin nicht weniger …“

„Er muss völlig ausgeflippt sein“, sagte Ravena, ihre Augen füllten sich mit Mitgefühl.

Ich schnaubte. „Das ist eine ziemliche Untertreibung. Es war töricht von uns – von mir – zu glauben, das könnte ewig so weitergehen. Ein Mensch hat uns verpfiffen. Der Botschafter der Narinda-Kolonie kam, um mögliche Handelsabkommen zu besprechen.“ Meine Lippen verzogen sich spöttisch, mein Hass auf den Menschen brannte immer noch hell. „Er kannte die braxianischen Protokolle. Als Lissy ihn ablehnte, beschwerte er sich bei meinem Vater, der ihn von Wachen zu ihrem Quartier eskortieren ließ. Falls sie ihn wieder ablehnte, würden sie sie für ihn festhalten und sie dann bestrafen. Anscheinend stillte sie gerade unseren Sohn, als sie hereinstürzten.“

Ravena setzte sich auf ihren Sitz und stellte sich dabei zweifellos das kaum siebzehnjährige Mädchen vor, das meine Lissy zu dieser Zeit gewesen war, und sah entsetzt zu, wie die Wachen unser Kind wegschleppten. Variationen dieses Bildes verfolgten mich immer noch.

„Dieser Bastard konnte sie nie ficken. Die Wachen, die sie mit einem Hybriden vorfanden, vergaßen jede Höflichkeit gegenüber einem ausländischen Gast“, teilte ich ihr verbittert mit. „Nachdem er die Folgen seiner Gier erkannt hatte, ließ der Feigling Braxia zusammen mit dem irreparablen Schaden seiner Taten hinter sich. Er muss gewusst haben, dass ich hinter ihm her sein würde, denn er brach jeden Kontakt zwischen unseren Völkern ab.“

Die Vorfahren wussten, dass ich nach Gelegenheiten gesucht hatte, mich mit ihm zu treffen, aber er hatte es immer geschafft, jeden Ort zu meiden, an dem ich auftauchen könnte. Seinen vorzeitigen Tod fand er schließlich dank eines fehlgezündeten Pfeils während eines Jagdausflugs, den er einem von mir angeheuerten Söldner zu verdanken hatte.

„Mein Vater lies mich früh aus dem Trainingslager, in dem ich gewesen war, zurückgerufen. Ich dachte naiverweise, er hätte mich als Belohnung für die Auszeichnungen, die ich während des Kampftrainings verdient hatte, herbeigerufen." Ein trauriges Lächeln entkam meinen Lippen, als ich an den törichten Jungen zurückdachte, der ich gewesen war. „Die Wachen wiesen mir den Weg zum Hof, wo er mich erwartete. Als ich dort über ein Dutzend Jugendliche aus den ältesten Clans versammelt sah, dachte ich, sie seien gekommen, um mich zu feiern."

Ravena schauderte, ihre Obsidianaugen fesselten mich, als sie mir mit morbider Faszination zuhörte. Ich musterte in ihr schönes Gesicht, als wollte ich mich an ihren Blick erinnern, bevor die Verachtung für mich ihre Augen erfüllte. Ich wollte nicht mehr sprechen, aber ich war schon zu weit gegangen. Wenn wir eine Chance auf eine gemeinsame Zukunft haben sollten, musste diese Wahrheit, so schrecklich sie auch sein mochte, ans Licht kommen.

„In dem Moment, als ich den Hof betrat, sagte mir ihr bösartiges Grinsen und ihre verurteilenden Äußerungen, dass etwas nicht stimmte. Da sah ich meine Lissy, nackt und gefesselt auf einem Altar. Unser Sohn, Goliath, weinte nach seiner Mutter, während er wie ein Tier in einem Käfig gefangen war."

Ich erinnere mich, dass ich zögerte, als sie diesen Namen für unseren Sohn gewählt hatte. Obwohl er angenehm klang und angemessen war, da der Junge nach menschlichen Maßstäben zu einem Riesen heranwachsen würde, war mir die Geschichte seines Ablebens durch die Hand eines kleineren Mannes wie ein schlechtes Omen vorgekommen.

„Mein Vater zwang mich, zuzusehen, wie die Jugendlichen abwechselnd insgesamt fünfzehn einer nach dem anderen Lissy vergewaltigten, einer für jeden Monat, in dem ich das Leben meines Sohnes geheim gehalten hatte. Er wählte sie, weil sie aufgrund ihres Alters die perfekte Größe hatten, um eine menschliche Frau zu ficken, ohne sie innerhalb von Minuten zu töten."

Ravenas Hand bedeckte ihren Mund und dämpfte ihr entsetztes Keuchen. Dieser Augenblick brannte sich für immer in mein Gedächtnis ein, und nicht nur der schreckliche Anblick dieser Männer, die meine Frau vergewaltigten, während ich hilflos dastand. Die Geräusche waren am schlimmsten, als sie vor Vergnügen unter dem Jubel der anderen keuchten und ächzten; Lissys verzweifelte Schreie, als sie mich um Hilfe bat; die herzzerreißenden Schreie meines Sohnes, der alt genug gewesen war, um zu verstehen, dass sie seine Mutter verletzten, während ich, sein Vater, dort stand und ihr nicht zu Hilfe kam.

Ich schloss meine Augen und atmete laut aus, meine Hand rieb den stechenden Schmerz in meiner Brust.

„Bei fünften hörte Lissy auf, nach mir zu rufen. Als der letzte fertig war, hielt mir mein Vater den Käfig hoch. Da begriff sie endlich, dass die Strafe nicht nur für sie allein bestimmt war. Sie bettelte und flehte mich an, Goliath zu verschonen. Sie bot sogar an, ihn wegzuschicken oder darum zu bitten, dass wir ihn als Sklaven verkaufen, solange wir sein Leben verschonten. Aber das wäre nie geschehen. Nicht mit meinem Vater als Herrscher. Nicht nachdem er diesen ganzen Zirkus veranstaltet hatte."

Ich fuhr mir mit einer zittrigen Hand durchs Haar, Scham und Schuld brannten wie Säure in meinem Inneren.

„Weißt du, der Altar hat normalerweise eine Wand an seinem Kopf. Sobald die Frau bestraft worden ist, wird erwartet, dass der Vater den Kopf des Kindes darauf schlägt, damit Blut und Hirnmasse auf das Gesicht der Mutter herabregnen können. Wenn die Tat vollbracht ist, sollte er die Leiche auf ihre Brust legen, damit sie dort die Nacht über bleibt."

Ravenas Hand rutschte ihr auf die Brust und packte ihr Herz, als wolle sie es festhalten. Sie schüttelte vorsichtig den Kopf im Zeichen des Unglaubens und ihrer Ablehnung, ihre Augen flehten mich an zu sagen, dass ich es nicht getan hatte. Meine Kehle schnürte sich schmerzhaft zu, während sich mein Blut in meinen Adern in Säure zu verwandeln schien. Ich senkte den Kopf vor Scham, unfähig, der Verurteilung und dem Ekel, die folgen würden, standzuhalten.

„Ich konnte seinen Kopf nicht an die Wand schlagen, aber ich konnte ihn auch nicht am Leben lassen. Ich hatte es die ganze Zeit gewusst, wollte aber die Illusion einer glücklichen Familie leben. Als ich mit dem Handeln zögerte, drohte mein Vater damit, es selbst zu tun. Er hätte ein Spektakel daraus gemacht, also brach ich unserem Sohn das Genick und legte seinen toten Körper auf ihre Brust. Und so blieben sie bis zum nächsten Morgen.“ Meine Stimme erstickte an diesen Worten. Ich atmete tief ein, um die Kraft zum Weitermachen zu sammeln. „Lissy nahm sich am folgenden Tag das Leben. Nach dem Bericht des Arztes wäre sie ohnehin an den inneren Verletzungen gestorben.“

Ravena erhob sich abrupt von ihrem Sitz und entfernte sich, blieb vor dem Wasserfall stehen und schlang die Arme um ihre Taille. Das Gefühl der Ablehnung traf mich wie Dolche in meiner Brust. Ich ballte meine Hände auf meinem Schoss und versuchte, den lebhaften Schmerz einzudämmen, der jahrzehntelang meine Begleiterin gewesen war. Der Gedanke, die eine Frau zu verlieren, die nach all den Jahren mein Herz wiedererweckt und mir den Wunsch nach mehr gegeben hatte, verstärkte sich zunehmend.

„Ich hätte sie retten können“, flüsterte ich, und dasselbe Bedauern nagte an mir. „Ich hätte sie beide retten können, indem ich mich einfach von meinem Clan losgesagt hätte. Stattdessen verbrachte ich die nächsten achtunddreißig Jahre mit ihrem Tod auf meinem Gewissen.“

„Nein, das hättest du nicht tun können“, entgegnete Ravena mit stahlharter Stimme und kaum unterdrückter Wut über ihre Schulter. „Dein Vater hätte nicht zugelassen, dass verdorbenes Blut seine Blutlinie besudelt. Mit oder ohne deine Mithilfe hätte man an ihnen ein Exempel statuiert.“

Ich wünschte mir, sie würde sich umdrehen, damit ich den Ausdruck auf ihrem Gesicht sehen könnte.

„Du hast recht“, räumte ich ein und erkannte, dass ich es nie aus diesem Blickwinkel betrachtet hatte, zu sehr dem Selbsthass verfallen. „Er hätte sie vernichtet und wahrscheinlich auch mich getötet oder gefoltert, bis ich den Fehler meiner Wege erkannt hätte. Aber das ändert nichts an dem, was ich getan habe. Das Schicksal hat es für nötig gefunden, mich an meine Sünden zu erinnern“, stellte ich fest und lachte traurig in Selbstverachtung. „Sechs dieser Jugendlichen –

nun, jetzt sind es vier – sitzen jetzt in meinem Rat. Jeden Tag esse und trinke ich mit ihnen, arbeite mit ihnen, treffe mich mit ihnen. Und alles, was ich sehe, sind diese Bastarde, die über meine Lissy herfallen, während sie mich anfleht, sie zu retten."

„Die Verbleibenden der Fünfzehn?", fragte Ravena und drehte sich zu mir um.

Ihr starrer Blick brachte mich auf. Ich hasste es, ihre Emotionen im Moment nicht lesen zu können, abgesehen davon, dass ich ihre unterschwellige Wut spürte. Wo Verurteilung und Verachtung mich erdrückt hätten, konnte ich mit der Wut sehr wohl umgehen.

„Ja", bestätigte ich und hielt ihren Blick fest.

„Du hast sie getötet, einen nach dem anderen."

„Ja."

Sie nickte langsam, dann verschränkte sie die Arme über der Brust, aus verengten Augen schaute sie mich an. Ich machte mich bereit für das, was als Nächstes kommen würde.

„Hast du mich deshalb heute Morgen nach dem Mondsaft gefragt?", fragte Ravena mit einer eisigen Stimme, die einen ausbrechenden Vulkan einzufrieren vermochte. „Musst du als Warnung alle männlichen Nachkommen töten, die wir empfangen könnten?"

„NEIN!", rief ich, sprang auf die Füße und brodelte vor Wut. „Niemand wird jemals wieder meiner Frau oder meinem Kind wegen der Genetik Schaden zufügen." Meine Hände ballten sich krampfhaft vor Wut und dem Drang, etwas kaputt zu machen. „Vor achtunddreißig Jahren habe ich nicht denselben Mut gezeigt, den Krygor hatte, als er Anton am Leben ließ. Er war stets mit Verachtung und Herausforderungen wegen seiner Führung als Clanchef konfrontiert, weil er zu seinen Überzeugungen gestanden hatte. Er und Lissy öffneten mir die Augen. Ich habe mein Leben der Abschaffung dieser barbarischen Gesetze gewidmet. Aber das geht nur langsam voran. Wie hart die Strafe auch sein mag, die Leute werden immer noch Gesetze brechen. Es sind die Mentalitäten, die sich ändern müssen, und das braucht Zeit."

Sie studierte mein Gesicht, als ob sie hoffte, dort die Antwort auf irgendeine Frage zu finden. Ich hielt ihrer Untersuchung stoisch stand und wagte nicht, die Hoffnung aufkommen zu lassen, dass sie mir mein Verbrechen verzeihen könnte.

„Liebst du sie immer noch?“, fragte Ravena in einem neutralen Ton.

„Ja“, erwiderte ich, ganz sachlich. „Ich werde sie immer lieben. Manche sagen, es sei nichts anderes als Verliebtsein gewesen, dass die tragischen Ereignisse und meine Schuldgefühle mich dazu gebracht haben, das zu verschönern, was nur ein Seitensprung aus der Kindheit gewesen war. Andere, wie mein Vater, behaupten, sie habe mich benutzt und den zukünftigen Herrscher von Braxia mit ihrer List umgarnt, in der Hoffnung, ich würde ihre Stellung von der Sklavin zur Konkubine erhöhen.“ Ich zuckte die Achseln. „Eines von beiden könnte wahr sein, oder beide könnten falsch sein. Für mich spielt das keine Rolle. Unter meinem Vater aufzuwachsen, war ein nicht enden wollender Alptraum. Lissy schenkte mir die seltenen Momente des Glücks, die ich damals erlebte. Allein dafür wird sie immer einen besonderen Platz in meinem Herzen einnehmen.“

Ravena zog wieder ihren langen Zopf vor sich her, die Finger fummelten daran herum, als sie zu laufen begann. Verloren in Gedanken.

„Du hast nie geheiratet. Warum?“, fragte Ravena und beobachtete mich aus den Augenwinkeln, während sie langsam hin und her schlenderte.

„Die Heirat ist auf Braxia freiwillig. Die meisten Männer verbinden sich nicht, sondern nehmen im Laufe der Jahre eine beliebige Anzahl von Konkubinen. Es gibt hier kein Konzept der Legitimität für die Nachkommenschaft“, sagte ich, als ich um den Tisch herumging, um den Abstand zwischen uns zu verringern. „Die meisten Partnerschaften versuchen nur, dauerhafte Allianzen zwischen Häusern und Clans zu bilden.“ Ich hielt inne, atmete tief durch und kam zum Kern der ihr zugrundeliegenden Frage. „Nach Lissy wollte ich von keiner Frau mehr als nur sexuelle Befriedigung oder eine gute Blutlinie für meine Erben. Bis du kamst.“

Ravena unterbrach ihre Wanderung, um mich anzusehen, ein seltsamer Ausdruck huschte über ihre Züge.

„Was ist mit dir?“, fragte ich. „Warum ist eine so schöne, kluge und unabhängige Frau unverheiratet und kinderlos?“

Sie zuckte die Achseln. „Bis vor kurzem war es unmöglich, mit einer anderen Spezies als den Korletheanern schwanger zu werden. Wenn man bedenkt, dass Guldaner sie versklavt hatten, um sie mit den Veredianerinnen zu züchten, waren sie nicht wirklich erpicht darauf, mit mir oder einer meiner Artgenossen zusammen zu sein“, entgegnete sie, wobei ihr Sarkasmus von einer unverhohlenen Verachtung für die Korletheaner triefte. „Aber ich habe mich nicht verbunden und ernsthafte Beziehungen vermieden, weil mir ein Orakel schon früh gesagt hatte, dass ich meinen Seelenverwandten kurz nach dem Tod meines Bruders und der Wiedervereinigung mit meiner Mutter treffen würde. Also wartete ich.“

Mein Herz machte einen Sprung. Auf unserem Ritt in den Wald hatte sie mich als ihren Seelenverwandten beansprucht. Hat sie angesichts meiner Beichte das Warten bereut?

„Die Veredianerinnen erholen sich gerade von ihrer Ausrottung und kommen langsam zurück“, teilte Ravena mir mit und nahm ihre Wanderung wieder auf. „Empfängnisverhütung ist uns ein Gräuel. Du und ich sind ziemlich aktiv gewesen. Was, wenn ich bereits schwanger bin?“

Ich habe nicht versucht zu verbergen, welche Freude mir eine solche Aussicht bereitete. Ja, es würde ungeahnte Herausforderungen mit sich bringen, aber was auch immer die Zukunft für uns bereit hielt, ich wollte ein Kind mit dieser Frau ... und noch mehr.

„Dann werde ich mit Freuden für euch beide kämpfen, damit du in Sicherheit bist und niemand dich jemals bedroht.“ Ich marschierte auf sie zu und zwang sie, ihr Schreiten zu stoppen. „Aber was ist mit dir, Ravena? Wenn du schwanger wärst, würdest du dir dann ein Kind von mir wünschen?“

Sie schreckte zurück. „Natürlich“, rief sie aus, als ob ich eine lächerlich offensichtliche Frage gestellt hätte. „Du bist mein Seelenverwandter.“

Mein Magen flatterte, und mein Herz machte einen Sprung.

Ich schluckte hart, meine Augen zuckten zwischen ihren. „Auch jetzt noch? Sogar nach dem, was ich getan habe?“, flüsterte ich.

Ravenas Gesichtsausdruck wurde weicher, als ihr Blick über meine Züge wanderte. Sie schloss die Distanz zwischen uns und drückte ihre Handflächen an meine Brust. Ich zitterte, meine Hände bedeckten ihre viel kleineren und die Hoffnung schlug wieder tief in mir Wurzeln.

„Ich kann nicht leugnen, dass deine Geschichte zutiefst schockierend ist“, begann Ravena mit leiser Stimme. „Aber du warst ein Junge unter der tyrannischen Herrschaft eines Fanatikers. Wir alle haben in unserer Vergangenheit schreckliche Dinge getan. Glaube mir, meine ist weit davon entfernt, harmlos zu sein.“

Das spukhafte Schimmern in ihren Augen ließ mich hinterfragen, welche dunklen Geheimnisse sie quälten. Sie umrahmte mein Gesicht zwischen ihren Händen, ihre Daumen streichelten meine Wangen. Ich schloss meine Augen und lehnte mich in ihre Berührung, mein Herz schmolz vor Zuneigung für meine Gefährtin.

„Wichtig ist, was wir heute dagegen tun“, fuhr Ravena fort. „In den wenigen Tagen, die ich dich kenne, habe ich den unerbittlichen Kampf gesehen, den du führst, um Veränderungen auf den Weg zu bringen und zu verhindern, dass sich solche Schrecken jemals wiederholen. Ich weiß, was du für Anton getan hast, um zu seiner Sicherheit und der seiner Familie beizutragen. Sie haben mir nie Einzelheiten genannt, aber ich kann sehen, dass Anton immer noch von den Dingen verfolgt wird, die er Grace in der Vergangenheit angetan hat. Die Schuldgefühle und die Reue, die er weiterhin empfindet, waren bei einem unserer Gespräche in Risqué nicht zu übersehen. Was auch immer passiert ist, ich bin froh, dass Grace ihm vergeben hat, denn dieser Mann betet sie an.“

„Sie sind Seelenverwandte“, sagte ich und zog sie vorsichtig in meine Arme. „Er hat so viel und noch mehr geopfert, um mit ihr zusammen zu sein und sie glücklich zu machen. Was auch immer die Zukunft bringt, bei meiner Ehre, ich werde für uns kämpfen.“

„Das ist alles, worum ich bitten kann“, sagte Ravena.

Sie stieg auf die Zehenspitzen und zog mein Gesicht zu sich heran, um mir einen kurzen, aber zärtlichen Kuss zu geben, bevor sie ihren

Kopf auf meine Brust legte. Mein Arm schloss sich um ihre schlanke Taille, meine freie Hand glitt durch die seidige Länge ihres langen Haares, um ihren Nacken zu halten.

Freude, Angst, Dankbarkeit und Unsicherheit kämpften in mir um die Vorherrschaft. Sie hatte mich nicht wegen des Schreckens, den ich begangen hatte, zurückgewiesen; sie, deren Volk jedes neue Leben schätzte, während sie für das Überleben ihrer Spezies kämpften. Das zementierte die unwahrscheinlichen Emotionen, die sie in mir geweckt hatte, weiter. Ich kannte Ravena kaum, aber jede Faser meines Wesens schrie mir zu, dass sie an meine Seite gehörte, dass keine andere mich jemals so vervollständigen würde, wie sie es konnte.

Aber so viele wollten meinen Untergang. Es war egoistisch von mir, sie zu behalten und, schlimmer noch, in Betracht zu ziehen, ein Kind mit ihr zu bekommen. Ich sollte Ravena helfen, das zu bekommen, weswegen sie nach Braxia kam, und sie dann wegschicken. Wenn sie jemals wegen meiner Feinde zu Schaden käme, würde mich das zerstören. Und doch konnte ich sie nicht gehen lassen. Mögen mir die Ahnen verzeihen, aber ich brauchte sie.

Meine Arme spannten sich um meine Gefährtin, während ich die alten Geister anflehte, mir zu helfen, sie zu beschützen.

KAPITEL 10
MERCY

In den zwei Tagen, die auf die wilde Jagd folgten, verbreitete sich die Geschichte um meine Kampffähigkeiten und über das, was ich getan hatte, um das Blatt zu Gunsten der Braxianer zu wenden, wie ein Lauffeuer. Die Art und Weise, wie die Leute seltsame Blicke auf mich warfen, waren seltsam. Man könnte meinen, mir sei ein zweiter Kopf gewachsen. Ich wurde unruhig und hatte es zunehmend satt, vernünftig zu handeln.

Ich hatte so lange dafür gekämpft, aus dem übermäßig schützenden Käfig befreit zu werden, in dem mein Vater mich gefangen gehalten hatte, um mich vor denen zu verstecken, die mich jagen würden, um mich dann direkt in einen anderen Käfig zu stecken. Die verdammten Prothesen verbargen nicht nur immer noch meine veredianischen Markierungen, sondern ich war auch seit der Jagd in Raviks Festung eingesperrt geblieben. Er wollte sichergehen, dass alle Guldaner den Planeten verlassen hatten, bevor er mir „erlaubte", Zeit im Haus meines Bruders zu verbringen.

Erlaubte ... Ernsthaft?

Ich hatte sie gehabt und beabsichtigte, ihn damit zu konfrontieren. Als ich heute Morgen aufwachte, war Ravik bereits gegangen. Er stand immer früh auf für einige geheime Treffen mit seinem engen Rat oder um Sparring zu machen. Wie üblich kam er zurück und frühstückte mit mir auf der Terrasse, bevor sein „normaler" Tag begann.

Ravik kam herein und fand mich angezogen vor, mein Computer und mein Technik-Kit waren einsatzbereit. Sein Lächeln verblasste, seine Augen verengten sich zu einem spekulativen Blick. „Wohin gehst du?", fragte er.

Ich hob mein Kinn an. „Du weißt, wo ich hingehe, Ravik. Die Frage ist: Werden deine Männer mich begleiten, oder soll ich Krygor anrufen?"

Er zog vor Verzweiflung eine Grimasse und schulterte seinen Sparringsstab ab, bevor er zu seiner Waffenkammer auf der gegenüberliegenden Seite des Schlafzimmers marschierte. Er klopfte auf das diskrete Symbol an der Wand, die sich teilte, um einen begehbaren Raum zu enthüllen, in dem sich eine Vielzahl von Stabwaffen auf einem Ständer, an der Wand montierte Regale mit Blastern und Ausstellungsregale mit Klingenwaffen von Dolchen bis zu Breitschwertern befanden. Ravik legte seinen Stab beiseite und begann, sein verschwitztes Hemd auszuziehen, als er den Raum auf dem Weg zum Bad verließ.

„Ich habe dir eine Frage gestellt", flippte ich aus, verärgert darüber, ignoriert zu werden.

„Eine, auf die du die Antwort bereits kennst", knurrte er und ballte sein Hemd zusammen, bevor er es auf den Stuhl neben der Badewanne warf. „Du gehst heute nicht ins Haus deines Bruders."

Mein Blut erhitzte sich von meiner zunehmenden Wut und die ersten Flammen züngelten an meinem Inneren. „Also bin ich jetzt deine Gefangene?"

Ravik atmete laut aus und warf mir einen verzweifelten Blick zu. „Rede keinen Unsinn."

„Unsinn?", spuckte ich förmlich aus und ging zwei bedrohliche Schritte auf ihn zu. „Ich bin in deiner verdammten Festung gefangen, kilometerweit entfernt vom Haus meines Bruders. Du hast mir den Zugang zu meinem Schiff und meinem Hoverbike versperrt. Du bist so weit gegangen, dass du jedem verbietest, mir irgendein Transportmittel zur Verfügung zu stellen. Ich kann nicht einmal versuchen, das

Gelände zu verlassen, ohne dass deine Wachen mich wieder wie ein verdammtes Schaf hinein treiben. Wie nennst *du* das, wenn nicht ein Gefängnis?"

„Das nennt man Schutz", flippte nun er aus.

„Ich habe dich nicht um deinen verdammten Schutz gebeten!", schrie ich. „Anton hatte für mich bereits Vereinbarungen mit seinem Vater und seinem Clan getroffen. *Du hast* dich aufgedrängt. Hätte ich gewusst, dass dein Angebot bedeutet, mich an die verdammte Leine zu nehmen, hätte ich dir gesagt, wohin du ihn dir schieben kannst."

„Ich bin der verdammte Magnar, Ravena!", rief Ravik und schlug sich mit beiden Händen auf die Brust. „Du bist meine Frau. Ich stehe bereits auf wackligem Boden. Wenn dir etwas zustößt, werden meine Verleumder, anstatt mir zu helfen, dich zu retten, mit allem, was sie haben, auf mich losgehen, um die Macht zu ergreifen. Wenn hier jemand ein Gefangener ist, dann bin ich es, angekettet an meine Pflicht als Herrscher von Braxia." Er seufzte schwer, sein Blick wurde flehend. „Du musst mir beistehen, Ravena, und nicht noch mehr Last auf mich laden."

Ich sah ihn ungläubig an. „Das ist so unfair. Es reicht also nicht aus, dass ich weiterhin lüge, indem ich so tue, als würde ich nicht hinter diesen verdammten Prothesen verstecken, um dir zu ersparen, sich mit potenziellen Geiern auseinanderzusetzen, die hinter mir her sein könnten. Jetzt soll ich für den Rest meiner Tage hier eingesperrt bleiben wie eine verdammte Schlafzimmersklavin?"

Ravik schloss die Augen und fuhr sich mit den Fingern durchs Haar. Er seufzte auf, seine breiten, muskulösen Schultern hingen herab. Als er seine Augen wieder öffnete und mich ansah, krallte sich die Hilflosigkeit, die ich darin las, an meinem Herzen fest. Meine Wut ließ leicht nach, als ein Anflug der Schuld mich erfasste.

„Ja, Ravena. Es *ist* dir gegenüber ungerecht. Das Durcheinander auf Braxia ist nicht deine Last, die du zu tragen hast. Was immer du auch denken magst, ich schwöre, dass ich nicht versuche, dich zu kontrollieren, geschweige denn zu versklaven. Ich respektiere dich zu sehr. Aber jetzt brauche ich dich, damit du mir hilfst, die Last noch eine Weile auf meinen Schultern abladen zu können."

Die Arme verschränkten sich über meiner Brust, ich kniff die Lippen zusammen und schaute weg. Die rohen Emotionen auf seinem Gesicht berührten mich mehr, als ich zugeben wollte.

„Zwei Tage, Ravena“, bat Ravik in einem leisen Ton. Meine Augen zuckten zu seinen zurück. „Gib mir bitte noch zwei Tage, damit meine Männer das Land zu Ende durchfegen können. Und dann, bei meiner Ehre, verspreche ich dir eine so gute Eskorte wie du wünschst, um zum Haus deines Bruders zu gehen.“

Bei seiner Ehre ... Die magischen Worte.

Zwei weitere verdammte Tage, an denen man die Wände anstarrte oder angestarrt wurde, weil man nicht in das Frauenbild der Braxianer passte. Ich habe die Aussicht nicht genossen, aber ich konnte es auch nicht ignorieren – und seine Notlage war mir auch keinesfalls gleichgültig. Ravik machte ein großes Zugeständnis. Er wollte seinen „Schutz“ offensichtlich um mehr Tage verlängern als die zwei Tage, die er angekündigt hatte.

Besiegt warf ich ihm einen unheilvollen Blick zu. „Gut. Was soll ich jetzt die nächsten zwei Tage tun?“, murmelte ich.

Raviks Gesichtsausdruck wurde weicher, und ein Lächeln verzog seine Lippen. „Eigentlich, bevor du dich auf mich gestürzt hattest, als ich reinkam ...“

Er grinste, als er meinen warnenden Blick vernahm.

„Ich hatte geplant, dich zu fragen, ob du die Renntiere besuchen willst. Wir könnten sogar einen Ritt mit ihnen riskieren. Sie sind kleiner als die Kampf-Karvelis, du hättest also kein Problem damit, selbst einen zu reiten.“

Mir fiel die Kinnlade runter, meine Augen traten fast aus dem Kopf, alle Wut war vergessen. „Wie heute?“, fragte ich.

„Eher wie in diesem Augenblick“, entgegnete Ravik, ein spielerischer Funke in seinen dunklen Augen ersetzte den ehemals verärgerten. „Nun, wenn ich mit dem Umziehen fertig bin“, fügte er hinzu und schaute auf sich selbst herab.

„Warum bist du denn noch nicht fertig damit?“, fragte ich.

Ravik grinste. „Schon dabei, Herrin.“

Ich konnte mir das Lächeln nicht verkneifen, das sich nun auf meinen Lippen legte.

Verdammt sei der Mann.

Es sollte ihm nicht so leicht fallen, mich von meinen emotionalen Wutanfällen runterzuholen. Er hatte jetzt schon viel zu viel Macht über mich. Ich weidete meine Augen an der Perfektion der strammen Muskeln in seinem Rücken und an den sexy, runden, aber festen Kugeln seines Hinterns, als er seine Hose und Unterwäsche auszog. Er öffnete die Tür zum Bad, um nach seinem Training ein kurzes Bad zu nehmen. Als er durch die Tür trat, hielt er inne und schaute mich über seine Schulter an. Die Sanftheit, die Zartheit seines Blickes – unglaublich seltsam in seinem so brutalen Gesicht – ließ meinen Magen flattern.

„Danke", bekräftigte er mit einem sanften Lächeln.

Mein Magen machte noch einen weiteren Salto, und meine Kehle schnürte sich bei so viel herzlicher Anerkennung in seiner Stimme und in seinen Augen zu. Ravik drehte sich ohne ein weiteres Wort um und betrat das Bad.

Verdammter elender Mistkerl.

Innerhalb der Mauern des Geländes befanden sich die Ställe der Renntiere. Direkt daneben war eine Reihe von verstärkten Türen, die einen seitlichen Zugang zur Festung ermöglichten. Sie öffnete sich zu einem weiten, offenen Feld, auf dem eine Gruppe erwachsener Renntiere frei herumlief, die von vier berittenen Braxianern gehütet wurden. Auf jeder Seite der Türen wurden jüngere Tiere in großen Gehegen trainiert, wobei ihre Fortschritte mit rohen Fleischstücken belohnt wurden.

Ich näherte mich dem Zaun eines der Gehege und starrte voller Ehrfurcht auf die wundersamen Geschöpfe. Ravik hatte Recht. Obwohl sie ganz wie die Kampfversion der Karvelis geschuppt waren, ähnelten die Proportionen dieser Rennrasse den xelixianischen Cavas. Sie waren jedoch schlanker, ihre Linienführung aerodynamischer.

Die perfekte Größe für mich zum Reiten.

Nun, nicht diese Fohlen, aber auf jeden Fall die Erwachsenen.

„Ravik, sie sind großartig“, flüsterte ich.

Sein Arm schlang sich um mich, seine Hand ruhte auf der Höhe meines Hinterns. „Danke, kleiner Vogel“, erwiderte er, bevor er einen sanften Kuss auf meine Schläfe drückte.

Er führte mich in Richtung des offenen Feldes, hob eine Hand und winkte den Männern, die die Tiere hüten, zu. Einer von ihnen hielt inne, gefolgt von ein paar der Renntiere, einem mitternachtsfarbenen und einem dunklen, königlich-lilafarbenen.

„Magnar“, grüßte der Mann und stoppte sein Tier ein paar Meter vor ihm. Als Zeichen des Respekts sprang er herunter und schlug mit der Faust auf seine Brust. Der Mann warf mir einen neugierigen Blick zu und nickte fast unmerklich mit dem Kopf, offenbar unsicher, wie er mich begrüßen sollte, falls überhaupt.

„Cormak“, erwiderte Ravik und nickte dem Mann zur Begrüßung zu.

Er hob eine Handfläche in Richtung des schwarzen Renntiers. Die Kreatur näherte sich ihm und drückte den flachen Teil seiner Schnauze gegen Raviks Hand.

„Das ist Sheeroh, das einzige Renntier, das mich toleriert“, stellte Ravik mit einem Lächeln fest.

Wie als Antwort auf diese Bemerkung peitschte Sheeroh seinen Skorpionschwanz über den Kopf und klopfte Ravik mit der abgerundeten Kante des Stachels auf die Stirn. Bei der Geschwindigkeit, mit der die tödliche Waffe auf meinen Partner losgegangen war, verzog sich mein Magen. Dennoch war die Berührung sanft und kontrolliert gewesen. Ich starrte die Kreatur an, mein Herz schlug wie wild.

„Ist das Gift im Stachel nicht tödlich?“, fragte ich und versuchte herunterzuspielen, wie sehr mir das Angst gemacht hatte.

„Nicht stärker als das Gift, das sie mit einem Biss erzeugen können“, sagte Ravik nonchalant.

Ich blinzelte ihm zu, mein Verstand brauchte eine Sekunde, um zu verarbeiten, was er gerade gesagt hatte. „Du meinst, als wir vor ein paar Tagen unsere Hand in den Mund der Schlacht-Karveli gesteckt hatten ...?"

Er nickte, ein breites Grinsen im Gesicht, und seine Obsidianaugen funkelten vor Unheil. „Das Vertrauen besteht nicht darin, dass der Karveli dir nicht den Arm abbeißt, sondern dass er dir nicht eines der tödlichsten Gifte auf Braxia spritzt."

Ich fühlte mich schwach, weil ich an diesem Tag meine Hand rücksichtslos vor Voltars Gesicht geschoben hatte.

„Ärgere dich nicht", neckte Ravik. „Sheeroh würde mir nie etwas antun. Ihr großer Bruder würde sie töten, wenn sie es täte."

„Sie?", fragte ich überrascht. „Sie ist ein Weibchen?"

Ravik nickte. „Das sind sie alle", bestätigte er und deutete auf die Herde der Renntiere. „Die Weibchen der Karvelis werden Karvalas genannt. Diese Tiere sind nur eine Untergruppe von ihnen, die speziell für diesen Zweck gezüchtet wurden oder sehr vielversprechend geboren wurden. Diese Schönheit", informierte er mich und erhob seine Handfläche zum zweiten Renntier, den Cormak mitgebracht hatte, „wird Dajia genannt. Sie ist die Gefährtin von Voltar."

Mein Mund stand offen – mal wieder – als ich sah, wie sich das anmutige Weibchen Ravik näherte und ihre Schnauze an seine Handfläche drückte. Ihr Blick wich jedoch nie von mir ab und musterte mich mit derselben intensiven Aufmerksamkeit, die Voltar zeigte. Auch ich sah sie mit neuen Augen. Sie hatte etwas Königliches an sich, das sagte: „Leg dich nicht mit mir an", und doch fühlte sich das auch äußerst verlockend an.

„Dajia, das ist meine Frau, Ravena Mercy Vrok."

Zum zweiten Mal fiel mir auf, dass Ravik mich den Kreaturen mit meinem vollen Namen vorgestellt hatte. Ich fragte mich, ob das von Bedeutung sei. Aber bevor ich fragen konnte, schob Dajia ihr Gesicht vor meins und schnüffelte daran, als wolle sie den Duft meines Atems einfangen. Ihre Schnauze senkte sich zu meinem Hals, dann auf meine Brust und dann auf meinen Bauch, wobei sie jedes Mal innehielt, um hörbar einzuatmen. Wie erwartet schloss sie ihre Erkundung mit einem großzügigen Schnuppern an meinem Schritt ab, obwohl sie glücklicherweise viel kürzer brauchte als ihr Partner.

Sie trat zwei Schritte zurück. Mit einem Zischen entblößte Dajia ihre nadelscharfen Zähne vor mir, ihre gespaltene, schwarze Eidechsenzunge schoss zwischen ihnen hervor. Obwohl sie beängstigend war, nahm ich in ihrer Haltung keine Bedrohung wahr. Sie schob ihren Kopf zur Seite und streckte langsam ihren langen, grazilen Hals aus, während sich die Sonne auf ihren glänzenden Schuppen spiegelte. Der Schwanz peitschte in einem fast choreographierten Tanz von einer Seite zur anderen, sie drehte sich um, um ihre Flanke freizulegen, schlank, elegant und stark. Sogar ihre langen Beine hatten etwas Sexuelles an sich, trotz ihrer bösartigen Krallen, die über den Boden hoben, als würden sie einen Käfer zerquetschen.

Wie konnte ich nicht sofort erkennen, dass es sich um Weibchen handelte?

Dann fiel mir auf, dass Dajia sich aufspielen wollte. Wäre sie ein einzelnes Männchen gewesen, hätte ich es Balzen genannt.

Vielleicht ist es ...

Wollte sie meine Zustimmung, so wie ich auf ihre gehofft hatte, damit ich auf ihrem Rücken reiten konnte?

„Du bist wirklich großartig, Dajia. Ich verstehe, warum Voltar eine, die so schön ist wie du, zu seiner Gefährtin gewählt hat."

Dajia schnaubte und warf ihren Kopf in einem scharfen Nicken zurück, ihr Reptilauge warf mir einen Seitenblick zu. Blitzschnell schlug ihr Skorpionschwanz mit einem trockenen „tock-tock"-Geräusch in jedes meiner Hörner. Mein erschrockenes Gejaule erstarb in meiner Kehle und klang wie ein einziger Schluckauf.

Mit weit aufgerissenen Augen drehte ich mich zu Ravik um und lachte über seinen verblüfften Gesichtsausdruck.

„Ich schätze, das heißt, sie ist einverstanden?", fragte ich.

„Der erste Treffer bedeutete, dass sie mit deinem Kompliment einverstanden war. Der zweite bedeutete, dass sie dasselbe von dir denkt."

Aus irgendeinem seltsamen Grund hat mich das berührt. Im Rückblick auf die Karvala gab ich ihr noch einmal meine Wertschätzung.

„Freches Mädchen. Ich mag dich", sagte ich und blinzelte dann, als Dajia mir wieder mit dem Schwanz auf die Hörner klopfte. Ravik und

Cormak brachen in Gelächter aus. Ich starrte sie an und dann das Reittier. „Aber dieser Teil gefällt mir nicht so sehr."

Dajia schnaubte, ihr vorderer Krallenhuf pflügte den Boden.

„Lacht sie mich aus?", fragte ich ungläubig.

„Ja", antworteten Ravik und Cormak unisono.

„Göre", murmelte ich vor mich hin, verärgert und doch völlig hingerissen von der Karvala. Ein Gedanke kam mir plötzlich in den Sinn. „Moment mal, wenn sie Voltars Gefährtin ist, warum ist dann ihr Stall am anderen Ende der Stadt? Nun, vom Gelände?"

Ravik lächelte, seine große, schwielige Hand streichelte sanft mein linkes Horn. „Weil die Karvalas keine Zeit und keine Verwendung für Männchen haben, wenn sie sich außerhalb ihrer Paarungshitze befinden."

Meine Augen weiteten sich. „Ernsthaft?"

Ravik nickte. „Die Weibchen halten die Männchen für zu bedürftig. Sie stellen zu viel Arbeit dar, um sie bei sich zu halten."

Ich erhob neugierig eine Augenbraue.

„Die Weibchen sind schneller, was sie zu besseren Jägern macht. Sie fangen in der Regel kleinere Exemplare als die Männchen, aber in größerer Menge. Da sie eine Rudelmentalität haben, ernähren sie alle, nicht nur sich selbst oder ihren Nachwuchs. Das Problem besteht darin, dass die Männchen dazu neigen, den größten Anteil zu fressen, während sie den geringsten Beitrag leisten, und dann die Weibchen unerbittlich wegen Sex nerven. Aber sie rennen zu schnell."

Ich schnaubte. „Klingt vertraut."

Ravik blickte mich spielerisch an, was mich zum Schmunzeln brachte.

„Jedes Mal, wenn wir versucht haben, Männchen und Weibchen zusammenzuhalten, jagten die Karvalas schließlich die Männchen aus dem Rudel und ließen sie nur während der Paarungshitze zu."

„Kluge Damen", bestätigte ich mit einem Schmunzeln.

Dajia und Sheeroh schnaubten beide übereinstimmend. Ich mochte diese Geschöpfe wirklich. Ich machte mir eine geistige Notiz, um mit meiner Schwester über sie zu sprechen. Sie liebte es, auf den Cavas zu reiten, aber sie wäre nicht in der Lage, sie nach Haven zu bringen, der neuen veredianischen Siedlung, die unser Volk baute. Im Gegensatz zu Xelix Prime, das dank seiner beiden Sonnen keinen Winter hatte, hatte Haven durchaus einen. Solch ein kaltes Klima würde die Cavas töten. Aber Braxia hatte ein ähnliches Klima wie die neue veredianische Heimatwelt, die die Tuuräer vor einigen Jahren terraformt hatten. Dies wäre eine perfekte Handelsmöglichkeit zwischen unseren Völkern.

Die Einführungen waren abgeschlossen, Ravik bot mir an, mir auf den Rücken von Dajia zu helfen, aber ich bestand darauf, es allein zu tun. Während meines Aufenthalts bei meiner Mutter und meinen Schwestern auf Xelix Prime hatte ich einige Cavas geritten, ohne Hilfe zu benötigen. Die Rennpferde waren noch kleiner als diese Reittiere; die perfekte Größe für mich. Obwohl Voltars Hörner und Sporen größer gewesen waren, waren die Hörner und Sporen von Dajia – zumindest für mich – zugänglicher und an ihrem Nacken ideal positioniert, um mir während eines Rennens in einer bequemen, nach vorne geneigten Position einen guten Halt zu geben.

Wir begannen im langsamen Schritt zu reiten, um mir Zeit zu geben, mich an mein Tier zu gewöhnen. Cormak kehrte zu seinen Aufgaben bei den anderen Tieren zurück, aber zwei Leibwächter folgten uns in einer respektablen Entfernung. Sie bemühten sich nach Kräften, außerhalb unserer Sichtlinie zu bleiben und uns einen Anschein von Privatsphäre zu geben.

Ich seufzte innerlich. Als ich zum ersten Mal die Einstimmung in Antons Penthouse spürte und erkannte, dass mein Seelenverwandter der braxianische Herrscher war, war meine einzige wirkliche Sorge die frauenfeindliche, überheblich dominante und kontrollierende Natur seines Volkes gewesen. Aber die Unruhen der letzten Tage, die Konfrontation von heute Morgen und nun dieser „romantische“ Ritt trieben die traurige Realität zurück; eine Vereinigung mit Ravik bedeutete eine Vereinigung mit Braxia. Welche Gefühle er auch immer im Laufe der Zeit für mich entwickeln mochte, ich wusste bereits, dass Ravik sein persönliches Glück seiner Pflicht opfern würde.

Um an seiner Seite zu sein, müsste ich einen großen Teil der Privatsphäre aufgeben, die ich so sehr geschätzt habe. Meine eigenen

Wünsche und persönlichen Bestrebungen müssten immer hinter den Bedürfnissen seines Volkes zurückstehen.

'Unser' Volk, wenn ich ihn am Ende heiratete.

Raviks Worte hallten noch immer laut und deutlich in meinem Kopf wider.

„Du musst mir beistehen, Ravena, und mir nicht noch mehr zur Last fallen.“

Ich warf ihm einen Blick zu, als er auf Sheeroh ritt, besitzergreifender Stolz blühte in meinem Herzen auf. Man würde Ravik, egal nach welchen Maßstäben, niemals als einen gutaussehenden Mann bezeichnen. Und doch war er das erotischste Ding, das ich je gesehen hatte. Ich liebte alles an ihm; von seinem furchterregenden Gesicht bis hin zu seiner übertriebenen Stärke, durch die ich mich sowohl verletzlich als auch vollkommen beschützt fühlte, bis hin zu seinen massiven Muskeln an seinem riesigen Körper und seinem riesigen Schwanz, der mir immer das Gefühl gab, kurz davor zu stehen, in zwei Hälften gespalten zu werden, und der mich gleichzeitig vor Glückseligkeit singen ließ.

Aber es war nicht nur sein Körper, der mich hart und schnell für den Mann kommen ließ. Trotz seiner barbarischen Erscheinung und der wilden Art seines Volkes war Ravik königlich. Er ritt sein Pferd mit geradem Rücken und erhobenem Kinn, mit einer Leichtigkeit in der Bewegung, die Zuversicht, Stolz und Stärke ausstrahlte. Seine ausgeprägte Intelligenz und die Art und Weise, wie er es schaffte, eine Situation genau zu analysieren und sofort zu handeln, brachten die größte Wende. Ganz zu schweigen von seiner bedingungslosen Hingabe für das Wohl seines Volkes. Es waren jedoch seine fortschrittliche Denkweise und sein Respekt den Frauen gegenüber – für mich -, die mich wirklich bewegten. Ich hasste es ein wenig, dass die Ereignisse um Lissy ihn auf diesen Weg der Veränderung gebracht hatten. Dennoch war ich dankbar, denn ich hätte nie mit dem Mann zusammen sein können, der er unter der Herrschaft seines Vaters geworden wäre.

Ravik hatte die Sklaverei auf seinem Planeten trotz des gewaltigen Aufschreis abgeschafft, seine eigenen Sklaven befreit, ihnen Löhne gezahlt und ging sogar so weit, Vergnügungsarbeiter als festes

Personal einzustellen, um die *immer noch* barbarischen Bräuche seines Volkes nicht allzu sehr zu ignorieren. Auf Braxia war ein Sklave frei für alle. Wenn ein Mann eine Frau wollte, konnte er sie einfach über die nächste Oberfläche beugen und sich mit ihr vergnügen, sogar in der Öffentlichkeit. Während sich seine Männer am ersten Abend unserer Ankunft während des Essens benommen hatten, waren die folgenden Abendmahlzeiten nicht so kontrolliert verlaufen.

Während des Essens hatte es einen weiteren erotischen Tanz gegeben. Kaum war er zu Ende, hatte sich Hagan, eines der Mitglieder seines Rates, eine der Tänzerinnen geschnappt und ihr befohlen, ihm auf den Knien einen zu blasen, was mir heftig missfiel. Ich verlor beinahe den Verstand. Ich dankte still der Göttin für Raviks prompte Einmischung und die Erklärung, dass die Tänzerinnen zu den dreißig Frauen verschiedener Spezies gehörten, einschließlich der braxianischen Hybriden, denen er sichere Arbeitsbedingungen, freie Kost und Logis und einen angemessenen Lohn garantierte, um jeden Mann in seinem Haus zu erfreuen, der sie haben wollte. Er bewahrte alle anderen Bediensteten in seinem Saal davor, durch ungewollte Annäherungsversuche einem unangemessenen Druck ausgesetzt worden zu sein.

Eine Reihe von Clans rebellierte wegen so vieler Regeländerungen, viele davon, weil sie sich keine Dienerinnen leisten konnten. Mit ihrer schleppenden Wirtschaft mussten sie nun Sklaven Löhne zahlen, die sie früher nur minimale Kost und Logis haben durften. Sie mussten ihre Wirtschaft neu strukturieren, neue Märkte finden, ihr Volk ausbilden, neue Allianzen schmieden und ihre Technologie auf den neuesten Stand bringen; eine kolossale Herausforderung, aber eine, bei der ich helfen konnte.

Die Frage war, ob ich helfen wollte, eine solche Last zu tragen, ob dies die Zukunft war, die ich für mich wollte. Wenn ich mit meinem Seelenverwandten zusammen sein wollte, musste ich seine Dagna, seine Königin, werden, mit all den damit verbundenen Verantwortlichkeiten.

Nachdem er zweifellos meinen Blick auf sich gespürt hatte, drehte

Ravik sein Gesicht zu mir, er sah so entspannt aus, wie ich ihn seit Tagen nicht mehr gesehen hatte, fast unbekümmert.

„Bist du bereit, das Tempo zu erhöhen, kleiner Vogel?“, fragte er.

„Das kannst du glauben, großer Junge.“

Er schnaubte und schüttelte den Kopf. „Erinnere mich daran, dir den sexy Hintern zu versohlen, wenn wir nach Hause kommen.“

Seine dunklen Augen glühten, sein Gesichtsausdruck war voller böser, verlockender Versprechungen. Mein Inneres erwärmte sich, und meine Muschi pochte bei dem Gedanken an die große Hand, die mir auf den Hintern schlug, wie er es in unserer ersten Nacht hier getan hatte. Ich würde es nie laut zugeben, aber ich liebte ein gutes krätiges Spanking.

Raviks breite Nase zuckte, und ein selbstgefälliges Lächeln zierte seine Lippen. Der Bastard wusste, dass er mich heiß gemacht hatte und ergötzte sich daran.

„Hör auf, an meinen Schwanz zu denken, Frau, und folge mir. Versuche nicht, mich zu überholen.“

Bevor ich mit einer klugen, frechen Erwiderung aufwarten konnte, beugte er sich vor und versetzte Sheeroh in einen schnellen Lauf, wodurch ich einen herrlichen Blick auf seinen muskulösen Hintern bekam.

Verdammt sei der Mann ...

Ich beugte mich zu Dajia, die vor Ungeduld schnaubte, und nahm ihre Hörner in die Hand. Die Karvala folgte ihnen sofort. Der Wind peitschte an uns vorbei, mein langer Zopf flog hinter mir her, während mein Reittier rannte, um unsere Begleiter einzuholen. Ich gab mich der Freude an der Geschwindigkeit und dem berauschenden Gefühl von Freiheit und Gefahr hin, die sie mir immer vermittelte. Dajia verlangsamte sich, um ihr Tempo an das von Sheeroh anzupassen, damit sie Seite an Seite laufen konnten. Als ich zu Ravik schaute, verbanden sich meine Augen mit seinen.

Mein Gefährte ...

In diesem Augenblick wusste ich, dass ich alles in meiner Macht Stehende tun würde, um ihn immer so glücklich zu sehen. Ich würde sein sicherer Hafen in dem Sturm sein, der ihn zu verschlingen suchte.

Komme, was wolle, ich würde ihm beistehen.

~

Am nächsten Morgen brach Ravik auf, um verschiedene andere Clans zu besuchen, die sich alle mit ihren eigenen Problemen befassten. Angesichts der Tatsache, dass jeder der Hauptclans eine eigene Kleinstadt darstellte, würde diese Reise als eine Reihe von Staatsbesuchen in anderen Welten betrachtet werden. Einige ältere Clans beherbergten tatsächlich eine Reihe kleinerer Clans, sodass es sich nicht um eine einzige Blutlinie handelte, die unter dem gleichen Dach lebte. Über mehrere Generationen hinweg verringerte sich die Kluft, was oft dazu führte, dass einige der kleineren Clans auf das Gelände eines der älteren Clans umzogen.

Ich wollte Ravik bitten, mich mitzunehmen, widerstand aber dem Drang. Wenn ich ihm helfen wollen würde, könnte ich so aus erster Hand von der Notlage seines Volkes erfahren und doch wusste ich nicht, wo ich ansetzen könnte. Es fühlte sich jedoch zu kühn an, in der so frühen Phase unserer Beziehung bereits offiziell für die anderen einzutreten. In den wenigen Tagen seit meiner Ankunft hatten die Braxianer erkannt, dass sich zwischen ihrem Herrscher und mir etwas Besonderes aufbaute, etwas, das sie mit Vorsicht und Misstrauen betrachteten. Ich war nicht seine Dagna – noch nicht – und vielleicht würde ich es auch nie sein, also musste ich vorsichtig vorgehen, um keine Grenzen zu übertreten.

Ich brauchte jedoch nicht zu den anderen Clans zu gehen, um einen ersten Eindruck davon zu bekommen, womit wir uns auseinandersetzen mussten. Zwar konnte ich die Mauern von Raviks Gelände noch nicht verlassen, aber es würde Tage dauern, jeden Winkel und jede Ritze zu durchwandern, wenn das alles war, was ich von der Abenddämmerung bis zum Morgengrauen tat. Da ich in Anbetracht der schweren Prüfungen, denen ich von den Braxianern unterworfen wurde, unauffällig bleiben wollte, benutzte ich eine Kamera, die in der Perle meiner Halskette versteckt war, um alles, was mir begegnete, für eine spätere Vorführung in aller Ruhe festzuhalten.

In den meisten Einrichtungen, die ich besuchte, führten Männer die Geschäfte, während die Frauen Kunden bedienten; so spielte die Frau Apportieren, während der männliche Besitzer sie herumkommandierte. Als einer der Besitzer eine Frau, die mit dem Auffüllen der Regale am anderen Ende des Geschäfts beschäftigt war, bat, ihm ein Werkzeug zu bringen, das weniger als einen Meter von der Stelle entfernt war, an der er gerade stand, musste ich mir auf die Zunge beißen, ihm nicht zu sagen, er solle es sich verdammt noch mal selbst holen. Trotz alledem sahen die Frau – und all die anderen, denen ich begegnet war – nicht unglücklich oder misshandelt aus. Für sie war das normal.

Ein beunruhigender Gedanke ging mir durch den Kopf, als ich von einer Einrichtung zur nächsten ging. Obwohl ich fest davon überzeugt war, dass diese Frauen ihren rechtmäßigen Platz in ihrer Gesellschaft erhalten und gleichberechtigt behandelt werden mussten, hatte ich doch das Recht, ihre Lebensweise zu stören? Zu versuchen, ihnen meine aufzuzwingen? Zugegeben, ihr Herrscher arbeitete bereits auf dieses Ziel hin, aber wer war ich, dass ich die Wellen schlug? Für jemanden, der so daran gewöhnt ist, seine Meinung zu sagen, wäre dies eine weitere Herausforderung, die ich meiner bereits langen Liste von ihnen hinzufügen könnte.

Zu meiner Erleichterung rivalisierte Braxia, oder zumindest das Gelände des herrschenden Clans Xeldar, mit den am weitesten entwickelten intergalaktischen Städten, die ich im Laufe der Jahre besucht hatte. Zugegeben, einige der verwendeten oder ausgestellten Technologien waren etwas veraltet, aber nichts, was sich nicht mit der richtigen Anleitung und den richtigen Kontakten, die natürlich von meiner Wenigkeit zur Verfügung gestellt wurden, leicht beheben ließe. Was mich ärgerte, waren all die anderen Dinge, die ich nicht sah. Der Gang durch die Straßen des Xeldar-Geländes fühlte sich an wie eine lange Reise durch ein riesiges Lagerhaus eines Quartiermeisters. Alles war funktional und nur für Grundbedürfnisse vorgesehen. Die einzigen Orte, die irgendeine Art von Dienstleistung anboten, waren jene mit Lebensmitteln, seien es Restaurants, Lebensmittelgeschäfte und vor allem Bäckereien.

Aber was war mit den Geschäften, die Touristen anzogen? Juweliergeschäfte? Schönheitssalons? Sogar die Bekleidungsgeschäfte boten ein sehr begrenztes Sortiment an, das nichts Extravagantes oder Nonkonformistisches enthielt. Wo waren die Damenbekleidungs- und Schuhgeschäfte? Ich hatte nur Konkubinen-Outfits und disziplinspezifische Diener-Outfits gesehen. Dennoch erinnerte ich mich deutlich an die Frauen und Konkubinen an den Beistelltischen, die einige schöne Kleider und Schmuck trugen. Woher kamen diese Kleider und Schmuckstücke?

Wenn Ravik heute Abend von seiner Tour zurückkehrte, sollten wir zu Stadtrat Fenton nach Hause kommen, wo wir zum Abendessen eingeladen waren. Ich mochte den Mann. Obwohl er ein wenig schroff war, hatte er eine große Freundlichkeit in sich und eine unerschütterliche Loyalität gegenüber Ravik. Schon allein deshalb hätte ich ihn gemocht. Bis dahin schloss ich meinen Computer an und begann, das aufgenommene Filmmaterial zu analysieren.

KAPITEL 11

RAVIK

Ich ließ mich im Shuttle nieder, als meine beiden zuverlässigsten Leibwächter mich zu meinem nächsten Ziel brachten, Tagar am Steuer und Nowik am Com. Es war ein langer, anstrengender Tag gewesen. Ich wollte einfach nur nach Hause zu meiner Frau gehen und mich in ihrer sanften Umarmung verlieren, nicht in eines der fünfzehn Lager der Fünfzehn fliegen. Was für eine dumme Idee, ihn als letzten der heutigen Tour zu besuchen. Ich dachte, wenn ich ihn zuerst gesehen hätte, wäre ich für den Rest des Tages in einer schlechten Stimmung gewesen. Aber nach all den deprimierenden Besuchen, die ich bis dahin gemacht hatte, nach den Schwierigkeiten jedes einzelnen Clans und nach meiner Hilflosigkeit, eine Lösung zu finden, traute ich mir nicht zu, meine Ruhe bei Boros Grumar zu bewahren.

Am Fuße des Berges Jyriak erstreckte sich das Gelände des Clan Grumar, dessen dunkle Gebäude klug errichtet und so angelegt waren, dass sie der Felswand des Berges die Illusion vermittelten, sie würden sich mit ihr vermischen. Einst gehörte der Clan Grumar zur Elite und war bekannt für die meisterhafte Handwerkskunst seiner Schmiede, die die besten Schwerter und Waffen des Reiches herstellten. Doch die Technologie machte ihre Fähigkeiten bald obsolet, da sie es jedem ermöglichte, schneller Ergebnisse von ähnlicher Qualität zu erzielen.

Die einzigen anderen Einnahmequellen des Clans stammten aus den Steinbrüchen und dem Duraliumabbau. Doch wie der Clan Caldes verlor auch der Clan Grumar schnell einen Großteil seiner Kundschaft, da auf den intergalaktischen Märkten bessere, stärkere und stabilere Materialien verfügbar wurden. Die begrenzte lokale Nachfrage nach Stein und Duralium reichte nicht mehr aus für die viel zu vielen Clans, die von der Förderung und dem Verkauf dieser Produkte für ihren Lebensunterhalt abhängig waren.

Als wir unseren Abstieg begannen, näherten sich Boros, seine drei Söhne und ältere Ratsherren dem Landeplatz, um mich willkommen zu heißen. Ich merkte widerwillig, dass er mir mehr Höflichkeit entgegenbrachte als viele der Clans, insbesondere jene, deren Situation genauso schlimm geworden war wie seine. Als ich nach unserer Landung die Rampe hinunterging, ließ ich meinen Blick über den Clanführer schweifen. Zwei Jahre jünger als ich, war Boros bereits gut gealtert. Wie es bei Nicht-Kriegerblutlinien oft der Fall war, war er in Größe und Konstitution deutlich kleiner als ich. Dennoch würde er für galaktische Verhältnisse als ein sehr muskulöser Riese gelten. Sein schulterlanges dunkelbraunes Haar umrahmte ein stolzes, braxianisches Gesicht, aus dem mich hellbraune Augen ansahen, frei von jener Angst, die sich mit Hass vermischte, und die ich gewöhnlich von den anderen Fünfzehn gewohnt war.

„Magnar Ravik", begrüßte mich Boros und schlug sich mit der Faust auf die Brust. „Willkommen auf dem Landsitz von Grumar. Gesundheit, Stärke und Wohlstand für deinen Clan. Mein Heim ist euer Heim."

Seine Söhne und Clanmitglieder des Rats wiederholten die Begrüßungsgeste, obwohl sie schwiegen.

„Danke für deinen Empfang, Clanführer Boros", entgegnete ich mit einem Nicken.

Die schweren Metalltüren der Halle des Clan Grumar beeindruckten mich immer wieder. Die Schmiedearbeiten an ihnen waren exquisit, mit dem Siegel des Clans, das mit Laserpräzision in die Front geschnitzt und mit den opalisierenden nyrianischen Steinen gefüllt war, die in dieser Region reichlich vorhanden sind. Die Türen gingen auseinander, um uns hereinzulassen. In der großen Halle mit ihren kastanienbraunen Böden und hellgrauen Wänden befand sich in der Mitte des Raumes eine große Steinskulptur mit Amboss und Hammer. An der Tür stehend, schlugen sich die Männer seiner Sippe links mit der Faust auf die Brust, die Köpfe waren gebeugt, die Frauen und Diener auf der rechten Seite gingen auf die Knie, abgesehen von seiner Frau, die mit gesenktem Kopf und gesenkten Blick stehen blieb.

Ich signalisierte allen, sich zu erheben, und dachte noch einmal darüber nach, wie müde ich von diesen Ritualen, Überbleibseln einer längst vergangenen Ära, geworden war. Als ich das letzte Mal die Abschaffung dieser Rituale thematisiert hatte, hatte mich mein enger Rat streng davor gewarnt. So irritierend es für mich auch sein mochte, es erinnerte die Bürger an meine Position und meinen Status. In diesen unruhigen Zeiten, in denen einige darüber murrten, meine Herrschaft in Frage zu stellen, könnte die Beseitigung von Symbolen meiner Macht gegen mich spielen.

Boros führte mich in sein Privatgemach, wo er und seine Ratsherren die nächsten vierzig Minuten damit verbrachten, ihre Leiden und die hoffnungslose Situation, in der ihr Volk steckte, aufzulisten.

„Ich kann nicht noch ein ziviles Projekt erfinden, das dem Reich keinen wirklichen Nutzen bringt, nur damit eure Männer weiterarbeiten“, sagte ich schließlich verärgert.

„Wir bitten dich auch nicht darum“, konterte Boros, sichtlich aufgebracht. „Die Realität sieht so aus, dass mein Clan im Winter verhungern wird. Ich stelle die neuen Anti-Sklaverei-Gesetze nicht in Frage. So sehr es uns jetzt auch schadet, wir sind uns einig, dass Braxia sich ändern muss, bevor wir weiter zurückbleiben. Aber ich kann es mir nicht länger leisten, ihren Lohn zu zahlen oder sie gar nach Hause zu schicken. Am Monatsende werde ich die Mehrheit meiner Diener, darunter alle meine ehemaligen Sklaven, freilassen, damit sie ihr Glück anderswo suchen können.“

Ich konnte kaum ein Zurückschrecken unterdrücken. Dass ein Clan keine Diener hatte, war das ultimative Zeichen der Erniedrigung. Was auch immer meine persönlichen Probleme mit Boros sein mochten, ich wollte nicht, dass ein so altes Haus so herunterkommt, ganz zu schweigen davon, wie es meinen Verleumdern mehr Munition gegen mich geben würde.

Ich stieß einen Seufzer aus. „Ich werde mit meinem Rat darüber sprechen, dir einen weiteren Notfonds zu bewilligen ..."

„Nein", unterbrach Boros, bevor er nervös seine breite, flache Nase rieb. „Es wird nicht mehr bedeuten, als ein Tropfen auf dem heißen Stein."

Richtig. Aber das war alles, was es geben konnte.

„Wir haben alle Möglichkeiten ausgeschöpft", stellte Boros in einem müden Ton fest. „Trotz seiner Bemühungen konnte Anton keine Käufer für die von uns produzierten Ressourcen finden. Er fand jedoch viele primitive Kolonien, die gerne von unseren Schmiedekünsten profitieren würden, da sie hier nicht von Nutzen sind. Aber das bedeutet, mein Volk zu vertreiben und zu zerstreuen. Ich werde es nur als letzte Möglichkeit in Erwägung ziehen."

Ich nickte und fühlte trotz allem seinen Schmerz. „Also, was soll ich deiner Meinung nach tun?", fragte ich.

Er tauschte unsichere Blicke mit seinen Clanmitgliedern aus, bevor er seine wachsamen Augen wieder auf mich richtete. Ich verengte meine und wartete ab.

„Es ist uns zu Ohren gekommen ..." Boros räusperte sich. „Nun, es heißt, dass deine Frau eng mit dem tuureanischen Anführer befreundet ist."

Mein Rücken versteifte sich und ich fühlte mich sofort irritiert, wie es mir jedes Mal erging, wenn ich die Erwähnung dieser Beziehung hörte. Obwohl Ravena mir versichert hatte, dass es zwischen ihnen beiden nichts Romantisches gäbe, machte mich die Unklarheit über die tatsächliche Art ihrer Beziehung nervös.

„Der Admiral ist nicht ihr Herrscher. Er führt nur ihr Militär", entgegnete ich, wobei meine Stimme kälter war, als ich es mir wünschte. Es war kleinlich von mir, aber wenn ich darauf hinwies, dass ich im Rang über ihm stand – auch wenn seine Macht weit über der meinen lag – fühlte ich mich etwas besser. „Na und?"

„Die Tuureaner bauen eine neue Heimatwelt für die Veredianer auf ihrem Planeten Tuur. Sie werden tonnenweise Grundressourcen und

Baumaterialien benötigen", fuhr Boros fort, während er unruhig auf seinem Sitz rutschte. Seine Clanmitglieder nickten und murmelten ihre Zustimmung. „Wenn deine Frau ein gutes Wort einlegen würde, würden sie vielleicht in Erwägung ziehen, einige von uns zu beschäftigen."

Ich lehnte mich zurück in meinem Stuhl, mein Blick schweifte über die um den Tisch versammelten Männer. Sie starrten mich an, die Gesichter durch Anspannung und Sorgen verzerrt, die Augen voller Hoffnung.

„Du würdest dich herablassen, eine Frau in deinem Namen intervenieren zu lassen?", fragte ich ehrlich überrascht.

„Das ist eine Frage des Überlebens, Magnar", erwiderte Boros, sein Ton verhärtete sich. „Diejenigen, die in deiner Halle am lautesten bellen und johlen, sind die Reichen, die dank ihres fruchtbaren Ackerlandes fett, wohlhabend und faul geworden sind. Die Tatsache, dass sie das Personal bezahlen müssen, anstatt in den Genuss kostenloser Sklavenarbeit zu kommen, schmälert ihre ohnehin schon beträchtlichen Gewinne, und das gefällt ihnen nicht. Was mich betrifft, so ist es mir egal, wer zu unseren Gunsten vermittelt, solange es dazu führen kann, dass wir Arbeit finden, damit mein Volk im Winter Nahrung in seinen Bäuchen hat."

Ich nickte langsam. Anton hatte etwas angedeutet, das in die gleiche Richtung ging, aber ich hatte mich geweigert, persönliche Angelegenheiten mit geschäftlichen zu vermischen. Ich wollte nicht, dass Ravena denkt, mein Interesse an ihr sei auf ihre Kontakte und ihren Reichtum zurückzuführen. Aber mein Volk litt, und ich hatte die Pflicht, sie zu unterstützen.

„Ich kann dir kein positives Ergebnis versprechen, aber ich werde fragen. Denk daran, dass deine Materialien weit geläufig sind", entgegnete ich vorsichtig.

„Wir sind uns dessen bewusst", räumte Boros ein, „und wir sind bereit, jeden zu unterbieten ... im Rahmen des Möglichen."

„Sehr gut", antwortete ich.

Das Gespräch dauerte noch eine kurze Weile, bevor ich mich endlich verabschieden konnte.

„Magnar, wenn ich darf“, sagte Boros, als wir uns zum Verlassen des Plenarsaals erhoben. „Ich würde gern unter vier Augen mit dir sprechen.“

Ich schloss meine Augen, nickte aber zustimmend. Die Söhne von Boros warfen ihm misstrauische Blicke zu. Er gestikulierte mit dem Kopf, dass sie weitermachen sollten, alles würde gut werden. Und das wäre es auch. Die Jungen waren töricht zu befürchten, ich würde ihren Vater in seinem eigenen Haus angreifen. Nach braxianischem Recht durfte man einen Gastgeber nicht respektlos behandeln oder verletzen, nachdem er einen in seinem Haus willkommen geheißen hat, einem die grundlegenden Gastfreundschaften gewährt und man sie angenommen hatte. Magnar oder nicht, eine solche schändliche Handlung würde je nach Schwere des Vergehens zur Verbannung und sogar zur Hinrichtung führen.

Als sich die Tür hinter seinem jüngsten Sohn schloss, richtete ich neugierig meinen Blick auf ihn.

„Ich werde direkt auf den Punkt kommen“, begann Boros, seine Stimme entschlossen, aber nicht bedrohlich. „Wie alle anderen bin ich mir bewusst, dass du die Fünfzehn einen nach dem anderen eliminieren wirst.“

Mein Kiefer presste sich zusammen, und meine Augen verhärteten sich. Ich konnte nicht glauben, dass er das so unverblümt zur Sprache brachte. Was hatte er im Sinn?

„Ich bestreite dein Recht, Rache zu üben nicht. An dem Tag, an dem du deine Herausforderung aussprichst, werde ich sie annehmen und kämpfen.“ Er hob stolz sein Kinn und hielt meinen Blick, ohne mit der Wimper zu zucken. „Deine Rache gilt jedoch mir. Wenn ich falle – und wir wissen beide, dass ich das tun werde – bitte ich dich nur darum, deinen Zorn nicht auf meine Söhne und meinen Clan auszudehnen.“

„Warum zum Teufel sollte mich dein Anliegen interessieren?“, knurrte ich.

„Weil sie unschuldig sind!“ Boros rastete aus. „Sie haben dir nichts getan.“

„Lissy hatte dir ebenfalls nichts getan. Das hat dich damals nicht aufgehalten!", schrie ich. Meine Hände ballten sich zu Fäusten, und ich machte zwei bedrohliche Schritte auf ihn zu und musste mich zwingen, nicht weiter zu gehen.

Seine hellbraunen Augen verdunkelten sich, als er mich mit hartem Blick nivellierte. „*Dein Sohn* hatte dir nichts getan. Hatte dich das aufgehalten?"

Schock, Ungläubigkeit und ein stechender Schmerz durchströmten mich bei den grausamen, aber nur allzu wahren Worten. Geblendet von Wut griff ich ihn an. Ich packte ihn an der Kehle und schlug ihn gegen die Wand. Boros zischte, aber er wehrte sich nicht. Die Arme hingen an seiner Seite, er hielt meinen wütenden Blick unerschütterlich fest. Hatte er einen Todeswunsch?

Versuchte er, mich in eine Falle zu locken?

„Netter Versuch, Grumar", knurrte ich ihm ins Gesicht. „Du wirst mich nicht wegen Verstoßes gegen das Gastgebergesetz hinrichten lassen."

Er schreckte zurück. Der echte Schock und die Empörung in seinem Gesicht warfen mich um.

„Ich kann Zeugen kommen lassen, die bestätigen, dass ich auf meine Gastgeberprivilegien verzichte", rief Boros mit einer Stimme, die hart genug war, um Stein zu schneiden.

Ich löste mich von seinem Hals mit einem brutalen Stoß und ging ein paar Schritte von ihm weg. Er richtete sich auf, streckte seinen Hals und rieb die Haut, wo sich bereits ein Abdruck meiner Hand abzeichnete.

„Du glaubst, du bist der Einzige, den dieser elende Tag verfolgt?", fragte Boros, seine Augen füllten sich mit Scham und Trauer. „Meinst du, dass ich stolz darauf bin, zu den Fünfzehn gezählt zu haben? Ist es dir je in den Sinn gekommen, dass einige von *uns*, genau wie *du*, auch nicht an dem teilhaben wollten, was an diesem Tag geschah? Dass wir auf Befehl unserer Väter gezwungen wurden, gegen unseren Willen zu handeln? Ich wollte von Anfang an nicht zu dir nach Hause gehen. Mein Vater drohte, mich zu verbannen. Und als ich versuchte, die Sache abzukürzen, befahl mir *dein Vater*, länger zu durchzuhalten, weil es nicht genug war. Du warst dort! „„ rief er und zeigte wütend mit einem Finger auf mich. „Du hast es mit eigenen Augen gesehen."

Ich blinzelte, mein Verstand kehrte widerwillig zu diesem Tag zurück. Die Jungs lachten, johlten, riefen Ermutigungen demjenigen zu, der meine Lissy fickte, einige von ihnen streichelten erwartungsvoll ihre Schwänze. Und dann waren da Boros und Niklas, die Gesichter gezeichnet, die Kiefer aufeinandergepresst und die Hände zu Fäusten geballt.

Keiner von beiden hatte dort sein wollen.

Ja, ich war dort gewesen. Und jetzt, wo er mich wieder darauf aufmerksam gemacht hatte, erinnerte ich mich deutlich daran, wie mein Vater Boros fragte, ob er ein Schwanzliebhaber sei, dass er nach drei Pumpvorgängen fertig sei, und forderte ihn auf, Lissy wieder zu nehmen und sie wie ein Mann zu ficken. Ich war zu sehr in meiner eigenen Trauer versunken, um seine anzuerkennen.

Aber er hatte sie trotzdem gefickt. Sollte Lissy nicht dafür gerächt werden?

Und du hast sie alle ficken lassen und dann deinen eigenen Sohn getötet. Wer wird sich an dir rächen?

Ich drehte mich von ihm weg, starrte die Trophäen an seinen Wänden an, ohne sie wahrzunehmen. Die Stille dehnte sich zwischen uns aus, bis Boros sie mit leiser Stimme unterbrach.

„Was wir getan haben, kann nicht ungeschehen gemacht werden", begann er. „Wir können nur versuchen zu verhindern, dass es jemals wieder geschieht, indem wir die Gesetze ändern, so wie du es getan hast, und indem wir unsere Söhne so erziehen, dass sie besser sind als wir. Ich werde nicht gegen dein Recht auf Rache ankämpfen, aber bitte, ziehe nicht noch mehr Unschuldige in diese Sache rein."

Ich drehte ihm immer noch den Rücken zu, nickte ihm scharf zu und marschierte auf die geschlossene Tür zu. Ich öffnete sie, um seine Sippe draußen versammelt vorzufinden, ihre Mienen waren angespannt und ängstlich. Ihre Blicke rutschten über meine Schulter und suchten ihren Anführer hinter mir. Als Boros unversehrt herauskam, seufzten einige von ihnen hörbar, während alle Gesichter sich vor Erleichterung aufhellten.

Als ich mich meinen Leibwächtern näherte, die an der Eingangstür standen, kamen die Söhne von Boros mit einem mittelgroßen Schwebewagen mit einer kleinen Kiste auf mich zu.

„Dies sind Muster unserer Materialien für deine Frau", teilte mir Boros mit, „um ihr eine klare Vorstellung davon zu vermitteln, was wir zu bieten haben."

„Sehr gut", sagte ich, meine Stimme war immer noch voller Anspannung. „Ich werde dafür sorgen, dass sie sie bekommt."

Ein weicher, aber nicht besonders natürlicher Husten erregte unsere Aufmerksamkeit. Die Frau von Boros, Sorna, starrte ihren Mann aufmerksam an, ihr Arm legte sich um die Schultern ihrer ältesten Tochter Vela. Die jüngere Frau hielt eine hübsche, rechteckige, flache Schachtel in der Hand.

„Ah ja", meinte Boros ziemlich abgelenkt. „Meine Partnerin hat ein Geschenk für deine Frau vorbereitet, um ihr dafür zu danken, dass sie bei der Jagd geholfen und in vielerlei Hinsicht die meisten unserer Männer gerettet hat. Es wäre uns eine Ehre, wenn du es annehmen würdest."

Ich starrte es an, für einen Moment völlig sprachlos. Frauen wurden normalerweise nicht auf diese Weise geehrt, und schon gar nicht für ihre Kampfkunst. Der Gedanke, dass es eine Falle sein könnte, Ravena und mich durch sie zu verletzen, schoss mir durch den Kopf, aber ich verwarf den Gedanken sofort. Die Strafe für solch eine feige Tat wäre zu schrecklich; sein ganzer Clan würde durch das Schwert den Tod finden.

„Du darfst dich nähern", bestätigte ich und milderte meine Stimme.

Sorna warf Boros einen weiteren besorgten Blick zu, bevor sie ihre Tochter zu mir führte, deren Schritte etwas unbeholfen vor Nervosität waren. Sie blieben vor mir stehen, Sorna stand hinter ihrer Tochter und behielt ihre Hände auf deren Schultern.

„Meine Tochter ist sehr begabt im Umgang mit nyrianischen Steinen und hat das für deine Frau gemacht", informierte mich Sorna und stieß dabei ihre Tochter an.

Vela starrte mich mit großen Augen an, ihr schlanker Körper zitterte leicht. Sie schien sich nicht entscheiden zu können, ob sie in meiner Gegenwart Ehrfurcht oder Angst hatte. Als sie nicht reagierte, riss sie ein kräftigerer Schubs ihrer Mutter aus ihrer benommenen Trance heraus. Mit zitternder Hand hob sie den Deckel des Kästchens an, um ein Schmuckset zu enthüllen: Halskette, Ohrringe und Armband. Ich wusste nicht viel über Schmuck, aber ich konnte das Werk sofort als exquisit erkennen.

„Schöne Arbeit", lobte ich, wirklich beeindruckt. „Sie ist wunderschön. Ich bin sicher, Ravena wird es gefallen."

Velas Gesicht erhitzte sich bei dem Kompliment. Sie warf einen unsicheren Blick über ihre Schulter zu ihrer Mutter, die stolz lächelte und ihre Schulter drückte, und dann zu ihrem Vater, der zustimmend nickte. Nachdem ich ihr die Schachtel aus den Händen genommen hatte, verbeugten sich Vela und ihre Mutter, bevor sie wieder zu ihrem Platz unter den anderen Sklavinnen und Dienerinnen zurückkehrten.

Mit einem letzten Abschiedsgruß kehrte ich zu meinem Shuttle zurück, mit Brustschmerzen, Schwindelgefühl und dem Wunsch nach nichts weiter als dem Trost durch die Anwesenheit meines kleinen Vogels.

Ich saß am Frühstückstisch in meinem Zimmer, Ravena auf meinem Schoß, und streichelte ihren Nacken, während sie die Stein- und Metallproben scannte, die Boros geschickt hatte. Sie wand sich und murmelte, ich solle mich ruhig verhalten. Dabei drückten meine umherstreifenden Hände bereits ihre Brüste. Ich wollte sie wieder haben, obwohl ich sie seit meiner Rückkehr zweimal genommen hatte. Braxianische Männer lebten in einem fast ständigen Zustand der Erregung. Wir konnten buchstäblich auf Kommando hart werden, auch ohne überhaupt erregt zu sein – was selten vorkam. Allerdings erwies sich das *weich-werden* ohne richtige Erlösung als weitaus komplizierter.

Ich war noch nie so hungrig nach einer Frau gewesen wie jetzt. Doch dieser Hunger war stetig stärker geworden. Ravenas Geruch hatte gestern Abend begonnen, sich zu verändern. Zunächst zart, war er seither stetig gewachsen. Ich fragte mich zunächst, ob sie bereits schwanger war, aber selbst wenn das der Fall wäre, machte sich die Geruchsveränderung durch die Schwangerschaft nicht vor dem ersten Monat bemerkbar, sondern meist erst im zweiten. Auch das Aroma passte nicht dazu. Ravena roch nach konzentrierter Lust in ihrer reinsten Form. Es dauerte eine Weile, bis ich merkte, dass sie in das frühe Stadium ihres Paarungsfiebers geriet, das die Veredianer *Saison* nannten. Ich hatte viele wilde Geschichten darüber gehört, wie sexuell gefräßig und aggressiv sie dabei wurden. Ich konnte es kaum erwarten, sie dabei zu sehen – und zu erleben.

Ravena seufzte, als sie ihren Scanner abstellte. Ich brauchte nicht zu fragen, warum. Ich hatte nicht viel Hoffnung gehabt, aber es machte mich trotzdem traurig, dass sich mein Verdacht bestätigt hatte.

„Nutzlos, nicht wahr?", fragte ich, und meine Hand hob den Saum ihres Konkubinenkleides an, um ihren Innenschenkel zu streicheln.

Als ich sie gebeten hatte, es zu tragen, hatte ich erwartet, dass sie mir sagt, ich solle mich verpissen. Aber sie war bereit gewesen, mitzuspielen – solange es in der Privatsphäre unserer Kammer blieb. Das durchscheinende, ärmellose, weiße Kleid fiel auf die Mitte der Oberschenkel, durchsichtig genug, um ihre Kurven zu zeigen, aber keine Details wie ihre Brustwarzen.

„Hmmm, nicht nutzlos, nein", erwiderte sie und spreizte die Beine ganz leicht. „Aber dieses Zeug ist so ziemlich überall erhältlich. Allerdings haben diese Steine eine größere Dichte und sind robuster. Kein Wunder, dass ihre Gebäude ewig halten."

„Aber das ist nicht reizvoll genug, um den Kauf gegenüber anderen zu rechtfertigen?„, fragte ich, und meine Finger wagten sich höher an die Spitze ihrer Beine.

„Technisch gesehen, ja; es würde sich lohnen, wenn sie näher beieinander wären", antwortete Ravena und drehte sich leicht zur Seite. „Aber bis zum westlichen Quadranten ist es ein langer Weg. Allein die Transportkosten werden wahrscheinlich den größten Teil der Gewinne auffressen, die sie möglicherweise erzielen könnten. Angenommen, die Tuureaner stimmen zu – was ein großes Problem bleibt – wird der Clan Grumar bestenfalls die Gewinnschwelle erreichen."

„Das wäre immer noch eine große Verbesserung“, teilte ich ihr mit, und der Hoffnungsschimmer schlug Wurzeln. „Kostendeckend zu arbeiten, bedeutet, dass die Löhne bezahlt, die Ausgaben gedeckt und die Bäuche gefüllt werden. Als vorübergehende Lösung wird es sie vor dem Verhungern bewahren, bis sie etwas anderes finden können.“

Ravena nickte. „Das ist wahr.“ Sie drehte sich ganz um und zwang meine wandernden Finger von ihrem Ziel weg, legte ihre Beine auf jede Seite von mir und schlang ihre Arme um meinen Hals. „Nochmals, mach dir keine allzu großen Hoffnungen. Es ist immer noch weit hergeholt, aber ich werde mein Bestes tun, um den Admiral zu überzeugen.“

„Das ist alles, worum ich bitten kann“, erwiderte ich, bevor ich mich vorbeugte, um sie zu küssen.

Meine Zunge verlangte Einlass, den sie prompt gewährte. Als ich den Saum ihres Kleides wieder anhob, rieben meine Handflächen über die nackten Backen ihres Hinterns. Bei dem Konkubinenkleid war keine Unterwäsche erlaubt. Eine Hand glitt die seidige Haut ihres Rückens hinauf, die andere unter und um ihren Hintern, um ihre Muschi zu necken. Sie keuchte an meinen Lippen und versuchte, sich von dem Kuss wegzuziehen, aber ich erlaubte es nicht. Ich hielt sie am Nacken fest und mein Mund plünderte ihren, während meine Finger ihre bereits für mich feucht werdenden Falten erkundeten.

Ich dankte den Vorfahren, dass Ravenas Sexualtrieb mit meinem Schritt halten konnte und dass sie in ihrer Leidenschaft genauso wild und entfesselt war wie ich. Sie war wirklich wie für mich geschaffen.

Meine Frau stöhnte, ihre verhärtenden Brustwarzen drückten gegen meine Brust. Der Beweis ihrer Erregung tropfte über meine Finger, als ich in sie eintauchte, der Duft ihres Moschus trieb mich vor Verlangen in den Wahnsinn. Als ich den Kuss abbrach, hob ich das Kleid von ihr ab, beugte sie nach hinten, um an ihren verhärteten Brustwarzen zu saugen, und meine Finger fickten sie immer noch. Ich liebte den süßen Geschmack ihrer Haut und ihren einzigartigen Duft gemischt mit dem würzigen Parfüm, das sie trug.

Ravena ergriff mein Haar, drückte ihre Brust an mein Gesicht und fummelte dann blind mit ihrer freien Hand an dem Verschluss meiner Hose herum.

„Wir kommen zu spät zum Abendessen“, flüsterte sie zwischen zwei Seufzern.

„Nein, das werden wir nicht“, murrte ich gegen ihre Brust und zog meine Finger aus ihrem Schlitz, um ihr zu helfen, meinen Schwanz aus seiner Enge zu befreien. „Aber ich will, dass du noch einmal meinen Namen schreist, bevor wir gehen.“

Ich hob sie gerade genug an, um meinen Schwanz an ihrer Öffnung auszurichten, bevor ich sie auf mich absenkte. Ihre Wärme umhüllte mich, die Rillen ihrer Innenwände begrüßten mich mit ihrem nun vertrauten Drücken und Streicheln.

„Ravena, du fühlst dich so verdammt gut an“, zischte ich gegen ihre Kehle, als ich anfing, in sie hineinzupumpen. „Ich bin süchtig nach dir.“

„Mercy“, flüsterte sie und schaukelte ihr Becken im Rhythmus meiner Bewegungen. „Nenn mich Mercy, wenn du mich fickst.“

Was?

Die Euphorie machte es mir schwer, ihre Worte zu verarbeiten.

„Ich kann dich beim Sex nicht Mercy nennen“, sagte ich und meine Worte wurden etwas undeutlich, als ich das Tempo beschleunigte. „Es würde sich anhören, als würde ich dich um Barmherzigheit anflehen.“

Ihr Lachen erstickte in einem unterdrückten Stöhnen, als mein Daumen die verdedianischen Markierungen auf ihrem Nacken liebkoste. „Ich kann es dir gewähren“, keuchte sie.

„Nein, kleiner Vogel, ich flehe nicht um Gnade und gewähre auch keine“, entgegnete ich, schob meine Arme hinter ihre Knie und hielt sie hoch, als ich aufstand. „Bald wirst du diejenige sein, die meinen Namen schreit.“

Ravena hing an meinen Schultern, ihre Arme waren nicht ganz lang genug, um sich um meinen Hals zu schlingen, als ich in sie reinhämmerte. Als sie in meinen Armen auseinanderfiel und ihre Innenwände sich an meinem Schwanz festklammerten und mich meine Befreiung brüllen ließen, hatte ich dreimal um Gnade geschrien.

KAPITEL 12
MERCY

Die Augen verweilten auf dem Berg von einem Gefährten, ich schloss den Verschluss meiner Stiletto-Sandalen, ein zartes Lächeln umspielte meine Lippen. Ich pochte immer noch vor köstlichem Schmerz, als ich auf ihn zuging und ihm den Kamm aus der Hand nahm, mit dem er sein welliges, schwarzes Haar entwirrt hatte. Ich nahm seine Hand und führte ihn zum Rand des Bettes, wo ich ihn sitzen ließ. Ravik spreizte seine Beine, damit ich zwischen ihnen stehen konnte, und seine Handflächen legten sich auf die Rückseite meiner Oberschenkel.

Er schloss die Augen und seufzte zufrieden, als ich mit dem Kamm durch die seidige Länge seines Haares fuhr. Seine Hände glitten über meinen Rücken. Er beugte sich nach vorne und presste seine Lippen an meinen Bauch, dann lehnte er seinen Kopf gegen mich.

Ich kicherte und streichelte seinen Hinterkopf. „Ich kann dein Haar so nicht kämmen, dummer Mann."

Raviks Arme spannten sich um mich, und die Stimmung im Raum änderte sich.

„Du bringst mir Frieden, Mercy", flüsterte Ravik, seine Stimme war durchtränkt von Emotionen, die mich in die Knie zwangen. „Du bist mein sicherer Hafen angesichts der ständigen Qualen, die um mich herum wüten. Ich verdiene dich nicht, aber ich danke den Vorfahren, die dich zu mir gebracht haben."

Meine Brust verkrampfte sich bei der Rohheit der Gefühle, die mich durchdrangen. Ravik sah sich selbst als ein Monster. Manchmal fragte ich mich, ob seine Hingabe, Braxia zu verändern, mehr von der Notwendigkeit der Wiedergutmachung als von der tiefen Überzeugung getrieben war – nicht, dass es am Ende wirklich darauf ankam.

Gedanken an meine eigene dunkle Vergangenheit verzogen mein Inneres vor Scham. So viele Geheimnisse und Halbwahrheiten standen zwischen uns; *meine* Geheimnisse, von denen einige nicht nur mich allein bloßstellen würden. Wenn all das ans Tageslicht kam, fürchtete ich die Auswirkungen.

Ich fuhr mit den Fingern durch sein Haar und drückte ihm einen Kuss auf den Scheitel, bevor ich meine Wange darauf legte.

„Du hast mich mehr als verdient, Ravik", verneinte ich leise. „Idealisiere mich nicht. Ich habe selbst viele beschämende Geheimnisse."

Er schnaubte ungläubig. Als ich mich von ihm wegzog, bohrten sich meine Augen in seine.

„Erinnerst du dich, was ich beruflich mache?", fragte ich, meine Augen zuckten zwischen seinen.

„Du bist ein technischer Berater", antwortete Ravik.

Ich lächelte. „Nicht ganz", erklärte ich, meine Finger spielten mit den kleinen Härchen an seiner Schläfe. „Ich besitze eine Reihe von Forschungs- und Entwicklungseinrichtungen für Spitzentechnologie. Meine Kunden sind hauptsächlich das Militär, intergalaktische Gefängnisse und Ersthelfer. Ich verkaufe keine Waffen, sondern nur Sicherheits-, Verteidigungssysteme und Rettungsgeräte."

„Das klingt nach lobenswerter Arbeit", entgegnete Ravik und streichelte mit seinen Daumen meine Seiten.

„Ja, aber so hat es nicht angefangen."

Ravik beobachtete mich schweigend und wartete darauf, dass ich weitererzählte. Mein Zeigefinger zeichnete seine vollen Lippen nach, während ich den Mut aufbrachte, einen Teil meiner Geheimnisse zu offenbaren.

„Mein Vater hielt Zehntausende von Veredianerinnen auf seinem

Gelände gefangen. Er zwang meine veradianischen Schwestern, sich mit Korletheanern zu verbinden, um mehr von uns zu erschaffen und neue Psi-Kräfte freizusetzen, die er nutzen oder verkaufen konnte." Ravik nickte bei meinen Worten, sein Blick war intensiv. Ich atmete tief ein und stieß dann einen Seufzer aus. „Im Laufe der Jahre habe ich einen Großteil der Technologie entwickelt, die dazu beitrug, meine Schwestern und die Korletheaner gefangen zu halten, indem ich ihre Kräfte mit speziellen Handschuhen, Armbändern und Halsketten dämpfte."

Ravik verspannte sich, behielt aber seinen neutralen Ausdruck. Ich ließ ihn los und ging ein paar Schritte weg. Ich umarmte meine Taille und drehte mich um, um durch das riesige Fenster zu schauen, das einen atemberaubenden Blick auf das offene Feld hinter den Toren der Clan-Festung bot.

„Anfangs wusste ich nicht, dass mein Vater beabsichtigte, es bei den Veredianerinnen einzusetzen. Ich war ein neugieriges Kind und liebte es, technologische Herausforderungen anzunehmen." Ein Schauer lief durch mich hindurch, und ich rieb mir geistesabwesend die Oberarme. „An dem Tag, an dem ich es herausfand, verlor ich beinahe den Verstand. Mein Vater und ich hatten noch nie zuvor einen so heftigen Streit gehabt. Ich weigerte mich über einen Monat lang, mit ihm zu reden, und fühlte mich benutzt und verraten. Schließlich brachte er mir Venya Solis, eine seiner Sklavinnen und ein Korletheisches Orakel, zu mir."

Ich griff nach meinem langen Zopf und legte ihn über meine Schulter, meine Finger fummelten daran herum. Es gab mir immer eine Art Trost. Das Lustige war, dass mein Vater sagte, meine Nichte Amalia – die er ebenfalls als seine Tochter betrachtet hatte – hätte eine ähnliche nervöse Angewohnheit, aber mit einer Haarlocke.

„Ich war misstrauisch gegenüber Orakeln, besonders gegenüber den versklavten. Warum sollten sie uns die Wahrheit sagen, anstatt uns aus Rache absichtlich ins Verderben zu schicken? Aber so sehr sie uns auch hasste, Venya hat nie gelogen. Wir hatten ohnehin eine veredianische Gedankenleserin bei uns, um die Wahrheit ihrer Worte zu bestätigen."

Ich drehte mich wieder zu Ravik um, erleichtert, dass sein Blick konzentriert blieb. Ohne jede Enttäuschung oder Abscheu starrte er mich voller Neugierde an.

„Wie immer bei Orakeln üblich eröffnete sie mir drei mögliche Ergebnisse, sollte ich nicht mehr zur Verbesserung der in den Festungen meines Vaters verwendeten Technologie beitragen. In allen Fällen versuchten die Schwestern und die Korletheaner zu fliehen, was in einem Fall zu schweren Verlusten, im anderen Fall zu Misserfolgen und im dritten Fall zu Erfolgen führte. In allen drei Fällen würde dies jedoch auch dazu führen, dass die veredianische Spezies innerhalb der nächsten hundert Jahre vollständig aussterben würde. Aber wenn ich weiterhin helfen würde, hätte jedes Ergebnis das Überleben unserer Spezies zur Folge. Also half ich ihm weiter."

Ravik sah mich mit unveränderter Zuneigung an. Als er aufstand, schloss er die Distanz zwischen uns und nahm meine Hände in seine.

„Dann hast du das Richtige getan", bestätigte Ravik leise.

„Habe ich das?", fragte ich, meine Augen zuckten zwischen seinen. „Ich bezweifle, dass meine Schwestern an dem Tag, an dem sie es herausfinden, genauso empfinden werden – und das werden sie ganz sicher. Mein Vater hat sie fast drei Generationen lang versklavt und zwangsgezüchtet und dann ihre Töchter verkauft, teilweise mit meiner Hilfe. Würdest du mir das verzeihen? Wegen meines Nachnamens gaben sie mir bereits einen riesigen Vertrauensvorschuss und nahmen mich bei sich auf."

Ravik nahm mein Gesicht in seine Hände, seine Daumen streichelten meine Wangen. „Sie werden wütend sein, und dann werden sie darüber hinwegkommen, sobald ihnen klar wird, dass du versucht hast, sie zu retten ... und es auch getan hast. Du hast deine Loyalität bereits zweifelsfrei bewiesen."

Ich schnaubte. „Ja, indem ich meinen kleinen Bruder verriet und ihn den Xelixianern zur Hinrichtung übergab."

„Er war ein böser Mann", argumentierte Ravik.

„NEIN! Er war es nicht", leugnete ich, meine Kehle zog sich zusammen, und die Tränen sammelten sich in meinen Augen. „Er war ein verlorener kleiner Junge, der von seinen Eltern verlassen wurde und verletzt war. Und in diesem Zustand hatte man ihn auf die Welt losgelassen. Und Veredianerinnen – vor allem meine Mutter – waren schuld daran. Seine Mutter war Xelixianerin. Sie verließ ihn, als mein Vater meine Mutter ihr vorzog. Mein Vater ließ Varrek auf Guldar, wo er von Kindermädchen und Tutoren erzogen wurde, weil er meine Mutter nicht verärgern wollte, indem er den Sohn einer anderen Frau vor ihr zur Schau stellte. Varrek passte mit seiner grauen Haut und seinen seltsamen Augen, die er von seiner Mutter geerbt hatte, nie auf Guldar. Aber dennoch akzeptierten Guldaner ihn irgendwie. Deshalb widmete er sein Leben der Aufgabe, der ultimative Guldaner zu sein und die Xelixianer und Veredianerinnen zu missbrauchen."

„Es war aber seine eigene Entscheidung", konterte Ravik sanft. „Seine Taten konnten nicht ungestraft bleiben."

„Ich weiß, aber ..." Ich stieß einen Seufzer aus. „Ich lernte ihn auf der Reise zurück nach Xelix Prime kennen, nachdem ich ihn gefangen genommen hatte. Wir waren uns noch nie begegnet. Er war der brillanteste Geist, dem ich je begegnet war. Ein wahres Genie. Technologie, Wissenschaft, Medizin, nichts konnte ihm etwas anhaben. Zusammen hätten wir Erstaunliches erreichen können. Ich dachte sogar daran, ihn vor unserer Landung zu befreien. *Er* sagte *mir, ich* solle nicht einmal daran denken. Es wäre für uns alle schlimmer, wenn ich das täte."

„Ein Orakel hatte ihn gewarnt?", vermutete Ravik zu Recht.

Ich nickte. „Ich hätte es wahrscheinlich sowieso nicht durchziehen können. So oder so, ich würde einen meiner Geschwisterverraten; meine veredianische Schwester Aleina oder meinen guldanischen Bruder Varrek. Seine letzten Worte an mich waren, dass er sich wünschte, wir hätten uns früher getroffen. Die Dinge hätten ganz anders ausgehen können. Und das glaube ich auch."

Meine Kehle zog sich vor Kummer wieder zu und erinnerte mich an das schöne, exotische Gesicht meines Bruders. Sein letzter Blick auf mich enthielt keinen Groll oder Verurteilung, sondern nur eine ruhige Akzeptanz und einen Schimmer des Bedauerns.

Ravik küsste die Träne, die sich im Augenwinkel bildete, und ich schenkte ihm ein zitterndes Lächeln. Tief einatmend schluckte ich meinen wachsenden Kummer herunter und weigerte mich, in einer

Vergangenheit zu verweilen, die sich nicht ändern ließe und die ich wahrscheinlich auch dann nicht ändern würde, wenn ich es könnte.

„Ich wollte nicht zu einem weinenden Wrack mutieren", sagte ich selbstspottend. „Das alles ergibt eigentlich sogar einen Sinn. Varrek hat den Veredianerinnen und den Xelixianern viele schreckliche Dinge angetan, aber am Ende waren sie die Schlüsselelemente bei der Suche nach einem Heilmittel für die veredianische Unfruchtbarkeit. Was ich tat, sicherte den Fortbestand unserer Spezies." Ich hielt seine Handgelenke fest, seine Hände umrahmten immer noch mein Gesicht. „Und was du getan hast, setzte die revolutionären Veränderungen in Gang, die nur du auf Braxia bewirkst. Oft müssen schreckliche Dinge getan werden, bevor großartige Veränderungen beginnen können. Verzeih dir selbst, Ravik, so wie ich versuche, mir selbst zu verzeihen, und konzentriere dich auf den bevorstehenden Kampf."

„Mein kleiner Vogel", flüsterte er, bevor er mich in seine Arme nahm.

Seine Lippen drückten sich zwischen meine Hörner, und ich schmiegte mich an ihn, fühlte mich sicher und geschätzt in der Wärme seines starken Körpers, der sich um meinen gelegt hatte.

Das Glockenspiel der Tür schreckte uns auf. Ich konnte nicht sagen, ob Sekunden oder Minuten vergangen waren.

„Offen", sagte Ravik und entließ mich aus seiner Umarmung.

Die Tür schwang zur Seite und enthüllte Tagar, der eine hübsche Schachtel hielt.

„Ah ja", begrüßte ihn Ravik und ging auf seine loyale Leibwache zu. „Ich danke Ihnen."

Sein fragender Blick blieb aus, als er von Tagar die Schachtel entgegennahm, der auf die unausgesprochene Frage mit einem Nicken antwortete. Neugierig beobachtete ich, wie sich die Tür hinter dem Leibwächter schloss, als er den Raum verließ. Ravik kam mit einem entspannten Lächeln auf mich zu, bevor er mir die Schatule übergab. Überrascht zog ich die Augenbraue hoch. Meine Finger streichelten das zarte Gitterwerk auf dem flachen, rechteckigen Metallkasten.

„Du hast ein Geschenk für mich?", fragte ich erstaunt.

Raviks verblüffter und etwas verlegener Blick verriet mir, dass ihm eine solche Idee nie in den Sinn gekommen war. Obwohl ich eine leichte Enttäuschung empfand, überraschte mich das nicht, noch hatte ich das von einem Braxianer erwartet.

Er räusperte sich. „Hmmm, nein. Es ist ein Geschenk von der Tochter des Clanführers Grumar, Vela“, erklärte Ravik.

Ich schreckte etwas überrascht zurück. „Clan Grumar“? Mit den Steinen?“, fragte ich.

Er nickte.

„Warum gibst du es mir erst jetzt?“, fragte ich verwirrt. „Und warum war es in Tagars Besitz ...“ Meine Augen weiteten sich vor plötzlichem Verständnis, ein kalter Schauer lief mir über den Rücken. „Du fürchtetest einen Anschlag?“

Ravik wirkte zögerlich. „Um bei der Wahrheit zu bleiben – nicht wirklich. Trotz meiner Differenzen mit Boros glaubte ich nicht wirklich, dass er so etwas Dummes aus seinem Haus dulden würde. Aber wenn es um deine Sicherheit geht, gehe ich kein Risiko ein.“

Ich lächelte und erhob mein Gesicht zu ihm. Ravik beugte sich vor und gab mir einen sanften Kuss. Als ich wieder auf die Schachtel hinunterblickte, hob ich den Deckel mit unverhüllter Neugier an. Mir stockte der Atem in der Kehle, als ich auf den prächtigen Schmuck blickte, der auf einem samtigen Kissen lag. Ich starrte Ravik sprachlos an. Er schien durch meine Reaktion verwirrt zu sein.

„Das kann ich nicht akzeptieren“, flüsterte ich gerührt.

Ravik runzelte die Stirn. „Warum? Es abzulehnen, würde als Vergehen betrachtet werden.“

„Aber das ist ein viel zu teures Geschenk, um es von einem Fremden anzunehmen. Ich würde es nicht einmal von jemandem annehmen, den ich kenne!“

Ravik war an der Reihe, mich mit großen Augen anzuschauen, als ob mir ein drittes Auge gewachsen wäre. Er lachte und schüttelte den Kopf.

„Nein, kleiner Vogel, es ist überhaupt nicht teuer“, sagte Ravik mit einem nachsichtigen Ton. „Ich stimme zwar zu, dass die Handwerkskunst schön ist, aber dieses Material ist billig und alltäglich. Nyrianische Kristallvorkommen sind auf dem Jyriak-Plateau und unterhalb des

Mount Jyriak reichlich vorhanden. Sie sind hübsch, aber nutzlos. Die Männer bringen den Frauen oft etwas davon mit, um ... na ja, Frauensachen damit zu machen“, schloss er mit einem Achselzucken.

Ich starrte ihn verblüfft an.

Er hatte wirklich keine Ahnung ...

Die Halskette hatte drei Reihen runder Edelsteine, die erste kleine, die mittelgroße und große, tränenförmige in der unteren Reihe. Aufwändig verwobene, silberähnliche Fäden hielten sie zusammen. Ein passendes Paar Ohrringe und ein Armband lagen in der Mitte. Vorsichtig hob ich einen Ohrring auf und hielt ihn in meiner Handfläche. Innerhalb von Sekunden verdunkelte sich die Farbe der Edelsteine und wurde langsam zu Obsidian.

„Was geht hier vor?“, fragte ich, leicht besorgt.

„Das ist normal“, bestätigte Ravik beruhigend. „Die Edelsteine versuchen immer, die Augenfarbe des Trägers anzunehmen. Es gibt Möglichkeiten, den Steinen eine permanente Farbe zu geben, aber ich kann dir nicht sagen, wie das funktioniert, außer dass man sie auf eine bestimmte Art und Weise erhitzen muss.“

Ich nickte langsam, die Räder in meinem Kopf drehten sich unaufhörlich. „Was machen die Frauen sonst noch?“

Ravik zuckte die Achseln. „Da musst du die Frauen fragen. Da wir gerade davon sprechen, wir müssen los. Ich muss Fenton erklären, dass wir wegen dir zu spät kamen.“

„Mir?“, rief ich empört aus.

„Komm schon, Frau“, sagte Ravik und gab mir einen spielerischen Klaps auf den Hintern. „Los geht's.“

Ich zögerte eine Sekunde lang, überlegte, den Schmuck anzulegen, entschied mich dann aber, ihn ein anderes Mal zu tragen. Nachdem ich das Schmuckkästchen vorsichtig auf die Kommode gelegt hatte, eilte ich zurück zu Ravik. Ich nahm die Hand, die er mir entgegengestreckt hatte, und ließ mich von ihm aus dem Raum hinausführen.

~

Ein dreißigminütiger Shuttle-Flug brachte uns zum Gelände des Clans Yagor. Es schien halb so groß wie das Gelände des Clan Xeldar zu sein. Allerdings erstreckten sich kleinere befreundete Clan-Siedlungen weit und breit entlang des großen Gewässers jenseits davon. Stadtrat Fenton war seit seiner Kindheit Raviks bester Freund gewesen und leitete einen der wichtigsten Fischer-Clans.

Fenton begrüßte uns auf dem Landeplatz und begleitete uns in seine Empfangshalle. Obwohl sie bescheidener als die von Ravik war, hatte sie die gleichen dunkelroten Böden und hellgrauen Wände, mit Ausnahme eines deutlich nautischeren Themas bei den verzierten Schnitzereien und Gitterwerken einiger Wandpaneele. Dort, wo der Clan Xeldar riesige Krieger- und Karveli-Statuen auf dem Platz des Geländes und an einigen anderen strategischen Stellen in den Straßen hatte, hatte der Clan Yagor in der Mitte seiner Halle ein riesiges, poliertes Skelett eines furchterregenden Wassertieres, das ich noch nie zuvor gesehen hatte.

Auf der linken Seite des Raumes legten Fentons Clanmitglieder und Söhne zur Begrüßung die Fäuste an ihre Brust, während die Frauen knieten. Dieses Ritual ärgerte mich immer noch ohne Ende, aber zu wissen, dass Ravik keine Freude an dem unterwürfigen Verhalten der Frauen hatte, milderte meine Frustration etwas.

Eine attraktive Braxianerin näherte sich Fenton. Barfuß und nur mit einem durchsichtigen Konkubinenkleid bekleidet, blickte sie ihn an und bat um Zustimmung. Als Fenton nickte, kniete sie mit gesenktem Kopf vor Ravik nieder. Ravik legte seine Handfläche auf ihren Kopf und erlaubte ihr, sich zu erheben. Mit einer Handbewegung deutete er den anderen Frauen und Bediensteten an, dies ebenfalls zu tun.

„Magnar Ravik, willkommen in meiner Halle“, sagte Fenton. „Mein Heim und meine Konkubine Thala gehören dir.“

„Ich danke dir und nehme deine Gastfreundschaft an.“ Ravik zeigte Thala seine Anerkennung, die mich dazu brachte, sein Gesicht zerkratzen zu wollen. „Schön wie immer, Thala“, bekräftigte Ravik, bevor er ihren bloßen Unterarm mit seinen Fingerknöcheln streichelte.

„Danke, Magnar“, erwiderte sie demütig.

„Du kannst dich entfernen“, forderte Ravik sie auf.

Thala senkte den Kopf, warf mir einen verstohlenen Blick zu und kehrte dann zurück, um sich an Fentons Seite zu stellen.

Obwohl ich schon vorher vor diesem Brauch gewarnt worden war, verdrehte er mein Inneres und machte mich nervös. Wo es bei Ehefrauen unter keinen Umständen erlaubt war, erwartete man von einem Gastgeber, dass er seine Konkubine zur Freude eines Gastes von ähnlichem oder höherem Rang als Zeichen des Respekts anbot. Obwohl der Gast das Recht hatte, dieses Angebot in vollem Umfang zu nutzen, drückte das Ficken mit der Konkubine eines anderen Mannes als des Gastgebers Respektlosigkeit aus. Das geschah jedoch sehr selten, es sei denn, die Frau war besonders schön oder aus Bosheit. Vom Gast wurde jedoch erwartet, dass er die Schönheit der Frau anerkennt und das Angebot mit einer Berührung oder einem Kuss ehrt, wie es Ravik getan hatte, indem er ihren Arm streichelte.

Fenton deutete seinen Leuten an, sich zu verabschieden, bevor er uns in einen privaten Salon mit Sitz- und Essbereichen führte. Er stand in scharfem Kontrast zu dem dunkleren, formelleren Aussehen des Eingangs. Während die Wände in einem hellen Grauton und die Möbel in einem dunklen Braun-, Grau- oder Blauton gehalten waren, erhellten eine Reihe von Akzentartikeln den Ort, mit bunten Teppichen auf dem Boden, Kissen auf der Couch und dekorativen Artefakten auf den Regalen. Als ich ihm Komplimente für die Dekoration machte, sagte Fenton, es sei alles Thalas Werk, was sie vor Stolz erröten ließ.

„Ich hoffe, ihr seid beide hungrig?“, fragte Fenton und lud uns ein, unsere Plätze an dem Tisch einzunehmen, der groß genug für acht Personen war. „Gut!“, sagte er, als wir die Frage bejahten. An mich gewandt fuhr er fort: „Ich hoffe, ihr habt nichts gegen die informelle Atmosphäre. Aber ich dachte mir, es würde euch vielleicht gefallen, ausnahmsweise einmal nicht ständig unter die Lupe genommen zu werden und weibliche Gesellschaft zu haben.“

„Ganz bestimmt“, erwiderte ich lächelnd.

Die Frauen in Xeldar beobachteten mich mit unverhohlener Neugierde, wagten aber nicht, mich anzusprechen. Die Frauen mieden mich, es sei denn, sie waren Dienerinnen und sorgten in der einen oder anderen Form für mein Wohlergehen. Und selbst dann hielten sie diese Interaktionen auf ein striktes Minimum beschränkt. Ich konnte nicht sagen, ob sie sich eingeschüchtert fühlten oder davor gewarnt worden waren, mich zu belästigen – wahrscheinlich eine Mischung aus beidem.

Trotz seiner imposanten Größe und brutalen Gesichtszüge schien Fentons gutmütige, sanfte Persönlichkeit durch, vor allem in der Sanftheit seiner blassgrünen Augen.

Wir setzten uns an einer Seite des Tisches, Fenton und Thala saßen uns gegenüber. Unter normalen Umständen hätte Ravik an der Spitze des Tisches sitzen müssen. Er war jedoch nicht als Magnar hier, sondern als Mann, der mit seiner Frau und mit Freunden zu Abend aß.

Fenton winkte mit der Hand über eine kleine Tafel auf dem Tisch, die ich zunächst als Dekoration angesehen hatte. Augenblicke später kamen zwei Bedienstete mit Getränken und Vorspeisen herein. Wir begannen eine leichte Unterhaltung, während wir über alles Mögliche sprachen, von den Schwierigkeiten, in die Ravik und Fenton als Jungen gerieten, über epische Jagden, an denen sie teilnahmen, endlose Fragen über meine Reisen, die Tuureaner – denen ich so gut ich konnte auswich -, die Veredianerinnen, mein Geschäft in der Technologiebranche und düsterere Themen wie Guldar und die Reformen, die Ravik einleitete.

Zunächst zaghaft, öffnete sich Thala allmählich und erwies sich als recht charmant, aufmerksam und scharfsinnig. Zum ersten Mal konnte ich einen Blick auf eine Braxianerin werfen, ohne des Anstarrens beschuldigt zu werden. Wie die Männer hatten auch die weiblichen Gegenparts ausgeprägte, markante Stirnen, jedoch ohne die starken Brauen. Ihre Nasen, breit und flach, waren ebenfalls schmaler und feiner. Vielleicht wirkten ihre Augen wegen der weicheren Linie ihrer Brauen größer und waren von dichten, langen Wimpern umgeben. Die Augen von Thala hatten einen hellen Grauton mit blauen Akzenten. Wo die Männer starke, quadratische Kiefer aufwiesen, ließen ihre vollen Lippen ihr Kinn in ihrem schmalen Gesicht noch spitzer erscheinen. Thalas Gesicht hatte etwas Puppenhaftes an sich. Obwohl sie kleiner als die Männer waren, waren die braxianischen Frauen im

Durchschnitt 2 m groß, was mich ziemlich winzig aussehen ließ, wenn ich keine Absätze trug, und selbst dann noch erschien ich recht klein. Obwohl sie dank ihrer dickeren Knochenstruktur robuster waren, erschienen ihre Frauen von der Körpermasse her viel kleiner und hatten herrlich weibliche Kurven. Für intergalaktische Verhältnisse würden sie nicht als klassisch schön gelten, aber sie besaßen einen unbestreitbaren Charme.

Nach dem, was Ravik mir erzählt hatte, war Thala jahrelang Fentons Konkubine gewesen und hatte ihm zwei seiner vier Kinder geschenkt, ein männliches und ein weibliches. Sie wünschte sich, dass er sie als seine Frau beanspruchte, aber aus irgendeinem Grund zog er sich immer wieder zurück. Als ich sie zusammen sah, strahlte die tiefe Verbundenheit zwischen ihnen hell auf. Und doch konnte selbst ich erkennen, dass Fenton einen Teil von sich selbst zurückhielt. War er schon einmal verletzt worden? War in der Vergangenheit etwas zwischen ihnen schief gelaufen, was eine bleibende Narbe hinterlassen hatte?

Ich liebte es, Ravik so entspannt zu sehen, wenn sein Arm auf meiner Stuhllehne lag, wenn er an meinen Härchen fummelte oder seine Hand auf meinem Schoß liegen ließ, wenn er meinen Oberschenkel streichelte, lächelte und sich über seinen Freund lustig machte. Gute Gesellschaft, intelligente Konversation, guter Wein, gutes Essen – obwohl sie etwas weniger Fleisch und eine ausgewogenere Mischung aus Gemüse und anderen Beilagen gebrauchen könnten, die für einen durch und durch genussvollen Abend wie gemacht waren. Es fühlte sich fast wie in der „normalen“ Welt an.

Oder besser gesagt, normal, bis wir das Essen beendet hatten. An diesem Punkt fielen wir in alte Zeiten zurück, in denen die Frauen den Raum verlassen mussten, während die Männer einen starken Drink zu sich nahmen und über männliche Angelegenheiten diskutierten. Unter anderen Umständen hätte ich mich vielleicht damit nicht abgefunden, aber eigentlich wollte ich mit Thala allein sein.

Sie führte mich durch eine Seitentür und hinauf in ihr Boudoir, das sich im zweiten Stock des Gebäudes befand. Anscheinend lag das Schlafzimmer und die Konkubinen-Suiten der Clanführer immer im dritten Stock, wie bei Raviks Festung. Ich fragte mich, ob es im zweiten Stock von Xeldars Halle ein Konkubinen-Boudoir gab. Thalas Boudoir spiegelte den Stil der Einrichtung des Privatsalons wider, in dem wir gerade gegessen hatten, wenn auch viel weiblicher und noch farbenfroher.

„Hier empfange und unterhalte ich die Ehefrauen und andere Konkubinen“, informierte mich Thala mit ihrer sanften und musikalischen Stimme.

Sie blieb an meiner Seite, während ich durch den Raum ging und die Fülle von Dekorationsgegenständen auf den Regalen rund um die Sitzgruppe betrachtete. Hohe Fenster dominierten den Raum mit einem atemberaubenden Blick auf den Fluss. Sofas, Stühle, gepolsterte Hocker und große Puffs boten mindestens zwei Dutzend Personen reichlich Platz. An der Wand hingen zwei riesige Leinwände an einem langen, rechteckigen Steintisch. Ein kompliziertes Mosaik aus bunten, aber dunklen, geschliffenen Steinen bedeckte die Tischplatte.

„Es ist wunderschön“, bewunderte ich aufrichtig.

Thala lächelte und senkte die Augen, ihr Gesicht erhitzte sich wieder. Sie war bezaubernd, aber ich hoffte, dass sie mit der Zeit etwas mehr Durchsetzungsvermögen zeigen würde, etwas weniger ängstlich wäre. Aufgrund meiner Interaktionen mit ihm hatte ich erwartet, dass Fenton mit jemandem zusammen sein würde, der etwas weniger unterwürfig wäre. Könnte das der Grund für seinen Widerwillen sein, sie zu heiraten?

Der Raum fühlte sich etwas unordentlicher an, als mir lieb war, aber ich wollte nichts daran ändern. Jeder Gegenstand erzählte eine einzigartige Geschichte. Doch die Vorhänge an der doppelten Terrassentür waren es, die meine Aufmerksamkeit auf sich zogen. Sie schienen mit schimmernden Fäden bestickt zu sein, die auf unheimliche Weise farbidentisch mit den nyrischen Edelsteinen der Halskette waren, die mir Grumars Tochter geschenkt hatte.

„Hast du die gemacht?“, fragte ich und deutete auf die Vorhänge.

„Ich wünschte“, verneinte sie und verzog ihr Gesicht, als wir auf sie zugegangen waren. „Ich habe mit der Frau von Clanführer Curik für sie verhandelt. Sie leben auf dem Jyriak-Plateau, wo die nyrianischen Edelsteine zu finden sind."

„Ich dachte, Clan Grumar kontrolliert diese Region?"

Thala lächelte, ihre Fingerspitzen streichelten die Stickerei auf den weißen Vorhängen. „Es gibt drei Clans, die sich Teile des Plateaus teilen – Curik, Grumar und Hurwas", erklärte sie. „Grumar ist der größte Clan mit den größten Ländereien. Ihre Frauen stellen schönen Schmuck her, besonders die Tochter Vela. Sie ist jung, aber unglaublich klug. Niemand hat sich wirklich um nyrianische Steine gekümmert. Es ist ein gewöhnliches Material und viel zu hell. Wie Sie wahrscheinlich schon bemerkt haben, mögen Braxianer dunkle und gedämpfte Farben. Sie haben wenig bis gar keinen Zugang zu den attraktiveren Flusssteinen", sagte sie und zeigte auf das Mosaik aus polierten Steinen, die den Tisch bedeckt: „Vela kam mit dem zurecht, was sie hatte. Zuerst wollten wir sie nur ungern eintauschen. Es ist ja keine Prahlerei, eine Halskette aus gewöhnlichen Steinen zu tragen. Aber ihre Handwerkskunst und ihre Designs sind einfach zu schön, um zu widerstehen. Lass es mich dir zeigen."

Sie ging auf eine Kommode zu, auf deren Spitze eine Reihe von Duftkerzen in wunderschön geformten Halterungen stand.

Wo waren solche Dinge in all den Geschäften, die ich in Xeldar besucht habe?

Thala öffnete die obere Schublade und holte ein Datenpad heraus. Sie deutete auf eine der dunkelgrauen Sofas und lud mich ein, Platz zu nehmen, dann setzte sie sich neben mich. Sie griff auf eine Seite mit zwei Dutzend Miniaturbildern prächtiger Schmucksets zu, die demjenigen ähnelten, das ich zuvor erhalten hatte.

„Dies ist die neueste Kollektion von Vela", sagte Thala und zeigte auf die Bilder. „Ihre erste Kollektion war von vergleichbarer Qualität, obwohl sie jeden Tag besser und besser zu werden scheint. Viele von uns versuchten, sie davon zu überzeugen, stattdessen identische Stücke mit Flusssteinen nachzubilden. Sie lehnte es ab. Zuerst, glaube ich, war es, weil sie nichts hatte, was sie gegen die Steine eintauschen konnte. Aber selbst als die Ehefrauen des Podek-Clans, die ein Beinahe-Monopol auf die Steine haben, anboten, die Steine zu liefern, lehnte sie immer noch ab und bestand darauf, nur mit nyrianischen Edelsteinen zu arbeiten.

Kluges Mädchen.

„Wenn man also ihre Waren möchte, hat man keine andere Wahl, als auch ihre Edelsteine zu nehmen", entgegnete ich.

Thala nickte. „Mit der Zeit sind nyrianische Edelsteine in Mode gekommen, vor allem, seit Vela die Kunst beherrscht, die Farbe der Edelsteine auf so ziemlich alles zu setzen, was wir wollen. Sie deutete mit ihrem Kinn auf die Vorhänge. „Für die Vorhänge hat Keria, die Frau von Clanführer Curik, eine Technik entwickelt, mit der die nyrischen Edelsteine zerdrückt und zu Fäden gesponnen werden können, die in so ziemlich jedes Material eingewebt werden können und trotzdem ihre Farbfassungseigenschaften behalten."

Ich nickte, mein Verstand taumelte bei der Anzahl der Möglichkeiten. „Und was machen die Frauen des Clans Yagor?", fragte ich.

Thala lächelte, leicht einatmend. „Wir stellen Parfüms, Duftkerzen, Breiumschläge und heilende Cremes her. Manche Düfte können ziemlich stark sein, um eine bestimmte Stimmung zu erzeugen", sagte sie, wobei der freche Schimmer in ihren Augen mich laut auflachen ließ. „Du wärst überrascht über die unglaublichen Eigenschaften, die in einigen der unbrauchbaren und sogar giftigen Teilen von Fischen, Krustentieren und anderen Wasserlebewesen und Pflanzen verborgen sind."

Nein, das würde mich nicht wundern, nur dass diese Frauen dieses Wissen erworben haben.

„Wie habt ihr das alles gelernt?"

Thala zuckte die Achseln. „Das Wissen wird von der Mutter an die Tochter weitergegeben, wobei jede Generation versucht, der Kunst mehr hinzuzufügen, bevor sie es an ihre Nachfolger weitergibt."

„Ihr betreibt also diesen ganzen unterirdischen Markt, der auf dem Tauschhandel basiert", stellte ich verblüfft fest. „Warum nicht Geschäfte eröffnen, um frei voneinander zu kaufen und zu verkaufen?"

Thala runzelte die Stirn und schüttelte den Kopf. „Frauen besitzen weder Credits noch verdienen sie Löhne. Unsere Männer würden keine Dinge kaufen, die sie für unseriös und sinnlos halten. Und in unserer gegenwärtigen wirtschaftlichen Situation wäre es noch unwahrscheinlicher, dass dies geschieht.“ Sie steckte eine Strähne ihres langen, dunkelbraunen Haares hinter ihr Ohr. „Selbst wenn wir das könnten, bezweifle ich, dass es einer von uns wollen würde, zumindest nicht hier auf Braxia. Sicher, es wäre schmeichelhaft gegenüber den Außenseitern, wenn sie unsere Produkte wollen würden. Aber beim Tauschhandel geht es um mehr als nur darum, schöne Dinge zu bekommen, die in der Tat meist nutzlos sind, es geht um die soziale Interaktion, Bindung und freundschaftliche Rivalitäten zwischen den braxianischen Frauen. Ich würde es hassen, wenn dies verschwinden würde.“

„Sind braxianische Frauen glücklich?“, platze es aus mir heraus und trat mich sofort dafür in den Hintern.

Sie blinzelte, erstaunt über die unerwartete Frage. Ich überlegte, mich zu entschuldigen und meine Frage zurückzuziehen, aber Thala schien nicht beleidigt. Stattdessen dachte sie ernsthaft über die Frage nach.

„Interessante Frage“, sagte sie schließlich. „Hättest du mich das vor sechs oder sieben Jahren gefragt, hätte ich wahrscheinlich nein gesagt. Aber der Magnar hat einige wunderbare Veränderungen vorgenommen, die die Lebensbedingungen der Frauen erheblich verbessert haben.“

Ihre blassgrauen Augen bohrten sich mit einer Kraft und Überzeugungskraft in meine, die ich von jemandem, der so unterwürfig wie sie war, zumindest rein äußerlich, nicht erwartet hätte.

„Braxia muss dir in ihrer Art und Weise und ihren Sitten seltsam, rückständig und sogar barbarisch erscheinen. An manchen Fronten würdest du recht haben. An anderen würde ich dir nicht zustimmen. Wir fühlen uns nicht geschmälert, weil wir am Haupttisch in der Empfangshalle des Clans beim Abendessen nicht 'erlaubt' sind. Wir wollen nicht zusehen, wie sich Vergnügungsdienerinnen während des Essens gegenseitig befummeln, oder den prahlerischen und meist idiotisch streitlustigen Gesprächen zwischen den Männern zuhören, die sich zu beweisen versuchen, dass sie den größeren Schwanz haben.“

Meine Augen weiteten sich bei der unerwarteten Grobheit, und Thalas Gesicht wurde leuchtend rot. Als sie sah, wie ich in Gelächter ausbrach, verschwanden ihre Bedenken, ich könnte es ihr übel genommen haben.

„Ja", sagte ich zwischendurch kichernd, „das tun sie in der Tat sehr oft."

„In der Tat", antwortete sie und rollte mit den Augen und erinnerte sich damit zweifellos an eine von vielen solchen Situationen. „Es macht uns nichts aus, nicht zum Militär oder zu den Jagdgesellschaften zugelassen zu werden. Unsere Männer sind buchstäblich zehnmal stärker und schneller als wir. Wir haben von deinen Fähigkeiten bei der Jagd gehört, aber braxianische Frauen verfügen nicht über die Geschwindigkeit, die du besitzt. In Wahrheit hatten wir keine Ahnung, dass guldanische Frauen sich so schnell bewegen können wie du, denn du bist die erste, der wir je begegnet sind."

Guldanerinnen können das nicht. Veredianerinnen der Krieger-Rasse können es.

„Braxianische Frauen sind von Natur aus unterwürfig und geben die Macht gerne an die Männer ab, die davon leben, sie auszuüben, indem sie sich als würdige Männer erweisen, dies aber auf vernünftige Weise tun." Thala zuckte die Achseln. „Manche mögen sagen, es liege an unserer Erziehung, aber selbst die liberalsten unter uns mögen dominante Männer. Selbst eine Frau, die so stark und unabhängig ist wie *du,* fiel auf den stärksten Alpha von Braxia herein."

Die Art und Weise, wie sie den letzten Satz sagte, stellte eine Herausforderung dar, die mich veranlasste, das Gegenteil zu behaupten. Aber ich konnte es nicht. Ich liebte es, von ihm beherrscht zu werden, mich in seiner mächtigen Umarmung zerbrechlich und verletzlich zu fühlen.

Ich lächelte unverbindlich, und sie lächelte wissentlich zurück.

Touché.

„Aber sicherlich streben einige Frauen nach mehr Macht oder Kontrolle über ihr eigenes Leben, über die Regierung?", fragte ich.

„Ja", räumte Thala ein. „Und wir haben sie." Sie kicherte über meinen zweifelnden Gesichtsausdruck. „Hinter jedem großen Mann an der Macht steht eine starke Frau an seinem Ohr, die ihm Ratschläge gibt. Seit Generationen hatte jeder gute Magnar eine einflussreiche

Dagna an seiner Seite. In einigen Fällen war *sie* die wahre Herrscherin, während er nur ihre Stimme, ihr Vollstrecker war."

„Warum konnte sie dann nicht einfach als solche deklariert werden?", forderte ich heraus.

Thala lachte, als hätte ich etwas Nettes oder Naives gesagt. „Schau mich an", sagte sie und deutete mit den Händen auf ihren Körper. „Selbst mit deinen Kampffähigkeiten werden weder ich noch irgendeine andere Braxianerinnen vor oder nach mir jemals in der Lage sein, an der Macht zu bleiben. Es gibt einen Grund dafür, dass Ravik trotz seiner vielen Verleumder und Änderungsgegner immer noch Magnar ist. Niemand, und ich meine *niemand*, hat ihn jemals im Einzelkampf besiegt. Du hast gesehen, wie er das Urteil gegen Torvin Sedrak wegen seines Verrats im Wald vollstreckt hat. Sah der Magnar auch nur annähernd so aus, als sei er in Gefahr, zu verlieren?"

Ich schüttelte den Kopf. Der Kampf war für meinen Mann fast beleidigend einfach gewesen.

„Glauben Sie mir, wenn jemand auch nur die geringste Chance auf einen Sieg hätte, würde er versuchen, ihn abzusetzen, aber er kann es nicht. Keine Frau würde eine Herausforderung überleben", sagte Thala beiläufig. „Wie auf Guldar sind Braxias Partnerschaften auf das Überleben des Stärkeren angewiesen. Wir wollen, dass der Magnar, unser Herrscher und Beschützer des Reiches, die schärfste, wildeste, bösartigste Bestie des Landes darstellt. Wenn es darum geht, für das zu kämpfen, was wir wollen, lass dich nicht von unseren unterwürfigen Dispositionen täuschen. Unterschätze niemals die Macht der Worte, die zwischen weichen Kissen geflüstert werden."

KAPITEL 13
MERCY

Morgens war Ravik in schlechter Stimmung. Ich brauchte nicht zu fragen, warum. Je näher wir dem Abreisedatum zum Haus meines Bruders kamen, desto schlimmer wurde es. Seine Sorge um mein Wohlergehen rührte mein Gewissen und erzeugte einen Hauch von Reue in mir. Ich kam jedoch hauptsächlich mit einem bestimmten Ziel vor Augen nach Braxia, das vordergründig durch die Jagd und die Ankunft der Guldaner aus den Fugen geraten war.

Ich konnte nicht glauben, dass erst eine Woche vergangen war, seit Ravik und ich uns zum ersten Mal in Antons Penthouse trafen. Meine überfürsorgliche kleine Schwester und meine Mutter machten sich sicher Sorgen um mich ... wie immer. Ich hatte gehofft, ich könnte es etwas hinauszögern, bis ich gute Nachrichten für sie habe, wenn ich ihnen das nächste Mal eine Com-Nachricht schickte, aber angesichts der Handelsanfrage des Clan Grumar müsste ich ihr heute Abend oder spätestens morgen eine Nachricht schicken. Die Chancen, die Kundenliste meines Bruders am ersten Tag meiner Suche zu finden, waren gering bis gar nicht vorhanden. Trotzdem waren seltsamere Dinge inzwischen geschehen.

Ich warf Ravik einen Seitenblick zu und biss mir in die Wangen, um nicht über den Bösen Blick zu lachen, mit dem er Gorav, Antons jüngsten Halbbruder, bedachte. Es war nicht die Schuld des armen Mannes, dass ich darauf bestand, heute zum Haus meines Bruders zu gehen.

„Hör endlich auf, meinem Sohn die bösen Blicke zu zuwerfen", maßregelte Krygor und schlug Ravik freundlich auf die Schulter. „Er und meine Clanmitglieder werden für die Sicherheit deiner Frau sorgen. Vergiss nicht, dass Anton mir zunächst ihren Schutz anvertraut hat", neckte er.

„Sie hat aber mich", knurrte Ravik, mürrischer denn je.

Weit davon entfernt, sich einschüchtern zu lassen, schien Krygor über Raviks Wutanfall amüsiert zu sein. „Nur weil du dich vor mir eingeschlichen hast. Wir wissen beide, hätte sie mich zuerst getroffen, hätte sie mich als den besseren Mann erkannt."

Ravik schnaubte und zögerte, seine Stimmung ein wenig zu lockern. „Das hättest du wohl gerne, alter Mann."

„Kaum. Ich bin kaum fünf Jahre älter als du", widersprach Krygor in einem gespielt abweisendem Ton. Er wandte sich mir zu und flüsterte mit verschwörerischer Stimme. „Lass dich nicht von ein paar grauen Haaren täuschen. Es ist lediglich ein Beweis dafür, dass ich die Weisheit besitze, die ihm fehlt. Wenn du seiner überdrüssig wirst und einen richtigen Mann willst, such mich auf."

Ich musste mir auf die Unterlippe beißen, um nicht zu lachen, weil ich einfach ihr Geplänkel liebte. Wenn man sich Antons Vater ansah, würde man niemals die humorvolle und rebellische Persönlichkeit hinter dem furchterregenden Gesicht erahnen. Und er hatte auch mit seiner Vermutung recht: Hätte ich Ravik nicht zuerst getroffen, hätte ich mich definitiv zu Krygor hingezogen gefühlt, zumal ich wusste, wie schwer es für ihn war, seinen Mischlingssohn zu beschützen.

„Zwing mich nicht, dir den Schädel einzuschlagen, Krygor Aldriss", zischte Ravik scherzhaft, allerdings mit einem bedrohlichen Unterton.

Krygor winkte unbeeindruckt mit der Hand. „Heute nicht, es sei denn, du willst bei der Abstimmung heute Morgen eine Stimme weniger haben. Komm, Kleiner, und gib deiner Frau einen Abschiedskuss. Wir müssen zu einer Ratssitzung."

Ravik verzog das Gesicht, als hätte er in etwas Saures gebissen. Als ich vor ihm stehen blieb, kämmte ich meine Finger durch sein Haar und erhob mein Gesicht, um ihn zu betrachten. Sein Gesichtsausdruck wurde weicher, aber die Sorge in seinen Augen blieb bestehen.

„Hör auf, dich zu ärgern, großer Junge", entgegnete ich spielerisch. „Du weißt, sie werden mich beschützen, und ich bin nicht hilflos."

Er schimpfte, wehrte sich aber nicht, als ich sein Gesicht zu meinem zog. Auf die Zehenspitzen gehend, rieb ich meine Nase an seiner, bevor ich ihm einen sanften Kuss gab. Seine große Hand auf meinem Nacken und sein Arm um meine Taille hinderten mich daran, mich zu entfernen, als er den Kuss vertiefte. Krygor räusperte sich hinter uns, als der Kuss zu lange dauerte. Ravik knurrte verärgert gegen meine Lippen und brachte mich zum Kichern.

Ravik ließ mich mit offensichtlicher Abneigung los und starrte mich streng an. „Du kehrst heute Abend zu mir zurück."

Es war keine Bitte. Weit davon entfernt, mich wirklich ärgern zu wollten, lächelte ich. „Ja, ja, Magnar, das werde ich."

Nicht amüsiert von meinem neckenden Ton, knurrte Ravik mich an, streichelte aber sanft meine Wange. Mit einem letzten warnenden Blick auf Gorav stampfte er wütend davon, mit Krygor auf den Fersen. Seufzend sprang ich mit meinem Sicherheitskommando in das Shuttle.

Der vierzigminütige Flug zum Anwesen von Varrek fühlte sich wie eine Ewigkeit an. Selbst die Arbeit an meinem tragbaren Computer konnte mich nicht von meiner Ungeduld ablenken. Obwohl ich meine Beratungsdienste auf Eis gelegt hatte, hörten meine Forschungslabors nie auf zu experimentieren und neue Technologien auf der Grundlage von Spezifikationen zu entwickeln, die ich ihnen zur Verfügung gestellt hatte. In der vergangenen Woche war ich nachlässig gewesen, mich über die neuesten Berichte auf dem Laufenden zu halten und meinen Mitarbeitern das erforderliche Feedback zu geben, damit sie ihre Bemühungen fortsetzen konnten.

Als wir uns unserem Ziel näherten, musste ich beim Anblick von mindestens einem weiteren Dutzend von Krygors Clanmitgliedern, die um das Gebäude herumschwirrten, mit den Augen rollen. Das glich einem Overkill. Ich unterdrückte eine weitere Welle der in mir aufsteigenden Wut. Dieser übertriebene Schutz war erstickend. Ich wusste ihre Absicht zu schätzen und räumte ein, dass die Guldaner eine ernsthafte Bedrohung für mich darstellten, nicht nur wegen meines Erbes, sondern auch als Druckmittel gegen den Magnar. Aber dies fühlte sich wie ein Gefängnis an. Ohne eine Eskorte konnte ich nirgendwo hingehen und konnte die Festung Raviks nicht ohne Erlaubnis verlassen. Das würde für mich auf lange Sicht nicht funktionieren.

Die düsteren Gedanken verjagend, richtete ich meinen Blick auf das einstöckige Gebäude aus dunklen Steinen und aschfarbenem Holz. Hohe, verstärkte Zäune umgaben das Grundstück, einschließlich des Landeplatzes. Die geschlossenen Fensterläden an den hohen Fenstern ringsum, die überwucherte Vegetation auf dem Hauptweg, der zur Eingangstür führte, und die überdachten Sonnenkollektoren auf dem Dach ließen deutlich erkennen, dass der Platz seit einiger Zeit leer stand.

Interessanterweise hatte Varrek ein altes Jägerhaus renoviert, das sich auf dem nicht beanspruchten Land in fast gleicher Entfernung zwischen den Grundstücken der Clanführer Hagan Lorvis und Norbek Arthol befand. Beide gehörten jenen Fünfzehn aus Raviks Vergangenheit an. Trotz des angrenzenden Waldes, der nur einen Steinwurf vom Haus entfernt lag, versicherte mir Gorav, dass der Ort sicher sei. Nur kleine Beutetiere wohnten in der Nähe; die größeren Kreaturen und Raubtiere streiften tiefer im dicksten Teil des Waldes, der ihnen eine bessere Tarnung bot.

Die Männer beobachteten uns mit unverhohlener Neugierde, als wir auf das Haus zugingen. Als wir die Treppe erreichten, kam einer von ihnen auf uns zu.

„Wir haben die Absperrung gesichert“, teilte der Mann Gorav mit. „Allerdings funktioniert keiner der alten Jäger-Zugangscodes an der Tür. Falls Sie keine andere Möglichkeit haben, sie zu hacken, haben wir einige gut gesicherte Männer, die bereit sind, die Tür aufzubrechen. Falls es dazu kommen sollte, müssen Sie jedoch zuerst die Frau in Sicherheit bringen, da wir nicht wissen, welche Fallen der Guldaner aufgestellt haben könnte."

„Das wird nicht nötig sein", schaltete ich mich ein. „Ich habe die Sicherheitsvorkehrungen meines Bruders schon einmal durchbrochen. Das hier sollte nicht viel anders sein."

Seinen zweifelnden Blick ignorierend, stieg ich rasch die drei Stufen zur vorderen Veranda hinauf, während ich von der Schnittstelle an meiner Armbinde aus einen Umfangsscan aktivierte. Wie erwartet, hatten die Braxianer die wirkliche Bedrohung übersehen und nur die Täuschungsdetektoren und Alarmsysteme deaktiviert, die mein Bruder eingerichtet hatte, um potenzielle Eindringlinge in falscher Sicherheit zu wiegen. Abgesehen von den Tuuranern und mir hätte sich auch so ziemlich jeder andere davon täuschen lassen. Selbst beim ersten Mal konnte ich nicht sicher sein, dass ich alles entdeckt hatte. Ich zog ein zauberstabartiges Gerät aus dem Werkzeugbeutel, das an meiner Hüfte hing, dessen Riemen über meine Brust verliefen. Ich kalibrierte es auf die Frequenz der Sicherheitsvorrichtungen, die die Braxianer übersehen hatten, und sandte ein Störsignal auf dieser Wellenlänge. Innerhalb von Sekunden erschien jeder von ihnen auf meinem Scanner als inaktiv.

Sie waren keine direkte Bedrohung gewesen. Aber wären sie aktiv geblieben, wäre der Verteidigungsmechanismus, den Varrek im Haus hatte, bei unserem Eintreffen scharf geschaltet geblieben. Und *das* hätte tödlich sein können. Ich platzierte einen magnetischen Descrambler an der Türverriegelung. Während er sie durchbrach, schalteten sich die kleinen Überraschungen für die ungebetenen Gäste ein, die mein Bruder vorbereitet hatte und brachten einiges durcheinander. Ich legte meine Handfläche unauffällig neben das Entschlüsselungsgerät und öffnete meine Sinne, um nach seinen Störungen zu suchen. Als jede Falle ausgelöst wurde, drückte ich einen Deaktivierungsbefehl. Weniger als zwei Minuten später entriegelte sich die Tür.

Gorav bestand darauf, als Erster reinzugehen. Ich unterdrückte den Drang, mit den Augen zu rollen, und deutete ihm an, weiterzumachen. Die vier anderen Männer, die mit uns gereist waren, drängten sich vor mir hinein. Ich machte einen weiteren Scan, diesmal nach Fallen im Inneren.

„Bleib hier, während wir das Haus sichern“, ordnete Gorav ein.

„Es ist besser, wenn ich mitkomme, da ich alle Fallen auf diesem Gerät sehen kann“, argumentierte ich und winkte ihm mit meinem Unterarm zu. „Wie die hier drüben in der Wandlampe am Fenster.“

Gorav starrte mich überrascht an. Er betrachtete die Lampe, schaute auf sein Armband und dann wieder auf die Lampe. „Auf meinem Scanner ist sie nicht zu sehen.“

„Genau“, bestätigte ich schmunzelnd.

Ein wenig verärgert verzog er sein Gesicht. Es dauerte fast eine Stunde, um durch das Haus zu gehen und die Fallen auszuschalten. Ich verstand nicht, warum Varrek so viele in diesem einstöckigen Gebäude hatte. Zu den geräumigen Räumen gehörten ein Schlafsaal, der in ein Laboratorium umgewandelt worden war, und ein Kühlraum, der eine widerlich große Menge Bliss enthielt, eine hochgradig süchtig machende – und extrem tödliche – Freizeitdroge. Varrek hatte es auf die ahnungslose Bevölkerung losgelassen, bevor es uns gelang, seine Operation zu beenden. Er hatte in einer Ecke des Gemeinschaftsraums eine Wand hinzugefügt, wodurch ein Büro- und Arbeitsbereich entstand, und dann den großen Geräte- und Fallenlagerraum in sein Schlafzimmer verwandelt.

Nachdem er sich vergewissert hatte, dass alles gesichert war, erteilte Gorav den Clanmitgliedern draußen die Erlaubnis, auf ihr eigenes Gelände zurückzukehren. Zusammen mit meinen vier anderen Begleitern ließ er sich im Gemeinschaftsraum nieder, um an den mitgebrachten tragbaren Computern und Datenblöcken an einigen Aufgaben zu arbeiten.

Während ich das Haus weiter erkunden wollte, galt mein Interesse vorerst seinem Computer. Es dauerte nicht lange, ihn zu hacken, dank meiner jüngsten Erfahrung in unserem Familienhaus auf Guldar. Leider wurde mir bald klar, dass es keine schnellen Erfolge geben würde. Viele der Dateien waren verschlüsselt, jede mit einem anderen Algorithmus. Es würde Tage, wenn nicht Wochen dauern, sie alle freizuschalten, ohne eine Falle auszulösen, die das gesamte System zerstören oder umschreiben könnte.

Mit einem schweren Seufzer machte ich mich an die Arbeit.

Im Laufe der nächsten Woche hackte ich mich in Hunderte von Dateien, aber die Kundenliste entzog sich mir weiterhin. Ich hätte meine Nachforschungen weiter vertiefen sollen, aber allzu oft wurde ich durch brillante Analysen, Forschungsannahmen oder umwerfende Schemata für ein neues Konzept oder einen Prototyp abgelenkt. Jedes Mal zerriss es mir das Herz, dass ein solches Genie, zum Teil Dank meiner Hilfe, umsonst gelebt hatte.

Zu meiner Überraschung stolperte ich über eine Reihe unerwarteter Nachrichten von einem Mann namens Rik, der in Varrek verliebt zu sein schien – eigentlich eher ein besessener und grenzwertiger Stalker. Ich fühlte mich schuldig, als ich diese privaten Unterhaltungen las, aber ich beruhigte mein Gewissen, indem ich es damit rechtfertigte, so meinen Bruder ein bisschen besser kennenlernen zu können. Neben einigen saftigen Leckerbissen, die ich in seinen Unterlagen gefunden hatte, hatte mein Bruder eine Affäre mit diesem Mann gehabt, die er aber beendete, als dieser zu anhänglich wurde. So wie ich es verstanden hatte, war er auch ein brillanter Wissenschaftler, mit dem Varrek nach dem Ende ihrer romantischen Verbindung noch eine Weile an verschiedenen Projekten arbeitete. Aber Riks anhaltende Hartnäckigkeit, ihre Affäre wieder aufzunehmen, trieb Varrek schließlich dazu, ihre Beziehung zu beenden, sowohl beruflich als auch privat. Ich hatte geahnt, dass mein Bruder Männer bevorzugte, aber ich fragte mich, welche Geheimnisse ich noch über ihn entdecken würde.

Endlich antwortete meine Schwester Aleina auf die Nachricht, die ich ihr an meinem ersten Tag im Haus von Varrek geschickt hatte. In Anbetracht der großen Entfernung von hier zu Xelix Prime konnten wir kein direktes Gespräch führen, sondern nur Aufnahmen hin und her schicken. Meine Mutter, meine Nichte und ihre Kinder traten alle nur symbolisch auf dem Video auf und sagten mir, wie sehr sie mich vermissten und sich auf meine Rückkehr freuten. Meine Kehle schnürte sich vor Rührung zu. Es tat mir weh, sie nicht in meinen Armen halten zu können. Einmal mehr wunderte ich mich über mein Leben auf Braxia, das voller Pflichten, mangelnder Privatsphäre oder Freiheit war, in einer mir völlig fremden Kultur, die Lichtjahre von der Familie entfernt war, mit der ich doch gerade erst wieder vereint worden war.

Und doch war ich bereits tief mit meiner Bestie verbunden. Der Gedanke, mich von ihm zu trennen, war ebenso unerträglich.

Zumindest gäbe es einige gute Nachrichten zu verkünden. Allerdings versetzte Ravik meiner Begeisterung einen Dämpfer. Gute Nachrichten ohne einen konkreten Aktionsplan zu überbringen, würde ins Leere laufen und die Tür für zu viele Fragen öffnen, auf die wir vielleicht keine Antworten hatten. In der folgenden Woche teilte ich meine Zeit zwischen dem Hacken von Varreks Akten und der Koordination mit Anton, Grace und meiner Schwester auf. Wir arbeiteten einen soliden Plan aus, der nicht alle Probleme der Braxianer lösen, aber den Weg für neue Möglichkeiten öffnen und einigen Clans kurzfristig mehr Luft zum Atmen geben würde. Ravik half dabei, einige Dinge neu auszurichten, aber meistens ließ er mich einfach machen.

Er war damit beschäftigt gewesen, erfolgreich seine eigenen Handels- und Dienstleistungsabkommen mit ausländischen Würdenträgern auszuhandeln, von denen einige nach Braxia gekommen waren. Ohne Anzeichen einer weiteren Einmischung seitens der Guldaner und mit so vielen positiven Aussichten für sein Volk hatte sich Raviks Stimmung stark verbessert. Er war entspannter, aber immer noch genauso anmaßend beschützend. Zumindest hatte er eingewilligt, meine Zahl der „Babysitter" auf zwei zu reduzieren, wenn ich zu Varreks Haus fuhr.

Wir hatten uns an eine bequeme Routine gewöhnt. Morgens badeten wir gemeinsam und frühstückten, tagsüber gingen wir getrennte Wege, ein paar gemeinsame Stunden verbrachten wir zusammen – vor oder nach der letzten Mahlzeit mit dem Clan – während er mich die versteckten Schönheiten von Braxia entdecken ließ, und natürlich zelebrierten wir leidenschaftliche Nächte mit umwerfendem Sex. Wann immer es möglich war, aßen wir auf dem Gelände eines seiner engen Freunde zu Abend, wie an jenem Abend bei Fenton. Ich liebte diese Menschen, weil sie mir großartige

Einblicke in Raviks Vergangenheit gaben, die ihn zu dem Mann gemacht hatten, der er geworden war.

Aber nicht heute Abend.

Aus irgendeinem dummen Grund war ich nervös, den Clans die verschiedenen Vorschläge zu enthüllen, an denen wir gearbeitet hatten, um einigen von ihnen wieder auf die Beine zu helfen. In einigen Teilen von Braxia waren die Spannungen weiter angestiegen, als Ravik die angekündigten Geldstrafen durchsetzte, die gegen diejenigen verhängt worden waren, die bei der Sklavenhaltung ertappt worden waren. Ich wollte, dass der heutige Abend ein durchschlagender Erfolg für ihn werden würde. Alle betroffenen Clans, die normalerweise nicht in unserer Halle anwesend waren, sollten beim Abendmahl anwesend sein.

Ich wandte mich dem Spiegel zu, um einen letzten Blick auf mich selbst zu werfen. In der vergangenen Woche hatte ich mich daran gewöhnt, braxianische ‚Untergrundmode' zu tragen, die ich speziell bei einigen Ehefrauen in Auftrag gegeben oder modifiziert hatte, damit sie meiner schlanken, weniger robusten Silhouette passte. Diese sexy Kleider waren dazu gedacht, das Interesse der Männer zu erhalten oder potenzielle Ehemänner anzulocken. Auch die von den Braxianern bevorzugten dunklen Farben entsprachen meinem Geschmack. Die Frauen bekamen nicht viele Gelegenheiten, diese Kleider in der Öffentlichkeit zur Schau zu stellen, abgesehen von der vierteljährlichen Messe, die auf dem Keltrix-Markt stattfand.

Er wurde in zentraler Lage in der Nähe des Weltraumsports Braxia errichtet und bot den Clans eine zentrale Anlaufstelle, wo sie einkaufen und miteinander handeln konnten, anstatt von Clan zu Clan reisen zu müssen, um ihre lokalen Märkte zu erkunden.

Das trägerlose, schwarze Bondage-Kleid umarmte meinen Körper wie eine zweite Haut. Es war oberschenkellang, die Ausschnitte an den Seiten legten viel Haut von der Taille abwärts frei. Ich zog das schöne Schmuckset an, das Vela mir geschenkt hatte, und die nyrianischen Steine nahmen eine Obsidianfarbe an, die zu meinen Augen passte. Einen Moment lang überlegte ich, meine knielangen Stiefel anzuziehen, aber sie ließen mich etwas zu hart wirken, was heute Abend nicht das Ziel war. Also entschied ich mich für schwarze Stilettos mit Absätzen, die hoch genug waren, um *fast* mit denen zu konkurrieren, die Grace am liebsten trug.

Ravik näherte sich mir von hinten, sein muskulöser Arm legte sich um meine Taille, als er seine Brust gegen meinen Rücken drückte.

„Du siehst umwerfend aus, meine Frau", flüsterte Ravik.

Bei dem Titel flatterte mein Innerstes. Es war das zweite Mal, dass er mich als solche bezeichnete. Ich konnte nicht sagen, ob es Absicht oder ein Versprecher war. Nach nur drei gemeinsamen Wochen war es aus meiner Sicht verfrüht, diese Art von Engagement von ihm zu erwarten. Ganz zu schweigen davon, dass ich mich noch mit meinen eigenen Gefühlen über das Leben an seiner Seite und so weit weg von meiner Familie auseinandersetzen musste.

Ravik beugte den Kopf, kuschelte an meinem Ohr, und dann zeichneten seine Lippen die Kurve von meinem Hals bis zu meiner Schulter nach. Ich schnurrte, der Druck auf meine Markierungen, selbst durch die Prothesen hindurch, ließ köstliche Schauer über meine Wirbelsäule laufen.

„Komm schon, kleiner Vogel", forderte Ravik mich auf und führte mich meine Taille umarmend aus dem Raum. „Unsere Leute erwarten dich."

'Unsere' Leute ...

Diesmal glaube ich nicht, dass es sich um einen Versprecher handelte. Immerhin hatte er sich heute Morgen erkundigt, ob ich ihn bei einigen seiner offiziellen Besuche bei den Clans begleite. Er hatte es damit begründet, dass die Clans mit eigenen Augen sehen und direkt von mir hören könnten, wie sie von ausländischen Märkten profitieren würden. Da ich mich ebenfalls sehr neugierig über einige ihrer natürlichen Ressourcen für meine persönlichen Forschungs- und Entwicklungszwecke geäußert hatte, meinte er, es wäre besser für mich, alles aus erster Hand zu erfahren. Obwohl das stimmte, vermutete ich, dass seine wahren Motive woanders lagen. Als ich argumentierte, dass dies falsch interpretiert werden könnte, zuckte er die Schultern und sagte, dass es ihm, wenn es um mich ginge, scheißegal sei, was andere dächten.

Das hat mir gefallen.

Wir betraten den Speisesaal unter den aufmerksamen Musterungen der Clanmitglieder und insbesondere der Clananführer. Krygor verspottete uns mit seinem Blick, Fenton amüsierte sich, Pattel war unleserlich, Raylor unterwarf sich, Hagan und Yorbek – zwei der fünf verbliebenen Fünfzehn – waren voller Hass und einige wenige wie Boros, Moktar und Ferux – alle aus den zukunftsbedrohten Clans – voller Hoffnung.

Nach der üblichen Begrüßung mit dem Faustschlag gegen die Brust deutete Ravik an, den Männern ihre Plätze einzunehmen. Währenddessen ließen sich die Frauen auf ihre Stühle um die Tische an den beiden seitlichen Ecken des Saals nieder. Ich setzte mich an meinen üblichen Platz an der Spitze des Tisches neben ihm, seine Söhne thronten auf jeder Seite von uns. Ravik blieb stehen und deutete den Dienern an, dass sie das Glas für alle auffüllen sollten. Sie setzten sich in Bewegung, schnell, effizient und unaufdringlich.

„Ich danke euch allen, dass ihr so kurzfristig an meinen Tisch gekommen seid“, eröffnete Ravik. „Die Zeiten sind schwierig, für einige mehr als für andere, und eure ständigen Bemühungen und Opfer, für Ihre Clans zu sorgen, sind nicht unbemerkt geblieben. Veränderungen kommen nie leicht, aber sie sind notwendig, um langfristig einen größeren Nutzen zu erzielen.“

„Aber was, wenn wir nicht überleben, um das längerfristig zu sehen?“ Hagan intervenierte mit kaum verhohlenem Sarkasmus.

„Ich habe dir nicht erlaubt zu sprechen, Lorvis“, maßregelte ihn Ravik mit eiskalter Stimme.

Hagan zuckte zusammen, als er so schroff in seine Schranken verwiesen wurde. Mit zusammen gepressten Lippen lehnte er sich deutlich vor Wut kochend in seinem Stuhl zurück. Er vermied es, Augenkontakt mit den anderen Clanführern, die um den Haupttisch herumsaßen, herzustellen. Die Braxianer nannten sich nicht beim Nachnamen. Sie taten dies nur, um zu verdeutlichen, dass man sie nicht kannte, dass man einen niedrigeren Rang innehatte als sie selbst, oder um ihre Verachtung zu zeigen. Ravik hatte beabsichtigt, die letzten beiden Beweggründe zum Ausdruck zu bringen.

„Wie Lorvis so unhöflich bemerkte“, fuhr Ravik fort und fügte der Zurechtweisung eine persönliche Beleidigung hinzu, „befinden sich einige Clans in einer noch schlimmeren Situation, einige fürchten sogar, den Winter nicht zu überstehen. Während wir noch an langfristigen Lösungen arbeiten, hat sich meine Ravena kurzfristig um eine entsprechende Regelung für die Clans des Jyriak-Plateaus eingesetzt.“

Ravik drehte sich zu mir um und streichelte mein rechtes Horn mit seinen Fingerspitzen, Stolz und Zuneigung strahlten in seinen Augen. Mit erröteten Wangen schwoll meine Brust an, und mein Innerstes erwärmte sich, während ich öffentlich so offensichtlich beansprucht und gelobt wurde. Er blickte zurück zu den Tischen des Clans, an denen Boros bereits den Atem angehalten hatte und auf Raviks weitere Erklärungen wartete.

„Sie hat die Tuureaner davon überzeugt, von jedem der drei Clans des Plateaus drei volle Ladungen Stein und Metall zu Standardkosten zu kaufen“, fuhr Ravik fort.

Ein siegreiches Brüllen erhob sich von den Tischen der drei Clans, gefolgt von hämmernden Geräuschen, als die anderen Clanmitglieder als Zeichen der Zustimmung zweimal kurz hintereinander mit der Faust auf die Oberfläche klopften. Obwohl diese Transporte lediglich das Überleben des Winters für seine Leute bedeuteten, sah Boros aus wie ein Mann, dem die Last der gesamten Welt von den Schultern genommen wurde. Die Dankbarkeit in seinen Augen, als sie sich mit meinen verbanden, raubte mir jeglichen Atem.

„Dank unserer fortgesetzten Einhaltung ihrer Regeln bezüglich der Menschenrechte und des fairen Handels hat der Galaktische Rat alle Embargos aufgehoben, die seine Mitglieder daran hinderten, mit uns Handel zu treiben. Mithilfe des Rates Fenton, des Rates Krygor, Elder Pattel und meines Erben Keran“, erklärte Ravik weiter und deutete auf die vier Männern, die alle auf der linken Seite des Tisches saßen, „habe ich Abkommen zur Wiederaufnahme des Handels mit Fleisch, Getreide und Leder mit drei menschlichen Kolonien unterzeichnet, die früher mit den Clans der Nemfor-Ebenen Geschäfte gemacht hatten.“

Die fünf Clanführer, darunter Hagan, äußerten ihre Zufriedenheit, auch wenn der letzte dies nur widerwillig tat.

„Weitere Abkommen werden derzeit für die River Plains, die Woodlands Clearing und die Dulman Range diskutiert. Ich hoffe, dass sie in den kommenden Wochen zu einem positiven Abschluss kommen werden."

Weiteres zustimmendes Nicken begleitete seine Worte, die Stimmung im Saal vibrierte vor Energie und Aufregung.

„Aber wenn wir gedeihen und unseren früheren Ruhm zurückgewinnen wollen, muss der Wandel fortgeführt werden", betonte Ravik. Ein Schweigen fiel über den Raum, als die Clanmitglieder ihren Herrscher argwöhnisch beäugten. „Seit Generationen haben wir uns auf den Handel mit traditionellen Ressourcen und die Stärke unserer Waffen verlassen. Das reicht nicht mehr aus. Wir müssen neue Märkte mit neuen Ressourcen erschließen und eine Nachfrage nach neuen Gegenständen schaffen."

„Respekt, Magnar", unterbrach Clan-Führer Ferux, „wir haben es versucht. Boros, Moktar und ich haben buchstäblich jeden Stein umgedreht. Du weißt das. Wir haben auf unserem Land einfach nichts anderes."

„Falsch", griff ich ein. Alle Augen richteten sich auf mich. „Du und die beiden anderen Clans des Jyriak-Plateaus sitzen wahrscheinlich auf Braxias größtem Reichtum."

Schnauben und Grinsen quittierten meine Worte. Die Männer sahen mich an, als hätte ich entweder den Verstand verloren oder aber als wäre ich völlig ahnungslos – oder eine Mischung aus beidem.

„Habt ihr eine Vorstellung vom Wert eurer nyrianischen Edelsteine?", fragte ich unbeeindruckt.

Im Raum brach Gelächter aus, und der Hoffnungsschimmer, der in den Augen der drei Führer des Jyriak-Plateau-Clans gelegen hatte, erlosch. Ich stand auf und warf einen Blick auf Ravik, um ihm am Eingreifen zu hindern. Er schenkte mir ein subtiles Nicken und setzte sich hin.

„Und das passiert, wenn man Frauen sich in die Angelegenheiten der Männer einmischen lässt", rief Hagan. „Was wissen Frauen über Geschäfte?"

„Eindeutig mehr als du", entgegnete ich mit harter Stimme. „Jedes einzelne Wort, das aus deinem Mund kommt, zeugt von deiner Ignoranz und Engstirnigkeit."

„Du wagst es?", schrie Hagan. Er sprang auf seine Füße, das Gesicht gerötet vor Wut und seine schlammigen, braunen Augen warfen Dolche in meine Richtung. Er stand kurz davor, auf mich loszugehen, um mir den Kopf einzuschlagen.

„Ich wage, sogar doppelt und dreifach", schnappte ich zurück. „Setz dich, du Narr, und lerne von einem Besseren." Ich ignorierte sein empörtes Keuchen und ließ meinen eigenen wütenden Blick über die Anwesenden schweifen. „Eure Frauen sind euer größter Reichtum, und ihr ahnt es nicht einmal. Diese Halskette", stellte ich fest und zeigte auf die Kette um meinen Hals, „wurde von der unglaublich talentierten Vela Grumar geschaffen. Sie ist aus nyrianischen Steinen gefertigt, laut euch Braxianern lediglich Müll. Was würdet ihr sagen, wenn ich euch mitteilen würde, dass mir zehntausend Credits für die Halskette, die Ohrringe und das Armbandset angeboten wurden?"

Schockiertes Keuchen hallte durch den Raum. Mit aufgerissenen Augen, weit geöffneten Mündern starrten sie mich ungläubig an.

„Überrascht? Das Beste habt ihrnoch nicht mal gehört", bekräftigte ich, wobei ich mit so vielen Menschen wie möglich Augenkontakt aufnahm. „Ich sagte der potenziellen Käuferin, dass dieses spezielle Set zwar nicht zum Verkauf stehe, ihr Angebot über zehntausend Credits aber beleidigend sei."

„Warum sollten Sie das tun?", fragte Boros verblüfft. „Das ist ein wahnsinniges Angebot für diese Steine!"

„Nein, Clan-Führer Boros. Das ist es nicht", informierte ich ihn sanft. „Die Schönheit, Reinheit und vor allem die farbverändernden Eigenschaften der nyrianischen Steine lassen sie leicht mit blauen Diamanten konkurrieren. Ich teilte dem Käufer mit, dass jedes Set, das sie von Vela erhalten kann, mindestens fünfundzwanzigtausend Credits kosten wird. Sie akzeptierte es."

Die Anwesenden reagierten lautstark, schockiert und verwirrt auf meine Erklärung.

„Sie möchte mindestens vierzig einzigartige Sets innerhalb eines Monats", fuhr ich fort und stellte den Vorteil meiner Argumentation unter Beweis. „Das ergibt ein Minimum von einer Million Credits, mehr noch, wenn man bedenkt, dass einige der Steine größer sind und den Käufer daher mehr kosten werden. Die Frauen des Clan Grumar halten bereits über zweihundert Sets bereit, die sie während der Messe mit anderen Clan-Frauen tauschen wollten."

Ich gab den Männern eine Sekunde Zeit, das Gesagte zu verdauen, bevor ich weitermachte.

„Ich habe bereits Proben der handwerklichen Kunst Ihrer Frauen, Konkubinen und Töchter an Grace Aldriss geschickt. Falls Sie es nicht mehr wissen, das ist die Frau des Hybriden, dem so viele von Ihnen so viel Verachtung ein Leben lang zeigten", stellte ich fest und warf einen bedeutungsvollen Blick auf einige der Schuldigen." Sie zeigte sie den Geschäftsführern in der VIP-Abteilung des Venus-Hive vor. Sie erhielt bereits große Aufträge für die nyrianischen Fäden von Clan Curik, die für die Stickereien verwendet werden, und für die nyrianischen Juwelendekorationen von Clan Hurwas. Bei Clan Yagor wurden Parfüms und Schönheitscremes geordert."

Ich drückte meine Handflächen auf den Tisch und beugte mich nach vorne, um meinen Worten mehr Gewicht zu verleihen.

„Auch die Fischer-Clans sitzen auf großem Reichtum. Die nicht konsumierbaren Teile, die Sie als Abfall betrachtet haben, enthalten die Giftstoffe, die eure Frauen in heilende Cremes und Umschläge verwandeln, die genauso wirksam sind wie Soltarin, aber ohne die negativen Nebenwirkungen, die einige seiner Inhaltsstoffe beim Volk der Inugier verursachen. Sie haben eine erste Großbestellung aufgegeben, und wenn sich weitere Tests als schlüssig erweisen, werden sie einen dauerhaften, regelmäßigen Handel mit Soltarin einführen wollen. Ich könnte noch zwanzig Minuten lang die einzigartigen Ressourcen aufzählen, die ihr besitzt. Nicht alle von ihnen werden euch reich machen, aber jeder einzelne wird zu dem großen Gewinn beitragen."

Als ich seitlich Richtung der Tische schaute, an denen die Frauen saßen, deren Gesichter vor Stolz, Aufregung und ein wenig Vorsicht erröteten, deutete ich mit der Hand auf sie.

„Dies ist eure Zukunft. Eure Frauen haben seit Generationen einen Schatz an Wissen von Mutter zu Tochter weitergegeben. Wie die

Menschen zu sagen pflegen, ist der Müll eines Mannes der Schatz eines anderen. Ihr habt mehr Reichtum, als euch bewusst ist. Hört auf, ihn zu vergeuden.“

Während eine bedeutungsschwere Stille den Raum erdrückte, nahm ich wieder Platz. Raviks Gäste konnte das Besagte noch immer nicht verarbeiten. Boros erholte sich als Erster, schlug zweimal mit der Faust auf seinen Tisch, was Sekunden später einige andere nachahmten. Der Großteil der Anwesenden folgte der Geste anschließend. Dass ich unter einer unglaublichen Anspannung stand, bemerkte ich erst, als sich der Muskelknoten zwischen meinen Schulterblättern plötzlich löste. Aus dem Augenwinkel nahm ich wahr, dass Ravik mich mit offenem Stolz anstarrte. Er streichelte meine Wange mit seinen Knöcheln und erhob sich dann.

„Wie meine Ravena treffend feststellte“, begann er, „besitzt Braxia mehr Reichtum, als uns bewusst war. Wir brauchten lediglich eine neue unbekümmerte Sichtweise, um ihn erkennen zu können. Aus diesem Grund wird mich Ravena ab nächster Woche gelegentlich auf meinen Clan-Touren begleiten, um beurteilen zu können, welche einzigartigen Reichtümer wir noch so besitzen, falls überhaupt.“

Zustimmendes Nicken und bejahende Worte begrüßten seine Ankündigung.

„Was die Bestellungen betrifft, die Ravena erwähnt hat, so hat Anton eine Liste von über dreißig interessierten Käufern zusammengestellt, die sich bereit erklärt haben, nach Braxia zu kommen, um eure Waren zu begutachten und entsprechende Angebote zu unterbreiten. Sie werden nächste Woche hier sein.“ Noch mehr aufgeregtes Gemurmel erklang an den Tischen. „Anton hat sich freiwillig bereit erklärt, alle eure Verträge kostenlos zu überprüfen, bevor ihr irgendwelche Vereinbarungen unterschreibt. Ich empfehle euch dringend, sein Angebot anzunehmen, da er die fairen Preise kennt und es euch ersparen kann über den Tisch gezogen zu werden.“

Zustimmendes Nicken begleitet seine Worte.

„Braxia war einst eines der Juwelen des östlichen Quadranten. Wir *werden* die jetzige Not ertragen und wieder auferstehen. Die Zukunft steht offen vor uns, und wir werden sie ergreifen.“ Ravik hob sein Weinglas. „Auf Braxia!“

Alle Anwesenden standen auf, erhoben ihre Gläser und riefen im Einklang.

„Auf Braxia!“

KAPITEL 14
RAVIK

Als ich in meinen Privatgemächern auf der gegenüberliegenden Seite des Tisches auf Hagans verabscheuungswürdiges Gesicht starrte, gingen mir unzählige Szenarien durch den Kopf, in denen ich es auf verschiedenste Weise zerstören konnte. Ich hörte beinahe das ach so befriedigende Geräusch seiner Knochen, die unter meiner Faust zermalmt wurden und seine entzückenden Schmerzensschreie.

Bald, du Sohn eines Krillik. Bald werde ich dich töten.

In der Woche, die auf unsere Ankündigungen bezüglich potenzieller neuer Berufe im Frauenhandwerk folgte, war er zunehmend streitlustig geworden und ging sogar so weit, zu behaupten, dass Mercy für ihre Respektlosigkeit ihm gegenüber nach den alten Regeln bestraft werden sollte. Allein dafür hatte ich den Drang, ihn zu töten, fast nachgegeben. Bevor ich dieses Gesetz abgeschafft hatte, wurden Frauen ausgepeitscht, wenn sie für schuldig befunden wurden, einem Mann gegenüber respektlos geworden zu sein oder ihn entehrt zu haben, sei es durch ihre Worte oder Taten. Die Standardstrafe bestand seinerzeit aus fünfundzwanzig Peitschenhieben, von denen die Hälfte die Haut aufreißen sollte. Die Frau wurde anschließend drei Stunden lang in einen Käfig gesteckt, der zu klein war, um darin zu stehen und zu schmal, um sich hinzulegen oder zu strecken. Erst danach durfte sie eine Behandlung ihrer Wunden erhalten, die jedoch aufgrund der Schwere ihres Vergehens keine Schmerzmittel beinhaltete.

Trotz unserer barbarischen Art kamen solche Bestrafungen nicht so oft vor, wie man meinen könnte. Unsere Männer wussten, wie stark wir im Vergleich zu unseren Frauen waren und wie leicht wir sie durch Kontrollverlust dauerhaft schädigen oder sogar töten konnten. Ein einziges Mal würde bereits ausreichen. Unsere Frauen wussten im Gegenzug auch, wie schwer die Strafen ausfallen würden, die ihnen für das Überschreiten bestimmter Grenzen drohten, und verhielten sich deshalb vorsichtig. Aber dahinter versteckte sich die Tatsache, dass sich Männer, egal wie dominant und überlegen sie sich ihren Frauen gegenüber auch immer fühlten, für ihre Frauen, Konkubinen und Töchter tatsächlich sorgten und nur Strafen verhängten, die im Einklang mit der Liebe zu den Frauen standen.

Dennoch waren zu viele Akte grundloser Gewalt gegen Frauen verübt worden, die von unserer Kultur geduldet wurden. Selbst mit den Gesetzesänderungen kam es weiterhin zu solchen verwerflichen Taten. Die Durchsetzung des Gesetzes erwies sich als schwierig, da die Clans in der Privatsphäre ihrer eigenen Gebiete operierten, was die Wahrscheinlichkeit einer Anzeige verringerte. Einmal mehr kam es darauf an, die Grundlagen zu schaffen und dann daran zu arbeiten, die Mentalitäten zu ändern.

Aber Leute wie Hagan konnten sich nicht ändern, weil sie es gar nicht wollten. Sie genossen die Macht, die ihnen durch die alten Traditionen verliehen wurde. Und vor allem liebten sie den leichten Profit, den sie aus der Ausnutzung anderer ziehen konnten. Der Erfolg des mit Antons Hilfe organisierten Händlertreffens hatte ihn verbitterter denn je gemacht. Die große Nachfrage nach einigen der Waren – vor allem nach Schönheitsprodukten, Schmuck und einigen nyrianischen Geweben – hatte Anton dazu veranlasst, einen erstklassigen Immobilienstandort im Venus-Hive bereitzustellen, um dort zwei Jahre lang kostenlos ein braxianisches Geschäft zu betreiben. Als Getreidebauer würde Hagan nicht von den potenziell wahnwitzigen Gewinnern profitieren, die die kämpfenden Clans ernten könnten.

„Ich glaube, das geht alles zu schnell und weckt unrealistische Erwartungen", klagte Hagan zum milliardsten Mal.

„Die Clanmitglieder sind sich sehr wohl bewusst, dass es keine Garantien gibt", entgegnete Krygor abweisend. „Warst du nicht derjenige, der verlangte, dass wir dem Volk Hoffnung geben? Wir haben konkrete Schritte unternommen, und trotzdem beklagst du dich?"

„Dein Halbblut versucht wieder einmal, mit dieser Geschäftsidee die Entwicklung zu kontrollieren", argumentierte Hagan. „Wenn er entscheidet, dass er uns nicht mehr dort haben will, was wird dann mit uns geschehen?", wandte er sich an Raylor Caldes und bat um Unterstützung.

Raylor zögerte, ein besorgter Ausdruck lag auf seinem Gesicht. „Technisch gesehen wäre er an die Bedingungen des von ihm vorgeschlagenen Zweijahresvertrags gebunden. Es ist ein äußerst großzügiges Angebot seinerseits und für ihn eigentlich ein Verlust."

Ich vermutete, dass mein Gesicht denselben Schock widerspiegelte wie das aller anderen. Raylor war seit dem ganzen Debakel, das er durch die Einladung der Guldaner ausgelöst hatte, ziemlich verhalten geblieben Aber sein Hass auf Anton und den ganzen Clan Aldriss war legendär gewesen. Wir hatten alle erwartet, dass er die Gelegenheit ergreifen würde, um ihn zu vernichten.

„Ich kenne den Standort, den er vorgeschlagen hat", erklärte Raylor angesichts unserer Reaktionen in einem etwas defensiveren Ton. „Üblicherweise würde es für Millionen von Credits pro Monat vermietet werden. Er gibt im Gegenzug viel für nichts auf, während er uns Zugang zu der reichsten Klientel im östlichen Quadranten verschafft. Diejenigen, die auf Vergnügungsschiffe kommen, wollen ausgeben und extravagant sein. Mit dem Laden könnten wir den vollen Preis verlangen, statt des niedrigeren, den wir normalerweise beim Handel mit Wiederverkäufern erzielen würden."

„Du verteidigst ihn nur, weil du versuchst, davon zu profitieren", stellte Hagan verbittert fest.

„Würdest du das nicht tun?", Raylor schlug zurück. „Duralium verkauft sich nicht mehr. Die Leute wollen Titan. Mein Clan ist völlig von Antons Gnade abhängig, falls er unsere Bleche kauft, um seine

Raumstationen auszubauen und zu unterhalten. Im Gegensatz zu dir mit deinen ganzen Farmen hatten wir bis jetzt keine anderen Aussichten. Wir haben nichts so Ausgefallenes, wie Nyrian sich herausgestellt hat, aber unsere Frauen haben aus Metallspänen mit bunten Harzen schöne Dekorationsgegenstände hergestellt. Meine Frau hat sogar Gespräche mit der Tochter von Boros aufgenommen, um einige Schmuckkonzepte zu entwickeln, die unsere beiden Ressourcen kombinieren. Was auch immer meine persönlichen Gefühle sein mögen, ich bin meinem Clan gegenüber verpflichtet, und ich werde mich um seine Zukunft kümmern."

Ich war zu schockiert über die Worte. Raylor war schon immer ein praktischer Mann gewesen, aber er erwies sich als klüger und weiser, als ich erwartet hatte. Nach der Verbannung seines Sohnes und seiner anschließenden Hinrichtung hatte Raylor eine schlechte Entscheidung nach der anderen getroffen und sich systematisch mit den falschen Leuten zusammengetan. Vielleicht konnte er doch noch erlöst werden.

„Das Thema steht ohnehin nicht zur Debatte", sagte ich, bereit, zu einem anderen Thema überzugehen. „Anton wird mit jedem Clan die Vorschläge prüfen, die während des gestrigen Treffens mit den Händlern vorgelegt wurden; er wird sie beraten, welche Angebote es wert sind, weiterverfolgt zu werden, oder welche nachverhandelt werden müssen." Als ich Hagan direkt in die Augen blickte, konnte ich mein boshaftes Lächeln nicht unterdrücken. „Wenn du befürchtest, deinen Eliteclan-Status zu verlieren, schlage ich vor, dass du aufhörst, gegen Veränderungen anzukämpfen, und mitmachst, damit du nicht zurückbleibst."

Hagan presste die Lippen zusammen und bemühte sich um eine höhnische Antwort. Bei einem plötzlichen Aufruhr vor meiner Kammer gingen meine Warnglocken los.

„Ravena! Nein!", erklang Tagars aufgebrachte, wenn auch gedämpfte Stimme von draußen. „Du darfst da nicht reingehen!"

Meine Schultern verkrampften sich beim Geräusch von Ravenas wütendem Knurren, das durch die geschlossene Tür eindrang. Meine Ratsherren tauschten verwirrte Blicke aus, während meine Augen am Eingang kleben blieben. Ich stand auf, gerade als die Tür aufsprang.

Die Zeit schien stillzustehen, als sie eintrat. Ein wilder Gesichtsausdruck zierte ihr Antlitz, ein tiefes, bedrohliches Knurren entkam ihrer Kehle und schien in seinem Rhythmus nicht nachzulassen. Ravena schlich wie ein Raubtier auf den Tisch zu und starrte mich wie eine potenzielle Beute an.

Und dann traf es uns alle: der starke Duft ihrer Erregung. Das war nicht nur die aufgebrachte Stimmung meiner Partnerin, das war ihre Paarungsbereitschaft. Es traf mich wie ein Hieb in den Magen und versetzte mein Blut in Wallung, als es direkt in meiner Leistengegend explodierte. Die Nasen meiner Ratsherren zuckten, ihre Nasenlöcher weiteten sich und die Augen weiteten sich. Ein paar von ihnen griffen sich in den Schritt. Auf ihren Gesichtern zeigte sich purer Schmerz, als Ravenas Duft ihren männlichen Instinkt anspornte, die Bedürfnisse der besten Frau zu befriedigen.

„Meins", zischte Ravena, ihre Augen richteten sich auf mich.

Sie bewegte sich so schnell, dass sie verschwamm. Ravena schloss die Distanz mit drei langen Schritten, sprang zwischen Krygor und Pattel auf den Tisch, bevor sie sich auf mich warf. Obwohl ich sie auffing, stolperte ich aufgrund der Wucht des Aufpralls ein paar Schritte zurück und stieß meinen Stuhl aus dem Weg. Die Beine wickelten sich um meine Taille, sie zerriss mein Hemd mit übernatürlicher Kraft.

„Meins!" zischte sie wieder. Noch immer krallte sie sich an den verbleibenden Fetzen meines Hemdes fest und bedeckte meinen Hals und meine Brust mit hungrigen Küssen.

„Ravena, halt!", rief ich und versuchte vergeblich, sie unter Kontrolle zu bekommen.

Als sie eine Hand zwischen uns schob, riss sie den Magnetverschluss meiner Hose auf und hielt meinen Schwanz in einem schraubstockähnlichen Griff fest. Ich grunzte vor Schmerz, und indem ich meine Hände unter ihren Achseln einhakte, zog ich sie von mir fort und setzte sie wieder auf die Tischplatte. Ich biss die Zähne zusammen, als sie mir fast den Schwanz abgerissen hätte, als sie versuchte, mich daran festzuhalten, bevor er ihr aus der Hand glitt.

„Genug, Frau!", knurrte ich, als sie mich mit ihren Beinen näher zu sich zog und mit ihren Hüften wackelte, um etwas Reibung zu bekommen.

Der kurze Saum ihres Kleides glitt nach oben und gab mir den vollen Blick auf ihren schwarzen String frei, der klatschnass war. Der Duft ihres Moschus traf mich hart. Mein Inneres verkrampfte sich schmerzhaft vor brennendem Verlangen. Mein entblößter Schwanz zuckte und pochte. Mir wurde schwindelig und alle rationalen Gedanken verflüchteten sich. Ravena erhob den Kopf, eine Hand streckte sich aus, um meinen Schaft wieder in den Griff zu bekommen. Ich erwischte ihr Handgelenk, aber blitzschnell brachte sie es an ihr Gesicht und biss mich brutal. Ich jaulte auf und ließ los, schlang aber meine Hand um ihre Kehle und schlug sie mit dem Rücken nach unten auf den Tisch. Sie krümmte sich und kämpfte gegen meinen Griff und krallte sich an meinen Arm so fest, dass sich blutende Striemen hinterließ.

„Mir tut alles weh“, rief sie, unfähig, sich zu befreien.

Der Schmerz, die Qualen und die Verzweiflung in ihrer Stimme durchbrachen den Widerstand, den ich noch innehatte. Ein lustvoller Dunst senkte sich über mich und ließ meine Umgebung verschwinden. Nichts zählte mehr, außer dem heißen, willigen Körper meiner Gefährtin vor mir, dem verrückt machenden Duft ihrer Begierde und der pochenden Steifheit zwischen meinen Beinen.

„Vater, nein! Du wirst sie töten!“

Ich hörte die Worte und erkannte vage, dass sie von meinem ältesten Sohn stammten, aber nichts spielte mehr eine Rolle; nur die sengende Hitze der Muschi meiner Frau, die mich verschlang, als ich mich mit einem kräftigen Stoß in sie rammte. Ravenas Rücken wölbte sich vom Tisch, ihre Hörner kratzten mit einem harkenden Geräusch gegen die harte Oberfläche. Ihr erstickter Schmerzensschrei verwandelte sich bald in ein hungriges Stöhnen.

„Ja! Ja!“, schrie sie, als ich in sie hämmerte.

Ihr kehliges Stöhnen, das kräuselnde Streicheln ihrer Innenwände, das bei jedem Stoß meinen Schaft drückte und massierte, ließ mein Inneres von den Wellen der Lust, die über mich hereinbrachen, erzittern.

„Vorfahren ...“, flüsterte eine Stimme. „Kein Denax?“

Ein Bruchteil rationalen Denkens durchdrang den Dunst. „Raus hier!“, knurrte ich wild, während meine Augen nie vom Gesicht meiner schönen Frau abwichen. Ihre umwerfenden Züge erstrahlten in einem Ausdruck purer Glückseligkeit.

Auf das kratzende Geräusch der Stühle, als meine Ratsmitglieder sich erhoben, folgte bald der Klang der Tür, die sich hinter ihnen schloss.

Ich ließ ihren Hals los, schlang meine Hände um ihre beiden Hörner und hob ihren Kopf hoch. Eins von ihnen leistete leichten Widerstand, da es in der Tischoberfläche stecken geblieben war. Ohne mein strafendes Tempo zu verlangsamen, zerdrückte ich ihren Mund in einem brutalen, aber kurzen Kuss. Ravena saß halb am Tischrand und schlang ihre Hände in der Nähe der Ellbogenfalten um meine Arme, während ich mich an ihren Hörnern festhielt. Meine Daumen rieben ihre Markierungen und drückten auf die Stellen, von denen ich wusste, dass sie am empfindlichsten waren. Ihr Kopf fiel nach hinten, und ihre Augen rollten beinahe aus den Augenhöllen, als sie mit einem kehligen Schrei ihre Erlösung fand.

Die Arme fielen zur Seite, Ravenas Körper bebte von den Zuckungen ihres Höhepunkts. Mit einer Hand auf ihrem Rücken hielt ich sie hoch und pumpte weiter in den aufgelösten Körper vor mir, bis sie von ihrem Hoch herunterkam. Ich rang ihr einen weiteren Orgasmus ab, bevor ich mich meiner eigenen Befreiung hingab.

Keuchend und mit einem elektrisierenden Gefühl der Glückseligeit, die auf jede einzelne meiner Nervenenden explodierte, legte ich Ravena wieder auf den Tisch und lehnte mich über sie. Sie klammerte sich an mich, Nägel gruben sich in meinen Rücken, als fürchtete sie, ich würde verschwinden oder weggehen. Mein Schwanz steckte immer noch bis zu den Eiern tief in meiner Frau vergraben. Ich strich die wenigen Haarsträhnen, die an ihrer mit einem dünnen Schweißfilm bedeckten Stirn klebten, sanft beiseite.

„Du wirst mein Tod sein, kleiner Vogel.“

Ihre Augen glühten, ihr dunkler Blick senkte sich zu meinen Lippen, aber sie schien die Bedeutung meiner Worte nicht zu erfassen.

Ihre Innenwände pulsierten um mich herum, und sie hob ihr Becken an.

„Meine Bestie“, flüsterte sie mit einer Besessenheit, die mein Herz vor Freude schweben ließ. „Noch einmal.“

Ich schnaubte und schüttelte den Kopf.

„Du wirst mein Tod sein“, wiederholte ich und küsste sie, bevor ich meine vergnüglichste Pflicht wieder aufnahm.

Ravena presste sich gegen mich, als das Morgenlicht in unser Schlafzimmer fiel. Ich konnte nicht sagen, wer von uns am meisten Schmerzen hatte. In der Vergangenheit hatte ich bereits von dem wahnsinnigen sexuellen Appetit der Veredianerinnen während ihrer Saison gehört, aber das in der Nacht erlebte, ging über alles hinaus, was ich mir je hätte vorstellen können. Ich freute mich nicht darauf, meinem Rat erneut gegenüberzutreten, nachdem ich gestern Abend den Weg eines Feiglings eingeschlagen hatte, indem ich mit meiner Frau in der Privatsphäre unseres Zimmers zu Abend aß.

Meine Frau ...

Ich habe mich schwer und schnell in sie verliebt. Als sie mir eröffnete, wir seien Seelenverwandte, habe ich es nie wirklich infrage gestellt, und doch blieb mir die Aussage zweifellos im Gedächtnis. Erstaunlicherweise vergrößerte sich die Kluft zwischen uns, je enger wir zusammenwuchsen. Als ich die Decke zur Seite warf, ließ ich meinen Blick über die Vollkommenheit des goldenen Körpers meiner Frau schweifen. Ihr umwerfendes Gesicht und ihr schlanker Hals, die weiche Rundung ihrer Schultern, bedeckt von den lieblichen veredianischen Zeichen, ihre frechen Brüste mit vollen, dunkelbraunen Brustwarzen, ihr flacher Bauch und ihre schmale Taille, die sich in schön gerundeten Hüften ausweitete und mit langen, wohlgeformten Beinen endete – all das liebte ich an ihr. Mein Zeigefinger umkreiste die Kuhle ihres Nabels, bevor meine Hand auf ihrem Bauch landete, mein Daumen streichelte ihn in einer langsamen, gezeitenähnlichen Bewegung.

Sie könnte bereits mit meinem Nachwuchs schwanger sein. Wir waren vor ihrem Saisonbeginn sehr aktiv gewesen. Aber jetzt, auf dem Höhepunkt ihrer Fruchtbarkeit, und wenn man bedachte, dass wir fast ununterbrochen miteinander geschlafen haben, sollte mein Samen noch keine Wurzeln geschlagen haben, würde es sehr bald soweit sein. Trotz der Angst, die ich bei dem Gedanken empfand, wie sehr dieses Kind und meine Gefährtin verletzt werden könnten, wollte ich Ravenas erstes Kind zeugen – und jedes andere, das sie jemals haben würde. Meine Finger spannten sich beschützend über ihren Bauch.

Ravena versteifte sich.

Als ich zu ihrem Gesicht aufblickte, sah ich, dass sie bereits wach war und mich mit einem besorgten Gesichtsausdruck beobachtete. Mit geschlossenen Augen rieb ich langsam meine Handfläche über ihren Bauch und machte so die Art der Gedanken deutlich, die mir durch den Kopf schossen. Ihre Wimpern flatterten, und dann wandte sie ihre Augen ab. Ich runzelte die Stirn, ein Gefühl des Ertrinkens verengte meine Brust und erschwerte mir das Atmen. Ich schob Ravena eine Hand hinter den Nacken und stupste sie an, damit sie zu mir zurückblickte. Während sich mein Blick in den ihren bohrte und suchte, wuchs das Gefühl des Unbehagens exponentiell.

„Hast du deine Meinung geändert, Ravena?“, fragte ich, erleichtert, dass meine Stimme neutral geblieben war.

Sie schnaubte frustriert und schüttelte den Kopf.

„Ravena“, murmelte sie vor sich hin und ließ ihren Namen beinahe angewidert klingen.

Unbekümmert ihrer Nacktheit rollte sie sich vom Bett und ging ein paar Schritte in Richtung Innenhof und blieb auf halbem Weg stehen. Ich starrte verwirrt auf ihren Rücken.

„Es tut mir leid. Ich meinte Mercy“, warf ich ein, verwirrt durch ihr seltsames Verhalten.

Sie seufzte wieder und drehte sich zu mir um, ließ ihre Schultern tiefhängend. Ich hatte den deutlichen Eindruck, dass ich irgendwie völlig am Thema vorbeigerauscht war.

„Ich verstehe nicht, warum das so eine große Sache ist“, begann ich völlig ratlos. „Wenn du es vorziehst, Mercy genannt zu werden, warum nennst du dich dann meistens Ravena?"

„Denn sie ist nicht ich!", entgegnete sie herzzerreißend.

Ich blinzelte, mein Verstand erstarrte für einen Moment. Was bedeutete das überhaupt? Litt sie an einer Art doppelter Persönlichkeitsstörung? Ihr Gesicht verzog sich vor Kummer so sehr, dass es mir das Herz zerriss. Ich richtete mich auf und setzte mich an die Bettkante.

„Das", erklärte Ravena und deutete auf ihren Körper. „Das bin ich, Mercy, mit meinen veredianischen Markierungen und meiner Coolness. Die unbekümmerte, unabhängige Frau, die weiß, was sie will, und sich darauf einlässt. Die Seite von mir, die du auf Venus-Hive getroffen hast – die Frau, die ich sein kann, wenn wir allein zusammen sind. Ravena ist eine Lüge und Mercy ist ihre Gefangene!"

Sie fuhr sich mit den Händen über die Hörner und griff nach den Spitzen, als würde sie so verhindern können, sich die Haare zu raufen.

„Ich schwor mir selbst, dass ich das nicht mehr tun würde. Und doch bin ich hier, versinke immer tiefer und tiefer in dasselbe Muster, gebe vor, jemand zu sein, der ich nicht bin, befolge Regeln, an die ich nicht glaube, damit du nicht in Verlegenheit gebracht oder herausgefordert werden kannst, und schränke meine Persönlichkeit ein, um Konflikte zu vermeiden und mich in deine Welt einzufügen. Ich bin eine freie Frau, aber in der Realität bin ich deine Gefangene. Ich kann nichts tun und nirgendwo hingehen, ohne vorher deine Erlaubnis einzuholen."

Beleidigt schoss ich auf die Beine. „Das ist nicht wahr!", verteidigte ich mich. „Es steht dir frei, zu kommen und zu gehen, wie du willst."

„Es. Ist. Wahr!", rief sie verzweifelt aus. „Deine Festung ist mein Gefängnis. Ich kann frei umhergehen – mit Wachen, die mich beschatten – solange ich innerhalb deiner Tore bleibe. Ich kann nicht mit Dajia spazieren gehen, es sei denn, du begleitest mich. Wenn ich das Gelände aus einem anderen Grund als zum Haus meines Bruders zu gehen, verlassen will, bringen mich die Wachen zum Umdrehen, weil du es nicht genehmigt hast. Ich kann nicht einmal in mein eigenes verdammtes Shuttle steigen. Also erzähle mir nicht, dass ich nicht deine Gefangene bin!“

Ich blinzelte und musste ihre Worte erst verdauen. Ja, die Wachen baten zuerst um meine Zustimmung, wie sie es bei jeder Frau oder Konkubine eines Mannes tun würden; nach der braxianischen Kultur hatten Frauen außerhalb der Tore nichts allein zu suchen.

„Ich werde mit ihnen sprechen“, entgegnete ich kurz und knapp.

„Und ihnen was sagen?“, fragte sie, kaum beruhigt. „Lasst sie gehen, wohin sie will, aber beschattet ihren Hintern? Sollen sie mich davon abhalten, wenn ihnen mein Ziel missfällt?“

„Du kennst Braxia nicht, und es ist nicht sicher!“ Ich rastete förmlich aus und begann, mich irritiert zu fühlen. Zugegeben, der Verlust der Privatsphäre war unangenehm, aber warum konnte sie nicht verstehen, dass dies notwendig und zu ihrem eigenen Schutz war?

„Würdest du mich genauso behandeln, wenn ich ein Mann wäre?“, fragte sie und verschränkte die Arme über der Brust.

„Nein, das würde ich nicht“, antwortete ich ehrlich, ohne mit der Wimper zu zucken. „Eine Frau, die ganz allein herumläuft, gilt hier immer noch als wertlos und daher als Freiwild für alle. Aber auch Männer reisen auf Braxia nicht allein, Mercy. Sie werden immer mindestens eine Person bei sich haben. Glaubst du, ich würde weniger für dich zulassen? Bin ich besonders beschützend, weil du *meine* Frau bist? Ja. Und du bist meine Frau. Aber selbst, wenn es keine persönliche Beziehung zwischen uns gegeben hätte, wärst du genauso behandelt worden. Das ist Braxia.“

Sie schnaubte und schüttelte den Kopf.

„Was ist mit meinem Beruf, der mich regelmäßig durch die halbe Galaxie führt, um Kunden zu treffen und ihre Bedürfnisse direkt auf ihrem Terrain zu beurteilen? Manchmal muss ich mit minimaler Vorankündigung gehen und wochenlang weg sein. Wirst du das akzeptieren oder dich dem widersetzen?“

Ich antwortete nicht, aber meine Augen sprachen Bände, was ich bei dieser Aussicht empfand. Zu meiner Schande musste ich gestehen, dass ich seit ihrem Eintreffen in meinem Leben sehr wohl gemerkt hatte, dass Aufgeschlossenheit anderen gegenüber sehr leicht zu gewähren war, solange es einen nicht selbst betraf. Ging es aber um geliebte Menschen – meine Frau – klammerte ich mich immer noch an eine rückständige und kontrollierende Mentalität. Ich war nicht so weit fortgeschritten, wie ich geglaubt hatte.

„Das ist also meine Zukunft, hier?“, fragte sie verbittert. „Das ist die Zukunft meines Kindes, wenn es der Wille der Göttin ist, als Frau geboren zu werden? Für immer unglücklich zu sein? Und was ist mit einem Jungen? Wird auch er hinter Schloss und Riegel gehalten werden, um zu verhindern, dass er von denen gejagt wird, die deine Gesetze zum Schutz von Hybriden ignorieren würden? Was wenn unsere Kinder mit Markierungen geboren werden?“, wollte sie wissen und deutete auf das Fleckenmuster auf ihrem Arm, „werden sie dann auch immer Gefangene ihres eigenen Körpers sein?“

Ich verliere sie.

Ich hatte es schon eine Weile gespürt, aber noch nie so deutlich wie in diesem Augenblick. Sie zu schwängern und mit ihr auf Reisen zu den Anlagen der Clans zu gehen, waren nur einige der Wege, auf denen mein Unterbewusstsein versucht hatte, sie an mich, an Braxia, zu binden. Aber tief in meinem Herzen wusste ich schon immer, dass diese Welt zu wenig zu bieten und zu viele Zwänge für eine, wie sie hatte. Trotzdem fühlte es sich an, als hätte sich mein Blut in Säure verwandelt.

„Du willst mich verlassen“, resümierte ich und bemühte mich nicht, den Schmerz zu verbergen, der mich von innen her erdrückte.

Sie schreckte zurück und starrte mich einen Moment lang fassungslos an, und dann verzog sie ihr Gesicht in diesen bereits angedeuteten Ausdruck purer Trauer. Ravena umarmte sich, eine Hand rieb ihren Oberarm, als ob sie Trost suchte.

„Nein“, entgegnete sie mit leiser Stimme und schüttelte den Kopf.

Ich näherte mich ihr und zog sie vorsichtig in meine Umarmung. Zu meiner Erleichterung kämpfte sie nicht dagegen an, sondern schmiegte sich stattdessen an mich. Einen Arm um ihre Taille gelegt, hielt ich ihren Hinterkopf, ihre Wange auf meiner Brust ruhend. Ihr nackter Körper zitterte leicht an meinem, und mein Herz schmerzte.

„Ich verliebe mich in dich, Ravik. Aber ich glaube nicht, dass ich so leben kann", flüsterte sie.

„Und ich verliebe mich auch in dich, Mercy", betonte ich gegen ihr Haar. „Gib mir etwas Zeit. Auf Braxia ändern sich die Dinge bereits radikal, zum großen Teil dank dir. Ich darf dich nicht verlieren. Ich werde dich nicht verlieren. Wir können das schaffen. Du musst mir nur etwas mehr Zeit geben. Kannst du das für mich tun? Für uns?"

Sie blickte zu mir auf, ihre Obsidianaugen waren übermäßig hell und glänzend, dann nickte sie mit einem vorsichtigen, zarten Lächeln. Ich lächelte zurück und streichelte ihr Gesicht, wobei ich meine Finger über die Markierungen entlang ihres Nackens und der Schulterlinie laufen ließ.

„Mercy wird aus dem Schatten herauskommen und im Licht leben", versprach ich. „Bei meiner Ehre, ich werde mich persönlich darum kümmern."

Ihr Lächeln wurde leicht breiter. Als sie mein Gesicht zu ihrem zog, drückte sie ihre Stirn gegen meine. Wir hielten uns einen Moment lang in völliger Stille. Ich wusste, dass dies nur eine Gnadenfrist war, aber ich musste einen Weg finden, sie glücklich zu machen, denn ich durfte sie nicht verlieren – auch wenn das bedeutete, auf Braxia zu verzichten.

KAPITEL 15
MERCY

Zwei Tage nach meinem Zusammenbruch nippte ich an Rehmannia-Tee. Ich nahm immer viel davon mit, wohin ich auch reiste, für den Fall, dass meine Saison einsetzte. Er hielt mein hormonelles Ungleichgewicht in Schach und verhinderte mein aggressives und übermäßig emotionales Verhalten. Es hatte mich überrascht, da ich nicht damit gerechnet hatte, noch einige Tage lang läufig zu werden. Meine Wangen brannten immer noch, wenn ich daran dachte, dass ich dem Rat von Ravik fast eine kostenlose Pornoshow geboten hatte. Noch schlimmer war jedoch, dass ich mich am Morgen danach, als er mich fragte, ob ich nun doch kein Kind mehr mit ihm haben wolle, derart danebenbenahm.

Jedes ausgesprochene Wort behielt seine Gültigkeit, doch hatte ich nicht beabsichtigt, alle meine Probleme so auf ihn abzuladen. Die Schuld nagte an mir, weil ich ihn neben all den Schwierigkeiten, mit denen er bereits täglich jonglierte, noch mehr unter Druck gesetzt hatte. Gleichzeitig fühlte ich mich erleichtert, dass alles offengelegt wurde. Ich konnte nicht leugnen, dass Ravik alles tat, um mich glücklich zu machen. Noch am selben Tag hatte er alle Bewegungseinschränkungen für mich aufgehoben – nicht, dass sie jemals eingeführt worden wären. Er hatte den Wachen nicht gesagt, dass sie mich nicht aus der Festung herauslassen oder an Bord meines Shuttles gehen lassen sollten; sie hatten auf mich einfach die gleichen Regeln angewendet, die bei Braxianerinnen galten.

Ich konnte zwar kommen und gehen, wie es mir gefiel, aber immer wenn ich die Festung verlassen wollte, wurde mir eine Leibwache zugeteilt. Ein ärgerlicher, aber durchaus akzeptabler Kompromiss ... für den Moment.

Gorav teilte mir mit, dass er sich etwas mehr als eine Stunde verspäten würde, um mich zum Haus meines Bruders zu begleiten, da ihn andere Verpflichtungen aufhielten. Neben dem Durchsuchen seines Computers hatte ich in seinem Labor einige Experimente durchgeführt. Einige betrafen meine persönlichen Sachen, allerdings überprüfte ich auch einige der Ideen, die er untersucht hatte und die mich faszinierten. Obwohl ich unbedingt darauf zurückkommen wollte, störte mich die Verzögerung nicht. Sie gab mir einen Vorwand, Dajia zu besuchen, die ich seit einigen Tagen nicht mehr geritten hatte. Ich schluckte den Rest meines Tees hinunter und verließ Raviks Empfangshalle auf dem Weg zu den Ställen der Renntiere. Kaum hatte ich das Gebäude verlassen, erklang eine vertraute Stimme in meinem Rücken.

„Guten Tag, Ravena“, begrüßte mich Keran.

Überrascht blieb ich stehen und schaute über meine Schulter, als Raviks ältester Sohn auf mich zukam. Seine unheimliche Ähnlichkeit mit seinem Vater hörte nie auf, mich zu erstaunen. Ohne Raviks dichtere Muskelmasse, seine etwas längere Größe und zwanzig Jahre mehr Reife auf seinen Gesichtszügen hätten Vater und Sohn als Zwillinge durchgehen können. Das taten sie sicherlich aus der Entfernung.

Keran zog leicht amüsiert eine Augenbraue hoch und mir wurde klar, dass ich ihm nachgestarrt hatte.

„Gefällt dir, was du siehst?“, fragte er in einem neckischen Ton.

„Ja“, sagte ich unbeeindruckt. „Ich sehe leibhaftig, wie mein Mann vor zwanzig Jahren aussah.“

Er grinste, seine Augen leuchteten mit einem undefinierbaren Schimmer. „Gute Antwort.“

„Ich bin froh, dass du einverstanden bist“, antwortete ich im gleichen neckischen Ton.

Obwohl er immer noch lächelte, nahm sein Blick einen berechnenden Charakter an. „Würdest du mit mir kommen, Ravena?"

Uh oh. Das dürfte interessant werden.

Er führte mich in die entgegengesetzte Richtung von den Ställen zu den Trainingsplätzen hinter der Halle, wo die Wachen Sparring machten. Ehemals als Duellplatz und Gladiatorenarena genutzt, bevor vor den Toren des Geländes eine viel Größere gebaut wurde, war sie von vier Reihen erhöhter Bänke an drei Seiten umgeben. Die Magnar-Loge nahm die oberste Reihe der zentralen Bänke ein und bot genug Platz für ein Dutzend Würdenträger. Keran und ich schlenderten den dicken, hüfthohen Steinzaun entlang, der das Kampfgebiet umschloss.

Ich genoss schamlos den Augenschmaus. Wie könnte ich das nicht, wenn über fünfzig Männer mit nacktem Oberkörper sich anstrengten und grunzten, jedesmal wenn sie aufeinanderprallten? Ich müsste tot sein, um unempfindlich zu bleiben bei einer so umfangreichen Zurschaustellung von muskulösem, vor Schweiß glänzendem Männerfleisch. Es erregte mich nicht, aber die Aussicht machte mir definitiv nichts aus.

Dieser Standort war eine kluge Wahl gewesen. Wir gingen in freier Sicht, sodass jeder sehen konnte, dass nichts Unpassendes vor sich ging, aber weit genug von indiskreten Ohren entfernt, um die Privatsphäre zu gewährleisten, was durch den Lärm des Kampfes noch unterstützt wurde.

„Worüber möchtest du sprechen?", fragte ich Keran, während wir beiläufig am Zaun entlang spazierten.

„Zunächst sollte ich dir wohl für die ungewöhnliche Art und Weise danken, in der du uns von einer besonders langweiligen Ratssitzung befreit hast", begann er schmunzelnd.

Meine Wangen erhitzten sich, als er mich daran erinnerte, dass er mich in einem so ursprünglichen, sexbesessenen Zustand gesehen hatte.

„Dies ist nicht die Art von Vorfall, an den du die Leute erinnern solltest", sagte ich mit kaum unterdrückter Missbilligung.

„Warum?", wollte er ehrlich erstaunt wissen, seine Stimme war frei von Sarkasmus und Bosheit. „Es ist keine Schande, Sex zu haben. Du bist jetzt schon lange genug hier, um selbst mitbekommen zu haben, dass es hier so ziemlich überall und jederzeit passiert."

„Ja, mit Huren", erwiderte ich in einem verhärtenden Ton.

Kerans Augen verloren ihr spöttisches Funkeln, als er ernüchtert wurde. „Erstens, bist du keine Hure, Ravena. Niemand hier denkt das. Zweitens passiert das auch mit Ehefrauen und Konkubinen. Seit Vater das Gesetz geändert hat, hat er auch diese Art von Verhalten ein wenig eingedämpft, weshalb man davon in unserer Halle so wenig sieht. Wenn du mehr Zeit in den Anlagen anderer Clans verbringen würdest, würdest du die Realität sehen, die immer noch auf Braxia herrscht."

Seine Worte nahmen mir eine Last von den Schultern, von der ich nicht gemerkt hatte, dass ich sie mit mir herumgetragen hatte. Mir war es egal, was die Leute von mir persönlich dachten, aber ich wollte nicht, dass Raviks Leute seine Frau für Abfall hielten.

„Um mehr internationale Partner nach Braxia zu locken und vielleicht sogar die Türen für den Tourismus zu öffnen, müssen wir anfangen, uns anständiger zu verhalten. Dies würde viele Würdenträger beleidigen", fuhr Keran fort.

Ich nickte. Viele Welten hielten Braxia für zu barbarisch und primitiv in seiner Art, als dass sie irgendeine Art von Interaktion mit ihnen wollten. In der Zeit der Großen Kriege waren die Braxianer die perfekten angeheuerten Soldaten, um ihre Feinde zu zermalmen und für sie auf dem Feld zu sterben. Doch als der Galaktische Rat dazu beitrug, Frieden im östlichen Quadranten zu schließen, warfen alle diese Planeten Braxianer raus und hielten sie für ungeeignet für die friedvolle, erhabene Gesellschaft.

„Dein kleiner Zwischenfall hat jedoch eine ganze Reihe von Fragen aufgeworfen", sagte Keran, der spöttische Funke in seinen dunklen Augen kehrte zurück.

Ich gab ihm einen „Meinst du das ernst?"-Blick, weil er zu diesem Thema zurückkehren wollte.

Er ignorierte ihn.

„Für einen Moment fürchteten die anderen und ich, dass Vater dich töten oder dir zumindest schweren Schaden zufügen würde. Schließlich hat es noch nie eine Nicht-Braxianerin geschafft, ohne gründliche

Vorbereitung einen von uns, am wenigsten jemanden mit dem Umfang meines Vaters, aufzunehmen."

Ich sah ihn ungläubig an. „Führen wir ernsthaft ein Gespräch über die Größe des Schwanzes deines Vaters?"

„Ja, weil es zu meinem theoretischen Wissen über dich weitere Fragezeichen hinzugefügt hat", sagte Keran.

Die Intensität in seinem Blick war mir unbehaglich. Das war kein zufälliges Gespräch, um zu sehen, wie sehr er mich in Verlegenheit bringen könnte, sondern ein sorgfältig geplantes Gespräch.

„Theorie?", fragte ich, mein Tempo verlangsamte sich, als wir die Hälfte des Trainingsgeländes erreicht hatten.

„Nun, wenn man bedenkt, dass die Guldaner ihre Frauen noch strenger unter Verschluss halten als wir, sickert nur sehr wenig Wissen nach außen. Daher wissen wir auch sehr wenig über dich. Schließlich bist du die erste, der wir persönlich begegnen. Die Sache ist nur die: Guldanerinnen werden nicht läufig. Das tun nur sehr wenige Arten."

Mein Rücken versteifte sich, und mein Puls nahm zu, während ich versuchte, einen neutralen Ausdruck beizubehalten.

„Ich kann mich also nicht entscheiden, ob Ihre Fähigkeit, meinen Vater ohne Denax aufzunehmen, ein guldanisches oder ein verediani-sches Merkmal ist", brachte es Keran ganz sachlich auf den Punkt.

Ich hatte nicht vor, mich selbst zu verraten, aber genau das habe ich getan, indem ich bewegungsunfähig wie erstarrt stehen blieb. Die ganze Leichtigkeit verschwand aus Kerans Gesicht, als er ebenfalls stehen blieb und sich mir zuwandte. Die Hände hinter seinem Rücken verschränkt, hob er sein Kinn an, seine Augen forderten mich auf, es zu leugnen. Kurz spielte ich mit dem Gedanken, doch war seine Ausführung zu präzise, als dass es sich um eine wilde Vermutung handelte und er rein zufällig auf die Veredianerin tippte. Hatte Ravik es ihm gesagt?

„Wer?", fragte ich mit einer sehr angespannten Stimme.

„Niemand", entgegnete Keran. „Ich habe nur nachgerechnet." Er schnaubte bei meinem ungläubigen Starren. „Von den drei Spezies, die läufig werden, wird nur eine fast so wild wie du. In den öffentlichen Aufzeichnungen steht, dass Sie die Tochter von Gruuk Vrok und

Maheva Vrok, ehemals Maheva Fein, sind, die zufällig eine Veredianerin ist und jetzt auf Xelix Prime lebt."

Ich schluckte hart, blieb aber ruhig.

„Sie ist zufällig auch die Mutter von Aleina Fein, jetzt Aleina Delphin, der veredianischen Botschafterin auf Xelix Prime. Dieselbe Botschafterin, die zufällig die Rohstoffhandelsabkommen mit den Tuuranern unterzeichnet hat. Das würde sie zu deiner kleinen Schwester machen. Ich hatte mich gefragt, wie du es geschafft hast, sie dazu zu bringen, dieses Abkommen so schnell zu unterzeichnen, und warum der tuureanische Anführer dich, eine Guldanerin und die Tochter des größten veredianischen Sklavenhändlers der Geschichte, nach dem, was man auf der Strasse hört, so sehr beschützt hat."

„Nun", sagte ich unverbindlich, „jemand hat anscheinend eine gründliche Untersuchung durchgeführt."

„Wie Vater sagte, weiß ein guter Herrscher alles, was in seinem Reich vor sich geht, wer in seinem Reich wandelt und was seine Absichten sind."

„Und was sind meine Absichten?", fragte ich und verschränkte die Arme trotzig über meiner Brust.

„Nun, *das* ist die eigentliche Frage."

„Keine Theorien zu dem Thema?", entgegnete ich mit einer Prise Sarkasmus.

„Selbstverständlich, die habe ich." Keran atmete tief ein, sein Blick schweifte über unsere Umgebung. „Braxia ist eine raue Welt, aber nicht ohne Schönheit. Sie blüht jeden Tag ein bisschen mehr in die Richtung auf, wie sie sein sollte", antwortete er wehmütig, bevor sich seine Augen wieder auf mich richteten. „Während deines kurzen Aufenthaltes bei uns hast du wesentlich zu dieser Schönheit beigetragen. Vater liebt dich. Du liebst ihn. Und ihr plant gemeinsam ein Kind, das ihr vielleicht schon gezeugt habt, da du keinen Mondsaft trinkst."

„Jedes Kind, das wir hätten haben können, wäre keine Bedrohung für deine Herrschaft", entgegnete ich defensiv.

Keran winkte abweisend mit der Hand. „Wenn ein Kind, das du vielleicht hast, volljährig wird, wird Vater schon lange zu meinen Gunsten zurückgetreten sein. Meine andere Theorie über dich ist also, dass du darüber nachdenkst, ob du ihm das Herz brechen könntest oder nicht."

Meine Lippen öffneten sich schockiert, und ein Schauer lief mir über den Rücken. Ich rieb mir den Oberarm, zerkratze ihn.

„Ich sehe den sehnsuchtsvollen Blick, den du manchmal in den Himmel wirfst, und den sorgevollen Blick in deinen Augen beim Abendessen, wenn du dich fragst, was du hier tust, auf diesem fremden Planeten mit all seinen fremden Bräuchen."

Ich biss mir auf die Lippe, verwirrt von seiner Fähigkeit, mich so klar zu durchschauen.

„Was du tust, Ravena, ist uns zu zeigen, dass eine starke, unabhängige Frau keine Bedrohung für uns darstellt, sondern ein Segen für unser Volk ist. Du öffnest uns die Augen für die Reichtümer, die wir besitzen, aber zu blind sind, um sie zu erkennen. Du hilfst meinem Vater, seine Reformen schon Jahre im Voraus zu verabschieden. Die Frage ist also: Wirst du beenden, was du begonnen hast, oder ist die Freiheit und der Ruf der Sterne zu groß?"

Ich wandte mich von ihm ab und ging ein paar Schritte weiter, mein Kopf war vollkommen durcheinander.

„So einfach ist das nicht, Keran."

„Nichts, was sich lohnt, ist jemals einfach", räumte er ein. „Aber Braxia braucht eine Dagna, die mit gutem Beispiel vorangeht. Braxia braucht dich. Und *ich* brauche dich."

Ich schreckte vor diesen Worten zurück. „Was?"

„Mein Vater würde für dich auf seinen Thron verzichten. Ich brauche ihn, damit er noch ein paar Jahre weiter regiert", teilte Keran mit.

Ich sah ihn leicht verwirrt an. „Warum? Normalerweise drängen die Erben, um die Macht in die Hände zu bekommen."

Er grinste. „Niemand ist erpicht darauf, sich den Kopf wegen Braxia zu zerbrechen", warf er spöttisch ein, obwohl seine Worte einen wahren Klang hatten. „Durch dich wurde mir klar, wie wenig wir darüber wissen, wie andere Welten geführt werden und warum es dort funktioniert. Wir waren zu festgefahren in unseren Regeln. Ich beabsichtige, in den kommenden Jahren als braxianischer Botschafter viel zu reisen, um zu erfahren, wie der Rest des Universums lebt und funktioniert, und um vor meinem Aufstieg neue Allianzen zu schmieden. Wenn mein Vater jetzt zurücktritt, werde ich gezwungen sein, hier zu bleiben."

„Göttin ... Du willst gar nicht regieren", flüsterte ich bei der plötzlichen Erkenntnis.

Er zuckte die Achseln. „Ich suche nicht nach den Insignien der Macht, aber ich liebe Braxia und habe große Pläne für sie, die ich nur als Magnar verwirklichen kann. Also ja, das tue ich. Nur nicht jetzt."

Sein Com piepte. Er zog es aus der Tasche, warf einen Blick auf den Bildschirm und runzelte leicht die Stirn.

„Ich fürchte, ich muss sofort abreisen", informierte mich Keran. „Danke, dass du mich begleitet hast."

„Jetzt verstehe ich, warum dein Vater so stolz auf dich ist."

Sein hartes Gesicht wurde augenblicklich weich, als er liebevoll lächelte und an seinen Vater dachte.

„So wie ich auf ihn. Ich freue mich darauf, diese veredianischen Markierungen zu sehen, Dagna", entgegnete Keran spöttisch.

Bevor ich antworten konnte, schlug er sich mit der Faust auf die Brust und entfernte sich. Verdammt sei der Mann; ein wahrer Sohn seines Vaters.

~

Als wir im Haus von Varrek ankamen, verbrachte ich den Rest des Vormittags damit, einen neuen Stapel seiner Dateien zu hacken und ließ mich dabei von weiteren anhänglichen Nachrichten meines Bruders, der von seinem Ex-Geliebten vereitelt wurde, ablenken. Ich sollte dies nicht lesen, schon gar nicht zur Unterhaltung, aber es war einfach zu pikant, um es zu verpassen. Und doch tat dieser Mann einem Teil von mir leid. Riks zwanghafte Liebe hatte meinen Bruder eindeutig abgeturnt und ihn vertrieben, aber er schien das nicht zu verstehen. Sein unerbittliches Streben hatte die Sache nur noch schlimmer gemacht, da jede Botschaft in Verzweiflung eskalierte. Guldaner verachteten Schwäche. Wie konnte er nicht einsehen, dass er sich damit selbst ruinierte? Diese letzte Botschaft brach mir das Herz.

„Mein liebster Varrek,

Ich habe endlich akzeptiert, dass es vorbei ist und dass deine Zuneigung mir gegenüber nachgelassen hat. Nie mehr wirst du mein Flehen hören, die Beziehung wieder aufzunehmen. Selbst in den Hallen der Göttin blieb es ungehört. Ich vermisse die Arbeit mit dir, unsere Gespräche über die Wissenschaft und unsere revolutionäre Forschung. Du bist der brillanteste Geist unserer Zeit, und ich werde nie wieder einen anderen Mitarbeiter finden, der mich herausfordern und die Grenzen so verschieben kann, wie nur du es kannst. Bitte erlaube mir, an deine Seite zurückzukehren, um unsere Arbeit fortzusetzen.

Dein treuester Freund,

Rik“

Wie schrecklich muss es sich angefühlt haben, so hungrig auf die Anwesenheit von jemandem zu sein, dass man zu solchen Manipulationen greift, um wieder mit ihm zusammen zu sein? Ich bezweifelte nicht, dass er es geliebt hatte, mit meinem Bruder zusammenzuarbeiten. *Ich* hätte alles dafür gegeben, mit einem solchen Genie zusammenarbeiten zu können, aber selbst ich konnte zwischen den Zeilen lesen, dass er immer noch hoffte, ihre Beziehung wiederzubeleben.

Mit einem Seufzer rieb ich mir die Augen und streckte mich dann, als ich von meinem Stuhl aufstand. Gorav würde in weniger als dreißig Minuten Mittagspause machen, und ich wollte das Labor für die Arbeit am Nachmittag vorbereiten. Ich hatte einige frische Pflanzenproben mitgebracht, an denen ich etwas von der Forschung, die Varrek durchgeführt hatte, ausprobieren wollte. Ich kam zu dem Schluss, dass die Kundenliste von Varrek nicht auf seinem Computer war, da ich bereits alle wahrscheinlichsten Ordner durchsucht hatte. Deshalb pflügte ich nicht mehr mit eifriger Entschlossenheit durch die Dateien, sondern unterbrach diese und widmete mich dazwischen spannenderen Aufgaben.

Als ich die Proben sortierte und die notwendige Ausrüstung herausholte, ließ mich ein rauschendes Geräusch aufblicken. Obwohl es sich wie eine sich öffnende Tür anhörte, kam es von hinten, aus der linken

Ecke des Raumes, hinter einem der Kühlräume. Bevor ich reagieren konnte, trat der guldanischer Botschafter Lorik Zorak hinter der Ecke hervor und schoss mit der Dartpistole in der Hand auf mich.

Ich bekam keine Gelegenheit, einen Ton von mir zu geben. Sofort machte sich ein Taubheitsgefühl breit, das sich von dem Geschoss am Ansatz meines Halses ausbreitete. Ich brach zur Seite zusammen, meine Sicht verschwamm, als er sich mir mit einem grausamen Funkeln in seinen grünen Augen näherte. Ich kämpfte darum, bei Bewusstsein zu bleiben, und sah hilflos zu, wie er mich aufhob und zu dem versteckten Lift in der Ecke trug, den meine fortgeschrittenen Scanner nie entdeckt hatten. Als die Dunkelheit über mich hereinbrach, trug uns die Plattform in die Eingeweide des Hauses.

Mein Mund fühlte sich trocken und voller Sand an. Ich konnte klar denken, aber meinen nackten Körper erfasste der Schwindel von der nachlassenden Wirkung der Droge. Ich lag auf dem Bauch auf einer scheinbar kurzen, für Spanking vorgesehenen Bank. Der Kopf baumelte über den Rand, die Arme verschränkt und die Hände an den Seiten gefesselt, meine Füße ruhten auf dem Boden, ebenfalls festgebunden an die Beine der Bank. Auf der Suche nach irgendeiner Präsenz im Raum spitze ich meine Ohren, bevor ich mich bewegte. Ich hoffte, die Zeit hinauszuzögern, bis mein Entführer merkte, dass ich das Bewusstsein wiedererlangt hatte. Im Raum herrschte Stille, außer dem leisen Pfeifen des Lüftungssystems.

Meine Augen flatterten auf. Gitterartige, dunkle Metallplatten bedeckten den Boden. Als ich den Kopf zur Seite drehte, zählte ich mindestens vier leere Arrestzellen, obwohl ich vermutete, dass sich noch mehr außerhalb meiner Sichtlinie befanden. Verschiedene Geräte lagen auf einer langen Theke ausgebreitet, die sich über die gesamte Länge der Wand vor mir erstreckte. Die rechte Seite des Raumes stand leer und wurde von einer großen, verstärkten Tür verschlossen. Ich wollte mir nicht vorstellen, welchem Zweck dieser Raum meinem Bruder diente. Trotz allem hatte er seinen Sklaven immer eine bequeme Unterkunft geboten. Dies sah aus wie ein Ort, an dem man Tiere einsperrte.

Meine Hände waren zu groß, um aus den Fesseln zu rutschen, aber ich zog trotzdem an ihnen und versuchte, mit meinen Handflächen direkten Kontakt zu dem Hartmetall zu bekommen. Ich bemühte mich, meine Psi-Kraft in das Metall zu drücken, in der Hoffnung, es mit einem Auflösungsbefehl zu infizieren, der die Fesseln innerhalb von Sekunden zerbröckeln lassen würde. Zu meiner Bestürzung fand ich im Inneren keinen einzigen Naniten, der meinen Befehl ausführen konnte. Als ich meine Handflächen an die Seite der Holzbank drückte, sank mir das Herz, weil ich auch dort keine Naniten fand – nicht, dass ich wirklich welche in diesem Material vermutet hätte.

Hilflos kämpfte ich vergeblich gegen meine Fesseln. Nur die Göttin wusste, wie lange ich bewusstlos gewesen war. Es hätten Minuten oder Stunden sein können. Hatte Gorav mein Verschwinden bemerkt? Hatte der Botschafter ihn auch erwischt? Ich konnte Gorav in den Zellen in meiner Sichtweite nicht sehen. Auf der anderen Seite wäre Lorik wahrscheinlich nicht in der Lage gewesen, einen so massiven Braxianer allein zu tragen.

Oh Göttin, bitte lass ihn in Sicherheit sein.

In den vergangenen sechs Wochen war mir Antons jüngster Bruder ziemlich ans Herz gewachsen. Ich wäre am Boden zerstört, wenn ihm etwas passiert wäre.

„Endlich aufgewacht.“

Ich schrie überrascht auf, als ich Loriks Stimme hinter mir hörte. War er die ganze Zeit im Raum gewesen? Ich hatte keine sich öffnende Tür gehört. Ich verdrehte meinen Hals und versuchte, ihn über meine Schulter zu erkennen, aber er blieb außer Sichtweite. Mein Herz hämmerte bis in meine Kehle, als das Geräusch seiner Schritte direkt hinter mir stoppte. Ich überlegte, ob ich ihn nicht fragen sollte, was er von mir wollte. Obwohl mir zumindest ein paar Gründe einfielen – wie mich zum Beispiel gegen Ravik oder für mein Erbe einzusetzen – beschloss ich, meinen Mund zu halten, bis ich seinen Geisteszustand besser einschätzen konnte. Ich war in einer viel zu verletzlichen Position, um ihn direkt gegen mich aufzubringen, ohne zu wissen, ob eine Rettung in Sicht war.

Seine warme, seltsam weiche Hand, die meine linke Pobacke in einem langsamen Kreis streichelte, erschreckte mich. Ich wollte nicht daran denken, wohin diese Berührung als Nächstes führen könnte. Was auch immer seine Absichten waren, er würde mich nicht töten; lebendig war ich zu wertvoll. Aber das bedeutete nicht, dass er sich nicht mit mir amüsieren würde.

„Du hast vielen Menschen viele Probleme bereitet, Ravena Vrok. Du hast unsere Pläne, diesen armseligen Planeten zu übernehmen, zum Scheitern gebracht. Du hast dein eigenes Volk für diese Wilden verraten."

Mit jedem Wort verwandelte sich seine Stimme allmählich in ein Flüstern, das von wachsender Wut erfüllt war. Als Lorik seine Hand von meinem Arsch entfernte, verkrampfte sich mein Magen vor Angst und mein Atem wurde immer knapper. Sekunden später hallte ein pfeifendes Geräusch, gefolgt von einem lauten Klatschen, das durch den Raum hallte. Ich schrie auf, als der Schmerz auf meinem Rücken explodierte, nachdem er mich mit etwas geschlagen hatte, von dem ich nur annehmen konnte, dass es ein hölzernes Paddel war.

„Du hast deinen eigenen Bruder verraten."

Auf den Pfeifton folgte ein weiterer Schlag, und eine Welle der Qual strahlte entlang der Wirbelsäule und meine Beine hinunter.

„Gefangen genommen, um gefoltert zu werden."

WAS!

„Ihn im Stich gelassen, damit er hingerichtet werden konnte."

WAS!

„Du hast Varrek getötet, du Fotze!", schrie Lorik, bevor es weitere Schläge auf meinen Arsch und meine Beine regnete.

Jeder Schlag schwang an meiner Wirbelsäule entlang, was meinen Magen aufwühlen ließ. Ich hatte das Gefühl, gehäutet zu werden, denn jedes Mal, wenn das Paddel auf mir landete, wurde mir die Haut vom Fleisch gerissen.

Göttin, er wird mich umbringen!

In einem Blitz der Klarheit, bevor ich wieder das Bewusstsein verlor, wurde mir klar, wer er war.

Rik.

Ich konnte nicht sagen, was mich aus der gesegneten Dunkelheit, die mich vor meinem Peiniger geschützt hatte, zurückgebracht hatte; das gequälte Stöhnen, das in einem ständigen Fluss aus meiner Kehle drang, oder der unerträgliche Schmerz, der von meiner Taille herabkam. Ich war ausgedörrt, meine Kehle war wund, weil ich so viel geschrien hatte. Die Fesseln, die mich an die Bank banden, waren der einzige Grund dafür, dass ich nicht auf den Boden zusammengebrochen war.

„Willkommen zurück, Ravena", erklang Loriks beinahe herzliche Stimme.

Mein Kopf zuckte zusammen, und ich erschrak, als ich ihn ein paar Meter vor mir lässig auf einem Stuhl sitzend vorfand. Furcht durchströmte mich, als seine grünen Augen sich in meine bohrten und seine Finger geistesabwesend das Paddel streichelten, das auf seinem Schoß lag. Wie Doruk war Lorik ein sehr attraktiver Mann mit seinen braunen Hörnern, seinem langen und lockigen dunkelbraunen Haar, seinem sauber rasierten quadratischen Kiefer und seinen vollen Lippen. Überraschenderweise trug die rechte Seite seines Gesichts nicht die Stammestätowierungen, die Guldaner, die sich rasierten, normalerweise trugen. Doch wo Doruks Schönheit durch seine unterschwellige Bösartigkeit getrübt worden war, verwirrte Loriks Wahnsinn die seine. Er war an diesem ersten Abend in Raviks Halle so ruhig, still und beherrscht gewesen. Wer hätte ahnen können, dass dieser liebeskranke Stalker unter dem aufpolierten Äußerem lauerte?

„Unter normalen Umständen würde ich dich für das, was du getan hast, zu Tode prügeln. Ich würde dir jeden einzelnen Knochen brechen und mich an deinen Schreien ergötzen", teilte mir Lorik in seinem seltsamen Tonfall mit. „Aber ich habe zu viele andere Pläne für dich. Abgesehen davon, dass du unser Ziel ruiniert hast, hast du die falschen

Leute verärgert, die das Recht erbeten haben, dich angemessenen Respekt zu lehren. Diese braxianischen Wilden, für die du dein Volk verraten hast, mögen es nicht, wenn man ihnen antwortet. Und du, meine Liebe, hast ein ganz schönes loses Mundwerk."

Er hob das Paddel an und drehte den Griff. Ich starrte in morbider Faszination auf das Werkzeug, das mir so furchtbare Schmerzen zugefügt hatte. Dieses Ungeziefer, Hagan, musste die Person sein, die ich verärgert hatte. Wenn er mich mit dem Paddel schlug, würde er mich töten. Tief verwurzelter Hass auf mich hatte in seinen Augen gebrannt, nachdem ich ihn beim letzten Mahl öffentlich gedemütigt hatte.

Paddel fest in der Hand haltend, stand Lorik auf und kam auf mich zu. Mein Magen sank und mein ganzer Körper erstarrte, wodurch der pochende Schmerz in meinem misshandelten Fleisch aufflammte.

„Du hast schöne blaue Flecken, Ravena", sagte Lorik, seine weiche Hand streichelte meinen Hintern.

Ich schluckte ein Wimmern hinunter, als seine Berührung, obwohl sanft, schrecklich wehtat.

„Du hast keine Ahnung, wie sehr ich dich wieder schlagen will."

Seine Finger gruben sich in meine linke Arschbacke und drückten sie brutal zusammen. Ich schrie vor Schmerz auf, der meinen Rücken hinauf und an meinem rechten Bein hinunter strahlte.

„So ein hübscher Schrei", flüsterte er und gab damit seinen brutalen Griff frei.

Meine Augen brannten, aber ich wehrte mich gegen die Tränen und das Schluchzen, das aus meiner Kehle drängen wollte. Ich hatte mich noch nie so schwach, so hilflos ... so hoffnungslos gefühlt.

„Aber ich werde dich nicht schlagen. Zumindest für eine Weile nicht." Seine Hand streichelte mich wieder, bewegte sich aber glücklicherweise von dem geschundenen Bereich weg und glitt meinen Rücken hinauf, während er um die Bank kreiste. Er blieb neben meinem Gesicht stehen und hockte sich nieder, sodass wir uns Auge in Auge auf der gleichen Höhe befanden. Seine grünen Augen waren emotionslos, als er einen Moment lang mein Gesicht betrachtete, bevor er auf meine Hörner schaute. „Sie sind identisch mit seinen", sagte Lorik, seine Finger zeichneten die Muster auf meinen Hörnern nach."

Er liebte es, wenn ich mich an seinen Hörnern festhielt, wenn er mich fickte. Ich konnte ihn nie ficken. Er nahm keinen Schwanz, sondern gab ihn nur. Vor ihm hatte ich noch nie einen anderen gebumst. Aber Varrek ..."

Eine seltsame Mischung aus Wehmut, Sehnsucht, Leidenschaft und Wahnsinn brannte in seinen Augen. Er starrte mich unbeirrt an, seine Hand ballte sich um mein Horn zur Faust und sein Daumen streichelte das Muster nach. Mein Herz klopfte, ich blickte ihn vorsichtig an, als er sich wieder auf mich konzentrierte. Lorik beugte sich plötzlich vor und zog mein Gesicht an meinem Horn zu sich heran. Er rieb seine Wange an meiner, atmete tief ein und drückte dann seine Lippen an mein Ohr.

„Du riechst wie er, abgesehen von dem stinkenden Parfüm, das du trägst. Richtig gewaschen und mit einem Hauch von seinem Rasierwasser riechst du *genau* wie er."

Meine Augen weiteten sich vor Entsetzen. Sicherlich dachte er nicht ...

Lorik zog sich von mir zurück, sein Gesicht nur Zentimeter von meinem entfernt. „Ich habe sehr schöne, farbige xelixianische Linsen für deine Augen; waldgrün wie die von Varrek. Nachdem wir verheiratet sind, müssen wir einige Veränderungen an deinem Gesicht vornehmen. Einige schöne Chevron-förmige Knochenimplantate an deiner Stirn, um sein Crihnin nachzubilden. Wusstest du, dass er es hasste? Der dumme Mann. Sein Crihnin war so schön wie alles andere an ihm", teilte mir Lorik mit und liebkoste meine Stirn mit seinen Knöcheln, derselbe wehmütige Ausdruck auf seinem Gesicht. „Ich habe die experimentelle Phase eines neuen Hautpigments erfolgreich abgeschlossen. Es wird ein bisschen wehtun, aber nach ein paar Injektionen wirst du dauerhaft seine schöne silberne Farbe haben. Du wirst ein Meisterwerk sein", sagte er und umrahmte mein Gesicht mit seinen Händen, bevor er meine Lippen mit einem kurzen, aber brutalen Kuss malträtierte.

„Du bist wahnsinnig", flüsterte ich, mein Verstand weigerte sich, diese Worte zu akzeptieren.

Loriks Gesichtsausdruck blieb eine Sekunde lang leer, und dann verzerrten sich seine Gesichtszüge vor Wut. Er ohnfeigte mich mit seiner Rückhand mit solcher Wucht, dass ich fürchtete, mein Genick würde brechen. Das Blut strömte aus meinem Mund, und meine Zähne schlugen aufeinander.

Benommen hing mein Kopf an der Kante der kurzen Spanking-Bank herunter. Loriks Hand schloss sich um meinen langen Zopf und riss daran zurück, sodass ich gezwungen war, ihn anzuschauen. Seine Gesichtszüge verzogen sich zu einer wütenden Grimasse, seine Augen versprachen eine Welt voller Schmerz.

„Ich bin nicht verrückt, du Fotze!“, spuckte er. „Aber ich kann es sein. Wenn du mich noch einmal respektlos behandelst, wirst du daran erinnert, dass die Guldaner noch besser als die Braxianer wissen, wie man Huren in ihre Schranken weist.“

Ich ignorierte das Pochen auf der rechten Seite meines Gesichts und drückte meine Lippen zusammen, um meine dumme Zunge davon abzuhalten, mich noch mehr in Schwierigkeiten zu bringen.

„Es wird folgendes passieren“, meinte Lorik mit einer Stimme, die scharf genug ist, um Stahl zu schneiden. „Mein braxianischer Partner wird dir einen Besuch abstatten, um seine Rechnung mit dir zu begleichen; fünfundzwanzig Peitschenhiebe und die Nacht in einem Käfig.“

Ich warf einen entsetzten Seitenblick auf die leeren Tierkäfige.

„Oh nein, Schätzchen. Nicht diese. Etwas Kuscheligeres.“ Die Grausamkeit des Lächelns, das seine Lippen verunstaltete, verkrampfte schmerzhaft meinen Magen. „Am Morgen werden fünfzehn Braxianer hierherkommen und *Hallo* zu dir sagen. Sie hoffen, das Tier, das du gevögelt hast, mitbringen zu können, aber es ist schwer zu fangen. Wenn das nicht funktioniert, werden sie ihm für den Tag, an dem er ihnen in die Hände fällt, ein schönes Video davon zusammenstellen, wie sie eine intime Bekanntschaft mit deiner Fotze machen.“

Mein Körper bebte in einem unbändigen Zittern, jede Erschütterung schickte neue Wellen der Qual über mein malträtiertes Fleisch.

„Tz, Tz“, sagte Lorik. Sein Griff löste sich von meinem Zopf, und seine Finger massierten sanft den Schmerz an meiner Kopfhaut. „Dafür gibt es keinen Grund. Ich werde nicht zulassen, dass sie dir wehtun oder dich verletzen. Nun ... zumindest nicht dauerhaft“, ergänzte er.

„Morgen Nachmittag um diese Zeit sind wir beide auf dem Weg zurück nach Guldar, um unsere Hochzeit zu feiern. Wie du dir denken kannst, bin ich kein Fan von Muschis. Also werde ich deine nur ficken, um dich zu schwängern. Je eher du mir ein paar Erben schenkst, um den Vrok-Nachlass für meine Blutlinie zu sichern, desto eher werden wir beide von solchen Unannehmlichkeiten befreit sein.“ Der wahnsinnige Glanz erhellte wieder seine Augen. „Deinen Arsch hingegen ... deinen Arsch werde ich oft ficken, sobald wir dein Aussehen korrigiert haben. Durch dich werde ich endlich meinen Varrek ficken können.“

Lorik lehnte sich wieder vor und küsste meine Lippen mit einer Art Zärtlichkeit. Er erhob sich aus der Hocke und ging von mir weg, auf den Tresen vor mir zu. Zu viele Emotionen prallten auf mich, vermischt mit stechenden Schmerzen, die mich daran hinderten, einen rationalen Plan zu schmieden. Dieser Mann war krass, tobsüchtig. Wenn ich keine Möglichkeit gefunden hätte, vor der Ankunft der Fünfzehn zu fliehen, wäre ich tot oder für immer gebrochen. Und ich wollte nicht einmal daran denken, was das für Ravik bedeuten würde.

Oh Göttin, Ravik!

Wenn sie ihn erwischen würden, würden sie ihm einen langsamen, schmerzhaften Tod bereiten. Obwohl ich wusste, dass es hoffnungslos war, versuchte ich wieder vergeblich, meine Kraft in die Metallfesseln um meine Handgelenke zu pressen. Mein Kopf zuckte zusammen, als Lorik sich umdrehte und mit einem großen Messer in der Hand wieder auf mich zukam. In Panik zog ich an meinen Fesseln, die harten Kanten kratzten die Haut von meinen Handgelenken ab. Ich atmete laut und schnell, als er die Distanz schloss.

„Entspann dich, dummes Weib“, flippte Lorik aus. „Ich habe dir schon gesagt, dass ich dir nichts tun werde.“

Am Rande der Hyperventilation verdrehte ich meinen Hals, in dem vergeblichen Versuch, herauszufinden, was er mit dieser Klinge vorhatte. Er hob meinen Zopf an und riss meinen Kopf zurück. Für den Bruchteil einer Sekunde dachte ich, er würde mir die Kehle aufschlitzen. Statt des erwarteten Schreckens fiel eine kühle Decke aus Frieden und Akzeptanz auf mich herab. Ein besserer Tod als alles, was er für mich geplant hatte. Hatten meine modernen Scanner den versteckten

Aufzug und das Vorhandensein eines ganzen unterirdischen Stockwerks nicht entdeckt, so würden Ravik und seine Männer mich niemals finden.

Und dann fühlte ich Druck auf mein Haar, als die Klinge meinen Zopf durchsägte.

„NEIN!“, schrie ich.

Mit einem sanften Schnauben ließ der Zug an meiner Kopfhaut nach, und mein Kopf fiel wieder nach vorn, wobei der kurze Stumpf meines verbliebenen Zopfes meine Schulter streifte. Aus den Augenwinkeln der Metallplatte auf dem Boden zugewandt, beobachtete ich Lorik, wie er auf die Theke zurückging. Beim Anblick seiner Hand, die meinen abgetrennten Zopf lässig hielt und den langen Schwanz über den Boden schleifte, verschob sich etwas in mir.

Ich jammerte, als wäre mir die Seele aus dem Leib gerissen worden. Was seine Prügel nicht geschafft hatten, erreichte nun der Verlust des einzigen Symbols meines veredianischen Erbes, das ich selbst als Ravena nie hatte verstecken müssen. Es zerbrach mich. Wie bei allen meinen Schwestern waren meine Haare seit meiner Geburt gewachsen. Ihr Zweck als Waffe war immer zweitrangig gewesen. Der spirituelle Glaube der Veredianer diktierte, dass je länger das Haar, desto stärker seine Wurzeln, die das Band symbolisierten, das alle Veredianer verband, desto größer die Weisheit des Trägers und desto mächtiger seine psionische Fähigkeit.

Der Damm brach, als ich mit herzzerreißendem Schluchzen heulte. Ich hatte mich immer für eine starke Frau gehalten, aber jetzt hatte ich nichts mehr. Alle Sorgen meines Lebens brachen über mich herein; das kleine Mädchen, das ich war, das sich nach einer Mutter sehnte, die sie jahrzehntelang nicht treffen würde, mein lebenslanges Verstecken vor aller Augen, der Tod meines Vaters, die herzzerreißende Entscheidung zwischen meinem einzigen Bruder und meinen Schwestern, sein vorzeitiger Tod durch meine Schuld und mein Ravik ...

„Frauen ... Immer so viel Drama“, murmelte Lorik angewidert.

Die Tränen flossen frei über meine Wangen, aber ich war innerlich taub geworden. Ich reagierte nicht, als Lorik zu mir zurückkam, die Hände mit Operationshandschuhen bedeckt. Er löste die Knoten meines verbliebenen Zopfes, dann massierte er etwas Creme aus einem kleinen Behälter in mein Haar ein. Ein kaltes Kribbeln breitete sich auf meiner Kopfhaut aus. Als er seine Aufgabe erfüllt hatte, steckte er mein Haar zu einem Dutt auf meinem Kopf zusammen. Ein paar Schritte zurücktretend bewunderte er seine Arbeit mit offensichtlicher Zufriedenheit.

„Du hast sehr schönes Haar. Es spricht gut auf die Behandlung an“, stellte Lorik fest und sah zufrieden aus. „Wir werden es auf dem Rückweg nach Guldar ordentlich frisiert haben. Fürs Erste schlage ich vor, dass du dich ausruhst. Ich fürchte, heute Abend und morgen früh wirst du nicht viel Spaß machen. Hier, lass mich das für dich in Ordnung bringen“, sagte er.

Lorik nahm einen gepolsterten Gegenstand von der Theke und brachte ihn herüber. Vorsichtig, fast sanft, hob er meinen Kopf an und setzte den Kopfstützenaufsatz auf die Bank.

„Na bitte“, entgegnete er und legte meinen Kopf auf den Aufsatz, um meinen Nacken zu entlasten.

Mit einem Finger wischte er die Tränen ab, die weiterhin stumm aus meinen Augen flossen, dann streichelte er fast ehrfürchtig mein Haar.

„Ruh dich aus, meine Liebe. Bald wird es vorbei sein.“

Seine Hand fiel von meinem Gesicht ab, als er sich zum Gehen umdrehte und eine Haarsträhne mit sich zog. Sie baumelte vor meinen Augen, ihre rabenschwarze Farbe war bereits zu einem Hellgrau verblasst, von dem ich wusste, dass es bald dasselbe Silberweiß werden würde, wie das meines Bruders gewesen war.

KAPITEL 16

RAVIK

Als ich zu meinem Hoverbike zurückging, die Arme mit Geschenken für Mercy beladen, starrte ich Tagar und Nowik an. Sie gaben sich keine Mühe, ihre Belustigung zu verbergen, während ich darüber rätselte, wie das alles in den Stauraum passen würde. Die Mistkerle hatten gewusst, dass die Frauen des Podek-Clans Geschenke verteilen würden, als sie darauf bestanden, dass wir früher mit dem Shuttle reisen, aber es unterließen, den Grund dafür anzugeben. Es machte mir nicht viel aus, in dem kleinen Schiff eingesperrt zu sein, vor allem nicht über eine so kurze Distanz. Wie meine Frau liebte ich die Geschwindigkeit und ließ keine Gelegenheit aus, mit dem Bike zu fahren.

Noch einmal bedauerte ich, nicht darauf bestanden zu haben, dass Ravena... Mercy, zu dem Clanbesuch mitkam. Sie war so etwas wie ein Vorbild für die braxianischen Frauen geworden. Sie waren dankbar dafür, dass sie ihnen endlich ihren Platz an der Sonne und die Anerkennung, die sie verdienten, verschafft hatte. Aber noch mehr als das, sie waren dankbar dafür, dass sie so vielen der verzweifelten Clans wieder Hoffnung gab. Sie betrachteten sie bereits als ihre Dagna, und eine wachsende Zahl von Clanmitgliedern hatte begonnen, auch auf diese

Weise über sie zu denken. Vor zwei Tagen wäre ich noch darüber begeistert gewesen, jetzt nicht mehr so sehr.

Ich hatte geplant, sie auf der nächsten Quartalsmesse zu bitten, meine Frau zu werden. Nach diesem schwierigen Gespräch befürchtete ich, sie würde es für einen Trick halten, sie weiter an mich, an Braxia, zu fesseln. Wie konnte ich sie dazu bringen, zu erkennen, dass sie für diese Welt bestimmt war? Sie war ihr ganzes Leben lang ein Freigeist gewesen, die es gewohnt war, sich aus einer Laune heraus auf den Weg zu machen, wohin auch immer das Ziel ihre Seele rief. So sehr es mich schmerzte, das zuzugeben, so gut ging es ihr doch all die Jahre ohne meinen Schutz. Und so sehr ich Braxia auch liebte, niemand käme hier auf die Idee, die eigene Dagna gegen Lösegeld zu entführen. Größere Reiche waren für Piraten weitaus attraktiver.

Ich konnte Braxia jetzt nicht verlassen, und mein Erbe war noch nicht bereit, meine Verantwortung zu übernehmen. Ich liebte Mercy und würde alles in meiner Macht Stehende tun, um sie glücklich zu machen. Ich war so sehr damit beschäftigt gewesen, alle dazu zu bringen, von den alten Wegen wegzugehen, dass mir erst jetzt klar wurde, dass auch ich noch an einigen von ihnen festhielt. Nach unserem Streit hatte ich mich tatsächlich mit ausländischen Kaisern und Herrschern befasst. Viele von ihnen hatten Ehepartner mit eigener politischer oder anderer beruflicher Laufbahn, die sie häufig ohne ihren Partner auf der Welt schafften. Dass es auf Braxia nie gemacht worden war, bedeutete nicht, dass es jetzt nicht beginnen konnte. Ich hasste den Gedanken, mich für längere Zeit von meiner Frau zu trennen. Aber wenn es das war, was nötig war, um sie nicht zu verlieren, würde ich den Kompromiss eingehen.

Schließlich hatte Nowik Mitleid mit mir und nahm mir einige der Geschenke ab, die er in sein eigenes Ablagefach verstaut hatte. Wir bestiegen unsere jeweiligen Hoverbikes, und mit mir an der Spitze machten wir uns auf den Weg zurück zu meiner Festung. Die Sicherheitsprotokolle verlangten, dass einer meiner Leibwächter die Führung übernahm und der andere hinten, mit mir in der Mitte fuhr. Aber wir hatten einige dieser Regeln deutlich gelockert, vor allem jetzt, da sich die Lage stabilisiert hatte und die drohende Gefahr von Unruhen nachgelassen hatte.

Die Aussicht auf neue Handelsmöglichkeiten, der Anstieg der Beschäftigung, da so viele der Männer mit dem Fokus auf neue Ressourcen wieder in den Beruf zurückkehrten, versetzte die Clanmitglieder in Hochstimmung. Viele der Männer kämpften mit dem Gedanken, dass ihre Frauen arbeiten mussten, um dem Haushalt ein Einkommen zu verschaffen. Es lag in ihrer Verantwortung als Männer, die Versorger zu sein. Aber in ihrem Enthusiasmus hatten die Frauen ihre Gemahlen geschickt daran erinnert, dass es für sie nichts anderes war, als ihren Hobbys nachzugehen, mit denen sie bereits ihre Zeit verbrachten. Und dass sie jetzt in der Lage sein würden, größere und bessere Dinge zu tun, dank der Männer, die ihnen mehr hochwertige Ressourcen zur Verfügung stellten, anstatt nach Resten zu kratzen.

Clevere Frauen.

Verloren in Gedanken an Mercy gab ich mich der Freude über die Geschwindigkeit und den Wind hin, der mir ins Gesicht peitschte. Als wir uns Wincal Ridge näherten, blitzte an der Seite meines Bikes ein Funke mit einem klirrenden Geräusch auf und verblüffte mich. Ich konnte nichts sehen, was einen Stein oder andere harte Trümmer in den Weg meines Hoverbikes hätte fliegen lassen können; vor allem nicht in diesem Winkel. Als das zweite Klirren und der zweite Funke mein Rad in der Nähe der Griffe traf, merkte ich schließlich, dass jemand auf mich schoss.

Mit klopfendem Herzen signalisierte ich meinen Männern, dass sie sich beeilen sollten. Wir mussten uns in Sicherheit bringen, waren aber schon zu weit, um umzukehren. Ich konnte keinen Feind sehen, und mein Armband entdeckte niemanden, obwohl es auf mehreren Frequenzen scannen musste. Dennoch lauerten unsere Feinde im Schatten und starteten ihren feigen Angriff gegen uns. Ravena hatte mich gewarnt, dass, falls die Guldaner zurückkämen, sie ihre Tarnschilde von der vorherigen Einstellung abgeändert hätten, um einer Entdeckung zu entgehen.

In einem vergeblichen Versuch, mich auf meinem Hoverbike nach vorne zu lehnen, um mich kleiner zu machen, tippte ich auf mein Com.

„Magnar?“, antwortete Krygor.

Bevor ich ein Wort erwidern konnte, drängte sich etwas Scharfes in mein Bein, und das stechende Gefühl wurde schnell durch eine sich rasch ausbreitende Taubheit ersetzt.

„Wir werden angegriffen“, sagte ich, wobei meine Worte bereits undeutlich wurden. „Schützt Mercy und Keran.“

„Wen beschützen? Wo sind Sie?“, rief Krygor, seine Schritte hallten durch das Com, als er zu laufen begann.

„Rabe ...“

Zwei weitere Pfeile haben sich in mein Fleisch eingebettet: einer in meinen Hals, der andere in meinen Arm. Mein Kiefer fühlte sich sofort schlaff an, und meine Sicht verschwamm augenblicklich. Der vage Gedanke, dass ich langsamer machen sollte, um den Aufprall abzuschwächen, als ich fiel, kam mir in den Sinn. Von den krachenden Geräuschen hinter mir wusste ich, dass meine Leibwächter mir bis zur Bewusstlosigkeit vorausgegangen waren. Sekunden später schloss ich mich ihnen an.

~

„Warum ist er noch nicht wach?“, fragte eine vage bekannte Stimme irritiert.

„Entspann dich, Braxianer“, sagte eine Stimme mit einem subtilen guldanischen Akzent. „Die Spritze braucht ein paar Minuten, um die Droge in seinem System zu neutralisieren, und dann braucht er noch ein paar Minuten, um funktionsfähig zu sein.“

Der Braxianer schimpfte, eindeutig unzufrieden.

Mit staubtrockener Kehle und einem Presslufthammer in meinem Kopf fühlte ich mich als hätte ich einen Megakater. Nur hatte mich keine Feierlichkeit in diesen Zustand versetzt. Da ich versuchte, unauffällig zu bleiben, beurteilte ich schnell meine Situation. Mein Körper fühlte sich etwas ramponiert an, nicht von irgendwelchen Schlägen, sondern wahrscheinlich von dem Sturz von meinem Hoverbike.

Zumindest vorläufig.

Ich war nackt, kniend auf einer Art Apparat, mein Gesicht ruhte in der Öffnung einer hohlen Kopfstütze. Meine Entführer hatten mich nicht angeschnallt. Allerdings hielten Fesseln und Ketten meine Arme und Beine fest, und ein dicker Metallkragen hing ein wenig locker um meinen Hals. Die Taubheit in meinen Gliedern verschwand rasch, und mein Geist klärte sich.

Mercy ...

Ich betete, dass sie in Sicherheit war, dass Gorav sie beschützt hatte und dass Krygor sie rechtzeitig erreicht hatte. Doch ein mulmiges Gefühl in der Magengrube, das nichts mit den Nachwirkungen der Droge zu tun hatte, sagte mir, dass sie es nicht war.

Meine Augen öffneten sich für den Anblick eines vergitterten Metallbodens, wie man ihn auf der Rückseite einer Metzgerei vorfindet. Ideal, um das Blut der geschlachteten Tiere abzulassen: in diesem Fall meines. Plötzlich griff eine Faust in mein Haar und riss mich heftig zurück, sodass ich gezwungen war, zu einem sehr verhassten Gesicht aufzuschauen.

„Sieh an, sieh an, wer endlich wach ist", spottete Hagan, während seine dunkelbraunen, fast schwarzen Augen vor Bosheit brannten. „Darauf habe ich lange gewartet, du Sohn eines Krillik. Ich habe verdammt lange darauf gewartet."

Ich sah, wie seine Faust wie in Zeitlupe auf mein Gesicht traf. Mit einem lauten Klirren stoppten die Ketten an meinen Fesseln den Versuch, den Schlag abzublocken. Sie verband sich fest mit meinem Gesicht. Trotz des Schmerzes hat sie mich kaum gestört. Hagan war nie ein richtiger Krieger gewesen. Aber er hatte mich in seiner Gewalt. Auch wenn mich ein einziger Schlag des schwachen Bastards nicht störte, würden die vielen Schläge, die er definitiv auf mich herabregnen ließ, schließlich ihren Tribut fordern. Ich hielt die abfällige Bemerkung zurück, die mir auf der Zunge brannte. Es hatte keinen Sinn, seinen Zorn weiter zu provozieren, bis ich einen Plan ausgearbeitet hatte, wie ich mich aus diesem Schlamassel befreien könnte. Ich konnte nur hoffen, dass es Tagar und Nowik gut ging.

„Deine Herrschaft ist vorbei, *Magnar* Ravik", spuckte Hagan aus und sprach meinen Titel mit Verachtung aus. „Du hast es nie gelernt.

Und jetzt wirst du mit derselben Scham und Schande sterben, die du vor so vielen Jahren über deine Blutlinie gebracht hast."

Mein Magen rebellierte, und mein Rücken versteifte sich regelrecht. Die unausgesprochene Angst, die mich durchströmte, muss sich in meinem Gesicht gezeigt haben, denn Hagans bösartiges Grinsen breitete sich noch weiter aus.

„Oh ja", informierte mich Hagan mit abstoßender Schadenfreude. „Wir haben für dich eine ganz besondere Abschiedsfeier vorbereitet. Und du wirst in der ersten Reihe sitzen."

Bis jetzt hatte mir Hagan, der direkt vor mir stand, die Sicht auf den Raum versperrt. Der Mistkerl hielt meinen Kopf immer noch an den Haaren hoch und machte einen Schritt zur Seite, wodurch meine Blickrichtung frei wurde.

Ein animalisches Gebrüll erhob sich aus meiner Kehle, als blinde Wut über die schreckliche Vision vor mir ausbrach. Ich kämpfte und sträubte mich gegen meine Fesseln in dem vergeblichen Versuch, zu meiner Frau zu gelangen. An einer Prügelbank gefesselt, die seitlich vor mir stand, sodass ich ihr Profil sehen konnte, hatten sie ihr Gesicht zu mir gedreht und ihren Kopf an die Kopfstütze geschnallt. Sie konnte ihren Schmerz nicht vor mir verbergen, weder jetzt noch später, wenn sie sie missbrauchen würden, um mir wehzutun. Ihr schönes, langes schwarzes Haar war geschändet worden. Aber was mich vollkommen wild werden ließ, waren die großen, schwarzen, violetten und gelben Blutergüsse, die ihren Hintern und die Rückseite ihrer Oberschenkel bedeckten.

Hagan brach in Gelächter über meine vergeblichen Bemühungen aus. Und doch, trotz meiner brodelnden Wut, brachten mich Mercys Augen, die sich mit meinen verbanden, wieder zur Vernunft. Mit einem subtilen Kopfschütteln, das wahrscheinlich zum Teil an den Riemen zurückzuführen war, der sie festhielt, erinnerte sie mich daran, unseren Feind nicht mit meiner hilflosen Wut zu füttern.

Mein Blut kochte immer noch vor unbändigen Zorn, ich zwang mir einen ruhigen Gesichtsausdruck auf, aber ich verbarg den Hass in meinen Augen nicht, als ich mich umdrehte, um Hagan anzusehen.

„Wenn ich frei bin, werde ich dich vernichten. Selbst der Tod wird mich anflehen, deiner Qual ein Ende zu bereiten."

Sein Lächeln zögerte, ein Schimmer seiner Angst zeigte sich in seinen Augen.

Feigling.

Hagan hob sein Kinn mit Bravour, aber mit weniger Selbstvertrauen als noch kurz zuvor, und schob meinen Kopf nach unten, als er meine Haare losließ. Ich versteifte meinen Nacken, hielt meinen Kopf hoch und behielt meinen trotzigen Blick auf ihm.

„Du kommst *nicht* frei, Xeldar", sagte Hagan und überlegte, mich zu beleidigen, indem er nur meinen Nachnamen benutzte, wie man es für jemanden mit einem minderwertigen Status tun würde. „Nach deinem Tod werden deine Söhne zurücktreten oder sich der Herausforderungen stellen. Die alte Ordnung wird wiederhergestellt werden."

Die Bewegung am Rande meiner Vision lenkte meinen Blick auf eine andere Präsenz.

Ich schnaubte. „Restauriert mit Botschafter Zorak als deinem neuen Meister? Er würde dich zu seiner Schlampe machen."

Hagan ohrfeigte mich mit seiner Rückhand. Der Geschmack von Eisen füllte meinen Mund. Ich lachte und leckte die Blutperlen von meinen Mundwinkeln ab. Das ärgerte Hagan noch mehr, als er sich um ein angemessenes Wiederauftreten bemühte.

„Lorik hat kein Interesse an Braxia. Er will nur diese Fotze", teilte Hagan mir mit und zeigte mit dem Finger auf Mercy. „Aber jetzt ist es Zeit für *mich, sie* zu meiner Schlampe zu machen. Sie wird lernen, einen Besseren zu respektieren."

Als ich über die Schulter schaute, verkrampfte sich schmerzhaft mein Magen, und kalter Schweiß tropfte mir den Rücken hinunter, als Hagan nach etwas auf dem großen Tresen hinter mir griff. Ich konnte schon erahnen, was es sein würde, denn seine Bemerkung über den Respekt, den er sie lehren wollte, war eindeutig. Der Drang, gegen meine Fesseln anzukämpfen und ihn anzuflehen, ihr nichts anzutun, erstarb in meiner Kehle, als sich meine Augen mit denen von Mercy verbanden. Die innere Entschlossenheit beschämte mich.

„Sei stark", wies sie mich schweigend an. „Für mich. Für uns."

Aber wie? Wie konnte ich es sein, wenn die Frau, die mein Herz hielt, blutig geschlagen wurde, während ich hilflos zusah? Und doch, für sie würde ich es irgendwie schaffen.

Die Zähne zusammenbeißend, die Hände zu Fäusten geballt, ich hielt ihren Blick fest und formte still mit den Lippen: „Ich liebe dich."

Ihre Augen trübten sich, und ein schwaches Lächeln umspannte ihre Lippen. Ich versuchte, mich auf die Emotionen zu konzentrieren, die sie vermittelten, und nicht auf die Schwellung ihrer Wange, wo sie geschlagen worden war, oder ihre gespaltene Unterlippe, an der das Blut geronnen war.

„Mal sehen, wie stolz du jetzt bist, kleine Hure", spottete Hagan.

Aus den Augenwinkeln sah ich, wie er mit dem Handgelenk schnippte und die lange Peitsche in seiner Hand entfaltete. Da ich mich weigerte, von meiner Frau wegzuschauen, schluckte ich hart und goss die ganze Tiefe meiner Gefühle für sie in meinen Blick und verlieh ihr so viel Kraft, wie ich konnte.

Die Peitsche pfiff und schlug mit einem schnappenden Geräusch auf ihren Rücken. Mercys Körper verkrampfte sich, ihre Augen schlossen sich für eine Sekunde, als sie vor Schmerz zuckte. Als sie sie wieder öffnete, suchte sie meine erneut und wartete gespannt auf den zweiten Schlag.

„Das ist dafür, dass du einem Mann geantwortet hast", betonte Hagan und schlug erneut zu. „Das ist dafür, dass du mich dumm nanntest." Noch ein Treffer. „Das ist dafür, dass du mich öffentlich erniedrigt hast."

Mit dem fünften Peitschenhieb liefen ihr schweigsam die Tränen über die Wange. Pure Säure schäumte in meinem Magen und brachte ihn zum Sieden, jeder Treffer brannte wie reines Gift in meinen Adern. Beim siebten Schlag hatte ich Hagans Geschwafel ausgeblendet. Trotz ihrer größten Bemühungen entging ihr jedes Mal ein schmerzhaftes Wimmern, als das struppige Leder ihren nackten Rücken berührte, vor allem aber an ihren bereits geprellten Beinen. Die Galle stieg in meiner Kehle auf, als der dreizehnte Schlag sie traf. Nach dem alten Gesetz musste der Hälfte der fünfundzwanzig Hiebe die Haut aufreißen und Blut fließen lassen. Hagan wollte sich nicht länger zurückhalten.

Dieses Mal konnte ich nicht umhin, einen Blick auf ihn zu werfen. Der wahnsinnige Hass in seinen Augen erfüllte mich mit Furcht, als er die Peitsche mit roher Gewalt niederstreckte. Mein Herz klopfte wie wild, als Mercys Körper über der Bank zuckte und ihr ein Schmerzensschrei aus der Kehle entriss. Von Krämpfen geschüttelt rollten ihre Augen in ihrem Kopf, während sie darum kämpfte, beim Bewusstsein zu bleiben.

Nicht, meine Liebe. Wehr dich nicht dagegen. Lass los.

Auf diese Weise würde sie, wenn auch nur für kurze Zeit, dem Schmerz entkommen können.

„GEWISSENHAFT!", rief Lorik und zielte mit einem Blaster auf Hagans Gesicht. „Ich habe dir erlaubt, sie zu bestrafen, nicht zu töten. Du wirst dich beherrschen oder die restlichen Peitschenhiebe einbüßen."

Hagan fletschte mit den Zähnen. Für einen verzweifelten Moment hoffte ich, er würde den Guldaner dazu herausfordern, ihn zu töten, aber mein Erzfeind war zu feige, um sein Glück zu bedrängen. Mit seiner überlegenen Stärke hätte er Lorik leicht überwältigen können. Warum hat er sich ihm überhaupt unterworfen? Warum tötete er den Guldaner nicht und machte mit Mercy und mir, was er wollte?

Obwohl er widerwillig war, gehorchte Hagan und minimierte die Wucht seine Schläge. Dennoch durchbrach jeder von ihnen die Haut, entriss meiner Frau einen gequälten Schrei und stach auf mein Herz ein. Blutspuren rannen an ihren Seiten herunter. Endlich, den Vorfahren sei Dank, wurde Mercy von den Schmerzen ohnmächtig, und es blieben vier Hiebe übrig. Hagan wollte warten, bis sie wieder zu sich kam. Aber Lorik, der offensichtlich darauf erpicht war, damit fertig zu werden, sagte ihm, er solle es beenden oder aufgeben.

„Du hast deine Bestrafung vollendet, nun verlass uns", fordete Lorik ihn auf.

Hagan starrte den misshandelten Körper von Mercy mit offensichtlicher Genugtuung, wenn nicht gar einem Bedauern an, dass es bereits vorbei war.

„Nein. Ich schulde ihm immer noch seine Strafe", entgegnete er und deutete mit dem Kinn auf mich.

Lorik rollte vor Verzweiflung mit den Augen. „Mach es schnell."

Eine Auspeitschung hat mich nicht interessiert. Als Krieger war ich darauf trainiert worden, extreme Schmerzen zu ertragen. Aber es war der Guldaner, der sich darauf vorbereitete, Mercy etwas mit einer seltsamen Spritze zu injizieren, der mich beunruhigte.

„Was machst du mit ihr?", fragte ich.

Lorik hielt inne und schaute mich an. „Meinst du das hier?", fragte er und zeigte mir die Spritze.

„Oh, ich werde es ihm sagen", erwiderte Hagan mit einem sadistischen Lächeln und drehte geistesabwesend den Griff der Peitsche. „Weißt du noch, als ich sagte, dass du nie lernst? Der Guldaner sagt, dass deine Frau in der dritten Woche schwanger ist. Da wir nicht darauf warten können, dass diese Abscheulichkeit geboren wird, um ihr morgen in der zweiten Hälfte der Party den Kopf einzuschlagen, wird der Inhalt dieser Spritze sie ausspülen."

„Es tut mir leid, aber ich kann nicht zulassen, dass ein anderer Mann den Erben meiner zukünftigen Frau zeugt", entgegnete Lorik, bevor er ihr die Nadel in den Hals stieß. „So ist es besser. Der Schmerz von der Abtreibung wird sich mit dem von der Bestrafung vermischen. Technisch gesehen wird sie ihn also nicht spüren."

Mein Blut wurde heiß und dann sofort wieder kalt. Etwas zerbrach in mir.

Ich habe das getan. Ich habe ihr das angetan. Ihnen das angetan.

Als der erste Schlag auf meinen Rücken fiel, hatte ich es nicht mal registriert. Oder der zweite, oder der dritte ... Ich war wie betäubt, bereits tot für mein Umfeld. Mercy blieb während meiner Bestrafung und dadurch, dass der Guldaner ihre Wunden sanft reinigte, bewusstlos. Als der Schmerz meiner Peitschenhiebe schließlich einsickerte, begrüßte ich sie, umarmte sie – ich hatte es verdient.

Mein Instinkt hatte mich gewarnt und aufgefordert, sie gehen zu lassen. Keran hatte mir gesagt, sie nicht zu schwängern. Der Rat hatte mich vor einer möglichen Gegenreaktion gewarnt. Aber ich wollte sie an mich binden, ihren Bauch mit meinem Kind anschwellen sehen, unseren Nachwuchs an meine Brust halten und mein Baby hochheben, damit die Welt sehen konnte, dass Ravik Xeldar nie wieder an der

Frucht seiner Lende scheitern würde. Dass auch ich den Mut von Krygor Aldriss hatte, aufzustehen und mein Hybridkind zu verteidigen.

Ich habe sie benutzt, weil ich ein schlechtes Gewissen hatte, weil ich für Lissy und Goliath Wiedergutmachung leisten wollte.

Ich übergab mich Hagans Hieben. Obwohl er sich nicht zurückhielt und meine Haut in Fetzen riss, wünschte ich mir, er würde noch härter zuschlagen, um mich von meinen Verbrechen zu reinigen, von meinem Versagen gegenüber meinen beiden Hybrid-Nachkommen und ihren ausländischen Müttern, die ich geliebt hatte.

„Willst du mich verdammt noch mal verarschen?“ Lorik zischte und starrte ungläubig auf die bewusstlose Gestalt von Mercy.

Neugierig wandte sich Hagan dem Guldaner zu. „Was ist das?“

Lorik nahm eine neutrale Haltung ein. „Du hast weit mehr Schaden angerichtet, als dir zustand. Du hast meiner Frau dauerhafte Narben zugefügt.“

Er lenkte ab.

Das war nicht der Grund, warum er geflucht hatte. Meine Augen schossen zu seiner Hand, die auf Ravenas Unterarm drückte, bevor ich mit seinem Blick verbanden. Er starrte mich an.

Ihre veredianischen Markierungen! Ihre Prothetik muss durch die Peitsche beschädigt worden sein.

„Geh jetzt“, sagte Lorik zu Hagan in einem Ton, der keinen Widerspruch zuließ.

„Aber ...“

„Ich sagte, verdammt noch mal, VERSCHWINDE JETZT!“, schrie Lorik und richtete seinen Blaster wieder auf Hagan. „Du bist nicht mehr willkommen. Ich toleriere deine Anwesenheit nur, weil ein Guldaner immer sein Wort hält. Du hast ihn schon halb tot. Erledige ihn oder geh.“

Hagans breite Nase zuckte, ein verräterisches Zeichen dafür, dass er sich beleidigt oder gedemütigt fühlte. Der Groll brannte in seinen Augen, als er mir die Peitsche an den Kopf warf. Ich drehte mich gerade noch rechtzeitig um, damit sie mich nicht an der Wange traf, bevor ich zu Boden fiel.

„Wir sehen uns um zehn Uhr morgens, *Magnar*“, teilte mir Hagan böswillig mit. „Ruh deine Augen gut aus, denn morgen werden wir dir eine ganz besonders schöne Show bieten.“

Er tat so, als würde er sich an einer Hüfte festhalten, und schob seinen Becken einige Male nach vorne. Ich wusste nur zu gut, was das bedeutete. Mit einem letzten Blick in Loriks Richtung ging er auf die Tür zu.

„Seine Wachen kriechen überall im obersten Stockwerk herum“, informierte ihn Lorik. „Sieh zu, dass du den Geheimausgang nimmst. Betrete ihn morgens auf demselben Weg. Ich werde die Stunde meiner Abreise nicht verschieben, sei also pünktlich.“

Als Lorik ihn entließ, richtete er sein Augenmerk wieder auf die Wunden von Mercy. Mit einem Zischen drehte sich Hagan um und ging. Kaum war er weg, ging der Guldaner zum Tresen und durchwühlte einen der Schränke darüber, aus dem er eine kleine Flasche holte. Sie ähnelte dem Lösungsmittel, das Mercy benutzte, um ihre Prothesen zu lösen und zu entfernen. Unser Geiselnehmer benutzte sie an Armen, Nacken und Beinen, wobei die Verkleidung fast von alleine abfiel.

Zuerst dumpf, dank der mentalen Taubheit, in der ich mich befunden hatte, traten die stechenden Schmerzen aus meinem gerissenen Rücken allmählich in den Vordergrund, als ich Lorik zusah, wie er meine Frau versorgte.

„Voller Geheimnisse bist du nicht“, flüsterte Lorik der bewusstlosen Mercy zu. „Hätte ich das gewusst, hätte ich dir diese Spritze nicht gegeben. Als erste guldanisch-braxianisch-veredianische Hybride auf der Welt überhaupt wäre dieses Baby ein Vermögen wert gewesen.“

Bei dem Gedanken an unser Kind stachen erneut Dolche in mein Herz. Mein einziger Trost war, dass Mercy nichts von seiner Existenz wusste und hoffentlich wegen ihrer anderen Verletzungen nicht begriff, was geschah.

„Er wird dich verraten“, sagte ich, meine Stimme so tot, wie ich mich innerlich fühlte. „Nachdem sie sie am Morgen geschändet haben, wird er dich und mich töten. Und dann wird Hagan mit Ihren Überresten zum Rat zurückkehren und behaupten, er habe einen

Möchtegern-Invasoren aufgehalten, leider zu spät, um mich oder sie zu retten.

Lorik schnaubte. „Oh ja, er wird es versuchen. Aber ich werde bereit für ihn sein. *Das* ändert alles“, sagte er. Seine Finger, die Mercys veredianische Markierungen streichelten, brachten mich dazu, sie abbrechen zu wollen, weil sie meine Frau berührten. „Sie ist jetzt zu wertvoll, um sie diesen Wilden zu überlassen.“

Die Hoffnung breitete sich in meinem Herzen aus. Wenn er mit ihr fliehen würde, würde sie wenigstens überleben. Ob ich es lebend herausschaffte oder nicht, mein engster Rat, Anton, und die Tuureaner würden dafür sorgen, dass sie freigelassen würde.

Mercy rührte sich mit einem schmerzhaften Stöhnen, als Lorik die letzte der heilenden Salben auf ihren Rücken und ihre Beine auftrug. Er löste den Riemen, der ihren Kopf in meine Richtung gehalten hatte, und ging dann aus dem Raum. Mercys Augenlider flatterten, ihr Gesicht wurde vor Schmerzen ganz grimmig. Ihre blutunterlaufenen Augen legten sich auf mich. Trotz der Qualen, die sie selbst durchlitten hatte, füllten sich die Augen meiner Frau mit Trauer und Mitleid, als sie den Schaden aufnahm, den Hagan mir zugefügt hatte. Obwohl sie meinen Rücken nicht sehen konnte, verrieten die Striemen und die zerrissene Haut an meinen Armen und das Blut, das sich an meinen Füßen sammelte, alles.

Sie hätte so viel Besseres als mich verdient. Ich hatte es versäumt, sie zu beschützen, und saß hilflos hier, während dieser zweimal verdammte Sohn einer Krillik sie blutig schlug. Und dennoch stellte sie meinen Schmerz über ihren eigenen.

„Es ist okay, meine Liebe. Mir geht's gut“, sagte ich und versuchte, den Schmerz und die Scham in meiner Stimme zu verbergen. „Bleib stark. Sie mögen derzeit die Oberhand haben, aber wir sind noch nicht besiegt. Die Schlacht ist noch lange nicht vorbei.“

Leere Worte in unserer gegenwärtigen Situation, aber ich meinte jedes einzelne ernst. Ein vorsichtiges Lächeln umspannte ihre Lippen, und sie erteilte ihre Zustimmung mit einem subtilen Nicken.

Als Lorik zurückkam, konnte ich nicht weiter sprechen. Er trug, was ich fälschlicherweise für eine lange weiße Schachtel hielt, bis er an mir vorbeikam und ich es als eine verdichtete aufblasbare Matratze erkannte. Er betrat den Käfig neben meinem Rücken, und ich zuckte zusammen, während ich meinen Kopf drehte, um ihn über meine Schulter zu betrachten. Er betätigte den Aufblasknopf und ließ dann die schaumstoffartige Box auf den Boden fallen. Innerhalb von Sekunden begann sie zu schwellen und sich auszudehnen und nahm die Form einer dicken und bequemen Matratze an. Krieger benutzten sie oft auf Feldzügen, da sie ebenso leicht aus- wie wieder einzupacken waren, wenig Stauraum beanspruchten und wenig Wartung erforderten.

Als Lorik zu meiner Frau zurückschlenderte, empfand ich ein widerwilliges Gefühl der Dankbarkeit ihm gegenüber, dass er ihr zumindest diesen kleinen Trost gewähren und sie nicht in den Dschenuvianischen Käfig hinten im Raum sperren würde. Der Käfig war zu schmal und zu kurz, um dem Opfer zu erlauben, zu stehen oder sich hinzulegen, was während der langen Zeit der Einkerkerung unerträgliche Schmerzen verursachte. Die bestraften Frauen verbrachten viele Stunden nach einer Auspeitschung wie der, die Mercy erhalten hatte, in ihnen. Ich hatte keinen Zweifel daran, dass ihre veredianische Herkunft diese plötzliche Gnade bewirkte.

Als er über Mercy stand, nahm Lorik sanft ihr Kinn und zwang sie, ihn anzuschauen.

„Welche Macht besitzt du?", fragte er.

Mercy blinzelte ihm zu, ihre Augen wurden glasig.

„Ich habe dir eine Frage gestellt, Weib", sagte Lorik, wobei sich sein Ton verhärtete. „Welche Psi-Fähigkeiten hast du?"

„N ... Keine", flüsterte sie. „Kor ... Korletheanische Väter geben Psi-Kräfte. Mein Va ... Vater war Guldaner."

Mein Herz setzte bei ihrer Lüge einen Schlag aus. Es war clever. Als einzige guldanisch-veredianische Hybride konnte sie – so weit man wusste – behaupten, was immer sie wollte, ohne dass ihr jemand widersprechen konnte. Das konnte jedoch nach hinten losgehen. Ohne psionische Kräfte, obwohl sie immer noch ein Vermögen wert war, war sie nicht annähernd so wertvoll.

Lorik verengte seine Augen auf sie, hin- und hergerissen zwischen Misstrauen, Enttäuschung und seltsamerweise auch Erleichterung.

„Woher weiß ich, dass du nicht lügst?“, fragte er.

Das traurige Lachen von Mercy verwandelte sich in ein Schmerzgezwitscher. „W ... Wäre ich immer noch gefesselt, wenn ich mich befreien könnte?“

„Guter Punkt“, bestätigte er. „Ich bin immer noch nicht davon überzeugt, dass du keine Kräfte hast, aber solange du dich nicht befreien kannst, können wir dir später immer noch Handschuhe besorgen. Und wenn das, was du sagst, wahr ist, müssen wir für dich nur einen Korletheaner finden. Im Moment gehe ich kein Risiko ein.“ Er zog ein Hypospray aus seiner Tasche. „Betrachte es als Segen. Du kannst trotz des Schmerzes schlafen.“

Lorik injizierte Mercy in den Hals und befreite sie von den Fesseln erst, als sie das Bewusstsein verlor. Er trug sie in die Zelle und legte sie mit dem Gesicht nach unten auf die Matratze, wobei er sehr darauf achtete, die Wunden, die er gerade versorgt hatte, nicht wieder zu öffnen. Dann band er ihre Handgelenke mit ähnlichen Fesseln wie meine, die mit einer dicken, langen Kette, verbunden waren, die er an der Wand befestigte. Die überflüssige Länge der Kette legte er locker auf dem Boden neben der Matratze zusammen. Er machte sich nicht die Mühe, ihre Füße zu fesseln, und verließ die Zelle, bevor er sie abschloss.

Unser Entführer hielt vor mir an. Als er meine Verletzungen untersuchte, pfiff er durch die Zähne.

„Dieser Braxianer hatte es auf dich abgesehen. Ich muss es dir lassen, Magnar. Ein geringerer Mann wäre inzwischen verblutet oder würde sich im Todeskampf winden. Schade, dass du dich als so unkooperativ erwiesen haben.“ Er warf einen Blick auf die blutbefleckte Bank, auf der Mercy gefoltert worden war, bevor er zu mir zurückblickte. „Um deinetwillen hoffe ich, dass du vor dem Morgen stirbst. Deine Freunde haben schreckliche Pläne mit dir. Wenn du am Morgen noch lebst, werde ich vielleicht gnädig sein und dich von deinem Elend erlösen, bevor sie ankommen. Wer weiß?“

Mit einem sadistischen Grinsen warf er einen letzten Blick auf Mercy, die zum Glück in der Vergessenheit des Schlafs verloren lag, und schaltete dann das Licht aus, als er den Raum verließ. Gefesselt, in der Dunkelheit kniend gab ich mich der Schuld, dem Schmerz und der Angst hin. Der seichte Atem von Mercy leistete mir Gesellschaft, während ich zu den Vorfahren betete, mich durch diese Zeit der Prüfung zu führen.

Und dann begann ich an meinen Fesseln zu ziehen, um zu versuchen, sie aus ihren Verankerungen zu reißen. Trotz der geringen Chancen waren nur wenige Männer so stark und entschlossen wie ich.

KAPITEL 17

MERCY

Ich bin aus einem Spuktraum aufgetaucht, nur um zu einem weiteren Alptraum zurückzukehren. Die Weichheit der Matratze unter mir fühlte sich obszön an im Vergleich zu den stechenden Qualen meines Rückens und meiner Beine. Mein Bauch zitterte noch immer von den Nachbeben der schrecklichen Krämpfe, die mich vor Minuten oder Stunden geweckt hatten, ich konnte es nicht sagen. Es gab keine Fenster, und der Raum ertrank in Dunkelheit, wer wusste schon, ob es Morgen oder noch Nacht war.

Der metallische Gestank von Blut füllte meine Nase. Der Stärke des Geruchs nach zu urteilen, muss es erst kürzlich verschüttet worden sein. Während ich fest den Kiefer aufeinander presste, um durch den Schmerz zu atmen, verschob ich mich zur Seite und versuchte, mich aufzusetzen. Durch die klebrige Nässe zwischen meinen Oberschenkeln alarmiert, schoss mein Kopf hoch. Trotz der Dunkelheit erlaubte mir meine perfekte veredianische Nachtsicht, das Blut zwischen meinen Beinen zu sehen.

Eine Sekunde lang dachte ich, ich sei verletzt worden, während ich unter Drogen stand und bewusstlos war, aber ich verwarf diese Möglichkeit schnell wieder. Erstens fühlte ich nicht die Art von Schmerz, die mit dem Geschlechtsverkehr verbunden war, und zweitens, selbst wenn das der Fall gewesen wäre, bluteten die Frauen nicht deswegen. Als Veredianerin hatte ich auch keinen Menstruationszyklus. Nur eine Ursache konnte bei mir jemals zu vaginalen Blutungen führen.

Nein!

Ein Schmerz, der größer war als der, der mir den Rücken zerfetzte und der sich in mein Herz festkrallte, erfasste mich. Tränen schossen mir in die Augen. Mein Kind. Mein erstes Kind, von dessen Existenz ich nicht einmal wusste. Ein wehklagendes Geräusch verließ meine Kehle. Ohne Rücksicht auf meine Wunden rollte ich mich zu einem Ball zusammen und weinte hemmungslos.

„Mercy. Mercy. Weine nicht, meine Liebste“, flüsterte Raviks tiefe Stimme sanft. „Wir werden hier rauskommen und sie dafür bezahlen lassen. Wir werden sie alle tausendfach bezahlen lassen. Weine nicht, meine Gefährtin. Irgendwann werden wir noch eins haben, du und ich, und noch so viele, wie du willst.“

Seine Stimme sickerte langsam durch das Meer der Verzweiflung, in der ich ertrank.

Er weiß es. Er weiß, was wir verloren haben.

Hatte sein sensibler braxianischer Geruchssinn ihm das gesagt? Hatte er bereits gewusst, dass ich schwanger war?

Aber selbst als mir diese Fragen in den Kopf schossen, verwandelten sich meine Qualen und mein Verlust langsam in Wut und Hass auf Lorik und die Fünfzehn. Sie hatten meinem Mann und mir bereits zu viel genommen.

„Ravik“, flüsterte ich zwischen meinen Weinkrämpfen.

„Ich bin hier, meine Liebe. Ich bin hier“, antwortete er und schaute mich über die Schulter an. Er kniete immer noch auf der Rückhaltebank, Hände und Füße gefesselt, Blut tröpfelte aus Wunden, die sich inzwischen geschlossen haben sollten. „Du musst noch eine Weile stark sein. Ich brauche dich. Wir können es nur gemeinsam schaffen.“

Er brauchte mich, wie ich ihn brauchte. Und sie mussten sterben. Ich hieß die Wut und den Hass, die mein Herz erfüllten, willkommen.

„Sie werden bezahlen“, bekräftigte ich.

Ravik lächelte mit einem wilden Funkeln in seinen Augen.

„Sie werden bezahlen", wiederholte er.

Die Muskeln ballten sich zusammen, als er die Zähne zusammenbiss und an seinen Fesseln zog. Da wurde mir klar, dass es ihm gelungen war, diese von der Bank, in die sie geschraubt worden waren, loszureißen, sowohl an den Hand- als auch an den Fußgelenken. Meine Lippen öffneten sich schockiert. Voller Ehrfurcht vor der unglaublichen Kraft, die es erfordert haben musste, betrachte ich ihn. Das Blut sickerte aus seinen Wunden. Kein Wunder, dass sie sich nicht geschlossen hatten. Aus diesem Blickwinkel sah es so aus, als könne er sich von der Bank erheben, musste aber die Nieten herausreißen, die seine Ketten am Boden befestigte und die Reichweite seiner Bewegungen einschränkte. Von den Rissen um die Niete auf der rechten Seite ausgehend, hatte er schon eine Weile daran gearbeitet und würde ihn bald herausreißen.

Ein Paar Fesseln verbanden meine eigenen Handgelenke – sie waren anders als die auf der Spanking-Bank, auf der ich gefoltert worden war. Mit klopfendem Herzen legte ich meine rechte Handfläche über den Metallring an meinem linken Handgelenk und drückte meine psionische Kraft hinein, wobei ich nach jeder Art von Naniten suchte, die umprogrammiert werden konnten. Ich hätte vor Erleichterung fast geweint, als sich das weiße Rauschen ihrer Anwesenheit sowohl in der Fessel als auch in der Kette manifestierte. Mein anfänglicher Impuls war, ihnen zu befehlen, das Metall zu entwirren, wodurch es zerbröckelte, aber ich wählte stattdessen einen diskreteren Ansatz und stellte die Schlösser der Fesseln so ein, dass sie sich stattdessen öffneten.

Meine Handgelenke rutschten frei und ich kletterte mit einem zischenden Schmerzlaut auf meine Füße. Was nicht weh tat, fühlte sich steif oder taub an. Mein Unterleib, und mehr Blut lief mir die Oberschenkel hinunter. Ich blendete es aus und weigerte mich, mich von Qualen überwältigen zu lassen. Es würde eine Zeit zum Trauern geben. Aber zuerst mussten wir überleben.

„Ich kann uns befreien", stellte ich fest.

Mit steifen Schritten, da jede Bewegung die Wunden und Prellungen erneut erschütterte, näherte ich mich der Zellentür. Meine

Augen scannten die Umgebung und suchten nach möglichen Überwachungskameras. Zu meiner Erleichterung sah ich keine. Das bedeutete nicht, dass es keine gab, aber an diesem Punkt mussten wir das Risiko eingehen. Leider ließ ein kurzer Blick auf den Verriegelungsmechanismus der Zellentür mein Herz sinken.

„Kannst du sie aufschließen?", fragte Ravik mit einer hoffnungsvollen Stimme.

Ich schüttelte den Kopf und merkte dann, dass er mich in der Dunkelheit nicht sehen konnte.

„Nicht ganz", entgegnete ich. „Technisch gesehen kann ich das, aber nicht, ohne einen Alarm auszulösen. Es würde mich wahrscheinlich nur Sekunden kosten, den Alarm auszuschalten, aber bis dahin wäre der Schaden schon angerichtet. Ich schaute mir seine Fesseln an, eine Idee schoss mir durch den Kopf. „Kannst du deine Kette so nah heranbringen, dass ich sie berühren kann?"

„Noch nicht", erwiderte er und schüttelte den Kopf. „Aber ich sollte kurz davor sein, die hier loszuwerden."

„Ja, das bist du. Ich kann die Risse rundherum sehen."

Der Ausdruck der Erleichterung auf seinem Gesicht sagte mir, wie erschöpft er war. Ich konnte nicht einmal ansatzweise verstehen, dass er noch nicht zusammengebrochen war, wenn man die heftigen Peitschenhiebe, die er erlitten hatte, den Blutverlust und die Anstrengungen, die er bisher unternommen hatte, um sich zu befreien, berücksichtigte.

„Ich werde es schnell machen", betonte er und nahm seine Bemühungen wieder auf. Vor Anstrengung verzog er sein Gesicht und unterdrückte sein Grunzen, um nicht außerhalb des Raumes gehört zu werden.

„Mal sehen, ob ich uns ein paar Waffen machen kann", informierte ich ihn und kehrte zu den Ketten zurück, die neben meinem Bett lagen.

Ich schob meine Kraft in vier der großen Kettenglieder und befahl den Naniten, sich zu richten. Dann platzierte ich die Metallstäbe, aus denen sie sich gebildet hatten, durchgehend und befahl ihnen, sich zu verbinden. Zusammen hatten die vier Stücke die Länge eines kleinen Dolches. Ausgehend von einer der Spitzen gab ich den Naniten den

Befehl, das Metall so weit wie möglich zu glätten. Da die Anzahl der in der Kette vorhandenen Naniten relativ gering war, verlangsamte sich der Prozess erheblich. Ich hätte genauso gut Gras wachsen sehen können. Ich legte es beiseite und wiederholte den Prozess mit vier weiteren Kettengliedern.

Wieder einmal beneidete ich meine Schwester Aleina um ihre kinetische Fähigkeit. Sie hätte nicht all diese Schritte gebraucht oder unter solchen Verzögerungen gelitten, sie hätte einfach das Objekt visualisiert, das sie erschaffen wollte, und hätte mit ihrer Kraft in Sekundenschnelle jedes träge Material entsprechend umgestalten können.

Die Fähigkeit, die Natur des Materials – bis zu einem gewissen Grad – zu verändern, stellte jedoch einen großen Vorteil meiner Macht im Vergleich zu ihrer dar. Sobald die „Klingen" bereit wären, könnten wir sie nicht mehr für den Kampf halten, ohne uns selbst zu verletzen. Nachdem die erste Klinge ausreichend abgeflacht war, drückte ich einen „Stopp"-Befehl, damit sie durch die Naniten nicht zu zerbrechlich wurde. Mit aller Vorsicht bastelte ich einen Griff aus der Matratze, führte die Klinge ein und befahl dann den Naniten im Inneren des Griffs, das Material zu verhärten.

Als ich gerade damit fertig war, den Stopp-Befehl in die zweite Klinge zu drücken, erschreckte mich ein Klirren, gefolgt von dem rasselnden Geräusch von Ketten.

„Du hast es geschafft!" Erleichtert atmete ich aus und sah zu, wie Ravik unter Schmerzen auf die Beine kam.

Auf Beinen, die von den vielen Stunden in der knieenden Position gefühllos waren, geschwächt durch seine Wunden und den Blutverlust, machte Ravik eine erstaunlich gute Figur, als er an seiner Kette ziehend auf meine Zelle zusteuerte. Er kam langsam voran, fast blind in der Dunkelheit.

„Mercy", flüsterte er. „Meine schöne Gefährtin."

Die Ehrfurcht und Liebe in seiner Stimme rührten mich zu Tränen. Seine gefesselte Hand glitt durch die Gitterstäbe, um meine Wange zu streicheln. Ich lehnte mich in seine Berührung. Meine Hand bedeckte seine, ich drückte seine Handfläche noch stärker gegen mein Gesicht und schloss meine Augen, um einen kurzen Moment der Zärtlichkeit zu genießen. Ich küsste seine Handfläche und drückte dann meine über den Schließmechanismus seiner Fesseln. Er entriegelte sich schnell. Mein Atem stockte und meine Brust verengte sich, als ich sah, dass das Metall seine Haut wund gescheuert hatte, zweifellos während seiner Bemühungen, die Fesseln zu lösen.

„Es ist okay, meine Liebe. Es geht mir gut“, beruhigte mich Ravik.

Aber es ging ihm nicht gut. Er hatte zu viele blutende Wunden, die Infektionen entwickeln könnten. Wenn es dazu käme, wäre er in diesem Zustand nicht in der Lage, richtig zu kämpfen. Ich löste schnell seinen Kragen und die Fesseln um sein anderes Handgelenk und seine Knöchel.

„Schau auf dem Tresen nach, ob Lorik die von ihm verwendete Heilsalbe nicht bei mir vergessen hat“, sagte ich, hielt seine Hand und streichelte mit meinem Daumen seine Knöchel. „Such auch nach Schmerzmitteln.“

Ravik nickte. Er wollte sich schon entfernen, zögerte, dann zog er mein Gesicht zu seinem für einen kurzen Kuss. Es war zwar unangenehm, durch das Gitter zu küssen, aber es tröstete mich dennoch. Er stöberte ein paar Augenblicke lang, bevor er ein Arbeitslicht auf dem Tresen fand, und kehrte dann mit vollen Händen zu mir zurück.

„Da ist die Creme, aber ich bin mir nicht sicher, was diese Hyposprays sind“, sagte Ravik und zeigte sie mir. „Ich kann sie nicht lesen.“

Da sie auf guldanisch etikettiert waren, hatte ich damit kein Problem. „Das hier“, sagte ich, als ich es aus seiner Hand nahm. „Es ist auch ein gutes, und es hat noch fünf Schüsse übrig.“

Ich hob sie ihm an den Hals und injizierte ihm eine Dosis. Ravik schloss die Augen, ein leises Stöhnen rumpelte durch seine Brust, als er sofort Erleichterung verspürte. Als er das Hypospray von mir nahm, schoss er mir eine Dosis in den Hals. Ich bemühte mich nicht, mein eigenes Stöhnen zu unterdrücken, als der unerträgliche Schmerz, der mein ständiger Begleiter gewesen war, sofort zu verblassen begann.

Ich nahm ihm die Salbe weg und bat ihn, sich umzudrehen.

„Ausgehend von der Uhr am Schalter sollten wir ungefähr zwei Stunden haben, bevor Lorik zurückkehrt“, informierte mich Ravik und kam dann meiner Bitte nach. „Die Fünfzehn werden um zehn Uhr hier sein, aber die Tatsache, dass du ein veredianisches Hybrid bist, hat Lorik davon überzeugt, sie aufs Kreuz zu legen. Er wird vorher kommen, um dich abzuholen. Ich vermute, es wird gegen neun sein, aber wir sollten ab acht auf ihn vorbereitet sein."

„Klingt gut", entgegnete ich und cremte ihn ein wenig ein.

Er zischte, blieb aber still. Wir besprachen schnell unseren Plan und entschieden uns dagegen, dass er den Raum verließ, um zu versuchen, Lorik zu überwältigen. Wir wussten nicht, ob sie draußen Kameras hatten, und wir mussten uns vor dem Kampf so weit wie möglich erholen. Als ich mit seinem Rücken und seinen Armen fertig war, cremte er mich ein wenig mehr ein und brachte dann alles wieder an seinen Platz auf der Theke zurück.

Während ich unsere Waffen fertigstellte, erkundete er den Raum auf der Suche nach allem, was uns noch nützlich sein könnte. Er fand einen Schlauch, der wahrscheinlich dazu diente, die ehemals hier eingesperrten Tiere zu waschen. Ich zog in Erwägung, das mich bedeckende Blut abzuwaschen, aber das würde uns augenblicklich verraten, wenn Lorik zurückkehrte. Mit einem letzten Kuss gab ich Ravik eine der beiden Waffen, und wir kehrten an unseren jeweiligen Platz zurück, legten die unverschlossenen Fesseln wieder an und ruhten uns aus, während wir auf unsere Beute warteten.

~

Das Geräusch der sich öffnenden Tür erschreckte mich. Ravik war klugerweise davon ausgegangen, dass Lorik zwei Stunden vor der vereinbarten Ankunft der Fünfzehn mich abholen kommen würde. Vor etwas mehr als dreißig Minuten hatten wir beide noch eine letzte Dosis Schmerzmittel genommen, bevor wir unsere Positionen wieder einnahmen und auf der Lauer lagen. Jetzt musste es erst Minuten nach acht sein. Wenn alles gut verlief, hatten wir genug Zeit, um zu fliehen, bevor die anderen eintrafen.

„Sieh an, sieh an", sagte Lorik mit unverhohlener Bewunderung, „sieh an, wer noch am Leben ist. Ihr Braxianer seid wirklich hart im Nehmen. Kein Wunder, dass ihr früher so große Krieger wart."

Ich drehte meinen Kopf zur Seite und beobachtete ihn durch die Gitterstäbe meiner Zelle. Mein Herz klopfte, als er vor Ravik stehenblieb und dann wieder weiter ging. Ich sprach ein stilles Gebet an die Göttin, dass er nicht merken würde, dass seine Fesseln nicht mehr gesichert waren. Selbst wenn er es bemerkte, würde Ravik ihn leicht zur Strecke bringen können, aber er musste zuerst meine Zelle öffnen, um keinen Alarm auszulösen.

„Wenn diese Idioten, die du dein Volk nennst, mit ihren Kämpfen fertig sind, wird Guldar wieder einschreiten und sie alle zu ihrem Recht kommen lassen. Du wurdest zu früh geboren, Magnar Ravik. Sie sind zu dumm, um zu verstehen, dass du sie auf den richtigen Weg geführt hast", stellte Lorik nachdenklich fest. „Du verdienst etwas Besseres als das, was diese Tiere für dich geplant haben. Wenn ich mit der Sicherung meiner zukünftigen Frau fertig bin, gewähre ich dir, wenn du es wünschst, Gnade mit einem schnellen, ehrenvollen Tod."

Das hat mich nicht überrascht. Guldaner respektierten die Stärke und verachteten die Schwäche. Hagans offensichtlicher Mangel an Rückgrat hatte ihm die Verachtung von Lorik eingebracht.

„Ich bin gerührt von deiner Großzügigkeit", sagte Ravik knurrend.

„Das will ich doch hoffen", entgegnete Lorik mit einem Schmunzeln.

Mein Puls nahm weiter zu, als er sich von Ravik weg und auf meine Zelle zu bewegte, aber diesmal aufgrund der Vorfreude und des Adrenalins vor dem Kampf.

„Ich habe ein Geschenk für dich, liebe Frau", sagte Lorik und winkte mit einem Paar Handschuhe vor sich her. „Es fällt mir immer noch schwer zu glauben, dass du keine Gabe besitzt, also musste ich improvisieren."

Das waren nicht die Handschuhe, die den Veredianerinnen normalerweise aufgezwungen wurden, um ihre Psi-Fähigkeit zu unterdrücken, nicht, dass es einen Unterschied gemacht hätte. Die Naniten in den Handschuhen fungierten als Torwächter, und die Naniten waren meine Diener. Kein Handschuh hatte je bei mir funktioniert. Die einzige Möglichkeit, meine Fähigkeit zu blockieren, bestand darin, mich von Naniten oder irgendeiner Art von Software abzuhalten.

Ich erhob mich von der Matratze, aber er deutete mir an, sitzen zu bleiben, bis ich die Handschuhe anhatte. Das kam mir gelegen und verringerte das Risiko, dass meine Fesseln versehentlich abfielen. Endlich schloss er die Tür zu meiner Zelle auf und öffnete sie. Lorik ging zwei Schritte hinein und warf die Handschuhe nach mir.

„Zieh die an, schnell“, befahl er.

Ich hob sie auf, untersuchte sie und blickte dann zu ihm auf, wobei ich so tat, als sähe ich Raviks massive Silhouette nicht hinter ihm aufragen.

„Hmm, das glaube ich nicht“, entgegnete ich mit Verachtung. „Die sind nicht mein Stil.“

Er schreckte zurück, seine Augen weiteten sich, zuerst vor Schock, dann mit Furcht, als er schließlich Raviks Anwesenheit hinter sich spürte. Lorik schaffte es nur, sich auf halber Strecke umzudrehen, seine Hand erreichte nie seinen Blaster, bevor Ravik ihn an der Kehle packte. Mit der gleichen beängstigenden Leichtigkeit, die er im Wald gezeigt hatte, hob Ravik Lorik mit einer Hand an und warf ihn zu Boden. Obwohl er sich zurückgehalten hatte, betäubte der Schock sein Opfer. Er entfernte Loriks Blaster und warf ihn mir zu, fand aber kein Kommunikationsgerät. Dann legte er das Halsband, das er getragen hatte, um den Hals des Guldaners. Er wehrte sich, aber Ravik schlug ihn mit der Rückhand hart genug, um ihm ein paar Zähne auszuschlagen, und traf ihn dann in den Bauch, wobei er ihn umwarf.

Lorik kippte um und schnappte nach Luft, aber Ravik riss seinen Kopf zurück, sodass ich mit der Hand auf das Halsband schlagen konnte, um es zu schließen.

Ravik zog am Kragen und zog Loriks Gesicht zu seinem, wodurch er ihn in eine halbsitzende Position zwang. „Ich habe gehört, du verprügelst gerne Leute. Mal sehen, was daran so lustig ist.“

Ravik zog ihn am Kragen in die Mitte des Raumes. Ich eilte zum Tresen und hob die Fernbedienung auf, um eine der von der Decke hängenden Ketten herunterzulassen. Er schlug Lorik erneut in den Bauch, als er versuchte, sich zu befreien, und befestigte dann die Kette am Haken des Halsbandes. Ich zog die Kette wieder hoch, sodass Lorik fast auf den Zehenspitzen stehen musste, um nicht vom Halsband erwürgt zu werden.

Mein Partner nahm das Paddel in die Hand und wirbelte es herum, bevor er Lorik ansah.

„Das kannst du nicht machen“, plädierte der Guldaner. „Du brauchst mich, um hier rauszukommen. Dieser Ort reagiert nur auf Digitaldrucke und Stimmbefehle.“

Ich zuckte die Achseln. „Wir schneiden dir einfach die Hand ab. Außerdem hattest du recht. Jeder Veredianer verfügt über Kräfte“, sagte ich und winkte mit meinen eigenen Händen vor ihm.

„Das ist dafür, dass du meine Frau gefoltert und mein Kind getötet hast“, warf Ravik, wobei mir seine Stimme einen Schauer über den Rücken jagte.

Obwohl er sich *etwas* zurückhielt, um Lorik nicht sofort zu töten, brachen -oder rissen- bei jedem von Raviks Schlägen Knochen. Ich hatte mich selbst nie als sadistischen Menschen betrachtet, aber in diesem Fall klangen Loriks Schmerzensschreie für mich wie die süßeste Musik. Meine Finger griffen instinktiv nach meinem Zopf, nur um die gezackten Ränder der kurzen, silbernen Locken zu finden, die an meinen Schultern streiften. Ich blendete die herzzerreißende Trauer aus und legte meine Hand über meinen Bauch, sodass der Hass mich wieder erfüllte.

Ja, ich habe jeden einzelnen Fetzen seines Schmerzes genossen.

Nach fünfzehn Schlägen oder so, ich hatte aufgehört zu zählen – stoppte Ravik und warf das Paddel zu Boden. Er ging auf Lorik zu, der keuchte und gluckste, Blut tröpfelte aus seinem Mund. Nach dem Geräusch nahm ich an, dass gebrochene Rippen seine Lunge perforiert hatten. Wenn sein einziges „gutes“ Bein nicht versagte und ihn vor dem Erstickungstod bewahrte, würde er immer noch in seinem eigenen Blut ertrinken, lange bevor die anderen eintrafen.

„Ich schätze, das hat doch Spaß gemacht“, bekräftigte Ravik, nur Zentimeter vor Loriks Gesicht. „Ich könnte dich mit dem nächsten Schlag töten, aber das wäre grausam, wenn man bedenkt, dass du vorhin angeboten hast, mir Gnade zu gewähren. Während deine Aufgabe darin bestanden hätte, mir einen schnellen Tod zu bereiten, werde ich dir ein langes Leben wünschen. Genieße Raviks Gnade, Botschafter."

Ausgerüstet mit den von mir gefertigten Waffen, Loriks Blaster und Hagans Peitsche, verließen wir vorsichtig den Raum in einen großen Flur, gefolgt von dem rasselnden Atemgeräusch unseres ehemaligen Entführers. Eine Reihe von leeren Regalen säumte den offenen Raum direkt gegenüber dem Zellenraum. In der Ecke befand sich ein Aufzug mit offener Tür.

„Oh Göttin!", rief ich aus und stürzte mich darauf.

Es konnte nur ein Stockwerk nach oben gehen. Ich klopfte auf die Konsole, ohne eine Reaktion auszulösen.

„Was ist los?", fragte Ravik, nachdem ich es ein paar Mal vergeblich versucht hatte.

Ich legte meine Handfläche darüber und schob meine Kraft hinein. Mein Herz sank, als mir klar wurde, dass Lorik es nicht nur abgeschaltet hatte, sondern dass er es vollständig deaktiviert hatte. Es machte Sinn, denn Raviks Männer krochen überall im obersten Stockwerk herum. Ich könnte wahrscheinlich herausfinden, wie ich es wieder in Gang bringen könnte, aber das würde viel mehr Zeit in Anspruch nehmen, als wir erübrigen könnten.

„Es ist tot", sagte ich mit einem schweren Seufzer. „Wir müssen den Geheimausgang finden."

Er verzog frustriert seine Lippen, nickte mir aber steif zu. Wir kehrten in den Flur zurück. Die linke Seite schloss in einer Sackgasse, mit nur ein paar Türen auf jeder Seite, während die rechte Seite sich über die mögliche Länge der darüber liegenden Jägerhütte hinaus erstreckte.

Verzweifelt auf der Suche nach Kleidung und Wasser überprüften wir die ersten paar Räume auf der linken Seite: ein Labor mit kleinen Tieren und Tierteilen, die in verschiedenen Flüssigkeiten schwimmen, und ein Lagerraum mit Tierfutter und Fesseln. Ich schnappte mir den Elektroschock-Stab von einem der Regale. Als wir auf die rechte linke Seite des Flurs gingen, betraten wir ein altes Büro, in dem alle Geräte entfernt worden waren. Ich brauchte eine Art Computer oder ein Kommunikationsgerät, um Hilfe zu rufen. Der nächste Raum stellte sich als ein weiterer leerer Arrestbereich heraus, der eindeutig für die Aufnahme von Menschen gedacht war, mit kleinen Kinderbetten und gemeinsamen Hygieneräumen.

Ich dachte daran, das Waschbecken dort zu benutzen, um mich zu säubern, aber ich beschloss, weiterzumachen. Es musste eine richtige Dusche hier drin sein ... hoffte ich. Die nächste Tür öffnete sich zu einer kleinen Küche mit Blick auf einen großen Wohnbereich. Ich machte mich auf den Weg zum Replikator auf der Theke. Er enthielt einige der raffiniertesten Rezepte, die es auf dem Markt gab, und dank der Göttin war er immer noch voll. Ich wählte ein paar Mahlzeiten für uns aus und aktivierte die Maschine, während Ravik die Kühleinheit durchwühlte. Er holte ein paar kalte Getränke für uns heraus, öffnete eines und reichte es mir.

Trotz meines Durstes und Hungers zwang ich mich, den Inhalt nicht zu verschlingen. Ohne ein Wort gingen wir aus der Küche, während wir unsere Getränke austranken. Obwohl die Zubereitung des Essens nur vier Minuten dauerte, mussten wir uns vor dem Essen erst vergewissern, dass der Platz sicher war, und wenn möglich einen Notruf absetzen. Die nächsten paar Räume erwiesen sich als nutzlos, der dritte enthüllte schließlich ein Schlafzimmer. Obwohl es einigermaßen geräumig und komfortabel war, hieß es das für mich nicht. Ein einsamer Laborkittel hing in dem ansonsten leeren Schrank.

Ravik öffnete die Tür daneben und enthüllte einen kleinen Hygieneraum mit Dusche.

„Nur zu“, sagte Ravik und zeigte mit seinem Kopf auf den Raum. „Mach schnell. Ich werde in der Zwischenzeit die letzten paar Räume überprüfen und gleich wiederkommen.“

Ich zögerte eine Sekunde lang und fragte mich, ob es überhaupt klug sei, sich zu trennen. Kaum dreißig Minuten waren seit Loriks Ankunft verstrichen. Technisch gesehen hatten wir noch viel Zeit vor uns, aber wir konnten nicht sicher sein. Trotzdem musste ich all das Blut von mir entfernen, vor allem zwischen meinen Oberschenkeln. Ravik wusste, dass ich zu starke Schmerzen hatte, um mich zu säubern. Allerdings wollte ich die schmerzhafte Erinnerung daran fortwaschen, was ich ertragen und was wir verloren hatten.

„Okay", flüsterte ich.

Wir tauschten einen kurzen Kuss aus, und ich eilte unter die Dusche. Selbst bei der niedrigsten Einstellung fühlte sich das Regenwasser auf meinem zerfetzten Rücken strafend an. Trotz des Schmerzes begrüßte ich die reinigende Wirkung, sowohl körperlich als auch geistig, und spülte einen Schmerz weg, der über die Haut hinausging. So sehr ich auch verweilen wollte, so schnell spülte ich mich ab und trat aus der Dusche, weniger als fünf Minuten nachdem ich eingetreten war. Falls wir das überlebt hätten – wenn wir das überlebt hätten – hätte ich in Raviks Pool genügend Zeit für meine Pflege und Erholung.

Nach der Hälfte der Zeit, in der ich mich abtrocknete, rief mich Raviks Stimme aus der Tür heraus. Aufregung, nicht Angst, drückte sie aus. Neugierig ging ich nach draußen, während ich immer noch das Handtuch über mein Haar rieb. Völlig angezogen, mit einem breiten Grinsen im Gesicht, hielt er meinen tuureanichen Gürtel hoch.

„Scheiße, ja!"

Ich warf mich fast in seine Arme und verschlang seine Lippen mit einem dankbaren Kuss. Er grunzte, während ich dummerweise meine Arme um seinen verletzten Rücken schloss, erleichtert, dass seine eigene Hand auf meinem Nacken ruhte. Als ich ihn mit einem schüchternen Blick losließ, trat ich zurück und nahm ihm gierig den Gürtel ab.

„Ich habe auch den Rest deiner Kleidung gefunden", meinte Ravik und zeigte auf das Bett, auf das er sie gelegt hatte. „Traurigerweise fand ich weder einen Com oder einen Computer, noch diesen geheimen Ausgang, von dem Lorik sprach."

Ich griff nach meiner schwarzen Leggings und meinem Tank Top, die perfekt unter meine Rüstung passten. Als Zeichen meines Unmuts runzelte ich die Stirn.

„Es muss versteckt sein", stellte ich das Offensichtliche fest. „Wenn Lorik nicht daran herumgepfuscht hat, sollte meine Rüstung in der Lage sein, es zu entdecken. Ich werde sie anlegen, sobald ich angezogen bin."

„Okay“, bestätigte Ravik. „Lass uns essen, während sie die Umgebung scannt. Du brauchst die Energie.“

Ich wollte gegen argumentieren, aber ich fühlte mich schwach vor Hunger und Blutverlust. „Fang schon an“, forderte ich ihn mit einem steifen Nicken auf. „Ich komme gleich nach. Streite nicht“, betonte ich streng. „Du hast fast die ganze Nacht hindurch geblutet und dich überanstrengt, deine Fesseln herauszureißen. Fünfzehn Verrückte sind hinter uns her. Ich verlasse mich auf deine Kraft, um uns da durchzubringen.“

Ja, ich spielte unfair, aber wir konnten es uns nicht leisten, dass er ausfällt. Seinem Gesichtsausdruck nach zu urteilen, wusste er, dass ich mit seinem sensiblen Beschützerinstinkt spielte. Seinen Körper nicht durch Essenzufuhr in einen optimalen Zustand zu bringen, wäre eine Form von Vernachlässigung.

„Gut“, bestätigte er mit einem Knurren und verließ den Raum. Ich unterdrückte ein Lächeln und sprang in meine Kleidung. Der Gedanke, meine Rüstung über meinen nackten Körper anzulegen, kam mir in den Sinn. Die würde automatisch meine Wunden erkennen und versuchen, zu flicken, was sie könnte. Nackt zu sein würde die Heilung erleichtern und die Reizung des Gewebes an meiner Haut verringern. Aber die Kleidung bot eine zusätzliche Schutzschicht, falls ich meine Rüstung ablegen musste.

Mit meiner Kleidung und meinen Sandalen band ich mir den Gürtel um die Taille und aktivierte ihn. In Sekundenschnelle legte sich der schwarze Anzug aus Celesium um mich. Als ich die Schlafzimmertür erreichte, war das Visier meiner Rüstung fertig geformt, und der Computer ging online. Die Warnung auf dem internen Display des Visiers deutete darauf hin, dass Lorik versucht hatte, daran herumzupfuschen, es aber nicht geschafft hatte, sie zu hacken. Augenblicke später begannen die Naniten mit der Arbeit an meinen Wunden. Ich stöhnte fast vor Erleichterung. Sie konnten mich nicht vollständig heilen, aber ihre Aufgabe war es, den Körper so funktionsfähig und gesund wie möglich zu erhalten, insbesondere in einer Kampfsituation.

Auf dem Weg in die Küche führte ich einen Weitstreckenscan durch. Auch hier wurde die Anwesenheit eines weiteren Stockwerks nicht angezeigt. Ich musste herausfinden, welche Technologie meinen Scanner so effizient täuschte. Abgesehen von Ravik erkannte er auch keine anderen Lebensformen in der Nähe.

Ich nahm aus dem Replikator eine der beiden frisch zubereiteten Mahlzeiten, die Ravik fertiggestellt hatte, während er auf mich wartete. Er hatte bereits einen der nun kalten oder lauwarmen Inhalt des Tellers verschlungen, die ich zuvor gemacht hatte, und begann mit dem zweiten. Diesmal verbarg ich mein Lächeln nicht. Er war am Verhungern, aber er hätte es auch ohne Mahlzeit durchgestanden. Es machte jedoch keinen Sinn, nicht aufzutanken, da wir immer noch keinen Ausweg gefunden hatten und mein Anzug die Suche für uns übernehmen würde, während wir aßen.

Ich habe den Computer so eingestellt, dass er jede Kommunikationsfrequenz scannte, um einen unserer Verbündeten zu erreichen. Aber dasselbe Dämpfungsfeld, das mich daran hinderte, den Boden über uns zu sehen, blockierte meine Versuche, mit der Außenwelt zu kommunizieren. Gleichzeitig analysierte er die Struktur des Kellers. Nach einigen Minuten enthüllte es zwei schwächere Abschnitte, die Türöffnungen entsprechen könnten. Einer stimmte mit dem Standort des Aufzugs überein. Der andere passte zu der Sackgasse auf der linken Seite des Korridors, in der Nähe des Zellenraums.

„Alles klar“, begann ich und brach damit das Schweigen, das sonst nur dadurch gestört wurde, dass wir unsere Nahrung schnell verzehrten.

„Lass uns gehen“, bestätigte Ravik und schluckte seinen letzten Bissen herunter.

Ich bewaffnete mich mit meiner provisorischen Klinge, befestigte Loriks Blaster an der rechten Seite meines Gürtels und den Taserstab auf der linken Seite. Ravik hielt den anderen Dolch, den ich gemacht hatte, sowie die Peitsche, die Hagan gegen uns eingesetzt hatte. Als wir die Stirnwand des Korridors erreichten, fuhr ich mit meiner Handfläche darüber und schob meine Kraft hinein. Es dauerte nur wenige Augenblicke, um den versteckten Schalter zu finden. Ich brauchte meine Kraft nicht, um ihn zu betätigen, aber ohne meinen Anzug, mit dem ich seine allgemeine Lage eingrenzen konnte, hätten wir ihn wahrscheinlich nie gefunden.

Die gesamte Rückwand glitt auf und gab einen breiten Korridor frei, der sich weit in die Ferne erstreckte. Mein Magen verknotete sich. Ich konnte immer noch keine eingehende Bedrohung auf meinem Scan erkennen, aber es gäbe kein Versteck, wenn sie am anderen Ende einträten, bevor wir es hinausschafften.

Wir traten in einem langsamen Lauf hinein, wobei mein Anzug dazu beitrug, den Schmerz meiner Wunden zu betäuben. Ich warf einen verstohlenen Blick auf Ravik, sein Gesicht war eine einzige Maske wilder Entschlossenheit. Verletzt oder nicht, mir tat jeder Mann leid, der sich seinem Zorn stellen müsste. Nach fast fünfzehn Minuten dankte ich der Göttin, als mein Radar endlich einen Auftrieb vor mir anzeigte. Ich konnte nicht glauben, dass sie angesichts der Länge des Tunnels nicht eine Art Schnelltransport zum Verlassen des Tunnels eingerichtet hatten. Wir müssen ihn auf dem Weg nach draußen verpasst haben.

Da ich immer noch nichts über uns entdecken konnte, hatten wir keine Ahnung, was auf uns zukommen würde. Nach der Entfernung, die wir zurückgelegt hatten, mussten wir irgendwo tief im Wald hinter der Jägerhütte sein. Ich griff nach dem Blaster, aber Raviks massive Hand an meinem Handgelenk stoppte mich. Überrascht blickte ich zu ihm auf. Die Intensität der Emotion in seinen Augen ließ mein Inneres schmelzen.

„Ich liebe dich, Mercy", enthüllte er und zog mich in seine Arme. „Wenn wir diesen Tag überleben, möchte ich dich als meine Dagna haben, wenn du mich zu deinem Ehemann nehmen würdest."

Ich schlang meine Arme um ihn und sah ihn anbetend an. Wir hatten immer noch unsere Probleme, aber wenn mich dieser Alptraum etwas gelehrt hatte, dann, dass ich gegen Gharah selbst kämpfen würde, um bei diesem Mann zu bleiben.

„Ich liebe dich auch, Ravik. Ich gehöre dir, und du gehörst mir, jetzt und für immer."

Er lächelte und küsste mich und ließ all seine Gefühle in den viel zu kurzen Moment der Intimität einfließen. Sobald er mich jedoch freiließ, überlappte ein strenger Ausdruck jedes Zeichen von Zärtlichkeit. Ich machte mich bereit und wusste im Voraus, dass mir seine nächsten Worte nicht gefallen würden.

„Wenn die Dinge schlecht laufen, versprich mir, dass du dich in Sicherheit bringen wirst", forderte Ravik. „Ich muss wissen, dass du es schaffen wirst."

„Du weißt, dass ich das nicht tun werde", entgegnete ich und warf ihm den „*Verarschst du mich*?"-Blick zu. „Verschwende nicht noch einmal unsere Zeit damit, mit mir darüber zu streiten", fuhr ich fort, als er den Mund öffnete, um auf seinen Standpunkt zu bestehen. „Du bist mein Seelenverwandter, Ravik. Erwartest du ernsthaft von mir, dass ich weiterlebe, mit dem Wissen, dass ich einfach weggelaufen bin und die andere Hälfte von mir dem Massaker unserer Feinde überlassen habe? Wir stehen oder fallen zusammen, Ravik Xeldar. Aber wenn du willst, dass ich dich anlüge, kann ich das tun."

„Mercy ...", plädierte Ravik.

Ich legte meine Finger auf seine Lippen. „Dafür ist keine Zeit. Du weißt, dass ich sowieso nicht gehen werde. Dein Sohn fragte mich einmal, ob ich an deiner Seite bleiben würde. Die Antwort ist ja."

„Keran?", fragte er fassungslos.

Ich nickte. „Du hast einen guten Erben herangezogen."

Ohne ihm Zeit zu geben, zu reagieren, drückte ich den Knopf, und der Plattformlift hob ab. Sobald er die kurze Fahrt nach oben begann, öffnete sich über uns eine Klappe, die das Morgenlicht der Sonne hereinließ. Ich stellte den Langstreckenscan so ein, dass er in einer Endlosschleife lief. Er zeigte nichts an, bis wir die Ränder des Schachtes verlassen hatten. Dann ging mein Funkgerät sofort online, und mein Radar, das bis jetzt still war, zeigte ein paar getarnte Shuttles in der Nähe und achtzehn Männer, die sich unserer Position näherten.

„Feindkontakt", informierte ich ihn, als wir beide die Plattform verließen.

Der Aufzug flog sofort wieder den Schacht hinunter, eine dicke Metallplatte schloss sich darüber und eine zweite, auf der Schmutz und Gras lag, glitt nahtlos wieder nach oben.

Wie vermutet, waren wir mitten im Wald aufgetaucht. Die dicken

Bäume konnten unsere Anwesenheit verbergen, aber wenn sie einen Scanner laufen ließen, würde das Raviks Gestalt verraten. Die Tarnung meines Anzugs würde mich unsichtbar machen. Während wir in Deckung gingen, öffnete ich eine Com-Verbindung zu Krygor.

„Ravena?", fragte er und antwortete innerhalb von Sekunden, nachdem mein System die Verbindung hergestellt hatte.

„Wir befinden uns im Wald, etwa in einen Kilometer Radius von der Hütte entfernt, genau nördlich", sagte ich ohne Einleitung. Ich tippte verzweifelt an der Armbinde meines Anzugs, der ebenfalls online gegangen war, nachdem wir den Schacht verlassen hatten, und schickte ihm die Koordinaten. „Feinde im Anflug. Hagan führt sie an."

„Krygor?", fragte Ravik.

Ich nickte.

„Boros hat uns gewarnt, dass etwas passieren wird, als Hagan die Fünfzehn zusammenrief", bestätigte Krygor über den Com. „Wir sind weniger als fünfzehn Minuten entfernt. Bleibt in Sicherheit."

„Beeilt euch." Ich beendete die Verbindung und wandte mich dann an Ravik. „Höchstens fünfzehn Minuten."

Was für eine seltsam zufällige Zahl.

Wir tauschten einen Blick aus und kamen beide zu dem gleichen Schluss: Wir könnten warten, bis Hilfe kommt. Ihr Blut war unseres.

Als ich hinter einem der Riesenbäume in Deckung ging, dessen Stamm einen Durchmesser von mindestens zwei Metern hatte, aktivierte ich das Störungsfeld meines Anzugs, von dem ich hoffte, dass es stark genug war, um zu verhindern, dass die Scanner, die sie benutzen könnten, Raviks Anwesenheit entdecken.

Weniger als drei Minuten später erreichten uns wütende Stimmen. Mein Gehör, verstärkt durch meinen Anzug, erlaubte es mir, ihre Worte klar zu unterscheiden.

„Zum hundertsten Mal, Hagan, was hat das zu bedeuten?" fragte Raylor Caldes, seine Irritation war unüberhörbar. „Wir haben die guldanischen Spione. Bringen wir sie einfach zurück in Raviks Halle und beenden wir das."

„Da ist noch einer. Und ich habe eine Überraschung für euch alle", widersprach Hagan und klang selbstgefällig.

Einige wenige Wissende lachten über seine Bemerkung.

„Und welche Überraschung wäre das, die die verbliebenen Fünfzehn und die lautstärksten Verleumder des Magnar interessieren sollte?“, fragte Boros mit eklatanter Feindseligkeit in der Stimme.

Getarnt durch meine Rüstung lehnte ich mich zur Seite, um einen Blick auf die Männer zu werfen, als sie die Entfernung zu unserem Standort verkürzten. Drei Braxianer, die ich nicht kannte, hielten ihre Blaster auf drei gefesselten Guldaner gerichtet, die ziemlich übel zugerichtet zu sein schienen.

„Etwas, das alle unsere Probleme ein für alle Mal lösen wird“, schnappte Hagan zu. „Ich werde nicht untätig herumsitzen und darauf warten, von einem Verrückten erledigt zu werden!“

„Warte, was?“, fragte Raylor. „Ich dachte, wir wären hier, um den letzten guldanischen Spion zu fangen. Was geht hier vor sich?“

Hagan blieb neben einem dunklen Felsen stehen und drückte seinen Fuß in einem bestimmten Muster auf das Gras. Sekunden später teilte sich der Boden, und die Hebeplattform erschien.

„Was ist das? Wohin führt es?“, fragte Raylor erneut, die Anspannung in seiner Stimme stieg stetig an.

„Die Jägerhütte“, entgegnete Hagan knallhart. „Du weißt verdammt gut, was hier vor sich geht.“

„Oh nein! Nein, nein, nein!“, verneinte Raylor und wich zurück. „Hast du den Verstand verloren? Wenn du diese Frau anrührst, bringst du den Bürgerkrieg über uns. Hast du eine Ahnung, was der Magnar mit dir und deinem Clan machen wird?“

„Du bist ein Narr, Hagan“, warf Boros ein. „Bring diese Guldaner zu Ravik, um seine Gunst zu verdienen und diesen ganzen Wahnsinn zu vergessen. Was auch immer du für ihn empfindest, sowohl er als auch seine Frau haben Braxia nur Gutes gebracht.“

„Wie?“, schrie Hagan. „Indem sie uns entmannt und unsere Frauen arbeiten lässt? Er macht uns schwach. Braxianer sind Krieger! Diese guldanische Hure hat ihn so in ihren Bann gezogen, dass er nur noch mit seinem Schwanz denkt. Er hat nichts aus der Vergangenheit gelernt und sie geschwängert. Es ist an der Zeit, dass wir ihn an die wahren Traditionen von Braxia erinnern und seine Herrschaft beenden.“

„Vorfahren!“, flüsterte Boros und sah die Männer um ihn herum an. „Fünfzehn Braxianer. Du hast uns hierher gebracht, um diese Abscheulichkeit von vor all den Jahren zu wiederholen. Du bist wahnsinnig! Ich will damit nichts zu tun haben!“

„Ich auch nicht“, entgegnete Niklas Colben, als er an Boros Seite trat.

„Ich auch nicht“, bestätigte Raylor und schloss sich ihnen an.

„Er wird euch beide töten!“, rief Hagan und deutete auf Boros und Niklas. „Ihr gehört zu den Fünfzehn. Und du, Raylor, er hat deinen Erstgeborenen wegen eines verdammten Halbblutes gehäutet. Hast du keinen Stolz? Hast du keine Ehre?“

„Ich habe einen Sohn wegen seiner eigenen Dummheit verloren!“, schrie Raylor. „Er hätte beinahe meinen ganzen Clan mit sich zu Fall gebracht. Was auch immer meine persönlichen Gefühle gegenüber dem Magnar sein mögen, ich bin kein Verräter Braxias. Das ist Verrat!“

Ich warf einen schockierten Blick auf Ravik, der den Baumstamm anstarrte, als könne er die Männer durch den Baumstamm hindurch sehen. Seine brodelnde Wut stand ihm ins Gesicht geschrieben.

„Es ist zu spät, um jetzt noch einen Rückzieher zu machen“, sagte Yorbek, einer der Fünfzehn, und zielte mit einem Blaster auf die drei. „Ihr seid jetzt hier, und ihr werdet uns helfen, das zu Ende zu bringen. Was sein innerer Kreis vor allen verborgen hat, ist, dass der Magnar und seine Hure beide unsere Gefangenen sind. Warum, glaubst du, haben Pattel und Krygor plötzlich alle seine Verabredungen abgesagt?“

„Sie ist vorbereitet und wartet auf unsere Schwänze“, teilte ihnen Hagan in sadistischem Ton mit. „Und ich kann euch aus erster Hand sagen, dass sie Denax nicht braucht, um einen Braxianer aufzunehmen. Also geht jetzt da runter.“

„Das glaube ich nicht“, sagte Ravik und trat hinter dem Baum hevor.

„Das glaube ich ebenfalls nicht“, bestätigte ich und deaktivierte meine Tarnung.

„Unmöglich!“, Hagan atmete tief aus.

Und dann brach das Chaos aus.

Yorbek richtete seinen Blaster auf uns, aber ich schoss zuerst mit meinem eigenen Blaster, der auf Betäubung eingestellt war, auf ihn. So leicht würde er nicht davonkommen. Er würde so leiden, wie er es Ravik und mir zugedacht hatte – sogar noch mehr leiden. Boros, Niklas und Raylor warfen sich auf drei der anderen Braxianer. Die Guldaner versuchten zu fliehen, was für mich die richtige Ablenkung darstellte, um ihre Wachen zu betäuben.

Mit Kampfgebrüll griff Ravik unsere Feinde an. Die Angst hielt einige von ihnen für einen Moment gelähmt, und dann traten sie in Aktion. Anders als am Tag der Jagd hatten sie keine Schwerter mitgebracht. Während ich keine Skrupel hatte, den Blaster und meine provisorische Klinge zu benutzen, ging Ravik mit bloßen Fäusten in den Kampf. Der erste Mann drehte seinen Kopf nach rechts und wich dem Schlag aus, doch dafür landete Raviks andere Faust fest in seinem Bauch. Der Schlag traf ihn mit solcher Wucht, dass er von seinen Füßen abhob. Er kippte um, und Ravik drückte mit einem Ellbogen hart seinem Nacken zu Boden und hob den anderen an, um einen Angriff eines anderen Mannes abzublocken. Er trat den zweiten Mann mit einem harten Tritt in die Brust, sodass er rückwärts flog. Als er sich zum ersten Mann wieder umdrehte, packte er ihn am Hals, hob ihn mit einer Hand hoch und schlug mit dem Hinterkopf auf den Boden. Benommen versuchte er, wieder aufzustehen, hatte aber nie eine Chance; Raviks Fuß stampfte hart auf sein Gesicht. Selbst durch den lauten Kampflärm hallte das widerliche Knirschen laut und deutlich wider. Der Körper des Mannes zuckte heftig, bevor er zum Stillstand kam.

Der zweite Mann griff Ravik erneut an, der frontal auf seinen Angriff reagierte. Hagan versuchte, die Gelegenheit zu ergreifen und ihn von hinten anzugreifen. Als ich nach vorne rannte, warf ich meinen behelfsmäßigen Dolch nach ihm. Er bohrte sich in den fleischigen Bereich unterhalb seiner Schulter. Hagan schrie und verlor seinen Schwung. Er stolperte von Ravik weg, als er versuchte, die Klinge zu entfernen, die außerhalb seiner Reichweite blieb. Ich erreichte ihn gerade, als er sich zu mir umdrehte. Ich gab ihm die Rückhand, meine Kraft wurde durch die Rüstung verstärkt. Sein Kopf flog nach rechts, und dann schrie er, sein ganzer Körper zuckte, als ich ihm den Taserstab mit maximaler Intensität in den Bauch rammte. Ich zog den Taserstab weg und riss ihm die Klinge aus der Schulter. Er schrie auf und schwang seinen Arm in meine Richtung. Ich duckte mich und taserte ihn erneut, aber diesmal in die Eier. Hagan begann, seine Bemühungen zu verdoppeln, aber ich schlug ihn mit dem Kopf, wobei meine Hörner die Knochen seiner markanten Brauen durchbrachen. Er stolperte zurück, und ich schlitzte ihm die Klinge in den Bauch, tief genug, um ihn bluten zu lassen, aber nicht ausreichend, um ihn zu töten.

Ein ankommender Braxianer zwang mich, von meiner Beute vorerst abzulassen. Im Gegensatz zu Hagan war dieser wirklich ein Krieger und brachte mich in die Defensive. Er war zu schnell, als dass ich einen Treffer landen konnte, und zu stark, damit ich einen seiner Schläge aushalten könnte, ohne daran zu zerbrechen. Ich wich immer wieder aus und bewegte mich rückwärts, um suchte nach einem Vorteil in seiner Deckung. Es erschien in Form von Raviks Peitsche, die sich um den Hals des Mannes schlang und ihn nach hinten riss. Oder besser gesagt, meine Bestie übernahm von da an die Führung und schlug das Gesicht des Mannes zu Brei, wobei die Treffer seines Opfers scheinbar wirkungslos von ihm abprallten.

Ich drehte mich um, um zu sehen, wie Hagan davonlief, gerade als das Geräusch von Krygors herannahendem Shuttle sich dem Chor der Schlacht anschloss.

„Ravik!“, schrie ich und streckte ihm die Hand entgegen.

Er brauchte nicht mehr zu raten, dass ich die Peitsche wollte, und warf sie in meine Richtung, bevor er wieder auf seinen hilflosen Gegner einschlug. Die nassen Flecken auf seinem Rücken deuteten darauf hin, dass seine Wunden wieder aufgegangen waren, aber das schien ihn nicht zu beunruhigen. Ich fing die Peitsche mitten in der Luft auf und jagte dann Hagan hinterher. Der Boden stürzte plötzlich auf mich zu. Yorbek, der sich von der Betäubung erholt hatte, brachte mich zum Stolpern, als ich an ihm vorbeirannte. Ich fiel mit einem Schwung hart zu Boden. Ich rollte mich auf den Rücken und hob den Elektroschock-Stab gerade noch rechtzeitig an, um ihn zu treffen, als seine massiven Hände nach mir griffen. Er schrie und schlug ihn mir dann aus der Hand, hart genug, dass ich eine Sekunde lang befürchtete, er hätte mir die Finger gebrochen. Ich ergriff meinen Dolch und schlitzte ihm das Gesicht auf. Erneut schrie er auf und schreckte zurück, als die Klinge seine Nase und Wange durchtrennte. Ich krabbelte auf meine Füße, drückte einen Befehl in die Naniten der provisorischen Waffe und warf sie ihm entgegen. Er versuchte auszuweichen, aber die improvisierte Waffe fand ihr Ziel und versank in seiner Seite. Als Boros ihn zu Boden warf, blieb mir eine weitere Verzögerung bei der Jagd auf Hagan erspart.

Dieser Sohn von Gharah gehörte mir.

Ich ignorierte Yorbeks gequälten Schrei und verfolgte ihn wieder. Boros würde keine Probleme mit Yorbek haben, da die Klinge ihn ohnehin bald erledigen würde. Das Metall formte sich so um, dass es sich in seinem Körper als nadelgroße Ranken ausbreitete, die sich ihren Weg durch Organe und Gewebe bahnten.

Aus dem Augenwinkel sah ich Krygors Shuttle landen, aber ich hielt nicht an. Trotz seines beträchtlichen Vorsprungs konnte Hagan nicht die Geschwindigkeit einer Veredianerin erreichen. Mit pumpenden Armen und Beinen schloss ich schnell die Distanz zwischen uns und war dankbar für das Schmerzmittel und die heilenden Naniten meines Anzugs, die mich am Laufen hielten. Zu meiner größten Freude spürte ich eine große Präsenz von einfachen Naniten in der Peitsche, einer Art, die oft verwendet wurde, um Leder weicher zu machen oder als Teil der Produkte, mit denen es behandelt wurde. Ein böser Plan kristallisierte sich in meinem Kopf heraus, als ich Hagan mit dem auf die niedrigste Betäubungsstufe eingestellten Blaster erwischte. Ich wollte nicht, dass er bewusstlos wurde, nur etwas langsamer, dank der für Braxianer schwachen Betäubungseinstellung der guldanischen Blaster.

Hagan stolperte, schaffte es kaum, sein Gesicht vor dem Sturz zu schützen, dann kreischte er, als die Peitsche seinen Rücken traf. Er drehte sich um, die Augen vor Angst und Schmerz weit aufgerissen. Wut verzerrte sein Gesicht, als er merkte, dass ich – eine Frau – ihn angriff. Er trat auf mich zu, aber ich betäubte ihn erneut, gefolgt von drei schnellen Peitschenhieben, die ich nicht zurückhielt, wobei fast jeder Schlag seine Haut aufriss. Er bedeckte das Gesicht und versuchte, auf mich zuzukommen, aber ich wiederholte den Vorgang der Betäubung und der Peitschenhiebe, wobei ich die Schläge laut zählte, bis er auf die Knie fiel.

Beim dreißigsten Mal umzingelten uns Elder Pattel, Clanführer Fenton und einige ihrer Männer, keiner von ihnen mischte sich jedoch ein. Ich kümmerte mich nicht mehr um den Blaster, während ich um Hagan kreiste und mich vergewisserte, dass jeder Zentimeter seines Körpers meinen Zorn zu spüren bekam. Ich ignorierte das Brennen in meinem Arm und die sich einstellende Erschöpfung und führte seine Strafe aus, bis ich bei fünfzig Peitschenhieben ankam. Schweratmend starrte ich hasserfüllt auf den hinteren Teil des blutigen Schlamassels, der vor mir kniete.

Nachdem die Schlacht eindeutig beendet war, versammelten sich weitere Männer um uns und legten schweigend Zeugnis ab. Meine Augen begegneten dem geliebten Gesicht meiner Bestie. Die gleiche gnadenlose Flamme, die in mir brannte, wütete in seinem Blick.

Ich marschierte auf Hagan zu und wickelte die Peitsche um seine Taille und Arme und ließ den Griff über seine Schulter hängen. Ungeachtet der verwirrten Blicke der Braxianer und des gequälten Wimmerns des Verräters drückte ich einen Befehl in die Naniten der Peitsche. Als ich neben Hagan trat, während die Naniten sich um ihn schlossen, stand ich den Männern gegenüber, die uns beobachteten.

Froh, dass ich beschlossen hatte, meine Kleidung doch unter meiner Rüstung zu behalten, deaktivierte ich letztere und gab so die Wunden von den Peitschenhieben, die ich erhalten hatte, sowie meine veredianischen Markierungen preis. Stolz erhob ich mein Kinn, trotz der überraschten Keuchgeräusche.

„Ja, ich bin eine veredianisch-guldanische Hybrid – eine Halbblut-Hybride, wie einige von euch gerne äußern", warf ich mit harter Stimme ein. „Ich werde mein wahres Wesen nicht länger verbergen aus Angst vor engstirnigen Menschen, die mich jagen wegen dem, was die Göttin aus mir gemacht hat. Ich werde nicht länger dulden, schikaniert oder bedroht zu werden – für das Recht zu leben oder frei zu sein, wegen dem, was ich bin – oder für das Recht, meinen Seelenverwandten zu lieben", fügte ich hinzu, wobei mein Blick auf Ravik ruhte.

Der Stolz in seinem Gesicht spornte mich weiter an.

„Wenn ihr ein Problem mit meiner Anwesenheit habt, lernt, es in den Griff zu bekommen, denn nur eine Person hat die Macht oder das Recht, mich wegzuschicken, und das ist er“, sagte ich und zeigte mit dem Finger auf meinen Partner, der vor Stolz seine Brust aufblähte. „Legt euch nicht mit einer Veredianerin an. Wir mögen süß und zart aussehen, aber wenn es um unser Überleben geht, spielen wir nicht. Der Nächste, der denkt, er kann auf mich zukommen und sich nehmen, was er will, wird etwas erleben, das nichts im Vergleich zu dem sein wird, was nun auf dich zukommt“, sagte ich und winkte Hagan zu. „Ich kenne nur eine Gnade, und die steht in meinem Namen.“

Genau auf das Stichwort hin verwandelte sich sein Schmerzens-Gejaule in würgende Schreie, als die Peitsche, die auf ihn gerichtet war, seine Durchblutung unterbrach und seine Knochen bis an den Rand des Bruchs zusammendrückte. Bald würden sie gänzlich brechen, und er würde zu Tode gequetscht werden, während die Naniten endlos weiter versuchten, ihn so weit wie möglich einzuschließen. Die Männer warfen mir einen entsetzten Blick zu, als die Knochen eines von Hagans Armen brachen, und schauten mich dann misstrauisch an.

„Eure Dagna hat gesprochen“, bekräftigte Ravik, bevor er sich mir näherte.

„Heil der Dagna!“, rief Krygor.

„Heil der Dagna“, wiederholten die Männer und schlugen sich mit der Faust auf die Brust.

Ravik nahm mich bei der Hand und führte uns zu der kleinen Lichtung zurück, auf der die Shuttles unserer Verbündeten gelandet waren, und überließ Hagan seinem qualvollen Tod.

EPILOG

RAVIK

In den drei Wochen, die folgten, habe ich über weit mehr Prozesse geurteilt, als mir lieb war. Nur drei der fünfzehn Männer, die zum geheimen Eingang gekommen waren, hatten sich geweigert, sich diesem Verrat anzuschließen – drei Männer, die ich einst als meine Feinde bezeichnet hätte. Von den übrigen zwölf waren neun von ihnen nicht einmal Teil der ursprünglichen fünfzehn gewesen. Ihre Gier und ihr Groll gegen die Veränderungen, die ich an Braxia vornahm, waren ihr Untergang gewesen. Nur vier von diesen zwölf hatten die Schlacht überlebt. Für ihre schnelle und beispielhafte Bestrafung hatte ich sie persönlich bei lebendigem Leib gehäutet, bevor ich sie an einen Pfeiler außerhalb ihres jeweiligen Clangeländes nageln ließ, um ihnen einen langsamen Tod zu bereiten. Dort würden sie einen ganzen Monat lang verrotten.

In der Zwischenzeit kamen alle zwölf Clans um Gnade bettelnd angekrochen. Aber jeder musste beweisen, dass er keine Vorkenntnisse über die Absichten seines Clanführers hatte. Neun der Clans wurden verschont. Nachdem ich bei den übrigen drei ein Urteil über Meidung gefällt hatte, verbannten die Clanmitglieder von zwei dieser Clans diejenigen, die an der Verschwörung beteiligt gewesen waren oder von ihr wussten, bevor sie um Gnade baten. Obwohl ich die „Meidung“

aufhob – was effektiv den Tod eines Clans bedeutete, in dem niemand mit ihnen handelte, oder mit ihnen sprach – würde das Stigma auf ihrem Namen noch lange Zeit bestehen bleiben.

Mercy saß während der gesamten Verfahren und bei jeder Entscheidung an meiner Seite. Einige der Konservativen schreckten vor der Anwesenheit einer Frau zurück, hielten ihr Gemurmel aber auf ein Minimum beschränkt. Meine Frau hatte sich den Respekt und die Loyalität meines Volkes verdient. Zuerst hatte sie sich ihren Platz durch die Handelsabkommen gesichert, die sie für viele unserer Clans in der schlimmsten Not ausgehandelt hatte, und dann zementierte sie ihn mit ihrer Demonstration von Stärke, Kampfgeschick und der rücksichtslosen Wildheit, mit der sie diejenigen traf, die sich ihr in den Weg stellten. Hagans zerfetzte Überreste, seine von der schrumpfenden Peitsche zerschmetterten Knochen waren am Eingang seines Geländes zur Schau gestellt worden. Als Erinnerung an alle, die es wagten, jene Grenze zu überqueren. Unsere Vergeltung würde schnell und unversöhnlich sein.

Mercy wurde Braxias erste neue Dagna seit fast 150 Jahren. Mein Vater und mein Großvater begnügten sich beide damit, bei ihren Erben auf Konkubinen zu setzen – so wie ich es tat, bevor ich sie kennen lernte. Und sie erfüllte die Rolle mit Stolz und Würde. So sehr die Braxianer Hybriden auch immer abgelehnt hatten, als sie herausfanden, dass ihre Dagna eine der seltensten lebenden Veredianerinnen war, schlossen sie sich weiter hinter ihr zusammen. Sie hätte die Welt zu ihren Füßen haben können, aber sie entschied sich für uns. Mein Volk betrachtete sie nun als Nationalschatz, als das Juwel von Braxia. Jeder Angriff oder jede Drohung gegen sie würde als Affront gegen uns alle ausgelegt werden.

Ich hatte unnötig befürchtet, ihr wahres Wesen zu enthüllen.

Zur Erleichterung von Mercy und mir blieben Gorav und meine Leibwächter unversehrt, abgesehen von ihrem verletzten Stolz über ihr Versagen, uns vor Entführung und Folter zu bewahren.

Die drei Guldaner, die von Hagan gefangen gehalten worden waren, wurden im Joarkal-Jagdgebiet ausgesetzt, weil sie es gewagt hatten, Lorik bei seinem Entführungsversuch meiner Frau zu helfen.

Sie waren lediglich Söldner, die von dem guldanischen Botschafter für seine persönlichen Zwecke angeheuert worden waren. Aber obwohl das guldanische Reich nicht direkt daran beteiligt war, hatten sie den vorherigen Angriff gegen uns inszeniert. Wir schickten daher eine formelle Botschaft an Kaiser Ardrak, dass gegen jeden Guldaner ein vollständiges Embargo verhängt worden war. Kein Handel und kein Bürger ihrer Heimatwelt würde auf Braxia geduldet werden. Er versuchte, seine Muskeln spielen zu lassen, indem er mit Vergeltungsmaßnahmen drohte, nur um sich vom militärischen Führer der Tuureaner, Admiral Lee, warnen zu lassen, dass jeder Angriff auf Braxia als ein Angriff gegen sie gewertet würde.

Meine Dagna hatte einige mächtige Verbündete, und auch das hat ihr Ansehen bei unserem Volk erhöht. Zugegeben, wir hatten kein vollwertiges Bündnis mit den Tuureanern, da sie nur im Falle eines Krieges mit Guldar eingreifen würden. Ich hatte jedoch die Absicht, diese Beziehung so lange zu pflegen, bis sie der Beziehung, die sie mit den Xelixianern unterhielten, gleichkam oder sogar konkurrierte.

Nach den Gerichtsverhandlungen hatte es noch zwei Wochen gedauert, bis Mercy unserer Hochzeit zustimmte. Obwohl mein Leibarzt Wunder vollbrachte und unsere beiden Wunden heilte, ohne Narben an ihr zu hinterlassen, und kaum wahrnehmbare an mir, hatte sie der Verlust ihres Zopfes schwer getroffen. Ich verstand seine Bedeutung nicht ganz, aber ihr Haar wuchs nach, und wir hatten ihm seine ursprüngliche Rabenfarbe zurückgegeben. Dennoch fühlte sie sich ohne diesen Zopf nackt und entblößt, ganz zu schweigen davon, dass er im Kampf eine wichtige defensive und offensive Rolle spielte.

Mercy war dazu übergegangen, ihr Haar zu einem Dutt zusammenzubinden, um zu „verstecken", wie kurz es jetzt war, und weigerte sich, eine Perücke oder Extensions zu tragen. Doch obwohl braxianische Hochzeiten beschleunigt wurden, mussten beide Partner barfuß und nackt dabei sein, abgesehen von einem durchsichtigen Gewand, ohne Schmuck oder Zierrat und ohne schicke Frisur. Wir hatten unsere Gelübde auf dem Platz vor den Ältesten und dem Volk ausgetauscht, woraufhin jeder Clanführer abwechselnd der Dagna Treue und Schutz schwor. Es folgte ein Bankett mit viel Trinken. Zu meiner Bestürzung warnte mich Mercy, dass sie an dem Tag, an dem wir ihre Familie auf Xelix Prime besuchten, eine richtige veredianische Hochzeit erwartete. Es handelte sich um einen ausgedehnten Stammestanz, der von Braut und Bräutigam und ihren Gästen aufgeführt werden sollte.

Mich schauderte bei dem Gedanken.

Wir hielten die Messe zwei Wochen nach unserer Hochzeit ab, und Anton hat sich über alle Erwartungen hinaus für uns eingesetzt. Ich zweifelte nicht daran, dass die Nachricht von der veredianischen Dagna, wenn auch nur aus Neugier, noch mehr Menschen anlockte. Nichtsdestotrotz weckten viele weitere unserer Waren, die wir zuvor als nutzlos empfunden hatten, das Interesse der Käufer, und es wurden neue Geschäfte abgeschlossen. Doch die Wirtschaft von Braxia hatte noch einen langen Weg vor sich, und viele Clans hatten mit Schwierigkeiten zu kämpfen. Als jedoch dank dieser neuen Geschäfte immer mehr Clans wieder auf die Beine kamen, verringerte sich die Belastung des Notfallfonds zur Unterstützung der anderen Clans, während diese ihren Weg fanden, erheblich.

Das erste braxianische Geschäft wurde im Venus-Hive eröffnet. Trotz seines durchschlagenden Erfolgs und der absurd hohen Preise, die die Menschen bereit waren, für unsere *nutzlosen* Waren zu zahlen, wurde schnell klar, dass unsere Männer diesen Laden nicht führen konnten, da sie weder das Handwerk noch den Reiz dieser hübschen Luxus- oder Schönheitsprodukte verstanden. Zu Mercys Bestürzung weigerten sich die braxianischen Väter und Partner, ihre Töchter auf einem Vergnügungsschiff leben und arbeiten zu lassen. Obwohl ich ihren Ärger verstand, würde ich niemals zugeben, dass auch ich mich geweigert hätte, eine meiner Töchter ohne ein volles Kontingent, das sich um sie kümmert, dorthin gehen zu lassen.

Ja, ich hatte bei dieser Gleichberechtigungssache noch einen langen Weg vor mir.

Schließlich wurde vereinbart, Celia, die Halbbluttochter von Clan Leader Colpen, zu entsenden. Ein hübsches kleines Ding, sie war sehr misshandelt worden, bevor ich die Gesetze abschaffte, die Sklaven und Halbblutfrauen zu Freiwild für alle machen. Zu Niklas Verteidigung musste man anerkennen, dass er sich nach Kräften bemühte, sie immer dann, wenn er Gäste auf sein Gelände kommen ließ, auf verschiedene Aufgabenbereiche einzuteilen, aber nach dem Gesetz konnten sogar seine Clanmitglieder sie nach Belieben gebrauchen. Jetzt, mit Ende dreißig, war sie zwar immer noch schön, aber kein Mann wollte sie als Konkubine oder Ehefrau nehmen, auch nicht mit den sich ändernden Mentalitäten, denn sie war zu ausgiebig von allen benutzt worden. Die Venus-Station gab ihr die Chance auf einen Neuanfang, während sie der Heimatwelt immer noch zur Seite stand.

Mercy wurde zu einer starken Verteidigerin und Beschützerin der Hybridfrauen, indem sie ihnen eine Anstellung in ihrem neuen Labor und eine Ausbildung bot, die ihnen eine Chance auf eine bessere Zukunft gab. Obwohl sie mit dem Gedanken kämpfte, an Braxia „gefesselt" zu sein, entschied sie sich, den Hauptsitz ihres Forschungszentrums hierher zu verlegen. Sie kaufte sogar ausgedehnte Grundstücke in der Nähe des Keltrix-Marktes, um die Einrichtung zu bauen, sowie ein kleines Wohngebiet für die Mitarbeiter, die sich anschließen würden. Zusätzlich zu einer großzügigen Gehaltserhöhung als weiteren Anreiz erhielten die Mitarbeiter, die hierher umzogen, ein kostenloses Haus, das nach ihren Wünschen gebaut und dekoriert wurde – allerdings auf der Grundlage vorgegebener Vorlagen, um die braxianische Architektur zu respektieren.

Während die Braxianer diesen plötzlichen Zustrom von Ausländern mit einer gewissen Vorsicht beäugten, begrüßten sie die finanziellen Vorteile, da noch so viel Bauarbeit zu leisten war, von der Basisinfrastruktur bis hin zu Straßen und allem anderen dazwischen. Noch wichtiger war, dass einige der Forschungsprojekte, die Mercy durchführen wollte, das Interesse einiger der brillantesten Köpfe der Galaxie weckten. Direkt hinter ihnen wollten viele Investoren als erste die Entwicklungslizenzen für einige ihrer revolutionärsten Patente haben.

Manchmal schämte ich mich fast wegen der enormen Hilfe, die meine Gefährtin geleistet hatte. Ich bezweifelte, dass ohne sie meine Reformen ohne Blutvergießen von Statten gegangen wären, wie sie es bis heute waren. Dank Mercys wunderbarer Einsicht in das Handwerk der Frauen und jetzt durch ihr Forschungszentrum hatte sie meinem

Volk schon früh den Beweis für die Durchführbarkeit meiner Veränderungen demonstriert.

Dennoch mussten wir uns ein wenig zurückhalten. Die Männer hatten immer noch damit zu kämpfen, dass ihre Frauen arbeiteten und zum Einkommen ihres jeweiligen Clans beitrugen. Zu erfahren, dass Mercy eine grundlegende Kampfausbildung für die Frauen plante, erwies sich als zu viel für die Männer. Ich ging in unser Schlafzimmer und wartete gespannt auf ein Gespräch, von dem ich wusste, dass es ein hitziges werden würde, doch sie wartete bereits mit verschränkten Armen und einem mulmigen Gesichtsausdruck auf mich. Ich stöhnte innerlich auf, und meine Schultern sackten zusammen.

„Frau, nicht ..."

„Frau mich nicht!", unterbrach mich Mercy mit harter Stimme. „Das steht nicht zur Debatte."

„Mercy, du weißt, dass ich mich für Veränderungen einsetze, aber du kannst nicht von heute auf morgen alles auf den Kopf stellen und damit rechnen, dass das Volk sich dagegen nicht sträubt", argumentierte ich, während ich mit den Fingern durch mein Haar fuhr. „Die Männer haben viele Zugeständnisse gemacht. Gib ihnen Zeit, sich anzupassen, bevor du mehr von ihnen verlangst."

„Es hat nichts mit ihnen zu tun!", schlug Mercy zurück. „Warum müssen die Leute immer alles auf sich selbst beziehen?"

„Weil wir unsichere Idioten sind und unsere Frauen uns verwöhnen müssen, sonst brechen wir zusammen. Und wenn wir das tun, wird es übertrieben und hässlich", entgegnete ich und näherte mich ihr langsam.

Sie schnaubte. „Das ist deine ganze Rechtfertigung?"

„Das ist keine Rechtfertigungen, sondern lediglich Tatsachen", konterte ich mit einem Achselzucken. „Glaubst du nicht, ich habe jedes Mal die gleichen Kopfschmerzen, wenn ich ..."

Ein subtiler, ungewöhnlicher Duft ließ mich auf der Stelle innehalten. Meine Nasenlöcher weiteten sich, als ich tief einatmete und das analysierte, was mir als eine anormale Kombination erschien. Schließlich dämmerte es mir. Mein Brustkorb verengte sich und gleichzeitig schwoll mein Herz an.

„Was ist los“, fragte Mercy, ein verwirrter Blick zeigte sich auf ihrem schönen Gesicht.

„Für dich wird es keine Kämpfe und kein Training mehr geben“, knurrte ich und schloss die Distanz zwischen uns. „Ich verbiete es.“

„Du *verbietest* es?“, rief sie empört aus.

Ich antwortete nicht. Ich fiel vor ihr auf die Knie, drückte meine Nase an ihren Bauch und atmete tief ein. Freude und Staunen durchströmten mich, als ich die Bestätigung meiner Vermutung erhielt.

Mercy keuchte, ihre Finger glitten zögerlich durch mein Haar. „Ravik?“, fragte sie mit einer unsicheren Stimme.

„Meine Frau“, flüsterte ich und rieb mein Gesicht an ihrem flachen Bauch, bevor ich zu meiner Gefährtin aufblickte. Ihr Kinn zitterte, als sie mich anstarrte. „Zwillinge“, antwortete ich auf ihre unausgesprochene Frage, die deutlich auf ihren Zügen stand.

Als ich aufstand, zog ich sie in meine Umarmung. Eine Hand steckte noch in meinen Haaren, Mercy schob die andere zwischen uns, um ihre Handfläche auf ihren Bauch zu legen.

„Du ... Du kannst es riechen?“, fragte sie.

Ich nickte. „Ja, in den Tagen nach dem ersten Schwangerschaftsmonat ist ein Reinblüter in der Lage, die Veränderung des Geruchs wahrzunehmen. Du bist mindestens in der vierten oder fünften Woche und trägst ein Pärchen aus, einen Jungen und ein Mädchen. Das hat mich anfangs irritiert. Jungen riechen holzig, während Mädchen würzig riechen. Der gemischte Duft verwirrte mich. Braxianer bekommen keine Zwillinge.“

„Zwillinge“, flüsterte sie ehrfurchtvoll und rieb sich den Bauch mit einem Hauch von Verwunderung.

Ich küsste sie. Sie erwiderte es mit Inbrunst, voller Liebe und Zärtlichkeit, und dann lehnten wir unsere Stirn gegen die des anderen. Mercy schlang beide Hände um meinen Rücken und hielt mich fest. Augenblicke später spürte ich, wie sich ihre Stimmung änderte.

„Diese Zwillinge, ich werde nicht versagen. Versprich mir, dass wir sie in Sicherheit bringen“, forderte sie und schaute mich mit einem gespenstischen Blick in ihren Augen an.

„Nichts und niemand wird diesen Kindern Schaden zufügen“,

bestätigte ich mit wilder Überzeugung. Aber gerade als ich diese Worte sprach, wurde mir klar, dass sie über mehr nachdachte als darüber, was Lorik unserem vorherigen Kind angetan hatte. „Du hast deine Schwestern nicht enttäuscht, meine Liebe. Du magst die Kundenliste deines Bruders nicht gefunden haben, aber du *wirst* deine Schwestern finden. Dein Vater versprach deiner Mutter ebenso viel. Zu gegebener Zeit, wenn deine Göttin es will, werdet ihr wiedervereint sein.“ Ich streichelte ihre Hörner, bevor ich ihr Gesicht in meine Hände nahm. „Das Schicksal wollte nie, dass du diese Liste findest. Es hat dich hergeschickt, um mich zu finden, mich zu retten und Braxia zu retten.“

„Und damit du mich rettest“, betonte sie und sah mich bewundernd an. „Braxia sollte mich befreien und mich endlich Mercy sein lassen.“

Ich streichelte ihr Haar, das in den drei Monaten seit dieser schrecklichen Tortur noch ein paar Zentimeter gewachsen war.

„Ich liebe dich, Mercy“, sagte ich, mein Herz war zum Bersten voll.

„Ich liebe dich auch, meine Bestie“, erwiderte sie, bevor sie ihr Gesicht in meinem Nacken vergrub.

„Ich meine es ernst“, sagte ich nach einem Augenblick. „Ich lasse dich nicht mehr kämpfen, bis sie geboren sind.“

Sie versteifte sich und zog sich zurück, um mich anzustarren. Ich lächelte, ein wenig selbstgefällig. Mercy zog eine Grimasse, der Drang, etwas zu tun, was mir unangenehm war, war ihr deutlich anzusehen.

„Ich werde dir so was von in den Arsch treten, wenn ich fertig damit bin“, entgegnete sie.

„Lass es krachen, meine Liebe. Zeig, was du kannst“, sagte ich, bevor ich sie wieder küsste.

~

MERCY

Ravik hatte nicht gescherzt, als er sagte, Braxianer könnten Schwangerschaften riechen. Man könnte meinen, es sei ein Schalter umgelegt worden, denn vor jenem Morgen hatte niemand mich beachtet. Aber an diesem Abend, beim Abendmahl, hatte jeder Braxianer, der einen Hauch von mir gerochen hatte, zuerst den gleichen verwirrten Gesichtsausdruck auf dem Gesicht, bevor sich dieser in Schock und Unglauben verwandelte. Ravik prahlte damit, seine überlegene Männlichkeit auf diese Weise bestätigt zu bekommen, indem er der erste Braxianer war, der Zwillinge in den Leib einer Frau gepflanzt hatte. Ich hätte ihn schlagen können.

Einige Tage später erhielt ich ein Vidcom von meiner kleinen Schwester Aleina, die gerade ihren erstgeborenen Sohn zur Welt gebracht hatte. Natürlich wollte sie wissen, wann ich nach Xelix Prime zurückkomme, um meinen Mann dem Rest der Familie vorzustellen und meinen neuen Neffen kennenzulernen. In meiner Antwort enthüllte ich meine eigene Schwangerschaft. Wie erwartet, verlangte sie, dass ich sofort nach Hause zurückkehre, damit die veredianischen Heiler ein Auge auf die Gesundheit der Babys und auf mich haben könnten. Als ich höflich ablehnte, drohte sie, sich auf einen ihrer Schlachtkreuzer zu setzen und mich bei Bedarf tretend und schreiend zurückzubringen.

So viel dazu, dass ich die Älteste von uns Schwestern war ...

Obwohl ich damit einverstanden war, kein Kampftraining mehr zu absolvieren, ärgerte es mich zutiefst, dass er deswegen ein Machtwort gesprochen hatte. Wie auch immer, die Frauen haben sich darum gekümmert, indem sie mit mir in den schützenden Overdrive gingen. Sie erlaubten mir keine Art von Anstrengung, achteten streng darauf, wie viele Stunden ich arbeitete, und sorgten dafür, dass ich richtig aß. Selbst dieses verdammte Renntier Dajia war nachsichtig mit mir. Genau wie bei den Braxianern genügte ihr ein Hauch meines Geruchs, um meinen Zustand zu erkennen. Während sie mir erlaubte, in den folgenden vier Wochen mit ihr zu reiten, weigerte sie sich, etwas Schnelleres als einen Spaziergang zu hinterlegen. Immer wenn ich versuchte, sie anzutreiben, klopfte sie mir mit ihrem Schwanz auf die Hörner.

Am Ende dieser vier Wochen, in der Mitte meines zweiten Monats, weigerte sie sich, mich überhaupt auf ihr reiten zu lassen. Ich besuchte sie aber trotzdem, sonst bekam sie Wutanfälle, weil sie sich vernachlässigt fühlte.

Im dritten Monat hörte ich auf, mich darüber zu beschweren, dass ich von allen Frauen bemuttert wurde. Mein Babybauch war über Nacht geschwollen. Ich konnte meine Zehen nicht mehr sehen, selbst wenn ich meinen Hals durchstreckte, um über meinen Bauch zu schauen. Meine Füße und Knöchel schwollen weiter an, ein Unbehagen, das nur durch die wunderbaren Cremes gelindert wurde, die die Fischerfrauen des Podek-Clans herstellten.

Im vierten Monat begann sich das Bedauern, den Forderungen meiner Schwester nicht nachgekommen zu sein, zu verstärken. Mein Bauch war auf die Größe eines kleinen Mondes angewachsen. Arbeiten war nicht mehr möglich. Mehr als ein paar Minuten zu stehen oder gar herumzulaufen war zu viel für meinen Rücken. Ich würde es nie zugeben, aber als sich der fünfte Monat an mich heranschlich, hallte die Angst, die die braxianischen Frauen vor mir zu verbergen versuchten, in mir wider. Braxianische Babys waren massiv, das war der Grund für das Ausbleiben von Mehrlingsschwangerschaften. Bei meiner kleineren Statur nagte an mir die Sorge, dass ich sie nicht zur Welt bringen würde.

Trotz seines tapferen Auftretens zeigte auch Raviks Gesicht Besorgnis sowohl um die Kinder als auch um mich, immer wenn er sich unbeobachtet fühlte. Glücklicherweise dauerten die veredianischen Schwangerschaften nur sechs Monate. In der ersten Woche des fünften landete ein tuureanisches Schiff auf Braxia und brachte meine Mutter und ihren Partner, Dr. Minh, mit. Ich brach in Tränen aus, Erleichterung und Freude vermischten sich zu gleichen Teilen. Ich wusste nicht, ob ich meinen Gefährten küssen oder schlagen sollte, weil er ihre bevorstehende Ankunft vor mir geheim hielt. Da sie eine der mächtigsten veredianischen Heilerinnen war und ihr Gefährte der beste Arzt von Xelix Prime, der bei der Lösung der veredianischen Unfruchtbarkeitsprobleme geholfen hatte, fürchtete ich nicht mehr um das Wohlergehen meiner Babys oder um mich selbst.

Die Präsenz der Tuureaner hat mein Ansehen und damit auch das Ansehen Raviks weiter gesteigert. Dass Admiral Lees zweiter Befehlshaber, Kamala, meine Mutter persönlich begleitete, sprach Bände über die Wertschätzung, die die Tuureaner mir entgegenbrachten. Sexy wie die Hölle, von Kopf bis Fuß in ihrer Celesium-Rüstung und ihr Gesicht von einem glänzenden, schwarzen Visier bedeckt, war Kamala purer Sex auf zwei Beinen. Trotz ihrer synthetischen Stimme ließ sie jeden Mann sabbern und über sich und die Tuureaner als Ganzes spekulieren. Ich wusste, was sich unter dieser Rüstung verbarg, aber es war nicht mein Geheimnis, das ich teilen durfte ... nicht einmal mit meinem Partner. Ich hasste es, Dinge vor ihm zu verheimlichen, aber schon bald würde alles enthüllt werden.

Mutter flippte natürlich aus, als sie mein Haar so kurz fand. Sie beschimpfte mich, weil ich mich dafür schämte, nachdem ich ihr die verwässerte Version der Geschehnisse erzählt hatte. Und dann schimpfte sie mich noch mehr, weil ich sie nicht wissen ließ, wie ernst die Lage hier geworden war, und weil ich die Tuureaner und Xelixianer nicht um Hilfe gebeten hatte.

Warum wollte mich die ganze Welt bemuttern?

Mit ihren Kräften brachte sie mein Haar im Handumdrehen wieder auf seine ursprüngliche Länge – was mich wieder zum Weinen brachte – und heilte dann die bleibenden Narben, die Raviks Rücken von den wilden Peitschenhieben, die Hagan ihm verpasst hatte, beeinträchtigten. Diese Schwangerschaft hatte mich in eine richtige Heulsuse verwandelt. Doch der ehrfürchtige Ausdruck auf Mutters Gesicht, jedes Mal, wenn sie den Berg eines Mannes, der mein Ehemann war, erblickte, brachte mich immer zum Kichern.

In den drei Wochen vor der Geburt der Kinder interessierte sich Minh sehr für die heilenden Cremes und Salben, die die Braxianerinnen herstellten, und verbrachte sogar Zeit in meinem Labor, um einige Verbesserungen vorzunehmen. Seine Arbeit diente sowohl seiner unersättlichen Neugierde und seiner Leidenschaft für die medizinische Wissenschaft als auch seinem väterlichen Bedürfnis, mir zu helfen, indem er meinem neuen Volk half. Obwohl er nicht mein Vater war, hatte Minh mich als seine Tochter adoptiert – so wie er meine jüngere Schwester Aleina an dem Tag hatte, als er meine Mutter heiratete. Obwohl niemand jemals den Platz meines echten Vaters in meinem Herzen einnehmen konnte, mochte ich Minh und war dankbar, dass Mutter ihr Glück wiedergefunden hatte.

Oder besser gesagt, wirkliches Glück.

Als die Babys sich endlich entschieden, dass die Zeit gekommen war, verloren Mutter, Kamala und ich die Nerven, als Ravik mit seinen Männern in seiner Halle warten wollte. Schade, dass ich den richtigen Einlauf verpasst habe, den Kamala ihm gegeben hat, als sie ihn abholen ging. Die Braxianer schrien beim Anblick eines Mannes, der eine Geburtskammer betrat, empört auf. Wenn ich nicht so sehr damit beschäftigt gewesen wäre, zu pressen und zu schreien, hätte ich mit den Augen gerollt.

Ich hatte meine Bestie noch nie so verstört gesehen, als sie sich dem Entbindungsbett näherte. Er schien völlig ratlos und gänzlich verzweifelt über meinen Schmerz.

„Ich bin machtlos und kann dir nicht helfen“, flüsterte er, als ich aufhörte zu pressen und beschämt und verletzlich aussah.

Ich hielt mich an seiner Hand fest und blickte in sein geliebtes Gesicht. „Wir haben diese Babys zusammen gemacht, lass sie uns gemeinsam auf diese Welt bringen. Du kannst mir meinen Schmerz nicht nehmen, aber du kannst mir durch deine Anwesenheit die Kraft geben, wie du es schon einmal getan hast.“

Ein Gefühl, das ich nicht benennen konnte, kreuzte seine Züge, und dann schien sich für ihn etwas zu verschieben. Ravik ging hinter meinem Rücken an mir vorbei, stützte mich mit seinem kräftigen Arm, und seine andere Hand hielt meine. Für die nächste Ewigkeit, bis unsere Zwillinge auf diese Welt kamen, bei jedem Pressen, bei jedem schmerzhaften Schrei umgab mich Raviks Wärme, während seine polternde Stimme, mir Worte der Liebe und Ermutigung zuflüsterten. Gemeinsam brachten wir unsere Zwillinge zur Welt.

Ich konnte nicht glauben, welche gigantische Größe die Babys hatten, die aus mir herauskamen. Und doch sahen sie in den Händen ihres Vaters winzig aus, als meine Mutter sie nach der Reinigung dem Vater übergab. Mein Erstgeborenes war ein wunderschönes kleines

Mädchen, mit einer zart geformten braxianischen Nase, rabenschwarzem Haar wie bei uns beiden und veredianischen Markierungen. Im Gegensatz zu mir wurde sie nicht als Kriegerin gezeichnet, sondern als Wissenschaftlerin. Sie verfügte zwar nicht über meine körperlichen Fähigkeiten für den Kampf, aber sie besaß die angeborene Fähigkeit, sich Wissen in all seinen Formen anzueignen. Wissenschaft, Mathematik und Technik wären für sie ein Kinderspiel. Zu meinem Leidwesen hat sie meine Hörner nicht geerbt, was sie daran hinderte, nach den geltenden guldanischen Gesetzen jemals ihr guldanisches Erbe zu beanspruchen.

Mein Zweitgeborener, ein wunderschöner Junge mit silberweißem Haar, ähnlich dem meines verstorbenen Bruders Varrek, hatte dicke, schwarze Hörner wie meine, eine breite und flache braxianische Nase, aber keine veredianischen Abzeichen. Obwohl ich es nicht laut ausgesprochen habe, brach mir das das Herz. Bis zu diesem Augenblick war mir nicht mal klar, wie sehr ich mich eher als Veredianerin denn als Guldanerin identifizierte. Soweit ich wusste, hatte noch nie eine Veredianerin ein Kind ohne Markierungen zur Welt gebracht. Bedeutete das, dass er keine Kräfte haben würde?

Dennoch füllte sich mein Herz mit Liebe zu meinen beiden kleinen Wundern.

Nachdem sie mich gesäubert hatte, küsste Mutter meine Stirn und dann die jedes meiner Kinder. Sie drehte sich zu Ravik um, streichelte seine Wange und gab dann Thala – die ihr geholfen hatte – und Kamala ein Zeichen, den Raum mit ihr zu verlassen. Einmal allein, küsste Ravik meine Lippen und streichelte dann die Köpfe unserer Babys.

„Gib deinen Kindern einen Namen, Frau“, forderte mich Ravik auf mit vor Emotionen bebenden Stimmen.

Er hielt unsere Tochter an mich, ihre Obsidianaugen mit meinen verankert, als wüsste sie um die Bedeutung dieses Augenblicks.

„Ich nenne dich Lissy, Lissy Xeldar“, brachte ich gerührt heraus und streichelte dabei die Zeichen meiner Tochter. Ich lächelte bei Raviks scharfen Atemzug. „Deine Namensvetterin hat deinen Vater auf den Weg gebracht, der Mann zu werden, den ich lieben konnte.“ Ich richtete meinen Blick auf ihn. „Einen Mann, den ich von ganzem

Herzen liebe.“ Ich wandte mich wieder meiner Tochter zu und fuhr fort: „Von diesem Tag an wird der Name Lissy durch dich ein Synonym für Liebe, Freude, Neuanfang und die Fähigkeit, Veränderungen zum Besseren anzunehmen, sein.“

„Ich liebe dich“, warf Ravik ein und küsste mich, bevor ich antworten konnte.

Er nahm mir unsere Tochter ab, wiegte sie in seinem rechten Arm und übergab mir unseren Sohn.

„Ich nenne dich Garruk Vrok, nach meinem Vater und Bruder“, sagte ich feierlich und streichelte die Hörner meines Sohnes.

Ravik schreckte zurück, seine stark gerunzelte Stirn ließ ihn noch bedrohlicher aussehen als sonst.

„Vrok?“, fragte Ravik mit unverkennbarer Empörung. „Das ist mein Sohn. Sein Nachname soll Xeldar sein.“

Ich schüttelte den Kopf, völlig unbeeindruckt. „Du hast deinen Erben bereits. Dieser gehört mir, um die Blutlinie meines Vaters fortzuführen.“

„Er kann die Blutlinie deines Vaters mit meinem Namen weiterführen“, widersprach Ravik, wobei sein Gesicht einen sturen Ausdruck annahm.

Ich rollte mit den Augen, bevor ich ihn ansah. „Sei nicht albern, großer Junge. Wie auch immer, jeder kann sehen, dass er dein Blut ist, und Frauen geben ihren Kindern die Namen. Der Vater hat nichts zu sagen.“

„Nach intergalaktischem Gesetz vielleicht, aber nicht nach unserem. Er muss meinen Namen tragen“, warf Ravik ein. „Ich bestehe darauf.“

Verzweifelt seufzend rollte ich wieder mit den Augen und wollte ihm unbedingt in den Hintern treten. Ich wusste von Anfang an, dass er sich wehren würde – und konnte es ihm auch nicht wirklich übelnehmen. An seiner Stelle würde es mir wahrscheinlich genauso gehen. Das änderte nichts an der Tatsache, dass mein Sohn den Namen meines Vaters tragen würde.

„Gut“, sagte ich und blickte ihn mit gespielter Wut an, bevor ich mich unserem Sohn zuwandte. „Da dein Vater eine solche Heulsuse ist, nenne ich dich Garruk Xeldar Vrok, Erbe des Vrok-Imperiums."

„Aber—"

„Kein Aber! Er hat auch deinen Namen. Dränge mich darauf, und ich werde ihn ganz entfernen", warnte ich.

Ravik zog eine Grimasse und murmelte etwas über den Missbrauch von Geschlechterrechten, was mich nur zum Kichern brachte.

„Hör auf mit dem Getue, dummer Mann. Schenk mir noch mehr Söhne, und sie können nur deinen Nachnamen tragen", entgegnete ich, bevor ich meine Nase an dem unseres Sohnes rieb. Seine gelblichbraunen, grün gesprenkelten Augen, die mit denen meiner Mutter identisch waren, sahen mich mit Erstaunen an, und seine Lippen verzogen sich zu einem zahnlosen Lächeln.

„Sei versichert, dass ich das tun werde, Frau", murmelte Ravik.

Seine massive Hand streichelte sanft Garruks Kopf, sein Daumen lief über die scharfen kleinen Hörner. Ravik stützte Lissy neben ihrem Bruder ab und schlang seine Arme um uns drei.

„Im Venus-Hive fandest du einen fast gebrochenen Mann und machtest ihn und seine versagende Welt wieder ganz", resümierte Ravik. „Solange ich atme, wird niemand unseren Kindern oder dir, meiner Dagna, meiner Liebe, meiner Mercy, jemals Schaden zufügen."

ENDE

WEITERE BÜCHER VON REGINE

Wenn Ihnen meine Arbeit gefallen hat, nehmen Sie sich bitte einen Moment Zeit, um eine Rezension bei Goodreads und Amazon zu hinterlassen. Das ist wichtig für uns. Und vergessen Sie nicht, sich meine anderen Romane anzusehen.

VEREDIANISCHE CHRONIKEN

Dem Schicksal Entkommen

Blindes Schicksal

Amalias Erwachen

Schicksalswende

Schicksalsweber

Schicksalsrebell

XIAN-KRIEGER

Doom

Legion

Raven

Bane

Chaos

Varnog

Reaper

Wrath

Xenon

BRAXIANER

Antons Grace

Raviks Mercy

Krygors Hope

DER NEBEL

Der Nebelwandler
Der Albtraum

MATCH MAKER AGENTUR
Mein Echsenehemann
Mein Naga Ehemann
Mein Vogel Ehemann

EMPATHEN VON LYRIA
Ein Alien Zu Weihnachten

ÜBER REGINE

Regine Abel ist ein Fantasy-, Paranormal- und Science-Fiction-Junkie. Alles, was mit ein bisschen Magie, einen Hauch von Ungewöhnlichem und viel Romantik zu tun hat, lässt sie vor Freude springen. Heiße außerirdische Krieger, die auf eine coole Heldin treffen, geben ihr ein warmes, wohliges Gefühl.

Bevor sie sich hauptberuflich dem Schreiben widmete, hat Regine sich der anderen Leidenschaft in ihrem Leben hingegeben: Musik und Videospiele! Nachdem sie ein Jahrzehnt lang als Toningenieurin in der Filmsynchronisation und bei Live-Konzerten gearbeitet hatte, wurde Regine zur professionellen Spieledesignerin und Creative Director, eine Karriere, die sie von ihrer Heimat Kanada in die USA und in verschiedene Länder in Europa und Asien führte.

Facebook

https://www.facebook.com/regine.abel.author/

Website

https://regineabel.com

Regine's Rebellen Lesergruppe
https://www.facebook.com/groups/ReginesRebels/

Newsletter
http://smarturl.it/RA_Newsletter

Goodreads
http://smarturl.it/RA_Goodreads

Bookbub
https://www.bookbub.com/profile/regine-abel

Amazon
http://smarturl.it/AuthorAMS

www.ingramcontent.com/pod-product-compliance
Lightning Source LLC
LaVergne TN
LVHW021946220826
846091LV00015B/4103

* 9 7 8 1 9 8 9 7 6 1 4 7 2 *